Arena Taschenbuch
Band 51199

Weitere Bücher von Antje Babendererde im Arena Verlag:
Schneetänzer
Wie die Sonne in der Nacht
Der Kuss des Raben
Isegrim
Julischatten
Rain Song
Die verborgene Seite des Mondes
Libellensommer
Der Gesang der Orcas
Lakota Moon
Talitha Running Horse

Schneetänzer ist auch als Hörbuch erhältlich.

Antje Babendererde,
geboren 1963, wuchs in Thüringen auf und arbeitete nach dem Abi als Hortnerin, Arbeitstherapeutin und Töpferin, bevor sie sich ganz dem Schreiben widmete. Seit vielen Jahren gilt ihr besonderes Interesse der Kultur, Geschichte und heutigen Situation der Indianer. Ihre einfühlsamen Romane zu diesem Thema für Erwachsene wie für Jugendliche fußen auf intensiven Recherchen während ihrer USA-Reisen und werden von der Kritik hoch gelobt.

Antje Babendererde

Indigosommer

Roman

Zum Wort „Indianer“: Bei dem Begriff handelt es sich um eine koloniale Fremdbezeichnung. Die etwa fünfhundert indigenen Gruppen, die in den USA leben, haben sich nie als Einheit verstanden und daher keine Selbstbezeichnung entwickelt. Während das Wort von jüngeren Zugehörigen oft kritisch gesehen wird, verbindet die ältere Generation damit den Stolz auf die eigene Geschichte. In den USA ist es außerdem üblich, „Native American“, „Indigenous People“ oder „American Indian“ zu sagen. Die meisten möchten nach dem Namen ihrer Gruppe bezeichnet werden, z. B. Sioux, Dakota usw. Im Roman wird dennoch bewusst der Begriff „Indianer“ verwendet. Bei ihren intensiven Recherchen wurde der Autorin von Seiten der Zugehörigen versichert, dass sie selbst sich so bezeichnen und es bei der Bedeutung des Wortes auf den Kontext und die Art ankommt, wie es benutzt wird.

Dieses Druckprodukt ist mit dem Blauen Engel ausgezeichnet

2. Auflage im Arena-Taschenbuch 2021

Rottendorfer Straße 16, 97074 Würzburg

Umschlaggestaltung: Frauke Schneider
Gesamtherstellung: Westermann Druck Zwickau GmbH
ISSN 0518-4002
ISBN 978-3-401-51199-3

Besuche den Arena Verlag im Netz:
www.arena-verlag.de

The wave changed instantly by the rock,
the rock changed by the wave returning
over and OVER.

Adrienne Rich

. . . the place you have left forever is always there
for you to see whenever you shut your eyes.

Jan Myrdal

Surfer in einem Internetforum über La Push und die Quileute

Indian Pisser
This place sucks, it's full of savages, forget about the tomahawk, watch out for a flying beer bottle or a piece of water logged drift wood. Drove into town to get beer from the »market«, saw a lady takin' a leak on the bus bench, pants around her ankles, I think she was takin' a crap, but she wouldn't fess up to it. If you're brown go to town, if you're white take a flight.

Bob and Doug McKenzie

Nightmare
La Push is beautiful. The locals are scary. The poverty up there is insane. I don't think anyone works. I think they just drink all night and do meth and then go out to rob cars. Not a place to go for camping. We were clashed out in BEACH 2 with our boards on the roof beside another guy that had his boards in his car with his little 12yo brother. Some Spinner native came by and threw a rock through his back window so hard it spider-webbed his windshield. INSANE!!! Of course the coward took off running . . . Typical bitch style! We all ended up going to the cop shop and sleeping the night there. That was sketchy too . . . as there is only one cop on in the evening. He was a really good guy . . . but there was only one of 'em . . . 2 WORDS = DAY TRIP.

1. Kapitel

Hey, lass dich anschauen, Midget«, sagte Alec. »Du siehst toll aus, beinahe hätte ich dich nicht wiedererkannt.« Er grinste und ich spürte, wie mir die Röte ins Gesicht stieg. *Midget,* Zwerg, so hatte er mich damals schon genannt.

»Du hast dich auch ganz schön verändert«, bemerkte ich. Meine Zunge fühlte sich taub und mein Englisch ziemlich eingerostet an. Seit zwanzig Stunden war ich unterwegs, war hundemüde und gleichzeitig völlig aufgedreht.

Alecs Grinsen wurde breiter, er schüttelte seinen Kopf mit den blonden Dreadlocks. »Die habe ich seit einem halben Jahr.«

»Steht dir«, sagte ich.

Meine Zähne hatten einen pelzigen Belag und ich bereute, mir nicht wenigstens einen Kaugummi in den Mund gesteckt zu haben, bevor ich aus dem Flieger gestiegen war.

Alec zuckte mit den Achseln. »Finden Mom und Dad nicht.«

Ich blickte an ihm vorbei, ließ meinen Blick suchend durch die Eingangshalle des Sea-Tac Airport schweifen, wo Reisende aller Hautfarben sich tummelten. »Wo sind sie eigentlich?«

»Müssen arbeiten. Janice ist babysitten bei Freunden. Ich bin das Empfangskomitee.« Alec breitete seine Arme aus und umarmte mich. Meine Nase war dabei schätzungsweise zehn Zentimeter über seinem Bauchnabel. Er duftete nach frischer Baumwolle und mein Herz vollführte Purzelbäume.

Alec Turner war meine erste große Liebe gewesen. Wenn man in einem Alter von zehn Jahren schon von Liebe sprechen konnte.

Unsere Väter waren ein Jahr lang Arbeitskollegen gewesen. Warren Turner arbeitete (und tat es immer noch) bei Boeing in Seattle und mein Paps hatte damals gerade eine Stelle im Boeing-Büro in Berlin angenommen. Deswegen waren wir vor sechs Jahren von Suhl (einer kleinen Stadt hinter sieben Bergen) in Thüringen in die Hauptstadt gezogen.

Anfangs kam ich nur schwer zurecht im Großstadtdschungel. Ich vermisste meine Freunde, die Berge, den Wald. Doch dann kamen die Turners nach Berlin. Mein Vater und Warren wurden Freunde und Alec und seine Schwester Janice meine bevorzugten Spielkameraden. Ich schwärmte glühend für den drei Jahre älteren Alec mit den blauen Augen und den hellblonden Locken, deshalb wollte ich alles verstehen, was er sagte. Auf diese Weise lernte ich Englisch.

Alec war damals schon groß für sein Alter und – im Nachhinein betrachtet – sehr geduldig mit dem dünnen Winzling, der ihm auf Schritt und Tritt folgte. Liebevoll nannte er mich Zwerg.

Als die Familie Turner nach einem Jahr zurück nach Seattle zog, dachte ich, die Welt müsse stehen bleiben. Aber das tat sie natürlich nicht.

Sechs Jahre später war Berlin mein Zuhause, ich brachte es auf beinahe einen Meter sechzig, war beinahe sechzehn und hatte meine erste feste Beziehung hinter mir. Sieben Monate lang hatte mein Himmel voller Geigen gehangen, bis schlagartig alles vorbei war. Sebastian machte Schluss, als er erfuhr, dass ich für ein Schuljahr nach Seattle gehen würde. Er sei kein Freund von Fernbeziehungen, hatte er mir kurz und bündig erklärt. Seattle und Berlin, das wäre nicht kompatibel.

»Ich komme wieder«, erinnerte ich ihn, erschüttert und zutiefst verletzt. Aber er meinte, dieses Jahr in Amerika würde mich verändern und er mochte mich nun mal so, wie ich war.

Das war jetzt auch schon wieder drei Monate her. In schwachen Stunden trauerte ich Sebastian immer noch nach. Immerhin, er war meine zweite große Liebe gewesen. Trotzdem brauchte es jetzt nur etwa fünf Minuten und meine alte Leidenschaft für Alec flammte erneut auf. Aus dem niedlichen Dreizehnjährigen war ein strahlend schöner junger Mann geworden. Zum Niederknien schön. Groß und sportlich, braungebrannt, entwaffnend charmant und witzig noch dazu. Und diese wunderbaren blauen Augen, die mich schon damals fasziniert hatten. Nur, dass sie nun eine Vielzahl an Gefühlen in mir hervorriefen, die ich als Zehnjährige noch gar nicht gekannt hatte.

Alec schnappte sich den Gepäckwagen und hievte meine Koffer darauf. Gemeinsam liefen wir in Richtung Ausgang. Er plauderte ganz unbefangen, als wären nur ein paar Wochen und nicht zwei Jahre vergangen, seit wir uns das letzte Mal gesehen hatten. Vor zwei Jahren hatte ich mit meinen Eltern bei den Turners in Seattle Urlaub gemacht, doch ausgerechnet in dieser Zeit war Alec mit seinen Kumpels zelten gewesen, sodass wir uns nur ganz kurz gesehen hatten.

Janice und ich hielten durch E-Mails Kontakt, aber von ihrem Bruder hatte sie nie viel geschrieben. Ich freute mich seit Wochen auf die Warrens und das Schuljahr in Seattle. Es würde mit Sicherheit eine aufregende Zeit werden und ich hoffte, Sebastian hier schnell und endgültig zu vergessen.

Verstohlen musterte ich Alec von der Seite. Seine Dreads wippten bei jedem Schritt. Als wir draußen auf den Parkplatz zusteuerten, fragte er: »Sag mal, Midget, was ist eigentlich mit deinen Haaren passiert?«

Verdammt! Von wegen: »Du siehst toll aus!« Während des Fluges hatte ich mir eine Vielzahl Erklärungen zurechtgelegt, aber nun geriet ich doch ins Stottern. Ich spürte, wie mir erneut die Röte ins Gesicht stieg. »Ein Missgeschick«, sagte ich und strich mir eine imaginäre Haarsträhne hinters Ohr. Alte Angewohnheit.

»Ein Missgeschick?«, fragte er nach.

»Kleine Tierchen.« Ich versuchte ein lockeres Lächeln.

Alec grinste amüsiert. »Ach so, verstehe. Steht dir aber.«

Na, wenigstens war er höflich. Ich war immer stolz auf meine langen kastanienbraunen Locken gewesen, doch die waren vor ein paar Wochen einer Geburtstagsparty zum Opfer gefallen, als ich im Bett irgendeines kleinen Bruders gepennt hatte. Pech. Sämtliche teuren Mittel gegen Läuse waren wirkungslos geblieben und ich hatte meine Haare opfern müssen. Inzwischen hatte ich eine ganz passable Kurzhaarfrisur, was allerdings nichts daran änderte, dass ich aussah wie ein Junge. Wie ein *kleiner* Junge. Da war nichts zu machen.

Es war Mitte Juni, Ferienzeit. Die Schule würde erst im September beginnen. Ich hatte mich dafür entschieden, schon zwei Monate vor Schulbeginn nach Seattle zu fliegen, einfach, um Zeit zu haben, mich einzugewöhnen. Mein Englisch war ganz passabel, aber in ein paar Wochen würde ich auch die Feinheiten wieder draufhaben, was mir den Schulstart erleichtern sollte.

Die Turners besaßen ein großes Haus mit Terrasse am Lake Union – ziemlich nobel, wie alle Häuser in der Gegend. Ich hatte mein eigenes Zimmer und teilte mir ein Bad mit Janice. Sie war ein Jahr älter als ich und wir waren bald wieder vertraut. Auch sie war groß und sah ihrem Bruder sehr ähnlich: dieselben blauen Augen mit den dunklen Brauen und Wimpern, der Kussmund, der dunkle Teint und das naturblonde Haar, das sie allerdings meistens ganz unspektakulär zu einem Pferdeschwanz gebunden trug. Wie Alec hatte Janice ein offenes, freundliches Wesen, sie war unkompliziert und ich kam gut mit ihr aus. Überhaupt fühlte ich mich schnell heimisch bei den Turners.

In der ersten Zeit rief ich noch jeden zweiten Tag bei meinen Eltern an, aber das gab sich bald. Ich begann, meine ungewohnte Freiheit zu genießen. Meine Eltern waren zwar nicht streng, aber es gab Regeln bei uns zu Hause. Bei den Turners schien es keine zu geben, was mir ausgesprochen gut gefiel.

Warren und Monica verhielten sich sehr herzlich mir gegenüber. Und abgesehen davon waren sie kaum zu Hause, sodass ich tun und lassen konnte, was ich wollte – genauso wie Janice und Alec.

Zu meinem Leidwesen bekam ich Alec in den ersten Tagen kaum zu sehen. Er war nur selten zu Hause, daraus schloss ich, dass er eine Freundin hatte. Natürlich hatte er eine – so blendend, wie er aussah. Um weibliche Aufmerksamkeit brauchte er sich bestimmt keine Sorgen zu machen. Irgendwann fragte ich Janice beiläufig danach, aber sie meinte nur: »Ich glaube nicht. Wenn er eine Freundin hat, dann schleppt er sie meist gleich zu Hause an. Ist immer total anstrengend, wenn die Grazien mit am Frühstückstisch sitzen und ich mich mit ihnen unterhalten muss.« Sie verdrehte die blauen Augen und grinste mich an. »Also, ich glaube nicht, dass er eine Neue hat. Er trifft sich mit seinen Freunden vom College. Sie planen ihren Surftrip.«

»Ihren Surftrip?«

»Ja, nach La Push. Das ist irgend so ein Nest in einem Indianerreservat an der Pazifikküste. Keine Surfhochburg oder so«, meinte sie achselzuckend, »aber es soll ein guter Platz für Anfänger sein, weil es dort keine Monsterwellen und keine einheimischen Surfer gibt, die einem die Wellen streitig machen. Alec war im letzten Jahr mit zwei Freunden dort.«

»Wie lange bleiben sie denn?«, fragte ich. »Übers Wochenende?«

»Nee, zwei oder drei Wochen.«

Zwei oder drei Wochen. Ich schluckte. Alec hatte nichts von seinen Reiseplänen erzählt. Jedenfalls nicht, wenn ich dabei war.

»Was ist mit dir?«, fragte ich Janice. »Fährst du auch mit?«

Sie zuckte erneut mit den Schultern. »Ich weiß noch nicht. Hängt davon ab, wer alles mitkommt. La Push ist das Ende der Welt, jedenfalls wenn man Alec glauben darf. Das ist nur was für Surfer und Naturfreaks. Drei Wochen können ziemlich lang werden, wenn es oft regnet und man nicht mal ins Kino oder tanzen gehen kann.«

La Push? Der Name des Ortes kam mir irgendwie bekannt vor, aber ich wusste nicht, woher. Später, als ich allein in meinem Zimmer war, fuhr ich meinen Laptop hoch und googelte. Ich fand, abgesehen von der Homepage der Quileute-Indianer, die in La Push lebten, auch etliche Werwolf- und Vampirseiten und da fiel es mir wieder ein. Vor einem Jahr ungefähr hatte meine Freundin Sanna mir ein Buch ausgeliehen, das ich unbedingt lesen sollte: »Bis(s) zum Morgengrauen« hieß es und es handelte von einem Mädchen, dass sich in einen schönen Vampir aus der Kleinstadt Forks verliebt. Ich hatte mir die englische Ausgabe, »Twilight«, gekauft und sie an drei Abenden verschlungen. Im Buch kam auch ein Indianerjunge vor, der irgendwann im Laufe der Geschichte zum Werwolf wurde. Und der kam aus La Push.

»Twilight« hatte einen wahren Vampirwahn ausgelöst, von dem ich allerdings verschont geblieben war. Ich war mehr der bodenständige Typ. Die Welt der Blutsauger war mir fremd, genauso wie die Welt des Surfens.

Letzteres hatte ich immer mit Sonne, blauem Meer, weißem Sand und Palmen in Verbindung gebracht. Die Küste am Nordpazifik wurde auch *Regenküste* genannt. Dass hier irgendwo ein Surferparadies sein sollte, konnte ich mir nur schwerlich vorstellen.

Immerhin, ich war neugierig geworden. Allerdings nützte mir das wenig. Ich würde keine Gelegenheit bekommen, Alec Turner als Surfgott auf einem Brett stehen zu sehen. Denn wenn er auch nur einen einzigen Gedanken daran verschwendet hätte, mich mitzunehmen, hätte er mich längst gefragt.

Von den sichtbaren Vorbereitungen auf den geplanten Surftrip bekam ich nur mit, dass Alec unermüdlich auf einem zerschrammten Skateboard übte und sein offensichtlich neues Surfbrett hin und wieder liebevoll berührte. Es war weiß mit blauem Rand und einem blauen Streifen in der Mitte und lehnte in der Doppelgarage an der Wand.

Einmal wollte ich mein Fahrrad aus der Garage holen und beobachtete, wie Alec über sein Surfbrett streichelte. Ich versteckte mich hinter einem Werkzeugregal und wünschte glühend, ich wäre dieses Surfbrett und Alec würde mich nur halb so verliebt ansehen und berühren.

Mit meiner Fantasie und meinen romantischen Sehnsüchten war ich ein hoffnungsloser Fall, da machte ich mir nichts vor. Ein Seufzer entfuhr mir und Alec entdeckte mich. »Hi«, sagte ich verlegen, senkte den Kopf, ging rasch zu meinem Fahrrad und schob es nach draußen. Beinahe konnte ich ihn spüren, den verwunderten Blick, mit dem Alec mir hinterherschaute.

Ich hatte eigentlich gar keine große Fahrradtour geplant, aber jetzt radelte ich gedankenverloren durch die Gegend, landete irgendwann am Hafen und sah zu, wie die Möwen sich von den Touristen mit Pommes füttern ließen. Es war einer der seltenen sonnigen Tage in Seattle und die meisten Leute hatten gute Laune. Nur ich nicht. Schon bald schmerzten meine Ohren vom verrückten Kreischen der Möwen und dem Stimmengewirr der vielen Menschen.

Nicht, dass ich mir, was Alec und mich betraf, wirklich Hoffnungen gemacht hätte. Aber dass er und Janice drei Wochen mit ihrer Surferclique nach La Push fahren wollten, bekam ich nicht aus dem Kopf. Ich würde währenddessen mit ihren Eltern allein im Haus sein. In der kurzen Zeit, die ich jetzt hier war, hatte ich in der Stadt noch keine Freunde gefunden. Ohne Janice und Alec würde ich mir verloren und einsam vorkommen. Auch in einer amerikanischen Großstadt konnten drei Wochen sehr lang werden.

Als ich gegen Abend verschwitzt vom Radfahren nach Hause zurückkehrte, spielte Alec mit einem Kumpel vor der Garage Basketball. Die beiden waren so in ihr Spiel vertieft, dass sie mich zuerst gar nicht bemerkten. Alecs Freund spielte mit freiem Oberkörper. Es sah so aus, als hätte er ein weißes T-Shirt an: Arme und Hals braun, Schultern, Brust und Waschbrettbauch noch käseweiß. Seine schulterlangen braunen Locken tanzten bei jedem Sprung.

Schließlich entdeckte Alec mich. Er fing den Ball und trat zur Seite, damit ich das Rad in die Garage schieben konnte. »Hi Midget«, sagte er. »Das ist Josh.«

»Hi.« Josh musterte mich von oben bis unten. Ich trug kurze Kakishorts und ein eng anliegendes Top, das jetzt zwischen meinen Brüsten und auf dem Rücken schweißnass war. »Alec hat von dir erzählt«, sagte er. »Allerdings hat er mir verschwiegen, dass du so ein heißer Feger bist.«

Heißer Feger?

Ich spürte, wie mein Gesicht zu glühen begann, und musste doch lachen. Das hatte noch nie jemand zu mir gesagt, nicht mal, als meine Haare noch lang waren. Selbst wenn ich ein Kleid trug, wirkte ich *burschikos*, wie meine Oma Lene zu sagen pflegte.

Ich lachte tapfer meine Verlegenheit fort. Auch Josh grinste, doch dann wurde er unvermittelt ernst und betrachtete mich mit einem verwirrten Stirnrunzeln. So ging es den meisten Leuten, wenn sie mich ansahen und sich fragten, was mit mir nicht stimmte.

Dann hatte er es oder zumindest dachte er das. »Coole Kontaktlinsen«, sagte er triumphierend, als hätte er im Rätselraten gewonnen und erwartete nun seinen Preis.

»Die sind echt.« Alec ließ den Ball fallen und fing ihn mit einer lässigen Handbewegung wieder auf.

»Was?«

»Das sind keine Kontaktlinsen, Alter. Smilla hat verschiedenfarbige Augen.«

»Ohne Scheiß?« Josh trat nahe an mich heran, beugte sich so dicht zu mir herunter, dass ich die feinen Schweißperlen auf seiner Nase und auf der Oberlippe sehen konnte, und blickte mir tief in die Augen. »Echt krass. Eins blau und eins grün. So was habe ich ja noch nie gesehen.« Er wandte den Kopf wieder zu Alec. »Und ihr verarscht mich auch nicht?«

»Man nennt es Heterochromie«, sagte Alec. »Nur vier von einer Million Leuten haben es. Unsere Smilla ist etwas ganz Besonderes.«

Unsere Smilla?

»Wahnsinn«, sagte Josh. Er schien echt begeistert zu sein, als wären meine unterschiedlichen Augenfarben ein Verdienst und kein Defekt. Inzwischen hatte ich mich an die Aufmerksamkeit gewöhnt, die meine Augen hervorriefen, aber manchmal ging mir das Theater auch auf die Nerven. In Joshs Fall tat mir das Interesse gut. Er war ein sympathischer Typ mit hübschen haselnussbraunen Augen und einem durchtrainierten Körper. Auf seiner Oberlippe spross flaumig der Ansatz eines Schnurrbartes.

»Kommst du eigentlich mit?«, fragte er unvermittelt.

Ich hielt immer noch das Rad (langsam wurde es schwer) und sah ihn fragend an: »Wohin denn? Ins Kino?« Janice hatte irgendetwas von einem Film erzählt, in den sie gehen wollten. Eine Komödie mit Brad Pitt.

»Kino? Ich meine La Push. Der Surftrip.« Er sah Alec verwundert an und der senkte verlegen den Blick.

»Du hast sie gar nicht gefragt.« Ich hörte die Enttäuschung in Joshs Stimme. Das haute mich bald um.

»Smilla kann nicht surfen«, brummte Alec.

Aha, das wusste er also. Obwohl er nie mit mir darüber gesprochen hatte. Langsam wurde mir die Situation unangenehm, Josh hatte Alec in eine miese Lage gebracht.

Doch Josh lachte. »Na und? Du etwa? Sie kann es lernen. Außerdem, willst du sie mit deinen Alten hier alleine lassen? Janice kommt doch auch mit, oder?«

Ich bekam große Augen. *Ich* sollte surfen lernen? Meinte er das ernst? Ich war zwar eine ziemlich gute Schwimmerin, aber das war's auch schon. Für spektakuläre Freizeitbeschäftigungen fehlte mir der Mut. Doch ich schwieg. Ich wollte so gerne mit nach La Push und hier war plötzlich jemand, der sich für mich einsetzte.

»Hast du denn Lust, Midget?«, fragte Alec.

Er schien wenig begeistert zu sein und ich vermutete, dass es an meinem Alter lag. Er wollte kein Baby in seiner Truppe haben, kein Mädchen, das drei Jahre jünger war als die anderen. Aber das war mir in diesem Moment egal. Die Gelegenheit würde sich nur einmal bieten. »Ich weiß nicht, ob ich auf ein Surfbrett steigen würde«, sagte ich und Alec warf Josh einen Da-hast-du-es Blick zu. »Aber ich würde gerne mit euch nach La Push kommen.«

»Groovy«, sagte Josh. »Die Lust kommt beim Zusehen.« Er

grinste breit. »Das wird echt cool, Smilla. Du wirst schon sehen.«

Nachdem ich das Rad in die Garage geschoben hatte, ging ich in mein Zimmer. Von oben beobachtete ich die beiden durch das Fenster. Es sah so aus, als wären sie in eine wilde Diskussion verstrickt. Ich konnte nicht hören, was sie sagten, dazu hätte ich das Fenster öffnen müssen und dann hätten sie mich bemerkt. Aber keine Frage, Alec hatte Einwände. Er warf den Ball nach Josh, fuchtelte mit seinen Händen und sah sehr ärgerlich, ja beinahe wütend aus. Aber Josh ließ sich davon nicht beeindrucken. Er klopfte Alec auf die Schulter und lachte.

Eigentlich hätte ich Luftsprünge machen sollen vor Freude, doch irgendetwas hielt mich zurück. War es nur die Tatsache, dass Alec mich so offenkundig nicht dabeihaben wollte? Vielleicht. Doch was auch immer es war: Das merkwürdige Gefühl ließ sich nicht abschütteln.

Später kam Janice zu mir ins Zimmer und sie freute sich wirklich, dass ich mitkommen würde. »Meine Eltern haben mit deinen telefoniert und sie haben nichts dagegen.«

»Ehrlich?«, fragte ich.

»Ja. Alec musste versprechen, gut auf dich aufzupassen.«

Ich verdrehte die Augen. »Jetzt hasst er mich bestimmt.«

»Hey«, Janice lachte, »das ist sein Problem. Ich freue mich jedenfalls, dass du mitkommst. Wir werden dir gleich morgen einen Surfanzug kaufen. Und ein Brett haben wir auch für dich. Zwar nur ein altes Boogieboard, aber für den Anfang reicht das.«

Für den Anfang, dachte ich und machte nun doch Luftsprünge. Innerlich jedenfalls.

2. Kapitel

Den Rest von Alecs Surferclique lernte ich erst am Abreisetag kennen. Es war der Montag nach dem 4. Juli, den die Turners mit einem Picknick hatten feiern wollen, das allerdings am Ende ins Wasser gefallen war. Auch heute war der Himmel bedeckt und es sah nach Regen aus. Das typische Wetter für Seattle und langsam begann ich, mich daran zu gewöhnen.

Alec, Janice und ich hatten am Tag zuvor unsere Sachen gepackt. Wir wollten mit zwei Autos nach La Push fahren, mit Joshs altem VW-Bus und Alecs Ford-Kombi, den er von seinen Eltern zum 19. Geburtstag bekommen hatte. Zu meinem Gepäck gehörten ein nagelneuer schwarzer Neoprenanzug, Gummischuhe und ein etwa ein Meter langes Surfbrett – falls ich doch Lust bekommen sollte, wellenreiten zu lernen.

Das Brett war beige, ziemlich zerschrammt und zweimal mit Duck Tape, einem grauen Gewebeklebeband, geflickt. Beides, Brett und Surfanzug, kamen mir vor wie Fremdkörper in meinem Gepäck. Keine Ahnung, ob ich die Sachen tatsächlich benutzen würde, aber allein die Tatsache, dass ich sie dabeihatte, setzte mich jetzt schon unter Druck.

Am Morgen hatte ich ein letztes Mal mit meinen Eltern telefoniert. Zu Hause in Deutschland war es neun Stunden später als hier an der Westküste. Sie waren gerade von der Arbeit gekommen.

»Sei vorsichtig«, sagte meine Mutter. »Steig nur auf so ein Brett, wenn du dir das wirklich zutraust.«

»Keine Angst, Ma, du kennst mich doch.«

Meine Mutter war Dänin, sie war auf den Färöer Inseln aufgewachsen und konnte nachfühlen, wie sehr ich das Meer liebte. Beinahe jeden Sommer hatte ich bei meinem Großvater Tormar in Hvalba, einem kleinen Ort an der Ostküste von Färö, verbracht. Vermutlich hatte ich meiner Ma zu verdanken, dass ich diese Reise mitmachen durfte.

Von meinem Vater bekam ich noch ein paar gut gemeinte Ratschläge mit auf den Weg. »Mach nicht alles mit, Smilla. Du weißt schon.«

Natürlich *wusste* ich. Keinen Alkohol, keine Drogen und Vorsicht bei den Jungs. »Alles klar, Pa, du kennst mich doch. Ich hab euch auch lieb.« *Und glücklicherweise liegt in den nächsten Monaten der große Ozean zwischen uns.*

Wir waren noch nicht fertig mit dem Frühstück, als es vor dem Haus hupte. Alec und Janice liefen hinaus und ich trottete hinterher. Ein himmelblauer, mit springenden Delfinen bemalter VW-Bus stand vor der Tür, auf dem Dach vier festgeschnallte Surfbretter. Josh stieg aus dem Bus und begrüßte mich mit einer herzlichen Umarmung. Er hatte den Rest der Truppe bereits zu Hause abgeholt. Einer nach dem anderen sprangen sie aus dem Bus, und als Alec mich ihnen vorstellte, wurde mir langsam klar, warum er Bedenken gehabt hatte, mich mitzunehmen.

Zunächst war da Laura. Sie trug halblange Kakis und ein buntes Kapuzenshirt, hatte rote Korkenzieherlöckchen, rostbraune Sommersprossen und freundliche graue Augen. Ihr glucksendes, kullerndes Lachen war ansteckend, aber ihre selbstbewusste, lässige Art machte mir sofort klar, dass sie von einem ganz anderen Kaliber war als die Mädchen, die ich sonst so kannte.

Brandee, das zweite Mädchen, war fast so groß wie Alec. Sie taxierte mich eingehend mit ihren eishellen, schwarz umrandeten Augen. Ihr Haar war glatt schwarz und lang, mit Ponyfransen bis auf die langen Wimpern. Sie hatte eine klasse Figur – viel Busen, aber nicht zu viel, flacher Bauch und lange Beine – und sie trug die angesagtesten Klamotten: enge Hüftjeans, Chuck Taylor All Star Sneakers, eine mit Nieten besetzte taillierte Lederjacke und darunter ein bauchfreies hellblaues Top. In ihrem linken Nasenflügel blitzte ein winziger blauer Glitzerstein.

Ich hatte mich nie als Mauerblümchen gesehen, doch neben solchen Mädels wurde ich schlichtweg unsichtbar.

Brandee hing ziemlich lange an Alecs Hals und es war nur zu offensichtlich, dass ich das sehen sollte. Ich fühlte, wie sich mein Magen zusammenzog. Hatte Alec gemerkt, dass ich ihn anhimmelte (wie peinlich), und es seinen Freunden erzählt? Wollte Brandee mir zeigen, dass er ihr gehörte und ich mir keine Hoffnungen zu machen brauchte?

Ich versuchte, mir nichts anmerken zu lassen, doch bei dem Gedanken, drei Wochen lang mit diesem Mädchen auskommen zu müssen, erfasste mich leise Panik.

Smilla, du passt überhaupt nicht in die Clique, dachte ich. Da liegen Welten zwischen dir und diesen Supergirls und Superboys.

Doch ehe ich mich weiter hineinsteigern konnte, begrüßte mich Mark, ein athletischer dunkler Hüne mit asiatischen Gesichtszügen und langen schwarzen Dreadlocks, die er mit einem bunten Tuch zusammengebunden hatte. Um den Hals trug er ein Lederband mit einer kleinen Muschel. Er lächelte, als er mich begrüßte, und gab mir als Einziger die Hand. Sein Händedruck war warm und fest. Seine Augen leuchteten in einem warmen Braungrün.

Ich war hin- und hergerissen. Drei Jungen und vier Mädchen, dachte ich. Eine zu viel: *ich, das Küken, der Zwerg.*

Noch hätte ich es mir anders überlegen können, hätte eine

Ausrede erfinden können, um hierzubleiben. Alec wäre bestimmt nicht böse drum gewesen. Aber da packte er auch schon meine Sachen in den Kombi und seine Mutter, die mit Warren aus dem Haus gekommen war, um uns zu verabschieden, legte den Arm um meine Schultern.

»Lauter nette junge Leute«, sagte Monica fröhlich. »Du wirst bestimmt deinen Spaß haben.«

Ich nickte mechanisch. Sie hatte ja recht. Ich würde Spaß haben, das war es schließlich, was ich mir gewünscht hatte. Trotzdem sah ich der Reise mit gemischten Gefühlen entgegen. Keine Ahnung, warum mir beim Anblick der Truppe auf einmal mulmig zumute wurde. Etwas störte mich an ihnen. Sie kamen mir so perfekt, so sorglos, so selbstsicher vor in ihren lässigen, aber teuren Klamotten, in denen sie aussahen, als kämen sie aus der Werbung für *Old Navy*. Alle waren gerade gewachsen und groß. Keiner von ihnen hatte einen äußerlichen Makel, dafür hatten ihre offensichtlich reichen Eltern gesorgt. Es gab keine schiefen Zähne, keine Brille, keine verunglückte Nase, nicht mal einen winzigen Pickel im Gesicht. Alle sechs sahen aus, als wären sie direkt einem dieser Hochglanz-Surfermagazine entsprungen, die bei Alec im Zimmer lagen.

Was soll's, dachte ich, sie *sind* Surfer. Eine Spezies für sich. Ich war zwar klein, aber kein hässliches Entlein und würde schon mit ihnen klarkommen. Janice war schließlich nur ein Jahr älter als ich. Sie und Alec waren meine Freunde. Und Josh – Josh war auf die Idee gekommen, mich mitzunehmen, und er flirtete sogar mit mir. Zwar war er nicht der, mit dem ich gerne geflirtet hätte, aber es tröstete mich. Nach Sebastians gefühlloser Abschiedsnummer und dem Verlust meiner Haare stand mein verbliebenes Selbstwertgefühl noch etwas auf wackligen Füßen. Ein wenig männliche Aufmerksamkeit konnte ich ganz gut gebrauchen.

Wir verabschiedeten uns von Warren und Monica und stiegen ein. Brandee schwang sich auf den Beifahrersitz von Alecs Kombi, Janice und ich saßen auf der Rückbank. Mark und Laura fuhren mit Josh im Bus. Die Turners winkten, bis wir um die Ecke bogen.

Der schnellste und kürzeste Weg auf die Olympic-Halbinsel war die Fähre. Im Hafen kauften wir Tickets nach Bainbridge und eine halbe Stunde später legte das Schiff mit den Autos im Bauch ab. Wir gingen an Deck, um die Skyline der Stadt zu sehen. Für einen Augenblick riss die Wolkendecke auf und ließ die Fassaden der Hochhäuser aufleuchten.

Von meinen Eltern hatte ich eine neue Digitalkamera bekommen, ein verfrühtes Geburtstagsgeschenk, das ich jetzt einweihte. *Klick, klick, klick.* Bei dem Gedanken, dass Seattle für das nächste Jahr mein Zuhause sein sollte, durchzog mich ein freudiger Schauer.

Janice nahm mich am Arm. »Komm mal mit«, sagte sie und schleppte mich auf die andere Seite der Fähre. Sie streckte die Hand aus und zeigte auf etwas in der Ferne. Ich sah Verladekräne und bunte Container und auf einmal entdecke ich *ihn:* den Berg. Wie ein Geist schwebte die schneebedeckte Kuppe des Mount Rainier über einem Ring aus Wolken.

»Wow!«, sagte ich. *Klick, klick, klick.* Ich mochte das Geräusch meiner neuen Kamera.

»Echt krass, oder? Den kriegt man nicht oft zu sehen.«

Zwanzig Minuten später legte die Fähre in Bainbridge an und wir stiegen wieder in die Autos. Auf der Fahrt gen Westen blieb uns das Wetter freundlich gesinnt. Mal Sonne, mal Wolken, aber kein Regen.

Ich sah aus dem Fenster und versuchte, mir meine kindliche Freude vor den anderen nicht anmerken zu lassen. Mir gefiel, was ich sah: viel Wald, kleine Ortschaften mit bunten Holzhäusern, vor denen bunte Blumen wuchsen. Und schließlich auf der rechten Seite die Seestraße von San Juan de Fuca. Janice erklärte mir, dass der dunkle Streifen am anderen Ufer Vancouver Island in Kanada war.

Schließlich führte die Straße weg von der Küste und von nun an fuhren wir durch dichten, scheinbar undurchdringlichen Wald, der bis an die Straße reichte. Die Bäume wuchsen hoch, der Himmel war nur ein graublauer Streifen zwischen ihren Wipfeln. Fasziniert blickte ich nach draußen, ließ verschiedenfarbiges Grün an mir vorbeirauschen. Auf Janice schien der Wald allerdings ermüdend zu wirken. Sie hatte jetzt Kopfhörer im Ohr und die Augen geschlossen. Die Musik aus ihrem MP3-Player drang leise zu mir herüber.

Brandee, die sich bisher noch nicht einmal zu uns umgedreht hatte, legte Alec eine Hand in den Nacken und wickelte immer wieder eine seiner Dreadlocks um den Zeigefinger.

Okay, dachte ich, das wäre also endgültig geklärt. Und es war nicht schlimm, wirklich nicht. Nur ein bisschen. Ich war schließlich kaum zwei Wochen hier und das Ganze war hoffnungslos einseitig geblieben. Außerdem war da ja auch noch Josh, der offensichtlich Gefallen an mir gefunden hatte, trotz Jungsfrisur und Jungsfigur. Klar war ich eifersüchtig auf Brandee, aber hey, immerhin saß ich in diesem Auto. Smilla Rabe aus Germany fuhr mit einer Surferclique drei Wochen lang an einen einsamen Strand am Pazifik. Das passierte wirklich. Ich beschloss, mir das nicht verderben zu lassen, komme, was da wolle.

Nach mehr als fünf Stunden Fahrt näherten wir uns La Push. Es war später Nachmittag. Wir hatten auf unserem Weg einige Kahlschläge durchquert – von Feuerkraut überwucherte, baumlose Flächen, die todtraurig aussahen in ihrer Verwüstung. Irgendwann war Alec hinter Joshs Bus vom Highway nach rechts auf eine schmale Teerstraße abgebogen und wieder säumten grüne Wälder die Straße. Zweimal überquerten wir einen kristallgrünen Fluss, den Quillayute River. Schließlich erreichten wir das Quileute-Indianerreservat und das Ortsschild von La Push tauchte vor uns auf. Darunter war ein weiteres Schild angebracht, mit der Aufschrift NO VAMPIRES PAST THIS POINT. Wer auch immer diese Quileute-Indianer waren, dachte ich, Humor hatten sie jedenfalls.

Alec bog hinter Josh auf den Parkplatz vor einem kleinen Supermarkt, der sich »Lonesome Creek Store« nannte. Hohe Bäume zur Rechten und zur Linken, der Parkplatz mit dem holzverkleideten Supermarktgebäude in der Mitte. Bemalte indianische Schnitzereien zierten die graue Fassade. Ein paar Leute betraten den Laden, andere verließen ihn mit vollen Einkaufstüten.

»Da wären wir«, sagte Alec und drehte sich zu uns um.

Janice merkte erst jetzt, dass wir angekommen waren, und zog die Kopfhörer aus ihren Ohren. Wir stiegen aus und ich streckte mich. Nach der langen Fahrt war ich hungrig. Aber schließlich standen wir ja direkt vor einem Supermarkt und außerdem hatten wir vier gut gefüllte Kühlboxen in den Autos.

Laura, Mark und Josh kamen aus dem VW-Bus geklettert. Mark drückte seine Fingerknöchel zusammen, dass es knackte.

»Oh Mann, hör bloß auf damit«, stöhnte Brandee mit verdrehten Augen. Mark zuckte mit den Achseln.

»Von hier aus gehen wir zu Fuß«, erklärte Alec. »Der Strand ist gleich da drüben hinter dem Wald.« Er zeigte nach links, wo sich ein schmaler Weg durch die dichten Baumreihen schlängelte. »Aber erst einmal müssen wir uns eine Campingerlaubnis holen«, fuhr er fort. »Die gibt es hier im Supermarkt.« Zielstrebig steuerte er auf den Eingang zu und wir folgten ihm.

Auf einer Bank, ein paar Meter vor dem »Lonesome Creek Store« saßen ein Junge und zwei Mädchen, die ich auf siebzehn oder achtzehn schätzte, auf jeden Fall noch keine zwanzig. Ihrem Aussehen nach waren es Einheimische. Dunkle Gesichter, rabenschwarzes Haar, schräge dunkle Augen. Eben hatten sie noch miteinander gelacht. Jetzt schwiegen sie und ihre Blicke wurden zusehends verschlossener, je näher wir kamen.

Eine der Indianerinnen, die hübschere, hatte ein rundes Mondgesicht mit einer flachen Nase, einem kleinen Mund und schmalen Augen. Bei der anderen fiel mir zuerst die verkorkste Dauerwelle auf und dann ihr hässliches Sweatshirt. Es war pinkfarben und hatte große silberne Blumen aufgedruckt.

Als ich drei Meter entfernt an ihnen vorbeiging, bemerkte ich, dass sie einen Hund bei sich hatten, der jetzt unter der Bank hervorkam. Er hatte hellgraues Fell mit einem fast schwarzen Streifen auf dem Rücken und sah aus wie ein Wolf. Mit einem Knurren zog er die Lefzen zurück und zeigte seine gelben Zähne.

Meine Nackenhaare richteten sich auf. Der Hund war nicht an der Leine. Ich hatte Schiss, aber seine Augen zogen mich in den Bann. Denn die waren zweifarbig, genau wie meine. Nur andere Farben: eines blaugrau wie Rauch, das andere bernsteinfarben.

Der junge Indianer im schwarzen Kapuzenshirt – sein Haar war auf der linken Seite kurz geschoren und auf der anderen lang – sagte: »Still, Boone! Hab Geduld. Am Tag darfst du sie nicht fressen, nur bei Nacht.« Die beiden Mädchen kicherten.

Ich blickte dem Jungen mit der Punkfrisur ins Gesicht, sah seinen stechenden schwarzen Reptilienblick und die dunklen Aknenarben, die seine Wangen entstellten. Dann waren wir auch schon an den dreien vorbei.

Ich hörte noch, wie der Junge »Boone mag ihren weißen Geruch nicht« zu den Mädchen sagte und sie wieder loskicherten.

Das war meine erste Begegnung mit amerikanischen Ureinwohnern und ich wollte nicht voreingenommen sein. Sie waren es ganz offensichtlich. Nicht, dass ich keinen Spaß verstand, aber ich war noch gar nicht richtig da und fühlte mich schon auf seltsame Weise unwillkommen.

Der Supermarkt war größer, als ich von draußen vermutet hatte, aber das Angebot an Lebensmitteln erwies sich als herbe Enttäuschung: eingeschweißte Sandwichs (ich nahm ein Truthahnsandwich mit Käse, weil ich Hunger hatte), ein paar Käsesorten (sehr orange), Joghurt und Hotdogs in den Kühlregalen. Welkes Gemüse, ein paar fleckige Bananen und bunte Süßigkeiten. Jede Menge Chips natürlich, in allen erdenklichen Geschmacksrichtungen. Es gab sogar Bier und Wein, was mich verwunderte, denn ich hatte gehört, dass Alkohol in Indianerreservaten verboten war.

In der hinteren Ecke des Supermarktes stand ein ATM-Bankautomat. Es gab Ständer mit Postkarten und Prospekten, ein paar Bücher über die Gegend, Regenjacken und Gummistiefel. Ich drehte am Postkartenständer und betrachtete die Karten mit Indianermasken und den alten Schwarz-Weiß-Aufnahmen von Männern, Frauen und Kindern in Baströcken und mit seltsam geformten Regenhüten auf dem Kopf.

Das Spannende daran war: Die Nachfahren dieser Leute auf den Postkarten waren hier im Supermarkt und sie hatten dieselben faszinierenden Gesichter.

Ich fotografierte mit den Augen: die ältere Frau mit den beiden Kindern, die jedes ein buntes Wassereis in den Händen hielten und sich gegenseitig ihre blaue und scharlachrote Zunge herausstreckten. Ein Mann mit dünnem grauem Zopf und schmuddeliger Kleidung, der unentschlossen vor dem Regal mit dem Alkohol stand. Zwei Männer in Arbeitskleidung und Gummistiefeln, die sich jeder ein Sixpack Budweiser griffen. Und da war auch noch ein junger Mann in Jeans und T-Shirt, der in einem der Regale etwas zu suchen schien. Ein dicker Zopf hing ihm lang wie ein Tau den Rücken herunter.

Dreh dich mal um, dachte ich. *Ich will dein Gesicht sehen.*

Aber den Gefallen tat er mir natürlich nicht.

Ich hörte, wie Alec und Josh mit dem Typen hinter der Theke, der ein »Lonesome Creek Store«-Basecap trug, zu diskutieren begannen. Der Indianer schüttelte verdrießlich den Kopf. »Wenn euch das nicht passt«, sagte er zu den beiden, »könnt ihr ja wieder gehen.«

Der Junge mit dem Zopf riss den Kopf hoch und blickte vor zur Theke. Ich sah, wie sich seine Hände langsam zu Fäusten ballten.

Na wunderbar, dachte ich, das fängt ja gut an. Man schien hier geradezu auf uns gewartet zu haben. Plötzlich hatte ich ein hohles Gefühl in der Magengrube. Ich legte das Sandwich, das ich mir ausgesucht hatte, wieder ins Kühlregal zurück und ging vor zur Theke.

Alec schob seine Kreditkarte über den Tisch. Der Indianer mit dem Basecap kassierte und gab noch ein paar mürrische Anweisungen.

»Wir warten draußen«, sagte Alec zu Mark, Laura und Brandee, die jetzt mit Zahlen an der Reihe waren.

Zu dritt verließen wir den Supermarkt und ich brachte es nicht fertig, mich noch einmal nach dem Jungen umzudrehen. Auf einmal fürchtete ich mich davor, sein Gesicht zu sehen.

»Was war denn los?«, fragte ich, als wir draußen standen.

»Das Campen ist teurer geworden«, brummte Alec verstimmt. »Pro Zelt und Nacht fünf Dollar mehr als letztes Jahr. Der Typ war total unfreundlich. Er meinte, wir sollten drüben in Mora campen, wenn es uns hier nicht passt.«

»Aber in Mora gibt es keinen *Swell* vor der Haustür.« Josh grinste und klopfte Alec auf die Schulter. »Ach komm, Alter, lass dir doch von so einem Wichtigtuer nicht die Laune verderben.«

Alec zuckte mit den Achseln.

»Was bekommst du denn von mir?«, fragte ich ihn.

»Nichts«, sagte Alec. »Mom und Dad haben mir Geld gegeben, auch für dich.«

»Okay, aber . . .«

Alec machte eine Handbewegung, die keinen Widerspruch zuließ. »Kein *aber,* Midget. Was das Campen angeht, bist du eingeladen, okay?«

»Okay«, sagte ich leise. Josh nickte mir grinsend zu.

Während wir auf die anderen warteten, kam der Indianerjunge mit dem Zopf aus dem Supermarkt. Er hatte vier Dosen Coke in den Händen und blickte zu uns herüber. Nun sah ich auch sein Gesicht. Es war dunkel und gut aussehend, doch im schwarzen Blick des Jungen lag eine so unverhohlene Feindseligkeit, dass mir ein eisiger Schauer über den Rücken kroch und ich eine Gänsehaut bekam. Ich schluckte. Plötzlich kam ich mir vor wie ein Eindringling, ein Fremdkörper. Ich wollte wegsehen, als der Indianer in ein paar Metern Entfernung an uns vorbeiging, tat es aber nicht. Unsere Blicke trafen sich. Ich merkte, wie ein Ruck durch seinen Körper ging und er mich sekundenlang irritiert anstarrte. *Meine Augen,* dachte ich und sah rasch zu Boden, bis er vorüber war.

Er ging zu seinen Freunden, die jetzt vor der Bank standen. Der Wolfshund sprang bellend an ihm hoch. Der Indianer verteilte die Coladosen, öffnete sich selbst eine, legte den Kopf in den Nacken und trank.

Zufällig bekam ich mit, wie Alec und Josh vielsagende Blicke wechselten. Es war nur ein kurzes Aufblitzen, aber ich hatte es gesehen. Irgendetwas schwebte hier in der Luft, etwas, das nicht zu greifen war. Ich spürte es und konnte nichts damit anfangen. Aber es verunsicherte mich.

Sie sind wieder da.

Beinahe hat er den großen Blonden nicht erkannt, der Dreads wegen. Aber jetzt ist er sich sicher, denn er hat auch die beiden anderen gesehen: den Supersurfer und den Typen mit den braunen Locken.

Justins Mörder.

Was sie getan haben, ist ihnen offensichtlich gleichgültig. Sie kennen keine Schuldgefühle, in ihnen ist kein Funken Reue. Sie sind zurückgekommen, haben diesmal ein paar Mädchen mitgebracht und tun so, als wäre es nie passiert.

Schnell und heftig wie ein Messer dringt der Schmerz in Conrads Brust und hinterlässt eine offene Wunde, pulsierend und heiß. Dunkler Hass erfüllt ihn, das Blut pocht in seinen Schläfen, er bekommt keine Luft. Die Erinnerung bricht über ihn herein wie ein kalter Sturm. Er sieht alles ganz deutlich vor sich, als wäre es gestern gewesen. Es ist der Tag, den er nie vergessen wird, der Tag, an dem sein Bruder Justin starb.

Der bloße Anblick der Surfer ruft das zurück, was Conrad in den vergangenen Monaten zu verdrängen versucht hat. Was Justins Tod aus ihm gemacht hat: ein Halbwesen, geplagt von Albträumen und Schlaflosigkeit, von Hass, der an ihm frisst wie ein wildes Tier und sein Leben im Chaos versinken lässt.

Der Ozean hat seinen Bruder verschlungen, doch Conrad gibt dem Meer keine Schuld. Die wahren Schuldigen stehen hier vor dem Supermarkt, schwatzen fröhlich, haben Spaß, sind am Leben.

Sie werden den First Beach belagern, so wie sie es im vergangenen Jahr auch getan hatten. Sie werden so tun, als gehöre der Strand ihnen.

Ein zorniger Laut kommt aus Conrads Kehle. Milo wirft seine leere Coladose in den Abfalleimer neben der Bank und sieht den Freund fragend an. »Alles klar, Kumpel?«

»Sie sind wieder da«, würgt Conrad hervor.

Milos schwarze Augen funkeln, kurz sieht er hinüber zu den Surfern und dann wieder zu Conrad. »Bist du dir sicher?«

»Ja. Zuerst habe ich sie auch nicht erkannt, wegen der Surfer-Tussis. Aber sie sind es.« Er ballt die Rechte zur Faust, zerdrückt die Coladose mit einem lauten Knacken.

Milo packt ihn an der Schulter. »Reiß dich verdammt noch mal zusammen, okay?«

Sassy, Milos Freundin, legt eine Hand auf Conrads Arm und sieht ihn mit ihrem runden Mondgesicht mitleidig an. »Er ist tot, Con, und deine Wut macht ihn auch nicht wieder lebendig«, sagt sie sanft. »Dein Bruder hat getan, was er tun musste. So war er, du hast es nie verhindern können. Es ist vorbei.«

»Vorbei?« Er schluckt hart. »Es wird niemals vorbei sein.«

»Es bringt nichts, wenn du jetzt Stunk anfängst, okay?«, sagt Milo.

Conrad tritt einen Schritt zurück, er macht eine zornige Geste. »Was redest du da für einen Schwachsinn, Mann? *Sie* sind es, die Stunk machen. Schon allein ihre bloße Anwesenheit ist *Stunk.«*

Sassy verdreht die Augen. »Wir gehen schon mal vor«, sagt sie und verschwindet zusammen mit ihrer Freundin Valerie zwischen den Bäumen.

Boone sitzt mit heraushängender Zunge da, wedelt mit dem Schwanz und sieht Conrad erwartungsvoll an. Auch Conrad läuft los. Er muss hier weg, bevor er explodiert. Der Hass brodelt in ihm wie Magma, er kann nicht damit umgehen, er braucht ein Ventil.

»Beruhig dich, okay?« Milo rennt ihm hinterher und greift nach seinem Arm. »Wenn du jetzt Scheiße baust, kriegst du es im Handumdrehen mit deinem Alten zu tun.«

Conrad bebt. »Und was soll ich deiner Meinung nach tun?«

»Es ruhig angehen, okay? Ich lass mir was einfallen.«

Milo und Conrad laufen den Mädchen hinterher, in den Wald hinein, mitten durch das »Ocean Park Resort« mit Ferienhütten in verschiedenen Preisklassen, einer Reihe luxuriöser Strandhäuser mit Meerblick und dem neuen Motel (auch mit Meerblick). Alles stammeseigen und trotzdem verhasst. Jedenfalls bei den meisten Quileute. *Yuppie Cabins* nennen sie die Strandhäuser, in denen die betuchten weißen Gäste so komfortabel untergebracht sind, wie niemand von den Einheimischen es sich leisten kann.

Die Siedlung La Push ist klein, sie hat nur rund vierhundert Bewohner, der überwiegende Teil sind Quileute. Das »Ocean Park Resort« besetzt das schönste Fleckchen Stammesland und trennt die Quileute von ihrem Strand. Aber die Ferienunterkünfte bringen dem Stamm auch viel Geld, das er dringend braucht für die Schule, das Krankenhaus, das Seniorenzentrum. Im Sommer strömen die Feriengäste nach La Push, angezogen von der wilden Schönheit der Gegend, der Abgeschiedenheit der Küste und den vielen seltenen Tierarten. Einige Besucher kommen immer wieder, andere nie.

Conrad wünscht, *sie* wären niemals wiedergekommen.

3. Kapitel

Nachdem auch die anderen aus dem Supermarkt gekommen waren, fanden wir uns alle wieder bei den Autos ein.

»Okay«, sagte Alec und zeigte auf eine Stelle im Schatten der Bäume, »wir können die Wagen dort drüben parken. Dann gehen wir zum Strand, suchen uns ein gutes Plätzchen zum Campen und holen später unser restliches Gepäck.«

Es schien ganz natürlich zu sein, dass Alec den Ton angab. Er strahlte Ruhe und Besonnenheit aus und besaß eine natürliche Autorität. Die anderen schienen froh zu sein, dass einer das Kommando übernahm, sogar Josh und Mark arrangierten sich damit. Das wunderte mich, denn schließlich waren die beiden im vergangenen Jahr zwei Wochen mit Alec hier surfen gewesen und kannten sich genauso gut aus wie er. Nur die Mädchen waren wie ich zum ersten Mal in La Push.

Ich warf noch einen verstohlenen Blick hinüber zu den jungen Einheimischen, aber sie verschwanden gerade auf dem Weg zwischen den Bäumen, der vermutlich in den Ort führte.

Alec und Josh fuhren die Autos auf den uns zugewiesenen Parkplatz, wo schon andere Wagen standen. Ich sah, dass ungefähr hundert Meter weiter hinter Sträuchern ein paar Wohnmobile hervorblinkten.

Jeder von uns schnappte sich ein oder zwei Gepäckstücke, bis auf Brandee, die nur ihre Handtasche trug. Unwillkürlich fragte ich mich, ob ihr klar war, dass sie einen Campingurlaub vor sich hatte. Überhaupt konnte ich sie mir mit ihrem gestylten Outfit nur schwer in einem Zelt vorstellen.

Als ich Josh fragte, wo der Zeltplatz wäre, erklärte er: »Wir zelten direkt am Strand. Du wirst schon sehen, es ist cool.«

Alec ging voran und nahm den Pfad zwischen den Bäumen hindurch. Wir folgten ihm im Gänsemarsch. Schon nach wenigen Metern konnte ich den Ozean riechen. Als ich das Brandungsgeräusch hörte, wusste ich noch nicht, was mich erwartete, aber mein Herz schlug schneller. Bald lichteten sich Wald und Buschwerk und ich sah zunächst nur ein Wirrwarr silbern ausgeblichener Baumstämme, ineinander verkeilt und aufgetürmt wie riesige Skelette. Das Brandungsrauschen war lauter geworden und ich konnte es kaum erwarten, endlich das Meer zu sehen.

Wir bahnten uns mit unserem Gepäck einen Weg durch und über die Treibholzbarriere. In diesem Moment blitzte die Sonne zwischen den Wolken hervor und blendete mich.

»Sonne«, juchzte Laura voller Freude und schüttelte ihre Korkenzieherlocken. Sie fing an zu singen: *»Sunshine on my shoulders makes me happy, sunshine in my eyes can make me cry. Sunshine on the water looks so lovely, sunshine almost always makes me high.«*

»Echt krass«, hörte ich Janice sagen, die gerade vor mir über einen Stamm kletterte, der halb im Sand vergraben lag.

Ich stieg ihr nach und dann sah auch ich ihn, den Pazifik. Die überwältigende Präsenz des Ozeans traf mich bis ins Mark. Er war von einem schweren Graugrün und milchig schäumend dort, wo die Wellen sich brachen, die mit wilder Unrast an den sandigen Strand trieben. Weiter draußen wechselte der Ozean die Farbe. Indigoblau leuchtete er und das Wasser funkelte von Sonnenlicht, als wäre seine Oberfläche mit Pailletten bestickt.

Vom ersten Moment an spürte ich, dass der Ozean voller Geheimnisse war, die sich in seinen dunklen Tiefen verbargen. Der Pazifik sprach zu mir. *Wer bist du?*, schien er zu fragen.

»Smilla«, flüsterte ich und hatte auf einmal den salzigen Geschmack von Tränen im Mund.

Während die anderen weitergingen, ließ ich die Henkel meiner Tasche von den Schultern gleiten und sah mich um. Der First Beach war eine lang gezogene, sichelförmige Bucht, die zu ihrer Linken von schroffen Felsen begrenzt war, auf denen dunkle Nadelbäume wuchsen. In der Nähe der Klippen ragten einzelne Felsnadeln wie schwarze, steile Zähne aus dem Meer. Auf der rechten Seite zog sich der sandige Strand lang hin. Ich sah ein Pärchen, das an der Wasserlinie spazieren ging und nach Muscheln oder anderen Meeresschätzen Ausschau hielt. Ein paar identisch aussehende Strandhäuser mit großen Glasfenstern standen dicht am Ufer, gleich hinter dem Schwemmholz, vermutlich Touristenunterkünfte. Am anderen Ende der Bucht sah ich auf einem Hügel größere Häuser mit blauen Dächern stehen und ich nahm an, dass das der eigentliche Ort La Push war. Eine dem Festland vorgelagerte Felseninsel ragte dort aus dem Meer, auf der sturmzerzauste Bäume standen.

»James Island«, sagte Josh, der neben mir auf den Stamm gestiegen und meinem Blick gefolgt war. »Dort haben die Indianer früher ihre Toten begraben.«

Ein Schauder rann über meinen Rücken. Ich schrieb ihn dem Wind zu, der vom Meer herüberwehte und unter mein T-Shirt fuhr. »Es ist wunderschön hier«, sagte ich, schier überwältigt von diesem magischen Ort. Eine tiefe Freude durchströmte mich, dass ich hier sein durfte – für drei lange Wochen. Meine Bedenken waren wie weggeblasen.

»Na komm!«, sagte Josh. »Du wirst noch genügend Zeit haben, die Gegend zu bestaunen. Hier ist nämlich sonst nicht viel los.«

Wir folgten den anderen und nach etwa hundert Metern erreichten wir ein kleines Flussdelta. Ich zog meine Turnschuhe aus, um barfuß durch das flache Wasser zu waten. Es war kalt und klar und ich liebte das Gefühl des festen kühlen Sandes an meinen Fußsohlen.

Ein ganzes Stück weiter vorn schienen die anderen inzwischen einen Platz gefunden zu haben, an dem wir unsere Zelte aufschlagen konnten. Alec stand inmitten der Gruppe und gestikulierte nach rechts und nach links, vermutlich bestimmte er, wo die Zelte aufgebaut werden sollten.

»Das ist der beste Platz«, sagte Josh und wischte sich über die Stirn. »Letztes Jahr haben dort ein paar Surfer aus Port Angeles gecampt. Sieht so aus, als hätten wir dieses Jahr mehr Glück.«

Ich blickte mich um und konnte außer uns niemanden entdecken. Ich konnte mir nicht vorstellen, dass man sich hier um die besten Plätze drängeln musste – der Strand war jetzt völlig menschenleer. Aber als wir bei den anderen angelangt waren, sah ich, dass Josh recht hatte: Die Stelle, an der wir unser Camp aufschlagen würden, war perfekt. Sie lag etwas höher als der Strand, sodass die Flut uns nicht erreichen konnte, und es war genug Platz für unsere fünf Zelte, die wir allerdings auf rund geschliffenen Steinen aufbauen mussten, denn Sand gab es hier oben nicht mehr.

Jemand hatte aus Schwemmholzstämmen einen Unterschlupf gebaut, eine Art Wind- und Regenschutz. Dazu hatte er den umgestürzten Stamm einer Erle benutzt, deren größter Ast ungefähr einen Meter fünfzig über dem Boden lag. Der Erbauer des Unterschlupfes hatte diesen Ast als Querbalken genutzt und dem Ganzen eine Rückwand und ein Dach gegeben. Der Baum war noch nicht tot, der große Ast hatte an manchen Stellen ausgetrieben und die hellgrünen Blätter wirkten wie lebendiger Schmuck am grauen Holz.

»Na, was sagt ihr?«, fragte Alec strahlend. »Der Hammer, oder? Wir sind die einzigen Camper am ganzen Strand und bis zum Wochenende wird sich das auch nicht ändern.« Er griff sich in den Nacken, zog sein T-Shirt über den Kopf und rieb sich damit den Schweiß von der Stirn.

Ich hörte zustimmendes Murmeln, ein paar begeisterte Worte und Brandees Frage, wo man hier duschen und auf die Toilette gehen konnte.

»Vorne beim Supermarkt«, antwortete Alec. »Auf der rückwärtigen Seite des Gebäudes sind Duschen und Toiletten. Ich habe ganz vergessen, euch das zu zeigen. Es gibt sogar Waschmaschinen.«

»Sogar?«, sagte Brandee und verzog missmutig das Gesicht. »Dass ich, um zu duschen oder auf die Toilette zu gehen, eine Meile laufen muss, hat mir vorher keiner gesagt.«

»Hey«, Alec runzelte die Stirn. »Ich habe dich gewarnt, okay? La Push ist kein glamouröser Surfspot. Aber wir können hier in Ruhe üben und niemand stört uns dabei. Es gibt keine Einheimischen, die die besten Wellen für sich beanspruchen. Und dieser Platz hier«, er breitete die Arme aus, »ist doch echt die paar Schritte wert, die man zum Duschen gehen muss. Von hier bis zum Supermarkt sind es höchstens dreihundert Meter.« Er sah Brandee herausfordernd an und hob die Hände, bevor sie etwas erwidern konnte. »Klar, das ist nicht Waimea Bay. Aber nicht jeder von uns hat das Glück, seine Sommerferien auf Hawaii verbringen zu können. Und wenn dir unser Camp zu primitiv ist, dann kannst du dir ja eins von den Strandhäusern mieten.«

Mir klappte die Kinnlade herunter, so erstaunt war ich über Alecs Tonfall. Und ich fragte mich, wie die beiden in Wahrheit zueinander standen. Nicht, dass ich mir noch irgendwelche Hoffnungen gemacht hätte, aber ich fühlte eine eigenartige Genugtuung darüber, dass Alec Brandee so hatte abblitzen lassen.

Brandee kniff die Lippen zusammen. Ganz offensichtlich

wollte sie sich nicht unbeliebt machen, deshalb sagte sie schmollend: »Schon gut, kein Grund, sich so aufzuregen. Ich habe ja nur gefragt.«

»Und was ist das?«, fragte Laura. Sie wies auf ein blau-weißes Schild, das rund zwanzig Meter von unserem Lagerplatz am Waldrand stand, dort, wo ein Trampelpfad von üppigem Grün verschluckt wurde. Das Schild zeigte eine Riesenwelle und ein Männchen, das sich vor ihr auf einen Felsen rettete. Darunter stand: TSUNAMI EVACUATION ROAD.

Josh grinste. »Na, wonach sieht es denn aus?«

»Hier gibt es *Tsunamis«*, sagte Laura entgeistert und zog ihre Nase kraus, was bei den vielen Sommersprossen lustig aussah. »Und unser Camp liegt mitten auf dem Fluchtweg!«

»Keine Panik«, sagte Mark, der bisher geschwiegen hatte. »Den letzten Tsunami gab es hier vor mehr als fünfhundert Jahren.«

Brandee meinte: »Aber man kann nie wissen.«

»Nee, kann man nicht«, sagte Josh. »Aber schließlich sind wir doch wegen der Wellen hier, oder?« Er breitete die Arme aus und grinste fröhlich.

»Lasst uns jetzt das restliche Gepäck holen, okay?«, schlug Alec vor. »Besser, die Surfbretter sind hier.«

Alec entschied, dass Janice und ich am Strand bleiben sollten, während die anderen zu den Autos zurückgehen würden, um den nächsten Schwung Gepäck zu holen. Vor allem natürlich die Surfbretter, die (das war eine der ersten Surfregeln) nie unbeaufsichtigt bleiben durften.

Sie zogen los und Janice und ich machten uns daran, unser Zelt aufzubauen. Bevor wir es ausbreiteten, räumten wir ein paar faustgroße Steine aus dem Weg. Unsere Behausung für die nächsten drei Wochen war ein kuppelförmiges grünes Dreimannzelt, wir würden also zu zweit genügend Platz darin haben. »Und, gefällt es dir hier?«, fragte Janice, als wir Alustäbe in die dafür vorgesehenen Schlaufen schoben.

»Ja, total«, sagte ich begeistert. »Dir nicht?«

Sie hob die Schultern. »Ach, ich weiß nicht. Der Strand und das Meer sind toll, und dass wir die einzigen Surfer hier sind – das hat schon was. Aber ich campe nicht gerne so alleine. Schon gar nicht, nachdem ich weiß, dass wir hier nicht willkommen sind. Hast du die Blicke der Indianer vor dem Supermarkt gesehen? Ich habe mir bald in die Hosen gemacht.«

Ich musste lachen. »Ja. Sah so aus, als würden sie uns nicht sonderlich mögen.«

»Das Gefühl hatte ich allerdings auch«, sagte Janice sarkastisch. Sie zog die Mundwinkel nach unten. »Vermutlich können die Indianer uns Weiße einfach nicht leiden. Das wird ihnen schon in die Wiege gelegt, hat Dad immer gesagt.«

Ich dachte an den Blick, den Alec und Josh getauscht hatten, als der Junge mit dem langen Zopf an uns vorbeigegangen war. Mir war es so vorgekommen, als hätte in ihren Gesichtern Erkennen gelegen. Aber vielleicht hatte ich mir das auch bloß eingebildet.

»Ich würde gerne mehr über die Indianer hier erfahren«, sagte ich. »Andere Völker, andere Regeln. Da kann man schnell ins Fettnäpfchen treten, ohne zu wissen, wieso.«

»Ach, ich glaube, wir werden kaum mit denen zu tun haben.«

»Schade«, sagte ich.

»Sie interessieren dich wirklich, was?« Janice musterte mich mit schief gelegtem Kopf.

»Ja, na klar. Morgen werde ich mir den Ort ansehen, vielleicht gibt es in La Push ja so etwas wie ein Museum.«

Janice hatte gerade mühsam einen Zelthaken in den steinigen Boden geschlagen und hielt nun inne, den großen runden Stein noch in der rechten Hand. »Ihr Deutschen habt eine Menge übrig für unsere armen Ureinwohner, nicht wahr? Als wir mit Mom und Dad mal in Arizona bei den Navajos waren, da wimmelte es nur so von deutschen Touristen. Sie haben sich wie die Verrückten mit echt indianischem Türkisschmuck eingedeckt. Echt *Made in Taiwan.«*

»Na ja«, sagte ich, »wir werden drei Wochen hier sein, an *ihrem* Strand. Ist es da nicht normal, dass man sich für sie interessiert?«

Janice band eine Zeltleine an die bleiche Wurzel des großen Stammes, der hinter unserem Zelt lag wie ein Schutzwall. »Keine Ahnung. Ich vermute mal, das Einzige, was die anderen interessiert, sind die Wellen und . . .« Sie stockte und sprach den Satz nicht zu Ende.

»Und *was?«,* fragte ich neugierig.

»Sex, Drugs and Rock 'n' Roll«, meinte sie mit einem vielsagenden Grinsen.

Na toll, dachte ich, denn auch wenn Janice es im Scherz gesagt hatte, mit Sicherheit war da was dran. Sofort kehrte die Unsicherheit zurück, die ich bei unserer Abfahrt gespürt hatte. Ich musste aufpassen, dass ich mich nicht wie ein Kind benahm (was durchaus hin und wieder vorkam), sonst würden sie mich wie eines behandeln.

»Verstehe.« Ich versenkte den letzten Zelthaken zwischen den Steinen und versuchte, die Sehnsucht zu unterdrücken, die mich plötzlich überkam. Wie gerne wäre ich jetzt mit meinen Freunden zusammengewesen. Mit *meiner* Clique. Mit Sanne, meiner besten Freundin, Per, Fine, Lukas und von mir aus auch mit Sebastian. Mit ihnen hatte ich mich immer wohlgefühlt. Ich kannte ihre Eltern und ihre Geschwister – sogar ihre Großeltern. Ich wusste, wie es in ihren Zimmern aussah. Ich kannte ihre Lieblingsbands, ihre Zukunftspläne, ihre Stärken und ihre Schwächen und wusste noch eine ganze Menge mehr über sie. Eben einfach alles, was man über gute Freunde wissen musste.

Über Alecs Freunde wusste ich so gut wie gar nichts, außer dass sie Surfer waren und deutlich älter als ich. Aber ich würde die nächsten drei Wochen mit ihnen auskommen müssen, da führte kein Weg dran vorbei. Allerdings brauchte ich mich nur umzudrehen und auf das offene Meer hinauszuschauen und meine Bedenken verschwanden so schnell, wie sie gekommen waren. Aus mir musste keine Surferin werden. Ich konnte lesen, schwimmen gehen, lange Strandspaziergänge machen, meine neue Kamera austesten und meine Taschen mit Strandgut füllen.

Vielleicht trog der erste Eindruck ja auch und ich konnte doch Bekanntschaft mit ein paar Einheimischen schließen. Ich war neugierig auf sie – wie sie heute lebten und wie sie früher gelebt hatten. Noch wusste ich gar nichts über die Quileute-Indianer, außer dass ihre Vorfahren sich in Wölfe verwandeln konnten. Aber das war möglicherweise bloß der Fantasie dieser Schriftstellerin entsprungen, die »Twilight« geschrieben hatte, den Vampirroman.

Janice und ich pusteten gerade unsere Isomatten auf (Matte und Schlafsack hatte ich von Monica geborgt bekommen und beides war von superguter Qualität), als der Trupp mit dem nächsten Schwung Gepäck, Wasserkanistern und den Surfbrettern zurückkam, die aufrecht gegen den quer liegenden Ast des Unterschlupfes gestellt wurden. Fünf Bretter nebeneinander, nur das von Janice und meines waren noch nicht dabei. Vier der Bretter waren gleich lang, ungefähr zwei Meter, und eines war ein riesiges Ding, ich schätzte es auf etwa zwei siebzig. Das lange Brett leuchtete in den Farben der Rastafarian: Gelb, Grün, Rot und Schwarz.

»Ein Longboard«, sagte Janice, als sie merkte, wie mein Blick an dem großen Surfbrett hängen blieb. »Und zwar ein ziemlich cooles. Mark ist wahnsinnig stolz darauf.«

Diesmal blieben Brandee und Laura im Camp zurück und ich lief mit den anderen noch einmal zum Parkplatz, um das restliche Gepäck zu holen. Ich trug das sandfarbene, abgeschabte Boogieboard unter dem Arm, das Alec mir für die drei Wochen überlassen hatte. Obwohl es nicht groß war, wurden mir schon nach ein paar Metern die Arme schwer, denn ich trug auch noch eine Tasche mit Campingausrüstung. Wieder zurück im Camp, stellte ich das Boogie direkt neben Marks riesiges Jamaikabrett. Gegenüber den anderen Brettern sah meines winzig aus. Ein Zwergenbrett für einen Zwerg, dachte ich. Mark lächelte, als er mein skeptisches Gesicht sah, und nickte mir aufmunternd zu. Sofort fühlte ich mich ein bisschen besser.

Als die fünf Zelte aufgebaut und unsere Habseligkeiten sowie die Campingausrüstung verstaut waren, wirkte unser Camp richtig professionell. Die bunten Zelte zwischen dem ausgeblichenen Treibholz (jedes im gebührenden Abstand zu den anderen), die verschiedenfarbigen Surfbretter, die blauen Kühlboxen und gelben Campinglaternen.

Ich lief herum und schoss Fotos mit meiner neuen Digitalkamera. Alec und Josh posierten lachend. Sie waren dabei, die Feuerstelle herzurichten, und Josh hatte schwarze Schmierer im Gesicht. Laura und Janice hatten von Alec den Auftrag bekommen, Schwemmholz zu sammeln, während Brandee sich in ihrem Zelt zu schaffen machte.

Ich wollte alles tun, um dazuzugehören, deshalb verstaute ich die Kamera wieder im Zelt und versuchte, mich nützlich zu machen.

Während ich Feuerholz auf einen Haufen sammelte, hielt ich nach schönen Steinen und interessant geformten Schwemmholzstücken Ausschau. Die mäandernde Gezeitenlinie war übersät mit Seegras, zerbrochenen Muschelschalen, Fischgräten und rötlichen Krebsscheren. Vor einem grünbraunen Haufen Meerespflanzen ging ich in die Hocke. Das war Kelp, eine schlangenförmige Tangpflanze mit einer knollenartigen Verdickung am Ende, die wie eine bauchige Flasche aussah. Ich berührte die Tangblase, sie fühlte sich gummiartig an und war halb mit Wasser gefüllt. Als ich am dicken Ende zu ziehen begann, löste sich eine fast vier Meter lange Schlange aus dem Tanghaufen.

Die Füße im kühlen Sand, über mir ein kreischender Möwenschwarm, der den Strand nach Essbarem absuchte. In mir kribbelte es vor Freude und gleichzeitig fühlte ich diese sonderbare Ruhe, die ich jedes Mal empfand, wenn ich am Ufer eines Meeres stand und mein Herzschlag eins wurde mit seinem Rhythmus.

Das Meer hatte seine eigenen Gesetze, die schwer zu durchschauen waren. Ich hatte großen Respekt vor dem Ozean. Der Nordpazifik war wild und schön und ein bisschen Furcht einflößend – wie ein gewaltiges, atmendes Tier, das niemals schläft. Am Strand roch es nach Seetang und salziger Gischt und ich sog den würzigen Duft tief in meine Lungen.

Unweit des Camps saß Mark reglos am Wasser und beobachtete die Wellen. Sein dunkles Gesicht mit den asiatischen Zügen zeigte keine Regung. Er schien vollkommen versunken zu sein, fast so, als würde er meditieren. Inzwischen war ich wirklich gespannt darauf, die Truppe mit ihren Brettern auf den Wellen zu sehen. Aber an diesem Tag hatten sie das offensichtlich nicht mehr vor. Die Wellen waren zu klein und brachen zu dicht am Ufer, das sah sogar ich.

Ich brachte einen Schwung Brennholz zur Feuerstelle, an der Alec und Josh aus Stämmen ein Karree gebildet hatten, auf dem wir sitzen konnten. Laura, Brandee und Janice hatten unterdessen ihre Bikinis angezogen und rieben sich nun gegenseitig mit Sonnenöl ein. Dabei sah ich, dass Brandee ein großes buntes Schmetterlingstattoo auf der rechten Schulter hatte und Laura ein Bauchnabelpiercing. Jetzt, wo die Mädchen nur noch zwei bunte Stoffstreifen an ihren Körpern trugen, wurde mir einmal mehr bewusst, wie sexy sie waren. Alle drei hatten lange Beine und wirkten sportlich. Sie passten perfekt zu den Jungs mit ihren muskulösen Oberkörpern und den Surferfrisuren.

Bisher hatte ich nie Probleme mit meinem Aussehen gehabt. Auch Sebastian hatte mir stets versichert, dass alles an mir stimmte. Doch nun stieg ein betäubendes Gefühl der Unzulänglichkeit in mir hoch.

Aus diesem Grund ließ ich meinen nagelneuen blauen Bikini erst einmal im Rucksack und behielt meine Shorts und das T-Shirt an. So heiß war es nun auch wieder nicht, dafür sorgte allein der Wind.

Die Mädchen breiteten ihre bunten Handtücher aus und legten sich mit Sonnenbrillen auf der Nase in die Sonne. Josh hatte seinen Gettoblaster mitgebracht und nun drehte er ihn auf: Laute E-Gitarren mit einem nervigen Nachhall tönten über den Strand und mischten sich mit dem Rauschen der Brandung. Instrumentaler Rock 'n' Roll. *Beach Musik*.

Ich seufzte. Würde die jetzt etwa pausenlos laufen? Das konnte ja heiter werden. Ich mochte Musik, aber hier vor dieser großartigen Kulisse kam sie mir deplatziert vor. Einfach falsch. Und da wir hier ganz allein waren, würde sich noch nicht einmal jemand über den Krach beschweren.

Alec und Josh fachsimpelten eine Weile über Surfbretter, dann liefen auch sie hinunter zum Meer. Ich beobachtete die beiden, wie sie lachten und sich kabbelten wie kleine Jungs, und meine Sorge, was den altersmäßigen Abstand zu ihnen betraf, verflog ein wenig.

Josh bückte sich und hob die lange Kelpschlange auf, die ich aus dem Tanghaufen gezogen hatte. Er schlich sich an und legte sie Brandee, die sich wie eine Katze in der Sonne rekelte, auf den Bauch. Sie sprang kreischend auf, schrie: »Igitt« – und alle lachten. Brandee zeigte Josh den Mittelfinger und hatte nun die Lacher auf ihrer Seite.

Amüsiert schüttelte ich den Kopf. Das Ganze begann, sich richtig gut anzufühlen. Ich lehnte mit dem Rücken an einem sonnenwarmen Treibholzstamm und schloss die Augen. Hinter meinen Lidern ein Spiel schwarzroter Schatten, in meinen Ohren das Rauschen der Brandung und Salzluft in meinen Lungen. Ich saugte die Wärme auf wie eine Eidechse, spürte, wie die Sonne in mein Blut drang und ich mich ungeheuer lebendig fühlte. Und ich wusste: Egal was Alec oder die anderen von mir dachten, ich würde die Wochen in vollen Zügen genießen.

4. Kapitel

Sie tun so, als würde der First Beach ihnen gehören. Als hätten sie, indem sie ein paar Dollar fürs Campen bezahlt hatten, das ganze Reservat für sich gepachtet. Sie haben ihre nervige Surfmusik laut aufgedreht, blödeln herum und ihr sorgloses Treiben schürt seinen Hass nur noch mehr.

Conrad hat sich hinter der breiten Wurzel eines vor langer Zeit angeschwemmten Baumriesen verborgen und beobachtet, wie die Eindringlinge ihr Camp aufbauen, wie sie sich ausbreiten, wie sie den Strand in Besitz nehmen. *Seinen Strand,* den Strand der Quileute seit mehr als achthundert Jahren.

Conrad zählt seine Feinde, damit er weiß, woran er ist. Vier Jungen und drei Mädchen. Dumme Gänse, schwarz, rot und blond. Er registriert die knappen Bikinis der Mädchen, ihre wippenden Brüste. Weiße Bäuche, Arme und Beine, die im Sonnenlicht ölig glänzen. Der Geruch nach Sonnenöl widert ihn an – er riecht ihn sogar hier, in fünfzig Metern Entfernung.

In den nächsten Tagen werden sie surfen, am Strand abhängen, sich mit Musik, Alkohol und Drogen volldröhnen. Und wenn sie wieder abreisen, wird der Strand mit Bierdosen, Zigarettenkippen und Papierresten übersät sein. Conrad hat das schon so oft erlebt. Diese weißen Jungen und Mädchen fühlen sich nicht als Gäste am First Beach. In ihren Adern fließt das Blut von Eroberern und so gebärden sie sich auch.

Er beobachtet den Jungen mit dem braunen Lockenkopf, dem er die meiste Schuld anlastet: Sein Name ist *Josh.* Er sieht, wie Josh der Großen mit den schwarzen Haaren einen feuchten

Kelpschlauch auf den Bauch legt. Das Mädchen kreischt, springt auf und vollführt einen ungelenken Tanz, um die Meerespflanze abzuschütteln. Blöde weiße Zicke, denkt er.

Conrad hat nicht im Traum damit gerechnet, dass sie zurückkommen könnten. Er ist der Meinung gewesen, nach dem, was passiert war, würden sich die drei hier nicht mehr blicken lassen. Offensichtlich hat er sich getäuscht. Warum tun sie das, fragt er sich. Haben sie denn gar kein Gewissen? Kennen Sie den Begriff *Schuld* nicht?

Er ist so wütend, dass er laut schreien könnte. Er möchte ihnen wehtun, ihnen schaden, aber Milo hat recht: Wenn den Surfern etwas passiert, wird sein Vater schnell wissen, wer dahintersteckt. Er muss Ruhe bewahren und seinen Verstand benutzen. Er wird sie beobachten und abwarten. Warten auf seine Gelegenheit.

Gegen Abend, als es zu dämmern begann, saßen wir am Lagerfeuer zusammen. Das von Sand, Wind und Wellen glatt geschliffene Holz brannte gelb und rot. Indigoblaue Feuerzungen leckten am Treibholz. Salzflammen, magisches Feuer. Ich konnte meinen Blick nicht abwenden, ich liebte die Farben und den Geruch von Treibholzfeuer.

Die anderen unterhielten sich, doch ich blieb still, aus Angst, etwas Dummes zu sagen und mich lächerlich zu machen. Ich wollte die Clique erst einmal kennenlernen, ehe ich mich an ihren Gesprächen beteiligte.

Alec erzählte, dass er sich im Internet einen Gezeitenplan für die nächsten drei Wochen ausgedruckt hatte. »Morgen Nachmittag gegen fünf, wenn die Flut einläuft, soll es zwei Meter hohe Wellen geben«, sagte er und nahm einen kräftigen Schluck aus einer mitgebrachten Flasche Jim Beam, die er nun in die Runde gab. »Da könnt ihr zeigen, wie fit ihr seid.«

»Ich weiß nicht«, bemerkte Brandee skeptisch, »so wie es aussieht, brechen die Wellen hier ziemlich unspektakulär.«

»Ach, unk doch nicht rum«, sagte Josh, »du wirst schon deinen Auftritt haben. Von *unspektakulär* kann kaum die Rede sein. Nicht wahr, Mark?«

Zustimmend brummelte Mark etwas. Er schien nicht der Gesprächigste zu sein, das war mir schon vorhin aufgefallen. Gedankenverloren ließ er seine Fingerknöchel knacken und Brandee verdrehte die Augen.

»Es ist absolut geil, menschenleere Wellen zu reiten«, warf Alec ein. »Deshalb sind wir hier.«

»Dafür laufen wir aber Gefahr, uns den Kältetod zu holen«, murrte Brandee. »Das Wasser ist arschkalt.«

Am Nachmittag waren die Jungs kurz in der Brandung baden gewesen und ich hatte beobachtet, wie Brandee einen Fuß ins Wasser gehalten und das Gesicht verzogen hatte. Recht hatte sie trotzdem: Das Wasser war *arschkalt*.

»Dafür hast du ja deinen dreihundert Dollar Hightech-Wetsuit«, entgegnete Alec.

»Wie warm ... ähm kalt, ist das Wasser überhaupt?«, fragte Laura und ihre Sommersprossen wanderten, als sie ihr Gesicht verzog.

»So kalt.« Josh zeigte drei Zentimeter zwischen Daumen und Zeigefinger.

Alle lachten.

»Fünfzehn Grad«, sagte Mark und gab den Jim Beam weiter, ohne getrunken zu haben. »Das ist ziemlich warm für den Pazifik hier.«

»Warm?«, schepperte Brandee mit ihrer durchdringenden Stimme. »Du hast sie ja nicht alle!«

»Hey, was ist eigentlich los mit dir, du Memme«, konterte Josh. »Du wirst schon nicht erfrieren. Die nächsten Tage soll es richtig heiß werden. Dann kommen die Haie.« Er machte ein Tiergeräusch und zeigte seine weißen Zähne.

»Haie?«, fragte ich verwirrt. »Hier gibt es *Haie?*«

Mark schüttelte den Kopf. »Schwachsinn. Irgend so ein Witzbold hat diesem Strand Haie angedichtet. Das war vermutlich ein Einheimischer, der auf diese Weise versucht, solche wie uns fernzuhalten. Für Haie ist das Wasser hier viel zu kalt.«

»Keine Angst, Midget. Hier wird man eher vom Frost gebissen als von einem Hai«, bemerkte Alec grinsend und prostete mir zu.

Wieder lachten alle. Die Whiskeyflasche war inzwischen bei mir angelangt und ich nahm einen Schluck. Der Alkohol brannte in meiner Kehle und trieb mir die Tränen in die Augen. Doch schon wenig später wärmte er mich angenehm von innen wie ein kleines Feuer.

Der Salzgeruch des Meeres mischte sich mit dem Rauch des Holzfeuers. Das Rauschen der Brandung wurde von der Musik aus Joshs Gettoblaster übertönt. Das störte mich, aber ich wollte nicht diejenige sein, die darum bat, das Ding auszustellen. Die Sehnsucht dazuzugehören, war größer als mein Bedürfnis nach Stille.

Brandee bestritt jetzt die Unterhaltung und erzählte von ihren Plänen, Schauspielerin zu werden. Ihre Augen blitzten auf und Leben kam in ihr maskenhaftes Gesicht, als sie von Theateraufführungen am Broadway in New York sprach, wo sie vor ein paar Monaten noch mit ihrem Vater gelebt hatte. Sie erzählte von Castings, bei denen sie mitgemacht hatte, und gab damit an, weitläufig mit Arthur Miller verwandt zu sein, dem bekannten Schriftsteller, der »Hexenjagd« geschrieben hatte.

Die anderen sahen dabei verdächtig gelangweilt aus, so, als ob sie das alles nicht zum ersten Mal hören würden. Vielleicht gab Brandee diese Vorstellung allein für mich und ich sollte mich eigentlich geehrt fühlen. Aber in meinem Kopf vermischte sich ihre Stimme immer mehr mit den Schreien der Möwen, die in der Dämmerung unser Lager umflogen, weil sie auf Reste unseres Abendessens hofften.

Conrad entfernt sich lautlos vom Camp und macht sich auf den Weg zurück in die Siedlung. Er biegt nach rechts in die Alder Street und geht an den ärmsten Häusern von La Push vorbei zu dem alten Trailer am Waldrand. Als er beim vorletzten Haus ist, kommt Rowdy angesprungen und zerrt an seiner Kette.

»Schon gut, alter Junge«, sagt Conrad. Der Wolfshund tut ihm leid, aber er kann nichts für ihn tun. Rowdy gehört Milo oder besser: Milos Vater.

Conrad klopft an der Tür des Trailers und wenig später öffnet Tamra ihm. »Hallo«, sagt er und sie tritt zur Seite, um ihn hereinzulassen.

Drinnen, im düsteren Wohnzimmer mit den abgeschabten Möbeln, ziehen bläuliche Rauchschwaden durch den Raum. Der Fernseher läuft, irgendeine Sitcom mit weißen Collegegirls. Tamra setzt sich wieder auf die Couch aus braunem Kunstleder.

»Schläft er?«, fragt Conrad.

»Seit einer halben Stunde«, antwortet sie müde. »Ich glaube, er bekommt Zähne, so wie er den ganzen Abend geschrien hat.«

»Kann ich ihn sehen?«

»Ja, aber sei leise. Ich habe keine Lust, dass das Theater wieder von vorn anfängt.«

Conrad öffnet die Tür zu dem kleinen Zimmer, in dem Tamra und ihr Sohn Kayad schlafen. Licht fällt auf den kleinen Kerl im großen zerwühlten Bett, der – einen Daumen im Mund – jetzt friedlich schläft.

Den Kopf gegen den Türrahmen gelehnt, nimmt Conrad das Bild des schlafenden Jungen in sich auf. Es gibt ihm keinen

Frieden, nicht mal für einen Moment. Er sorgt sich um den Kleinen. Tamra ist völlig überfordert mit dem Kind. Conrad wünscht, seine Mutter wäre noch da und könnte sich um ihren Enkelsohn kümmern.

Er geht zurück zu Tamra. Sie sitzt auf der speckigen Couch und hat sich eine neue Zigarette angesteckt. Tamra ist schön, aber die Widrigkeiten des Lebens setzen ihr zu. Windeln, Babygeschrei, der Job im »River's Edge«. Ihr zartes Gesicht mit den hohen Wangenknochen verschwindet in einer Rauchwolke, als wäre sie ein Geist.

»Wenn du Durst hast«, sagt sie, »im Kühlschrank ist Bier.«

Conrad holt sich eine Dose Budweiser und öffnet sie. Er setzt sich zu Tamra auf das durchgesessene Sofa, legt den Kopf in den Nacken, schließt die Augen und trinkt. Durch seinen Kopf schwirren Bilder von Justin und ihm, als sie noch klein waren und ihre Mutter ihnen Geschichten erzählt hat. Von *Doskàya*, der Wilden Frau aus dem Walde, von den *Tlokwali*, den Wölfen, ihren Vorfahren, und von riesigen Meeresungeheuern, die mit dem Donnervogel kämpften. Das waren gute Erinnerungen. Justin und er liebten diese Geschichten. Conrad zweifelt daran, dass Kayad jemals von seiner Mutter Geschichten hören wird, denn Tamra selbst hat nie welche erzählt bekommen: Ihre Mutter starb bei ihrer Geburt und ihr Vater ist ein Säufer.

»Milo hat gesagt, sie sind wieder da«, hört Conrad Tamra sagen.

Er antwortet, ohne die Augen zu öffnen. »Ja. Diesmal haben sie Mädchen dabei. SurferTussis.«

Tamra drückt die Zigarette im Aschenbecher aus, der voller Stummel ist. »Mach bloß keinen Mist, Conrad«, sagt sie. »Du musst endlich aufhören, wütend zu sein.«

Sein Körper schnellt nach vorn. »Ich kann nicht, verdammt«, ruft er und Tamra legt einen Finger auf die Lippen. In gedämpftem Tonfall, aber immer noch aufgebracht, sagt er: »Und ich verstehe nicht, wie du es kannst: Nicht mehr wütend sein.« Er funkelt sie an.

»Ich habe anderes zu tun, als wütend zu sein«, sagt Tamra. »Er ist tot, Conrad, und nichts, auch deine Wut nicht, wird je etwas daran ändern.« Sie steht auf. »Ich bin müde, ich gehe schlafen. Wenn du bleiben willst, ich kann Kayad ins Kinderbett legen.«

Conrad betrachtet die junge Frau. Tamra ist das schönste Mädchen, das er je in Fleisch und Blut gesehen hat, und vor nicht allzu langer Zeit hat er sie mit jeder Faser seines Körpers begehrt. Jetzt fühlt er nur noch Verantwortung für sie und den Jungen. Er kann sie nicht lieben, aber er kann es auch nicht ertragen, mit sich allein zu sein. Deshalb sagt er: »Okay.«

Tamras Hände sind kalt und ihn fröstelt. Sie nimmt sich, was sie braucht, das war noch nie ein Problem für sie. In seiner unbändigen Einsamkeit wünscht Conrad sich, er könne wieder er selbst sein. Doch er ist vollkommen abgeschnitten von seinen Gefühlen, er lebt in seinem Hass wie in einer dunklen Höhle.

Tamra dreht sich zur Seite und er hört an ihren gleichmäßigen Atemzügen, dass sie eingeschlafen ist. Conrad zieht sich leise an. Es hat keinen Sinn, bei ihr zu bleiben. Tamra kann ihn nicht vor seinen Albträumen bewahren, dazu müsste sie erkennen, was mit ihm los ist. Nachdem Conrad noch einen Blick auf den schlafenden Jungen im Kinderbett geworfen hat, geht er.

Draußen ist die Luft klar und vom Duft der Zedern erfüllt. Der Wind kommt vom Landesinneren und wird den Surfern einen guten Swell und damit bei Flut auch hohe Wellen bescheren. Conrads Brust schmerzt, wenn er atmet, als hätte er Glassplitter in den Lungen.

Als Conrad nach Hause kommt, sitzt sein Vater schlafend im Sessel. Der Fernseher läuft leise, ein Orchester spielt Klassik.

Paul Howe öffnet die Augen, als sein Sohn das Wohnzimmer betritt, und stellt das Gerät ab. Das bedeutet, er will reden.

Conrad hat keine Lust zu reden, doch er weiß, dass sein Vater nicht lockerlassen wird. Er setzt sich auf die Armlehne der Couch. »Hallo Dad. Wie war dein Tag?«

Paul reibt sich die Augen. »Ich habe wieder Marihuana-Pflanzen im Reservatsgebiet gefunden. Ein ganzes Feld. Du weißt nicht zufällig etwas davon?«

»Nein, Dad. Ich habe mit Drogen nichts am Hut und das weißt du auch.« Es ist nicht das erste Mal, dass er seinen Vater belügt. Manchmal muss er das Risiko in Kauf nehmen, sonst wird alles noch komplizierter.

Paul mustert seinen Sohn eindringlich und nickt. »Auch nichts munkeln gehört?«

Conrad schüttelt den Kopf.

»Hast du schon was gegessen?«

»Ich bin nicht hungrig.«

»Es ist spät. Wo kommst du jetzt her?«

Das geht dich nichts an, denkt Conrad. *Ich bin neunzehn und kann tun und lassen, was ich will.* Trotzdem antwortet er. »Ich war bei Tamra. Kayad bekommt Zähne.«

Paul lächelt traurig. Conrad weiß, dass sein Vater seinen Enkel liebt und es ihm leidtut, dass er den Kleinen so selten sieht. Für seine eigenen Söhne hatte er auch nie viel Zeit. Conrad ist es immer so vorgekommen, als wären die Verbrecher seinem Vater wichtiger gewesen als seine Frau und seine Söhne.

»Kommen die beiden zurecht?«, fragt Paul.

»Ja.«

Paul schweigt und die Stille beginnt, sich wie eine unsichtbare Schlinge um Conrads Hals zu ziehen. Dieses Haus war einmal voller Lachen gewesen. Damals, als sie noch eine richtige Familie waren: Vater *und* Mutter. Großvater Akil, Justin und Conrad. Nach Justins Tod hat das Lachen das Haus endgültig verlassen und ist nicht zurückgekommen.

Conrad rappelt sich hoch. »Ich bin müde, Dad. Ich gehe schlafen.«

»Es ist wieder ein Trupp Surfer da«, sagt Paul unvermittelt, ohne seinen Sohn aus den Augen zu lassen. Conrads Vater ist Polizist, Sheriff für den Stamm der Quileute, und seinem Blick entgeht nichts. Paul schaut seinem Gegenüber einfach nur in die Augen, wenn er eine Frage stellt. Wenn jemand lügt, sieht er es. Aber Conrad kann seinen Blick verschließen wie eine Auster ihre Schale.

Er windet sich ein wenig. »Ja, ich weiß. Ich habe sie im Supermarkt gesehen.«

»Sind es dieselben ... ich meine, kennst du sie?«

Kurz nur zögert Conrad, dann schüttelt er den Kopf. »Nein, ich hab sie noch nie hier gesehen. Aber sie benehmen sich wie ausgemachte Arschlöcher.«

»Hey Con«, sagt sein Vater. »Das sind bloß reiche weiße Kids mit bunten Surfbrettern, die froh sind, endlich mal ohne Eltern zu sein. In ein paar Tagen sind sie weg.«

»Schon möglich. Aber sie kommen wieder. Jedes Jahr kommen sie wieder und es werden immer mehr. Bald gehört uns unser Strand nicht mehr, Dad. Die besten Plätze haben sie uns schon genommen.«

Conrad stiert vor sich hin und seine Gedanken wandern zurück.

Vor zehn Jahren, er war noch ein Kind, tauchten die ersten Surfer mit ihren schwarzen Neoprenanzügen und den leuchtenden Surfbrettern am First Beach auf. Sie campten in Zelten direkt am Strand. Genau dort, wo die jungen Leute aus La Push in den Sommermonaten gerne am Feuer saßen. Es hatte Ärger gegeben, einige Quileute wollten die Fremden mit den bunten Surfbrettern nicht dahaben. Aber es war der Stamm, der das »Ocean Park Resort« und den »Lonesome Creek Store« betrieb und die Surfer waren eine willkommene Einnahmequelle. Sie blieben für sich, kamen fast nie in den Ort und so wurden sie mehrheitlich geduldet.

»Sie können uns nichts wegnehmen«, erwidert Paul besänftigend, »und das weißt du auch.«

Conrad sagt nichts. Er kennt die Meinung seines Vaters, dass die Quileute dem Land gehören und nicht umgekehrt.

»Wie geht es dir, Con?«, fragt Paul voller Wärme.

Conrad zuckt zusammen. Diese Frage hat sein Vater ihm lange nicht mehr gestellt.

»Gut.« Er bemüht sich, dass es nicht wie eine Lüge klingt. Sein Vater darf nicht merken, wie es in ihm aussieht. Sonst schickt er ihn wieder zu dieser Seelenklempnerin in Forks, die ihm Herz *und* Seele aus der Nase ziehen will.

»Mir fehlt er auch«, sagt Paul.

Conrad wendet sich ab, damit sein Vater nicht merkt, wie ihm die Tränen in die Augen schießen. Er weiß, dass es seinem Vater wehtut zu sehen, wie sehr er seinen Bruder vermisst. Conrad will ihm sagen, dass er am Ende ist, aber er kann es nicht.

»Wir schaffen das, mein Junge. Zusammen schaffen wir es. Gib dir noch etwas Zeit.«

»Ja, Dad«, sagt Conrad, ein Würgen in der Stimme.

»Okay, dann schlaf gut.«

»Ja, du auch, Dad.«

Wie jede Nacht versucht Conrad, seine Dämonen mit lauter Musik fernzuhalten. Die Kopfhörer im Ohr, starrt er in die Dunkelheit, die ihn umschließt. Anthony Kiedis von den Red Hot Chili Peppers singt: . . . *what sound a million miles of water that are flowing deep beneath this ground now I found you right here a million miles of water . . .*

Irgendwann ist die Batterie seines MP3-Players leer und es gelingt ihm nicht länger, sich wach zu halten. Mit dem Schlaf kommt der immer wiederkehrende Traum. Conrad kann ihn nicht aufhalten, er hat keine Macht über seine Träume. Unaufhörlich sinkt er hinab in die Tiefen seiner Qual. Er ist unter Wasser und sucht nach Justin. Hier unten in der grünen Welt des Zwielichts schwebt schwarzer Seetang und lange Kelparme versuchen, nach ihm zu greifen.

Conrad taucht tiefer, sucht mit weit aufgerissenen Augen und die Luft wird ihm allmählich knapp. Irgendwo hier unten muss er sein, Justin, sein waghalsiger Bruder. Wenn er ihn findet, dann kann er ihn retten. Conrad weiß, wie man jemandem das Salzwasser aus der Lunge drückt, das hat er schon als Kind von seinem Vater gelernt. Er muss Justin nur finden, dann wird alles gut, alles wird so sein, wie es vorher war. Er wird sein Leben zurückbekommen.

Da, ein Arm hinter einem Felsenriff. Lange schwarze Haare, die nach oben schweben wie Seetang. Er hat ihn gefunden, endlich. »Justin«, versucht er zu schreien, aber aus seinem Mund kommen nur Blasen, die an die Wasseroberfläche steigen wie silberne Murmeln. Conrad schwimmt auf seinen Bruder zu, will nach ihm greifen, doch als er Justins Arm zu packen bekommt, löst sich das Fleisch von den Knochen seines Bruders. Aus Justins schwarzen Augenhöhlen kommen kleine Schwärme silberner Fische geschwommen, die wie winzige Spiegelscherben glitzern.

Conrad lässt den Knochenarm seines Bruders los und öffnet den Mund zu einem hilflosen Schrei. Kaltes, salziges Meerwasser flutet seine Lungen. Voller Panik versucht er, nach oben zu kommen, wo Licht ist und Sauerstoff. Doch etwas hält ihn mit eisernem Griff am Meeresboden fest. Es sind die fleischlosen Hände seines Bruders, bleiche Knochen, die langsam grünen Moder ansetzen.

Conrads eigenes, gequältes Wimmern holt ihn aus seinem Albtraum. Das klamme Bettzeug hat sich fest um seinen Körper gewickelt. Er sitzt im Bett, nass von kaltem Schweiß, brennende Tränen in den Augen. *Salzwassertränen.* Conrad japst nach Luft und pumpt Sauerstoff in seine Lungen. Stöhnend lässt er sich auf sein nasses Kissen zurückfallen.

Wird es je aufhören, fragt er sich verzweifelt. Werde ich je wieder schlafen können? Ein salziger Wind dringt durch das offene Fenster in sein Zimmer und bewegt die Vorhänge. Das Salz kriecht in alle Ritzen, setzt sich auf die Fensterscheibe und macht sie blind.

Conrad starrt auf den beweglichen Schatten in der Ecke seines Zimmers und stellt sich vor, dass Justin dort steht.

»Conrad?«, dringt die flüsternde Stimme seines Bruders an seine Ohren. Er hat das Gefühl, als presse ihm jemand die Luft aus den Lungen.

»Was willst du von mir?«, bringt er mühsam hervor. »Geh weg, ich habe dich nicht gerufen.«

5. Kapitel

Wie eine zähe graue Masse hing der Nebel zwischen den Bäumen hinter dem Camp. Er haftete an den Granitfelsen und drückte auf den Strand. Was vom Meer zu sehen war, schimmerte in einem gelben Grau. Träge Wellen schickten ihren Schaum über den glatten Sand.

Es war erst acht und die anderen schliefen noch. Das dachte ich jedenfalls, bis ich einen rennenden Riesen aus dem Nebel auftauchen sah. Mark joggte am Strand – barfuß. Er winkte mir zu und verschwand wieder im grauen Dunst.

Ich putzte meine Zähne und machte Katzenwäsche gleich hinter dem Treibholzstamm. Dann holte ich meine Digitalkamera aus dem Zelt und versuchte, die Nebelschwaden in Bildern einzufangen. Ich schoss einige Fotos mit hoher Belichtung und dann mit niedriger. *Klick, klick, klick.* Die Kamera hatte viele Funktionen, mit denen ich mich erst noch beschäftigen musste. Das Handbuch würde in den nächsten Tagen meine vorrangige Lektüre sein.

Ich wollte Fotografin werden. Mein dänischer Großvater war Fotograf, seine Landschaftsaufnahmen von den Färöer Inseln waren in einer Reihe von Bildbänden abgedruckt, die ich wie einen Schatz in Ehren hielt. Von ihm hatte ich auch meine erste Kamera bekommen. Ich feierte meinen zwölften Geburtstag, während wir Ferien in seinem kleinen Häuschen in Hvalba machten. Ein Jahr später starb Großvater Tormar und ich vermisste ihn heute noch unsäglich. Meine Mutter behauptete, ich hätte meinen Blick fürs Detail von ihm geerbt.

Ich war drangeblieben und hatte versucht, meinem Großvater nachzueifern. Inzwischen hatte ich mit meinen Fotografien schon einige Preise gewonnen, den letzten vor einem halben Jahr, als beim Geolino-Fotowettbewerb das beste Foto zum Thema »Wetter« gesucht wurde. Ich hatte einen kompletten Regenbogen über einem Tal aufgenommen. Die Landschaft im Inneren des Bogens war gestochen scharf, alles andere verschwand in einem grauen Regenschleier.

Mir war klar, dass ich gut sein musste, wenn ich eines Tages mit meinen Fotos Geld verdienen wollte. Und genau das hatte ich vor: gut sein und damit Geld verdienen. Ich malte mir ein Leben auf Reisen aus, wie ich interessante Menschen an exotischen Orten traf und von ihnen lernte.

Nachdem ich meine Kamera wieder im Rucksack verstaut hatte, suchte ich ein paar Sachen zusammen und ging vor zum Supermarkt, um zu duschen. Bis ich ins Camp zurückkehrte und die anderen endlich verschlafen aus ihren Zelten krabbelten, hatte die Sonne den Nebel längst besiegt.

Zum Frühstück gab es Rühreier mit Speck, in der Pfanne geröstetes Brot, Orangensaft und Pulverkaffee. Alle waren bester Laune, trotz der verknitterten Gesichter und der leichten Katerstimmung. Nur Brandee beschwerte sich darüber, schlecht geschlafen zu haben. Angeblich hatte sie mysteriöse Geräusche gehört und deshalb kein Auge zugemacht.

»Vielleicht war es ein Werwolf«, meinte Janice. »Die soll es hier ja zuhauf geben.« Sie lächelte verschmitzt.

»Ja, hab auch schon davon gehört«, sagte ich und angelte mir zwei knusprige Speckstreifen aus der Pfanne.

»Werwölfe?«, fragte Josh hinter dem Dampf aus seinem Kaffeebecher. »Wie zum Teufel kommt ihr denn darauf?«

Janice griff neben sich und hob eine zerlesene Taschenbuchausgabe von Stephenie Meyers »Twilight« in die Höhe. »Vielleicht solltest du dich das nächste Mal besser über die lokalen Besonderheiten deines Surfparadieses informieren«, sagte sie zu Josh. »Wellen sind nicht alles.«

Josh nahm Janice das Buch aus der Hand und fluchte leise, als heißer Kaffee aus seinem Becher schwappte und ihm über die Finger rann.

»So ein Schwachsinn«, sagte er, nachdem er den Klappentext gelesen hatte. »Vampire und Werwölfe.« Er verdrehte die Augen. »Das Einzige, was es hier zuhauf gibt, sind Indianer.«

»Du hast die Haie vergessen«, bemerkte Mark mit todernster Miene.

»Ach ja, die Haie.« Josh grinste. »Genau.«

»Na toll«, meinte Brandee beleidigt. »Macht euch nur über mich lustig. Ich weiß, dass ich was gehört habe.«

»Klar«, sagte Alec, »Joshs Riesenfurz hat mich auch aufgeweckt.«

»Hey, das ist nicht wahr, ohne Scheiß«, rief Josh empört, aber sein Protest ging in Gelächter unter. Sogar Brandee lachte und das Lachen nahm ihrem Gesicht etwas von dieser Maskenhaftigkeit.

Nach dem Frühstück lief Mark hinunter zum Meer, das sich jetzt weit zurückgezogen hatte. Er trug nur seine gelben Badeshorts mit den roten Palmen darauf, und schon allein ihm beim Laufen zuzusehen, war eine Schau. Breite dunkle Schultern, lange Beine, schmale Hüften, eine geschmeidige Gangart. Eigentlich war es vielmehr ein Gleiten als ein Gehen. Eins stand fest, Mark Landon war wirklich eine Augenweide.

Zufällig bekam ich mit, wie Janices Blick ihm folgte. Ganz offensichtlich hatte sie ein Auge auf ihn geworfen. Na ja, verständlich war es. Aber würde Janice es schaffen, dass Mark sich auch noch für etwas anderes interessierte als für das Meer, die Wellen und sein Surfbrett?

Ich wusste kaum etwas über Mark, nur, was Alec mir schon in Seattle über ihn erzählt hatte: dass seine Mutter eine Nachfahrin hawaiianischer Könige war und er das Surfen sozusagen als Religion betrachtete, weil es auf Hawaii bereits seit tausend Jahren praktiziert wurde. Er war schweigsam, das war mir schon gestern aufgefallen, aber ich mochte seine Art des stillen Beobachtens.

Jetzt lief er über den nassen glatten Sand, den die Ebbe zurückgelassen hatte. Laut Alecs Gezeitenkalender würde die nächste Flut erst am Nachmittag hereinkommen. Ich war darauf gespannt, Mark auf seinem riesigen Surfbrett zu sehen und Janice ging es mit Sicherheit nicht anders.

Joshs laute Musik hallte wieder über den Strand, die Beach Boys sangen *Surfing USA*. Ich wandte mich um, weil mir Grapefruitduft in die Nase stieg. Wo kam der auf einmal her? Brandee hatte ein Handtuch über der Schulter und machte sich auf den Weg, die Duschen zu erkunden. Laura blätterte in einem Modemagazin und Janice las in »Twilight«. Josh und Alec waren dabei, ihre Bretter zu wachsen. Daher kam der Duft, es war das Wachs. Neugierig ging ich zu ihnen hinüber. Josh gab mir das seifenförmige grünliche Stück in die Hand. »Mr. Zog's SEX WAX« stand darauf.

Josh grinste mich anzüglich an. »Universell einsetzbar«, meinte er. »Du solltest es benutzen.«

»Was?« Ich sah ihn mit großen Augen an.

»Ich meine, du solltest dein Brett damit wachsen. Na los, Smilla, bring es her. Ich zeige dir, wie es geht.«

Ich holte das abgeschabte Boogie und Josh erklärte mir, dass die Oberseite des Brettes gewachst wurde, damit die Füße beim Surfen nicht abrutschen konnten. Das Wachs wurde mit kreisenden Bewegungen aufgebracht. Josh legte seine Hand auf meine und demonstrierte mir, wie es ging. Seine Hand war warm und groß.

Ich war mir ziemlich sicher, dass es niemals dazu kommen würde. Ich meine, dass ich auf einem Surfbrett *stehen* würde. Trotzdem tat ich Josh den Gefallen und wachste mein Zwergenbrett nach allen Regeln der Kunst.

Als ich fertig war, stellte ich es zurück neben Marks Longboard. Joshs Musik begann, mir auf die Nerven zu gehen. Ich holte meinen kleinen Rucksack mit der Kamera aus dem Zelt und sagte zu den anderen: »Ich gehe mir La Push ansehen.«

Laura und Janice sahen nicht einmal von ihrer Lektüre auf. Alec hob den Kopf und musterte mich mit einem merkwürdigen Blick. »Wie du meinst, Midget«, sagte er schließlich. »Aber nimm jemanden mit.«

Erstaunt runzelte ich die Stirn. »Wieso das denn?« Auf meinen Fotosafaris war ich am liebsten allein, weil ich wusste, wie anstrengend es sein konnte, wenn jemand andauernd stehen blieb und die Kamera zückte.

»Weil es besser ist«, antwortete Alec.

Ich sah ihn fragend an, wartete auf eine Erklärung, aber er zuckte nur mit den Achseln. »Janice, nun geh schon mit«, forderte er seine Schwester auf.

»Mein Buch ist gerade irre spannend«, protestierte sie schmollend. »Außerdem sind wir hier in Amerika und nicht in Afghanistan.«

»Komm schon«, drängte Alec seine Schwester.

Widerwillig legte Janice ihr Buch zur Seite. »Na gut, wenn du drauf bestehst. Allzu groß kann das Nest ja nicht sein.« Sie zog ihre abgeschnittenen Jeans und ein T-Shirt über den Bikini, holte sich ihre Stofftasche aus dem Zelt und wir gingen los.

Janice und ich nahmen den Trampelpfad bis zum Supermarkt, liefen über den Parkplatz und dann den breiten Weg quer durch das »Ocean Park Resort«. Die Ferienhütten der verschiedenen

Kategorien standen geschützt unter hohen Fichten. Kleine Cabins mit Moos auf den Dächern auf der rechten Seite und linker Hand, mit Blick zum Meer, die luxuriösen Strandhäuser mit Veranda und riesigen Glasfenstern, die ich schon vom Camp aus gesehen hatte. Schließlich endete das Waldstück und wir kamen an einem lang gestreckten flachen Wirtschaftsgebäude vorbei, in dem sich auch die Rezeption für das »Ocean Park Resort« befand.

»Vielleicht gibt es hier schönere Postkarten als im Supermarkt«, meinte Janice. »Mom hat gesagt, wir sollen ihr unbedingt eine schicken.«

Wir liefen den Weg hinauf zum Eingang der Rezeption, der an der Hauptstraße lag. In dem kleinen Raum gab es einen Ständer mit Postkarten und Büchern, einen mit T-Shirts und Sweatshirts und zwei Vitrinen mit kunsthandwerklichen Arbeiten der Quileute: geflochtene Körbe mit verschiedenen Mustern, die kleinsten so winzig, dass sie als Ohrschmuck verkauft wurden. Bemalte Schnitzereien, die von hoher Fertigkeit zeugten: grimmige Masken, Kanus und Miniaturtotempfähle. Dünne Armbänder, deren Perlen aus getrockneten Beeren laut Beschreibung vor Geistern schützen sollten.

Janice suchte Postkarten aus und ich sah mir die Preisliste für die verschiedenen Unterkünfte an. Eine Nacht in einem der Strandhäuser kostete 280 Dollar. Wow, dachte ich, nicht schlecht. Nachdem Janice ihre Postkarten bei der wortkargen Indianerin hinter der Kasse bezahlt hatte, verließen wir den Laden.

Wir liefen den asphaltierten Fußweg neben der Hauptstraße entlang, der etliche Meter höher lag als der Strand und von dem aus man einen freien Blick auf das einstöckige Hotel mit Holzfassade und Blechdach hatte, das offensichtlich nagelneu war. »Whale Motel« prangte in Großbuchstaben an der Fassade, auf der auch ein großer geschnitzter Wal abgebildet war.

Wie es aussah, wurde das »Ocean Park Resort« gerade um ein Restaurant und ein paar Stellplätze mit Wasser und Stromanschluss für Wohnmobile erweitert. Damit würde der Ferienpark zukünftig nahtlos in den Ort übergehen, denn nach einer räudigen Rasenfläche, die vermutlich als Sportplatz genutzt wurde, begann bereits der Hügel mit den großen Gebäuden.

»Die Strandhäuser sind cool«, sagte Janice, »in so einem würde ich auch gerne wohnen. Da soll alles drin sein: Whirlpool, Kamin, Geschirrspülmaschine.«

»Die kosten 280 Dollar die Nacht«, sagte ich.

Janice seufzte.

Wir stiegen auf den Hügel, und wie sich herausstellte, waren die beiden Häuser mit den blauen Blechdächern das alte und das neue Schulgebäude von La Push. Das alte Schulhaus war verkleidet mit verblichenem Holzschiefer, das neue, mit zwei frisch bemalten Totempfählen davor, erstrahlte in einem hellen Gelb. Das waren die Gebäude, die man vom Camp aus sehen konnte.

Vom verwaisten Schulhof aus hatte man einen schönen Blick auf James Island und die kleinere Insel daneben. Der gelbe Sandstein der Inseln leuchtete in der Vormittagssonne. Janice und ich liefen am alten Schulgebäude vorbei und entdeckten dahinter ein riesiges, fast acht Meter langes Kanu, an dem jemand zu arbeiten schien. Ein Kanu aus einem einzigen Stamm. Fasziniert strich ich mit den Fingerkuppen über das grob behauene rötliche Holz.

Wir gingen hinab ins Zentrum des Ortes. Neben einigen offiziellen Gebäuden: dem Postamt, dem Stammesbüro und der Polizeiwache, deren Fassaden und Dächer gut in Schuss waren, machte der Rest von La Push einen traurigen Eindruck. Kleine, kastenförmige Häuser, an deren schäbigen Fassaden sich Müll türmte. Reifenstapel, alte Netze und Fischreusen, schwarze

Räucheröfen mit schiefen Abzugsrohren und kaputte Boote auf Holzböcken.

Am Hafen entdeckten wir ein Restaurant mit dem Namen »River's Edge«, und als wir uns dem Gebäude näherten, stieg mir der Geruch von Fisch und Frittieröl in die Nase.

»Hey«, sagte Janice und ihr Gesicht hellte sich auf, »ein Restaurant. Das muss neu sein, auch wenn es nicht so aussieht. Alec hat gesagt, in La Push gäbe es nichts, wo man essen gehen könnte.«

Der mit grauen Zederschiefern verkleidete Bau sah wahrlich nicht neu aus, aber das musste nichts heißen. Zwei große, in kräftigen weißen, grünen, roten und blauen Tönen bemalte Holzfiguren bewachten den Eingang. Mit ihren starren Augen und den Nussknackerzähnen schienen sie potenzielle Gäste eher abzuschrecken als anzulocken. Ich schoss ein paar Fotos von ihnen, im Ganzen und im Detail.

Janice studierte die Speisekarte, die in einem Glaskasten neben dem Eingang hing, dann gingen wir weiter. Wir umrundeten kleine Müllhalden mit Plastikabfällen und liefen vorbei an den hässlichen Containern der »Quileute Seafood Company« zur Hafenmole, wo zerschrammte Fischerboote neben leuchtenden Segeljachten an den Holzstegen lagen. Ein altes Kanu dümpelte eingeklemmt zwischen Motorbooten, es war halb mit Wasser vollgelaufen.

Im Wasser trieben Bierdosen und Plastikbecher. Unzählige Möwen saßen auf den Masten der Boote, einige stritten sich mit streunenden Hunden um ein paar Fischabfälle. Zwei dunkelhäutige Männer mit kräftigen Armen vertauten ein rostzerfressenes Boot, auf dessen schmierigem Deck Fische zappelten. Die Möwen kreischten und kreisten in Erwartung von weiteren Leckerbissen über den Männern.

»Können wir jetzt umkehren?«, fragte Janice. Ich sah ihr an, wie deprimierend das Ganze auf sie wirkte, und im Grunde konnte ich ihr das nicht verübeln. Auch ich sah natürlich, was Janice sah, aber ganz offensichtlich mit anderen Augen. La Push faszinierte mich, auch wenn ich noch nicht benennen konnte, woran das lag. Janice war nur meinetwegen hier und ich hatte ein schlechtes Gewissen ihr gegenüber – aber ich war zu neugierig, um jetzt umzukehren.

»Ich würde gerne noch bis zum Ortsende gehen«, sagte ich zögernd und zeigte in die andere Richtung. »Aber du musst wirklich nicht mit. Was soll mir hier schon passieren?« Bis jetzt waren wir auf unserem Rundgang kaum jemandem begegnet, der Ort schien wie ausgestorben. Keine Ahnung, was die Bewohner von La Push an einem Dienstagvormittag machten, zu sehen waren sie jedenfalls nicht dabei.

Janice seufzte. »Wenn ich alleine zurückkomme, macht Alec mir die Hölle heiß. Er hat von Mom den Auftrag, auf dich aufzupassen.«

Wie konnte ich das bloß vergessen. »Ich bin kein Kind mehr«, erinnerte ich Janice. »Auch wenn ich vielleicht so aussehe.«

Sie lachte versöhnlich und verdrehte die Augen. »Nee, lass mal. Ich komm schon mit, wenn es nicht zu lange dauert.«

Schnell schoss ich noch ein paar Fotos vom Hafen und den Booten. *Klick. Klick. Klick.* Wahre Schönheit offenbart sich nicht auf den ersten Blick, hatte Großvater Tormar zu mir gesagt. Die Kunst ist, im Gewöhnlichen das Besondere zu entdecken.

Der Hafen von La Push lag geschützt hinter einer befestigten Nehrung, die – wie ich jetzt sehen konnte – fast bis zur Jamesinsel führte. Am Fuße der Insel ergoss sich der Quillayute River in den Pazifik.

Janice und ich liefen flussaufwärts, immer die Hafenmole entlang, doch irgendwann ging es nicht mehr weiter, wir standen am Ende des Ortes. Hier kam der Quillayute River aus dem Landesinneren. Es war ein großes, schilfbewachsenes Delta und die Nehrung führte bis zum Rialto Beach auf der anderen Seite des Flusses.

Von einer zerfallenen Holzbrücke sprangen Indianerkinder in den blauen Fluss. Vier Jungen zwischen zwölf und vierzehn in schwarzen Neoprenanzügen und ein Mädchen im bunten Badeanzug. Es schien, als könne ihr die Kälte des Wassers nichts anhaben. Sie hielt sich die Nase zu und sprang genauso furchtlos wie die Jungen.

Ein Wolfshund und ein schwarzer Labrador standen am Ufer halb im Wasser und rauften sich um einen Stock. Der Wolfshund kam mir bekannt vor. Das war Boone, der unseren *weißen Geruch* nicht mochte. Meine Nackenhaare richteten sich auf, als er pfeilschnell auf uns zugerannt kam.

Aber da ertönte ein Pfiff, der Hund machte kehrt, rannte in einem scharfen Bogen zurück und sprang ins Wasser. Ich widerstand dem ersten Impuls, so schnell wie möglich von hier zu verschwinden, und zückte meine Kamera, um die springenden Kinder zu fotografieren. *Klick, klick, klick.* Die Schönheit des Augenblicks.

Als einer der Jungen bemerkte, dass ich ihn und seine Freunde fotografierte, machte er eine unmissverständlich drohende Geste. »Fünf Dollar für ein Foto von einem echten Quileute-Indianer«, rief er.

Ich ließ die Kamera sinken, wusste nicht, ob ich über seine Dreistigkeit lachen oder mich ärgern sollte. Ich kannte die Regeln nicht und ich hatte keine Lust auf Missverständnisse. Fragend sah ich Janice an und sie hob die Schultern. Ihr war egal, ob ich dem Jungen Geld gab oder nicht, sie wollte nur hier weg.

Der *echte* Quileute, ich schätzte ihn auf zwölf oder dreizehn, kam aus dem Wasser. Er sah aus wie eine Seerobbe mit seinem nassen schwarzen Haar und dem schwarzen Anzug. »Wie viele Fotos hast du gemacht?«, fragte er und deutete auf meine Kamera.

»Eins«, log ich und kramte einen Fünf-Dollar-Schein aus meiner Hosentasche.

Ein zufriedenes Grinsen erschien auf seinem dunklen Gesicht. Er schnappte sich den Schein und rannte damit zu einem blauen Haus mit einem halb überdachten, weiß gestrichenen Balkon, auf dem Unmengen Feuerholz gestapelt waren. Das letzte Haus an diesem Ende der Siedlung hatte einen frischen Anstrich und es lagerte auch kein Müll im Vorgarten. Direkt an der Veranda stand ein von der Sonne ausgeblichener Totempfahl. Dieser Pfahl schien wirklich alt zu sein und ich ließ es mir nicht nehmen, ihn zu fotografieren.

»Hör lieber auf damit«, sagte Janice. »Für ein Foto von einem echten Quileute-Totempfahl will sein Vater vielleicht zehn Dollar.«

Der Junge verschwand im Haus und kam gleich darauf wieder herausgerannt, um zurück in den Fluss zu springen. Vermutlich freute er sich so über seine unerwartete Einnahme, dass er uns längst vergessen hatte.

Die beiden Hunde balgten sich immer noch knurrend um den Stock und ich sah ihre Fangzähne in der Sonne blitzen.

»Können wir jetzt endlich zurückgehen?«, fragte Janice ungeduldig.

»Ja, klar«, erwiderte ich.

Mit den Händen im Abwaschwasser steht Conrad da und beobachtet das große blonde Mädchen und den schmächtigen Jungen mit den verrückten Augen. Eins blau, eins grün. So etwas hat er in seinem ganzen Leben noch nicht gesehen. Selbst wenn er es nur ungern zugibt: Diese Augen sind ihm unheimlich.

Er fragt sich, was die beiden Surfer hier wollen. Warum können sie nicht am Strand bleiben, dort, wo sie auch nicht hingehören. Vermutlich wollten sie zum Rialto Beach. Früher gab es hier eine Holzbrücke über den Fluss, aber davon sind nur noch Überreste geblieben. Ein paar wacklige Bretter auf morschen Pfeilern, die die Kids als Sprungturm benutzen.

Normalerweise gibt es hier nichts, wofür es sich lohnt, den Fotoapparat auszupacken. Doch der Junge hebt seine Kamera vor das Gesicht. Jeden Sommer verirren sich ein paar von den Touristen auf dem Weg nach Rialto Beach hierher ans Ende des Ortes. Sie suchen das Paradies und sehen sich stattdessen mit Müll und betrunkenen Indianern konfrontiert. Die meisten schauen sich um, als wären sie auf einem fremden Planeten gelandet, machen postwendend kehrt und kommen nie wieder. Aber es gibt auch welche, die sich durch nichts abschrecken lassen. Sie finden die kleinen Häuser mit der abblätternden Farbe, die umgedrehten Kanus auf den Holzböcken und die kaputten Netze *malerisch*. Nicht einmal Tamras unfreundliche Bedienung im »River's Edge« kann solche Leute aus der Fassung bringen.

Manchmal, da sieht Conrad La Push mit den Augen der Fremden, sieht, wie heruntergekommen und armselig es ist. Aber es ist sein Zuhause, der Ort seiner Kindheit. Der Ort, an dem sie ihn zurückgelassen haben, erst seine Mutter, dann der Großvater und nun auch Justin.

Die halbe Portion mit den verschiedenfarbigen Augen macht Fotos, sogar vom Haus, in dem Conrad hinter dem Fenster steht und die beiden beobachtet. Obwohl der weiße Junge ihn gar nicht sehen kann, kommt Conrad sich vor wie ein Tier im Zoo. Das macht ihn derart wütend, dass er sich nicht einmal auf eine so einfache Sache wie den Abwasch konzentrieren kann. Ein

Glas zerbricht, eine Scherbe dringt in seinen Daumen. Das Blut und der Schmerz holen ihn zurück.

»Verdammt.«

Sein Cousin Timmy kommt im Neoprenanzug ins Haus gerannt. Tropfnass. Er grinst und schwingt triumphierend einen Geldschein.

»Fünf Dollar für ein Foto«, ruft er. »Cool, oder? Lass ja die Finger davon, ich hol mir die Kohle später.« Ganz schnell ist der Junge wieder draußen.

Was ist bloß aus uns geworden?, denkt Conrad. Aus den stolzen Quileute, den geschicktesten Walfängern und Kanubauern an der Küste? Den Nachfahren von Wölfen.

Da er auf die Schnelle nichts anderes findet, wickelt er ein Geschirrhandtuch um seinen blutenden Daumen und beginnt, fluchend nach einem Pflaster zu suchen.

Ein Museum hatten wir nicht gefunden, vermutlich gab es keines. La Push besitzt eine unglaubliche Magie, dachte ich, als Janice und ich den Ort wieder verließen, doch über allem liegt auch eine große Traurigkeit. Ich konnte mir das Leben an einem so eingegrenzten Winkel der Welt kaum vorstellen, wo mit Sicherheit jeder alles über einen wusste. Und ich fragte mich, was die jungen Leute hier taten, wenn sie nicht von einer halb zerfallenen Brücke in den Fluss sprangen und sich von den Touristen dafür bezahlen ließen.

Im »Lonesome Creek Store« kauften Janice und ich uns etwas zu trinken, bevor wir über den Strand ins Camp zurückliefen. Inzwischen war es richtig heiß geworden und der Erkundungsgang hatte uns beide durstig gemacht.

»Wo wart ihr denn so lange?« Alec hatte die Hände in die Hüften gestemmt und musterte seine Schwester und mich spöttisch. »Habt ihr euch in La Push verlaufen?«

»Smilla wollte den *ganzen* Ort sehen, bis zum letzten Haus«, sagte Janice. »Das ist ja ein total heruntergekommenes Kaff. Kaputte Häuser, Müll und Kids, die sich ein Foto mit fünf Dollar bezahlen lassen. Mich bekommen keine zehn Pferde mehr dorthin.«

Alec sah mich fragend an, als wolle er meine Meinung dazu wissen. Ich hob die Schultern. »Ich finde, es gibt schlimmere Ecken.« Das war gelogen, ich war immer noch aufgewühlt von dem, was ich gesehen hatte, aber Janices Schilderung kam mir auf einmal reichlich übertrieben vor. »Es gibt übrigens ein Restaurant im Ort«, sagte ich, um auch etwas Positives zu vermelden.

Auf einmal hatte ich die Aufmerksamkeit aller.

»Stimmt das?«, fragte Brandee an Janice gewandt. Als ob man das, was ich sagte, sowieso nicht ernst nehmen konnte.

Janice nickte. »Ja, es nennt sich ›River's Edge‹.«

»Seid ihr drinnen gewesen?«, fragte Laura neugierig.

»Nein.« Janice schüttelte den Kopf. »Aber wir können ja heute Abend mal zusammen hingehen. Vielleicht ist das Essen gut. Die Preise waren jedenfalls ganz okay. Eier, Speck und Hash Browns für drei fünfzig. Der Fisch war auch nicht teuer.«

Es war schnell beschlossene Sache, dass wir am Abend alle zusammen ins »River's Edge« gehen würden. Deshalb gab es mittags auch bloß ein paar abgepackte Sandwichs und Chips.

Nach Alecs Gezeitenkalender würde die Flut gegen halb sechs ihren Höchststand erreicht haben. Bis dahin vertrieben wir uns die Zeit mit Frisbee, Badminton, lesen, Karten spielen und herumdösen. *Chillen,* wie Josh es nannte.

Gegen vier wurden die Jungs unruhig. Tatsächlich spuckte das Meer jetzt Wellen aus, richtige Wellen, die mit Schaumkronen brachen.

»Na los, Leute«, sagte Josh und nickte mit dem Kopf zum Meer hin, »die Flut kommt und der Swell ist ganz passabel. Lasst uns ein paar Wellen fangen. Wird höchste Zeit, oder?«

Die Blicke gingen zum Meer und auf einmal herrschte aufgeregte Betriebsamkeit. Einer nach dem anderen stiegen sie in ihre Neoprenanzüge, klemmten sich die Surfbretter unter den Arm und liefen hinunter zum Strand. Die engen schwarzen Surfanzüge brachten die muskulösen Körper der Jungen und die sportlichen Kurven der Mädchen erst so richtig zur Geltung. Brandees Beine schienen noch ein ganzes Stück länger geworden zu sein, als sie mit ihrem Brett zum Wasser stolzierte.

»Was ist mit dir?«, fragte mich Janice.

»Ich schaue euch erst einmal zu.«

Sie nickte und lief den anderen hinterher. Ich holte meine Kamera und ging runter zum Strand.

Mark hatte schon vorher eine ganze Weile am Strand gesessen und die Wellen beobachtet. Nun war er als Erster im Wasser. Er zog sein buntes Brett vor die Brust und warf sich nach vorne. Mit kräftigen Paddelzügen kämpfte er sich durch die weiß schäumende Brandung und war mit schnellen, langen Zügen auf der ersten Welle. Ehe ich mich versah, stand er auf seinem Brett und ritt aufrecht bis zum Strand.

Fasziniert schaute ich zu, wie jetzt auch die anderen mit ihren Brettern hinter die Brandungslinie paddelten und dort quer zu den Wellen im Wasser dümpelten, immer in der Erwartung auf den richtigen Moment. Wenn er kam, waren sie von einer Sekunde zur anderen auf ihrem Brett und schnellten über das Wasser.

Unermüdlich wiederholten sie dieses Spiel und es sah so aus, als hätten sie eine Menge Spaß in der Brandung. Wenn ich ehrlich war, beneidete ich sie darum.

Du kannst es lernen, sagte eine Stimme in mir. *Es ist gefähr-*

lich, warnte eine andere. *Versuch's einfach . . . Du wirst dich blamieren . . .*

Irgendwann kam Josh mit seinem Brett aus dem Wasser und schüttelte lachend seine nassen Locken. *Klick, klick, klick.* Ich hatte den Finger auf dem Auslöser.

»He, das macht fünf Dollar das Foto«, sagte er mit erhobenem Zeigefinger und setzte sich neben mich. »Na, was sagst du?« Er löste den Klettverschluss der Fangleine von seinem Knöchel und legte ihn auf sein Brett.

»Scheint ja wirklich Spaß zu machen.«

»Womit du verdammt recht hast.« Er grinste fröhlich.

»Hast du gar keine Angst?«, fragte ich.

»Nee. Die Wellen sind viel zu klein, um vor ihnen Angst zu haben.«

»Das ist vermutlich Ansichtssache«, bemerkte ich mit skeptischem Blick auf die über einen Meter fünfzig hohen Wellen.

Josh lachte, dass seine weißen Zähne in der Abendsonne blitzten. »Trotzdem schön, dass du mitgekommen bist, Smilla«, sagte er und gab mir einen freundschaftlichen Stups unter das Kinn.

Ich spürte, wie ich rot anlief, und sah auf das funkelnde Meer hinaus. »Ja«, sagte ich. »Ich bin auch froh, hier zu sein.«

»Wirst du es versuchen?«, fragte Josh. »Ich helfe dir auch.«

»Glaub schon. Morgen, okay?«

»Klar.« Josh schnappte sich sein Brett und lief zurück ins Meer. Noch eine ganze Weile saß ich da und sah ihnen zu, wie sie unermüdlich auf den Wellen ritten. Da sie mit ihren schwarzen Surfanzügen aussahen wie Seehunde, bemerkte ich die Robbe zuerst gar nicht, die sich unter die Clique gemischt hatte. Aber dann winkte mir Josh aufgeregt zu und deutete auf den schwarzen Tierkopf.

Das war unglaublich. Die Robbe zeigte keine Scheu vor den

Surfern. Im Gegenteil, es sah so aus, als würde auch sie auf den Wellen reiten, was ihr großes Vergnügen zu bereiten schien. Das war der Moment, in dem ich wusste, dass ich es tun würde. Mit einer Robbe im Ozean Wellen reiten, das konnte ich mir nicht entgehen lassen.

»Morgen«, flüsterte ich. »Morgen will ich es versuchen.«

6. Kapitel

Nach dem Surfen gingen alle duschen, um sich das Salzwasser von der Haut und aus den Haaren zu spülen. Währenddessen schrieb ich einen langen Brief an meine Freundin Sanne. Ich war so richtig ins Schwärmen geraten, als schließlich alle so weit waren, dass wir ins »River's Edge« aufbrechen konnten.

Die erste Surfsession am First Beach hatte die Clique in eine euphorische Stimmung versetzt, denn die Wellen waren zwar nicht sehr hoch, aber ideal zu surfen gewesen. Fünfzig- bis Hundert-Meter-Ritte, hatte Mark begeistert festgestellt. Und laut Alecs Gezeitenkalender und der Windvorhersage würden die Wellen am nächsten Tag noch etwas größer werden.

Auf dem Weg in den Ort liefen Alec und Brandee voran. Es dämmerte schon und sie gingen so dicht nebeneinander, dass ich nicht erkennen konnte, ob sie sich an den Händen hielten oder nicht. Ich konnte noch immer nicht richtig einschätzen, in welcher Beziehung sie zueinander standen. Josh und Alec schliefen in einem Zelt und Brandee teilte sich ihres mit Laura. Mark hatte ein Zelt für sich, das brauchte er auch, so groß und kräftig wie er war, und wir hatten ein Extrazelt für Sachen und Vorräte mitgenommen. Aber mir war längst der Verdacht gekommen, dass das Vorratszelt irgendwann einem von ihnen als Schlafplatz dienen sollte.

Janice unterhielt sich mit Mark (er redete tatsächlich, aber wahrscheinlich sprachen sie über Wellen) und ich fand mich zwischen Laura und Josh wieder. Laura erzählte von ihrer zwölfjährigen Schwester Maya, die sauer gewesen war, weil sie nicht mit uns nach La Push kommen durfte.

»Maya ist ganz schön in dich verknallt, Josh«, sagte sie.

Er lachte kopfschüttelnd. »Sie ist ja auch süß. Noch drei Jahre auf die Weide und sie wird so hübsch wie ihre große Schwester.«

Ich hatte das Gefühl, die beiden flirteten miteinander, deshalb blieb ich ein paar Schritte zurück, um nicht mehr zwischen ihnen zu laufen. Aber es war nicht mehr weit bis zum Hafen und schon bald standen wir alle zusammen vor dem »River's Edge«.

»An das Gebäude kann ich mich erinnern«, sagte Alec, »aber das Restaurant ist neu. Na, da bin ich aber gespannt.«

»Und ich habe einen Bärenhunger«, bemerkte Josh.

Alec voran betraten wir einen riesigen Raum, in dessen Mitte sich, abgetrennt durch dünne Wände, die Küche befand. Draußen hatte ich gelesen, dass das Restaurant früher als Bootshaus gedient hatte. Es war von den Wänden bis zur hohen Decke, unter der sich dicke Abzugsrohre entlangzogen, mit hellem Holz verkleidet. Die Lüftung über der Küche dröhnte unangenehm laut.

Ein Schild im Eingangsbereich wies darauf hin, dass man platziert wurde. Das Restaurant war völlig leer und vom Personal war auch niemand zu sehen. Josh machte mit einem ungeduldigen »Hallo-ho« auf uns aufmerksam.

Eine junge Indianerin mit einem schmuddeligen, ehemals weißen Schürzchen erschien und meinte gelangweilt, dass wir uns hinsetzen könnten, wo wir wollten. Ich erkannte sie wieder, sie war eines der Mädchen vom Supermarkt, die mit der misslungenen Dauerwelle, und ich fragte mich, wie man sich so verunstalten konnte. Bestimmt hatte das Mädchen schönes glattes Haar.

Ich hätte gerne am Fenster gesessen, um hinter der Jamesinsel die Sonne untergehen zu sehen, aber an den Fenstern gab es nur Vierertische. Also setzten wir uns an einen langen Tisch in der Mitte und die Indianerin nahm unsere Getränkebestellung auf. An ihrer Bluse steckte schief ein Namensschild. Sie hieß Valerie.

Es dauerte zwanzig Minuten, bis unsere Getränke kamen und wir bei Valerie unsere Bestellung aufgeben konnten. Ich entschied mich für gegrillten Lachs, der laut Karte direkt aus dem Quillayute River stammen sollte.

»Ziemlich seltsam, dass um diese Zeit keine Gäste hier sind«, sagte Laura und blickte sich um. »Nicht mal ein paar Einheimische.«

»Das bedeutet bestimmt nichts Gutes«, meinte Brandee und verzog das Gesicht. Sie hatte ihre Augen schwarz geschminkt und trug dunkles Rot auf den Lippen. Unter ihrer hellblauen Knitterbluse strahlte ein weißes Tanktop mit weitem Ausschnitt. Aber sie hätte auch einen Sack tragen können, selbst darin hätte sie noch gut ausgesehen. Ich dachte an ihren Wunsch, Schauspielerin zu werden. Na ja, eine begnadete Selbstdarstellerin war sie jedenfalls jetzt schon.

Keiner antwortete ihr. Die Atmosphäre im »River's Edge« war so bedrückend, dass unsere Gespräche schließlich verebbten. Sogar Alec und der stets gut gelaunte Josh verstummten für eine Weile. Wir waren müde und hungrig und keiner von uns fühlte sich wohl in diesem Restaurant ohne Gäste.

Ich beobachtete die Clique. Brandee erzählte gerade, wie sie in New York einmal mit Heath Ledger auf der Bühne gestanden hatte – nur ein paar Wochen vor seinem Tod. Janice und Laura hingen beeindruckt an ihren Lippen, doch Alec und Josh blickten skeptisch drein und lenkten das Gespräch geschickt aufs Surfen, was die Unterhaltung wieder belebte.

Ich versuchte, mit Interesse dem zu folgen, was sie erzählten, und ein paar Dinge abzuspeichern. Zum Beispiel, dass der Wind ideal zum Surfen war, wenn er vom Land kam. Oder dass man erst mit dem linken, dann mit dem rechten Fuß aufstand und dass man das Brett mit dem vorderen Fuß nach unten drücken musste, um schneller zu werden.

Zugegeben, ich trug nicht viel zur Unterhaltung bei. Vom Surfen hatte ich keine Ahnung und meine Gedanken drifteten immer wieder ab.

»Mann, hab ich einen Hunger«, stöhnte Josh schließlich laut.

»Ich auch. Die Wellen machen hungrig«, schloss sich Alec an.

»Mein Gott, so lange kann das doch nicht dauern, wir sind schließlich die Einzigen hier.« Brandee sah auf ihre Armbanduhr und schüttelte den Kopf. »Wenn ich noch lange hier sitzen und warten muss, werde ich wahnsinnig.« Sie erhob sich mit einer theatralischen Geste und verschwand hinter der Küche, wo der Pfeil mit dem WC-Schild hinzeigte.

Als unser Essen ein paar Minuten später endlich kam, wurde es von einer anderen jungen Indianerin gebracht, die meiner Schätzung nach auch nicht älter als achtzehn war. Die Gespräche verstummten, als sie die verschiedenen Gerichte auf dem Tisch verteilte. Ihr Name war Tamra, wie ihr Namensschild verriet.

Tamra war eine auffallende Schönheit mit einem dunklen Teint, hohen Wangenknochen, einer edlen Nase und Mandelaugen, die die Farbe von Brombeeren hatten. Ihr Lächeln, das sie sich mühsam abrang, entblößte ihren einzigen offensichtlichen Makel: eine Lücke zwischen den Schneidezähnen. Aber diese Zahnlücke zwischen den vollen Lippen ließ sie noch sinnlicher erscheinen.

Tamras Lächeln war jedoch ohne Freundlichkeit und ihre Gesten zeugten von Frustration und Langeweile. Vermutlich hasste sie es, uns zu bedienen.

»Tamra!«, schrie jemand aus der Küche. Sie verdrehte die Augen und rief »Ich komme ja schon« zurück.

»Scharfe Braut«, sagte Josh, als das Mädchen hinter der Trennwand verschwunden war.

»Nicht übel«, pflichtete Alec ihm grinsend bei.

Dafür erntete er einen missbilligenden Blick von Brandee, die inzwischen von der Toilette zurückgekommen war und hinter ihm stand.

»In dem Alter haben die Indianermädels meistens schon zwei Kinder«, bemerkte sie spitz, als sie sich setzte, und ich fragte mich, woher Brandee das wissen wollte.

»Das glaub ich nicht.« Josh nahm seinen Hamburger in beide Hände und machte sich darüber her. »Ihre Figur ist allererste Sahne«, bemerkte er mit vollem Mund.

Die Indianerin kam wieder an unseren Tisch, um das restliche Essen zu bringen. Ich musterte sie verstohlen. Josh hatte recht: lange Beine, schmale Hüften und auf ihrem Rücken lag ein dicker, glänzender Zopf, der ihr bis über die Taille reichte. Dazu dieses edel geschnittene Gesicht und die makellose Haut. Ich stellte mir ihr Gesicht vor, wie es fotografiert wirken würde. Unwillkürlich betrachtete ich sie in Gedanken durch die Linse der Kamera. Tamras Gesicht war schön, aber die eigentliche Ausstrahlung kam durch die Zahnlücke. Ohne Lächeln sah man dieses Detail nicht und das Indianermädchen wirkte wie eine von den Retortenschönheiten auf dem Laufsteg.

Wahrscheinlich waren Modelscouts nicht in Indianersiedlungen wie La Push unterwegs, sonst würde diese Tamra nicht in einem tristen Restaurant wie dem »River's Edge« bedienen, sondern längst in New York auf dem Laufsteg stehen.

Nachdem Tamra wieder in der Küche verschwunden war, stürzten wir uns ausgehungert auf unser Essen. Auch mir knurrte schon seit einiger Zeit der Magen, obwohl ich nicht wie die anderen im Wasser gewesen war. Mein Lachs war frisch und schmeckte gut, wie ich zufrieden feststellte. Sogar die Pommes waren knusprig – ich konnte mich nicht beklagen.

Brandee, die sich panierten Codfisch bestellt hatte, aß mit spitzen Fingern ein paar Pommes von ihrem Teller und ließ sich mit angewidertem Gesicht über die Zustände auf der Toilette aus: kaum noch Toilettenpapier, keine Seife, keine Papierhandtücher mehr. »Ziemlich eklig«, meinte sie, »das ist eine Unverschämtheit.« Sie sprach viel zu laut, als würde sie auf einer Theaterbühne stehen.

Josh verzog das Gesicht und protestierte mit einem unwilligen Brummen. »Komm schon, Brandee, so genau wollen wir es gar nicht wissen. Ich *esse.«*

»Da versucht man, uns einzutrichtern, keine Vorurteile zu haben«, fuhr Brandee unbeirrt fort, »aber schaut euch die Toiletten doch mal an. Ich möchte echt nicht wissen, wie es in der Küche aussieht.«

Josh stöhnte. »Frau, kannst du einem auf den Geist gehen.«

Brandee blitzte ihn mit kalten Augen an und wollte etwas sagen, als die Tür aufging und doch noch späte Gäste hereinkamen. Es waren Einheimische, zwei Jungen und ein Mädchen und ich erkannte sie sofort wieder. Ihre Gespräche verstummten, als sie uns sahen. Fast machte es den Eindruck, als wollten sie auf dem Absatz kehrtmachen, doch schließlich schob das Mädchen mit dem Mondgesicht die beiden Jungen zu den Vierertischen an der Fensterfront.

Als sie an uns vorbeigingen, murmelte der Junge mit dem Reptiliengesicht und der Punkfrisur etwas Abfälliges in unsere Richtung und ich erschrak über den Ausdruck des Abscheus in seinen Augen. Er war untersetzt und kräftig und auf dem dunkelroten T-Shirt, das über seiner Brust spannte, stand in großen schwarzen Buchstaben: HOPE KILLS.

Der andere Junge blickte zu Boden, sein langes Haar, das ihm diesmal offen über Brust und Rücken fiel, verdeckte sein Gesicht. Er trug löchrige Jeans und ein grünes T-Shirt, auf dem ein stilisiertes Tier abgedruckt war. Ein grinsendes Gesicht in Schwarz, Weiß und Rot, das nur aus Zähnen und einem fast menschlichen Auge zu bestehen schien. Dann war er vorbei.

Ich schluckte beklommen, bekam das letzte Stück von meinem Lachs kaum noch herunter. Auf einmal fühlte ich mich derart unwillkommen, dass ich am liebsten aufgestanden und gegangen wäre. Was war bloß los mit den Einheimischen? Wieso bauten sie komfortable Unterkünfte mit Whirlpools für Touristen und eröffneten ein Restaurant, wenn sie im Grunde gar keine Fremden in La Push haben wollten? Ich hätte es gerne verstanden, aber wen sollte ich fragen?

Die drei setzten sich in eine Fensternische und die schöne Tamra kam augenblicklich aus der Küche. Sie begrüßte die Neuankömmlinge und der Junge im grünen T-Shirt bekam eine halbe Umarmung. Dann nahm sie die Bestellung auf.

Laura quittierte die Szene mit einem Kopfschütteln und einem Zischen. »Es geht doch«, sagte sie leise. »Wir haben einfach nur die falsche Hautfarbe.«

»Ach komm«, sagte Mark versöhnlich, »du bist schließlich nicht verhungert.«

»Ich finde es trotzdem blöd.«

Die drei Einheimischen saßen in meiner Blickrichtung, aber es dauerte einen Moment, ehe ich begriff, dass ihre heftige Diskussion uns galt. Plötzlich lag das Drohen eines Krieges in der Luft. Die Blicke der beiden Jungen funkelten wütend und Tamra schien Beschwörungsformeln zu sprechen, damit sie nicht aufsprangen und auf uns losgingen. Ab und zu schnappte ich Wortfetzen auf, doch ich verstand nichts, denn sie unterhielten sich in einer merkwürdig klingenden Sprache. Vermutlich Quileute. Mit Sicherheit sollten wir nicht verstehen, was sie sagten.

Zum ersten Mal in meinem Leben fühlte ich mich richtig fremd, abgelehnt aus Gründen, die ich nicht kannte. Obwohl ich versuchte, es gerade nicht zu tun, musste ich immer wieder zu dem Tisch hinübersehen. Der Blick des Jungen mit dem grünen Shirt fiel auf mich und sein Gesicht wurde hart. Es sprach eine tiefe Verachtung daraus. Ich sah nicht weg, ich hielt den Blick aus, denn ich hatte nichts getan, das diese Verachtung verdiente.

Gereizt rief Alec nach Tamra und verlangte nach der Rechnung. Brandee schien kurz vorm Ausflippen zu sein, aber Tamra kam noch rechtzeitig, bevor sie im Restaurant eine Szene machte. Jeder zahlte sein Essen. Als Brandee an der Reihe war, sagte sie: »Wenn die Toiletten sauber sind und die Bedienung sich ein bisschen mehr beeilt, gibt's das nächste Mal vielleicht auch ein Trinkgeld.«

Die Indianerin zuckte nur mit den Achseln und gab ihr auf den Cent heraus. »Schönen Abend noch«, sagte Tamra.

»Den werden wir haben«, meinte Josh. »Sobald wir hier zur Tür raus sind.«

Draußen war es immer noch nicht richtig dunkel. Schon am ersten Abend hatte ich festgestellt, dass die Dämmerung hier oben am Pazifik ungewöhnlich lang war.

Motten umflatterten die Lampen vor dem Restaurant. Die beiden hölzernen Türwächter mit den starren Augen sahen jetzt noch unheimlicher aus als bei Tageslicht, aber das schien nur mir aufzufallen. Ich hörte ein leises Knurren, und als ich mich danach umdrehte, sah ich einen dunklen Schatten auf vier Beinen zum Wasser hin verschwinden. Meine Nackenhaare stellten sich auf. Brandee schien es ähnlich zu gehen, sie hatte Angst, das merkte ich an ihrer steifen Haltung. Vermutlich hatte sie das Knurren ebenfalls gehört, doch sie sagte nichts, weil sie nicht wieder ausgelacht werden wollte.

Brandee Miller hat also auch ihren Schwachpunkt, dachte ich zufrieden. Na gut, sie kam aus New York, da konnte man bei so viel Natur und Dunkelheit schon mal die Nerven verlieren.

Brandee griff nach Alecs Hand und drängte sich an seine Seite. Wir hatten Taschenlampen mitgenommen und beschlossen nun, den Weg am Strand zu nehmen. Dazu mussten wir über den Hügel mit den beiden Schulgebäuden laufen und dann von der Mole, die zur Jamesinsel führte, über eine Treibholzbarriere klettern. Das erwies sich als ziemlich abenteuerlich, denn man musste genau aufpassen, wo man hintrat. Die Stämme waren wild ineinander verkeilt und ich hatte keine Lust, mir die Knochen zu brechen.

Josh fing mich mit beiden Armen auf, als ich von einem großen Stamm in den Sand sprang, und er hielt mich ein paar Sekunden länger fest, als es unbedingt nötig gewesen wäre. Ich hörte sein Herz gegen meines schlagen und lächelte ihm im Dunkeln dankbar zu, einfach weil er mir das Gefühl gab dazuzugehören.

Im Licht des Halbmondes sah James Island aus wie ein schwarzes Urtier. Zurzeit herrschte Ebbe, das Meer hatte sich weit zurückgezogen und der nasse Sand spiegelte den Nachthimmel. Josh lief neben mir und leuchtete uns mit seiner Taschenlampe den Weg aus. Ich fragte ihn, woher er wusste, dass die Quileute-Indianer auf der Felseninsel ihre Toten begraben hatten.

»Das habe ich mal irgendwo gelesen«, sagte er. »In so einem Tourismusprospekt, glaube ich.«

»Schade, dass es kein Museum gibt in La Push«, bemerkte ich.

»Ich würde gerne ein bisschen mehr erfahren über die Leute hier.«

»Die sind total verschlossen«, sagte er. »Die wollen gar nicht, dass Weiße etwas über sie wissen.«

Ich sah Alec, der vor uns lief, den Arm um Brandees Schulter legen und richtete den Blick schnell wieder auf den Boden, wo Tangblasen und Schwemmholzstücke unter unseren Schritten knackten. »Und wieso?«, fragte ich. »Was haben sie denn gegen uns?«

»Na, wir sind weiß.«

»Das ist alles?«

»Glaub schon.«

»Sag mal, war da irgendetwas im letzten Jahr?«, fragte ich. »Ich meine, als du, Mark und Alec hier surfen wart?«

Ich sah, wie Joshs Körper sich versteifte. Er zögerte einen Moment, bevor er fragte: »Was soll denn gewesen sein?«

»Keine Ahnung, aber die beiden Jungs aus dem Restaurant sahen so aus, als wären sie am liebsten über uns hergefallen.« Nach den Bemerkungen von Josh und Alec über Tamra war mir der Gedanke gekommen, dass sie vielleicht im vergangenen Jahr in Gegenwart der jungen Indianer anzügliche Andeutungen über die Mädchen gemacht haben könnten. Oder schlimmer noch. »Vielleicht habt ihr euch an die Indianermädchen rangemacht«, sprach ich meine Vermutung aus.

Josh lachte laut. »Zugegeben, diese Kellnerin ist wirklich süß, aber es ist besser, die Finger von denen zu lassen. Die wollen doch bloß geheiratet werden.«

Ich fragte mich, wie Josh zu dieser Behauptung kam, da griff er nach meinem Arm und zog mich zur Seite, damit ich nicht auf einen toten Fisch trat. »Hey, pass auf!«

Wir kamen am Hotelgebäude vorbei, das hinter der Schwemmholzbarriere stand, und ich sah in einigen Zimmern

Licht brennen. Von den Strandhäusern, die sich dem Hotel anschlossen, waren nur zwei bewohnt, was mich bei den gepfefferten Preisen nicht weiter verwunderte.

Bevor ich weiter nach dem letzten Sommer und den Indianermädchen fragen konnte, sagte Josh: »Morgen wollen wir nach Forks fahren, Vorräte aufstocken und so. Vielleicht haben die ja eine Bibliothek, in der du etwas über die Indianer in La Push finden kannst.«

Das war eine gute Idee, die hätte ich Josh gar nicht zugetraut. »Danke für den Tipp«, sagte ich lächelnd.

Er grinste. »Gern geschehen.«

Wieder zurück im Camp, entfachte Mark ein Feuer und wir saßen noch eine Weile beisammen. Die letzten mitgebrachten Bierdosen und der restliche Whiskey machten die Runde.

»Ich fand es unfair, dass du dem Mädchen das Trinkgeld verweigert hast«, sagte Mark zu Brandee. »Die denken sowieso, dass wir arrogante Arschlöcher sind, deshalb müssen wir uns nicht auch noch so benehmen.«

»Anders lernen sie es aber nicht«, mauerte Brandee. »Wenn wir dem Gesundheitsamt einen Tipp geben, müssen sie die Bude dichtmachen.«

»Nun mach mal halblang«, sagte Josh genervt.

»Also ich fand, *sie* haben sich wie arrogante Arschlöcher benommen«, warf Laura ein.

»Das fand ich allerdings auch«, meinte Alec.

»Die wünschen sich nichts anderes, als dass wir wieder von ihrem Strand verschwinden.« Mark legte ein Stück Schwemmholz ins Feuer und Funken stiebten in den Nachthimmel.

»Warum eigentlich?«, fragte ich, in der Hoffnung, von Mark eine einleuchtendere Antwort zu bekommen als von Josh.

»Die haben keine guten Erfahrungen mit uns gemacht«, sagte er.

Ich merkte, wie Josh und Alec die Köpfe hoben und Mark überrascht ansahen.

»Er meint, wir Weißen haben ihnen ihr Land weggenommen.« Alec steckte eine leere Bierdose in den Sand. »Und das nehmen sie uns heute noch übel. Vielleicht glauben sie, dass wir ihnen etwas schulden.«

»Mir kommen die Tränen«, sagte Josh mit weinerlicher Mädchenstimme. »Hey Leute, das ist Geschichte. Ich habe keinen Bock, mich für etwas schuldig zu fühlen, das hundert Jahre her ist. Heutzutage kriegen die Indianer doch alles vorne und hinten reingesteckt«, entrüstete er sich, wobei er das Wort *Indianer* so aussprach, als handele es sich um eine Krankheit. »Stipendien für ihre Studenten, Entwicklungshilfen, Steuervergünstigungen, das ganze Programm. Die *müssen* ja glauben, sie wären was Besonderes, und deshalb benehmen sie sich auch so überheblich.«

»Wie wollen sie denn nun eigentlich genannt werden?«, fragte ich. *»Indianer* oder *Native Americans* – eingeborene Amerikaner?«

»Ach«, Josh winkte ab, »kein Mensch quatscht solchen Schwachsinn. Außer irgendwelche Soziologen vielleicht, die meinen, sie müssten politisch korrekt sein.«

»Sie sind Quileute«, wandte Mark sich an mich. »Ich denke, sie möchten Quileute genannt werden.«

»Dabei verknotet man sich ja die Zunge«, sagte Laura und versuchte, das Wort auszusprechen. »Kwil-lejute.«

Die anderen lachten und versuchten sich ebenfalls an diesem Zungenbrecher. Ohne dass mir aufgefallen war, wer ihn gedreht und angezündet hatte, machte ein Joint die Runde. Es roch auf einmal wie ein verbranntes Hanffeld. Das rote Feuerauge der Zigarette glühte auf, als Brandee den Rauch genussvoll in die Lunge sog und lange inhalierte.

Schließlich wanderte der Joint über Janice und Laura an mich weiter, aber ich lehnte dankend ab.

»Es ist bloß Gras, Smilla«, meinte Josh. »Das bringt dich nicht um. Macht allenfalls ein bisschen Party im Kopf. Meistens merkst du beim ersten Mal gar nichts.«

Beim ersten Mal?

Brandee kicherte und ich kam mir vor wie ein rotznasiges Kleinkind. War das Rauchen eines Joints eine Art Initiationsritus, um dazuzugehören? Ich nahm einen Zug, musste unwillkürlich husten und reichte den Joint an Mark weiter. Josh grinste mir zu. Aber als ein neuer Joint auftauchte, gab ich ihn einfach weiter und niemand störte sich daran. Auch Janice schien genug zu haben, während Brandee immer zweimal zog.

Ich beobachtete die anderen und wartete darauf, dass ich etwas spürte, dass die Party im Kopf begann. Aber außer, dass Mark noch stiller und alle anderen furchtbar albern wurden, passierte gar nichts.

Mark zog eine Mundharmonika hervor und spielte eine leise Melodie. Die lang gezogenen vibrierenden Töne mischten sich mit dem Rauschen der Brandung. Als ich später in meinem Schlafsack lag, kam es mir so vor, als würde ich sanft auf den Wellen treiben, und noch lange hörte ich den zitternden Mundharmonikablues, obwohl ich wusste, dass auch Mark längst schlafen gegangen war.

Conrad ballt die Hände zu Fäusten, Wut trübt seine Sicht. Er schließt die Augen und schlägt immer wieder mit der Stirn gegen den nachtkalten Ast der Wurzel. Er will jemandem wehtun, etwas zerstören, seine Wut auslassen.

Tamra hat ihn davon abgehalten, sich im »River's Edge« mit den Surfern anzulegen. Es hat ihn große Überwindung gekostet. Aber die Tatsache, dass es dem Restaurant geschadet hätte und Tamra diesen Job braucht, hat schließlich den Ausschlag gegeben, seine Wut im Zaum zu halten.

Er hat Tamra nach Hause gebracht, doch geblieben ist er nicht. Jetzt steht er hinter der großen nackten Wurzel im Dunkeln, hört jedes Wort, das die Eindringlinge sagen, und was er hört, macht ihn noch wütender. Sie glauben, alles zu wissen, dabei wissen sie gar nichts. Niemand in La Push fühlt sich als etwas Besseres. Die meisten Quileute haben keine Arbeit und leben von Sozialhilfe. Trotzdem macht hier jeder irgendetwas für seinen Lebensunterhalt. Wer ein Auskommen hat, ist froh, aber er tut nicht so, als wäre er mehr wert als die anderen.

Josh, dieses aufgeblasene Arschloch, dieser Wichtigtuer, der verdammte Mörder.

Die alten Quileute, Conrads Vorfahren, die konnten ihre Gestalt ändern und sich in Tiere verwandeln. Er wünscht, ihm würden Zähne und Klauen wachsen und er könnte die Arschlöcher am Feuer damit in die Flucht schlagen.

Als Kinder waren er und Justin nachts oft hierhergelaufen, hatten sich nebeneinander in den kühlen Sand gelegt und die Sterne angesehen. Sie hatten Geschichten erfunden, Pläne gemacht und die nächtlichen Geräusche den verschiedenen Tieren zugeordnet. Conrad, sein Bruder Justin und das Meer, sie waren eine Einheit gewesen. Der Ozean war in ihren Gedanken, er pulste durch ihr Blut, ihre Herzen.

Als ihre Mutter sie verließ, weil sie einen anderen Mann kennengelernt hatte, schweißte das die Brüder nur noch enger zusammen. Justin war damals der Stärkere gewesen und hatte sich um Conrad gekümmert. Er hatte die Briefe der Mutter ungelesen verbrannt und er war auch auf die Idee gekommen, dass sie einander schwören sollten, niemals wieder Kontakt zu ihr aufzunehmen. Als Conrad seine Mutter nach Justins Tod zum ersten Mal wiedergesehen hatte, war sie eine Fremde für ihn gewesen.

Sie fehlt ihm, das weiß er jetzt. Genauso, wie ihm Justin fehlt. Bis vor einem Jahr war Conrad davon überzeugt gewesen, dass nichts ihn jemals von Justin trennen könnte. Aber dann ist es doch passiert. Das Meer hat seinen Bruder verschlungen und ihn allein zurückgelassen.

Jetzt ist Justin nur noch ein klaffendes Loch in seinem Leben.

Die Trauer kommt wie ein gewaltiger Brecher, der Conrad völlig unerwartet überwältigt. Er krümmt sich zusammen und fällt auf die Knie. Ein heftiges Schluchzen schüttelt seinen Körper, doch das Rauschen der Brandung übertönt seine Qual.

7. Kapitel

Möwengeschrei weckte mich am nächsten Morgen. Aber der Abend war lang gewesen, deshalb drehte ich mich noch einmal um und nickte wieder ein. Als ich endlich aus dem Zelt kroch, stand die Sonne bereits hoch am Himmel. Während des Frühstücks wurde es warm, noch wärmer als am Tag zuvor.

Die Einkaufstour nach Forks hatten wir für den Vormittag geplant. Unsere mitgebrachten Vorräte gingen langsam, aber sicher zur Neige und im »Lonesome Creek Store« war alles unverschämt teuer.

Da wir die Zelte und die Surfbretter nicht unbeaufsichtigt lassen wollten, sollten zwei von uns im Camp bleiben. Mark meldete sich zuerst und Janice bot sofort an, mit ihm dazubleiben.

Ich sah Alec und Brandee bedeutungsschwere Blicke wechseln. Sollte sich zwischen Mark und Janice tatsächlich etwas anbahnen? Bisher hatte ich wenig davon gemerkt. Kein Händchenhalten, keine verstohlenen Küsse, höchstens ein paar sehnsüchtige Blicke. Mark war ein stiller, introvertierter Typ, der mit Sicherheit eine Menge Probleme in seinem Kopf wälzte. Janice dagegen war quirlig und nahm die Dinge gerne leicht. Wenn Janice über ein Problem stolperte, dann war es in der Regel ziemlich schnell abgehakt. Vielleicht war es gerade diese Unbekümmertheit, die Mark so an ihr gefiel.

Als wir uns mit den Kühlboxen und vollen Müllbeuteln auf den Weg zum Parkplatz machten, waren die beiden emsig beschäftigt – jeder mit etwas anderem. Das war so auffällig, dass sogar ich darüber lächeln musste.

»Solltest du nicht ein bisschen besser auf dein Schwesterherz aufpassen?«, frotzelte Josh, als wir schon ein Stück vom Camp entfernt waren.

»Die kann sehr gut auf sich selbst aufpassen«, erwiderte Alec brummig.

»Na ja, wenn Mark dein Schwager wird, dann bekommst du bestimmt süße Nichten und Neffen.«

Alec blieb stehen, drehte sich zu Josh um und sagte: »Janice ist erst siebzehn.«

Josh grinste. »Na und. Mit vierzehn können sie's, alles andere ist Faulheit.«

Gegen meinen Willen musste ich lachen.

»Also, ich habe mit vierzehn noch Glitzersticker gesammelt«, bemerkte Laura.

»Und ich Sandburgen gebaut«, sagte ich.

»Und was ist mit dir, Brandee?«, fragte Laura.

Brandee meinte: »Was mich angeht, liegt Josh vollkommen richtig.«

»Na siehst du«, sagte Josh zu Alec.

Der schob seinen Freund weiter. »Ach, hör doch auf mit dem Schwachsinn. Und selbst wenn Janice scharf ist auf Mark, der versteht nur was vom Surfen. Alles andere ist ihm ziemlich egal. Der sieht ein hübsches Mädchen nicht mal, wenn du es ihm auf den Bauch bindest.«

Na, dachte ich, da wäre ich mir nicht so sicher. Bekanntlich sind stille Wasser tief.

Wir waren auf dem Parkplatz angekommen und brachten den Müll in die Container. Als wir schließlich vor den beiden Autos standen, verstummte unser Geplapper mit einem Schlag. Jemand hatte die Heckscheibe von Alecs Kombi eingeschlagen. Wie ein Spinnennetz breiteten sich die Risse von einem kleinen Loch in der Mitte aus. Und auf Joshs Van stand mit blutroter

Schrift, quer über die springenden Delfine VERPISST EUCH! geschrieben.

»Scheiße«, entfuhr es Alec.

»Verdammte Bastarde«, sagte Josh und kratzte sich am Hinterkopf.

»Und was jetzt?«, fragte Laura bestürzt.

»Ich schlage vor, wir suchen uns einen anderen Strand«, meldete sich Brandee zu Wort. »Und einen Zeltplatz mit etwas mehr Komfort.«

»Kommt gar nicht infrage.« Josh schüttelte vehement den Kopf. »So einen perfekten Platz finden wir nirgendwo. Wir bleiben hier«, sagte er trotzig. »Die sollen wissen, dass wir nicht so schnell klein beigeben.«

Wer waren *die*, hätte ich gerne gewusst. Waren die Quileute auf dem Kriegspfad gegen Surfer?

»Ich finde, darüber sollten wir alle gemeinsam entscheiden«, sagte Laura.

Es juckte mich in den Fingern, die kaputte Heckscheibe zu berühren, aber dann wäre Alec vermutlich ausgeflippt. Dieser Drang, alles zu betasten, um mit den Fingerkuppen das *Dahinter* zu erspüren, war manchmal wie ein Zwang.

»Sie hat recht«, bemerkte ich. Brandees schwarz umrandete Eisaugen durchbohrten mich mit einem kalten Blick.

»Okay«, sagte Alec. »Gehen wir zurück und erzählen Mark und Janice, was passiert ist. Und dann stimmen wir ab.«

Wir verstauten die Kühlboxen im Van und liefen schweigend zurück zum Camp. Alec schilderte Mark und Janice die Schäden an den Autos. »Wir müssen abstimmen, ob wir hierbleiben oder uns einen anderen Strand suchen.«

Mark sagte: »Ich hatte in einem dieser Surferforen gelesen, dass so etwas hier manchmal vorkommt. Aber irgendwie konnte ich mir nicht vorstellen, dass es uns erwischt.« Er klang zerknirscht. Was passiert war, bedrückte ihn offensichtlich.

»Ich bin dafür zu verschwinden«, sagte Brandee. »Weiter südlich gibt es bestimmt auch coole Strände. Strände ohne wild gewordene Rothäute.«

»Sie hat recht«, meinte Laura. »Was, wenn sich ihre Zerstörungswut nicht mehr nur gegen unsere Autos richtet?«

»Das glaube ich nicht«, wandte Mark ein. »Sie hätten uns auch die Reifen zerstechen können oder die Frontscheibe einschlagen. Sie wollen uns Angst machen, das ist alles.«

»Was ihnen durchaus gelungen ist«, sagte Brandee. »Ich hatte von Anfang an kein gutes Gefühl.«

»Hey«, Josh schüttelte ärgerlich den Kopf. »Dir ist doch nichts passiert. Alec und ich haben den Schaden.«

»Okay«, sagte Alec, »stimmen wir ab. Wer ist dafür, dass wir bleiben?«

Laura schüttelte den Kopf. Josh und Mark hoben ihre Hände. Ich sah, dass Janice zögerte, aber dann hob auch sie ihre Hand. Alec presste die Lippen zusammen und schüttelte den Kopf. Damit stand es drei zu drei und nun schauten alle auf mich.

»Ich weiß nicht«, sagte ich und strich mit den Fingern hinter mein Ohr. »Ich bin nur euer Gast.«

»So ein Schwachsinn«, schimpfte Alec. »Du gehörst dazu und deine Stimme zählt. Na los, Midget!«

Tja, da gab es nicht viel zu überlegen. Ich atmete noch einmal tief durch und hob meine Hand.

Josh klopfte mir zufrieden auf die Schulter und Mark nickte lächelnd. Ich fing mir einen bösen Blick von Brandee ein und mir wurde klar, dass ich sie mir damit endgültig zur Feindin gemacht hatte.

Laura seufzte nur. »Wir sollten das wenigstens der Polizei melden«, sagte sie, »wegen der Versicherung.«

»Gibt es denn hier überhaupt so etwas?«, fragte Alec. »Ich meine, Polizei.«

»Ja«, sagte ich. »Ich weiß, wo die Polizeiwache ist.«

»Dann fahren wir drei jetzt dorthin und melden den Schaden«, entschied Alec. »Und danach machen wir uns auf den Weg nach Forks. Ich brauche eine neue Scheibe.«

»Vielleicht solltest du das nicht tun«, sagte Mark und ließ seine Fingerknöchel knacken.

»Was?«, fauchte Alec ihn an.

»Sie reparieren lassen.«

»Und wieso nicht?«

»Weil man eine kaputte Scheibe nicht noch einmal einschlagen kann.«

Das Polizeirevier von La Push befand sich mitten im Ort, direkt neben dem Sitz der Stammesregierung. Wir parkten die Autos gleich neben dem Jeep mit dem Logo der Stammespolizei. Alec, Josh und ich betraten den holzverkleideten grauen Bau und folgten den Hinweisschildern bis zu einer Tür, an der »La Push Police – Sheriff Howe« stand. Alec klopfte.

Ein Indianer in Jeans, grünem Hemd und schwarzer Weste erschien in der Tür. Er war einen halben Kopf kleiner als Alec. Sein schwarzes Haar war kurz geschnitten und von ein paar grauen Strähnen durchzogen, die nicht zu seinem jungen Gesicht passten. Ich schätzte ihn auf Mitte dreißig, trotz der grauen Haare. Er runzelte die Stirn und musterte uns mit seinen wachsamen dunklen Augen.

»Sheriff Howe?«, fragte Alec.

»Der bin ich. Was kann ich für euch tun?«

»Wir wollen Anzeige erstatten wegen Sachbeschädigung.«

Mit einem Seufzen holte uns der Polizist in sein Büro und bot uns Plätze auf den Besucherstühlen an. Er setzte sich in den schwarzen Bürostuhl hinter seinem Schreibtisch und fragte nach unseren Namen, die er sich notierte. Alec Turner, Joshua Kline, Smilla Rabe. Nachdem er meinen Namen aufgeschrieben hatte, hob er den Kopf, musterte uns noch einmal der Reihe nach aufmerksam und fragte: »Was ist passiert?«

»Irgendein Idiot hat heute Nacht unsere Autos beschädigt«, sagte Alec. Er erzählte von der kaputten Heckscheibe und dem aufgemalten Spruch, dass wir uns verpissen sollten. Der Polizist zog zwei Formulare aus einer Schublade und reichte sie Alec und Josh. »Seid ihr beiden die Fahrzeughalter?«

Sie nickten.

»Dann füllt das aus.«

Er gab jedem von ihnen einen Kuli und Josh und Alec begannen zu schreiben. Chief Howe trat ans Fenster und sah hinaus, bevor er seinen Blick wieder auf die beiden richtete. »Gab es irgendwelchen Ärger?«, wollte er wissen. Und als Alec ihn fragend ansah, fügte er hinzu: »Ich meine, ging dem Ganzen ein Streit voraus? Habt ihr eine Ahnung, wer das gewesen sein könnte?«

»Nein«, antwortete Alec. »Irgendwer hat was gegen uns, keine Ahnung, warum.« Er konzentrierte sich wieder auf das Formular.

»Seid ihr das erste Mal in La Push?«

»Letzten Sommer waren wir das erste Mal da.«

Der Chief nickte nachdenklich und strich sich über das Kinn. »Es tut mir leid, dass ihr Unannehmlichkeiten habt«, sagte er. »Aber es kommt hin und wieder vor, dass so etwas passiert. Ein paar Leute in La Push mögen keine Fremden.«

»Was werden Sie jetzt unternehmen?«

»Ich werde die Augen offen halten«, sagte Howe. »Und ihr solltet euch an die Regeln halten.«

»Welche Regeln?« Josh sah von seinem Formular auf.

»Kein Alkohol, keine Drogen, den Strand sauber halten.«

Josh zuckte mit den Schultern. »Ach so. Ja, schon klar.«

Als beide ihr Formular ausgefüllt und unterschrieben hatten, reichten sie es dem Polizisten zurück.

»Okay«, sagte Howe, nachdem er die Papiere überflogen hatte, »dann wollen wir den Schaden mal begutachten.« Er holte eine Digitalkamera aus einem Metallschrank und überprüfte den Akku.

Als wir hinter ihm das Gebäude verließen, sah ich, dass ein paar einheimische Jugendliche um unsere Autos herumstanden und sich königlich amüsierten. Es waren Kids mit Skateboards, aber auch ein paar ältere Jungen und Mädchen. Ich fragte mich, wo die auf einmal alle herkamen.

»Hallo Chief«, sagte ein Junge mit Bürstenhaarschnitt und einem schwarzen »WEREWOLFES ♥ LA PUSH«-T-Shirt. »Haben Sie einen neuen Fall?«

»Schon möglich, Rob. Vielleicht kannst du mir ja etwas dazu erzählen.«

Der Junge grinste. »Nee, keine Ahnung. Sieht aber ganz nach einem Streit zwischen Vampiren und Werwölfen aus.«

Die anderen Jugendlichen kicherten. Wenn ich sie ansah, blickten sie weg. Vampire und Werwölfe schienen hier das große Thema zu sein. Der Junge sah allerdings vollkommen harmlos aus und ich traute auch keinem der anderen zu, dass sie unsere Autos beschädigt hatten. In mir keimte das ungute Gefühl, dass die beiden jungen Indianer, denen wir vor dem Supermarkt und im »River's Edge« begegnet waren, etwas mit der ganzen Sache zu tun hatten. Ihre Feindseligkeit war offensichtlich gewesen, sie hatten aus ihrer Abneigung gegen uns keinen Hehl gemacht. Offen gesagt wunderte mich, dass weder Josh noch Alec die beiden erwähnt hatten. Ich dachte kurz daran, es selbst zu tun, ließ es aber bleiben.

Der Chief lief um die beiden Autos herum und besah sich alles genau. Er schoss Fotos von der kaputten Heckscheibe und der Schmiererei und machte sich Notizen. »Tut mir leid«, sagte er schließlich noch einmal. »Es ist das erste Mal in diesem Jahr, dass so etwas passiert. Ich werde mich bei den anderen Campern umhorchen. Vielleicht hat ja einer von ihnen etwas gehört oder gesehen.«

Alec und Josh blickten missmutig drein, aber ich hatte das Gefühl, dass der Polizist es ernst meinte und wirklich bedauerte, was passiert war. Chief Howe versprach, sich zu melden, wenn er etwas herausgefunden hatte. Wir verabschiedeten uns von ihm und fuhren zurück zum Parkplatz.

Wie von Anfang an geplant, blieben Mark und Janice im Camp zurück und wir anderen fuhren nach Forks zum Einkaufen. Das Holzfällerstädtchen war ein gesichtsloser Ort am Highway 101, der laut Alec die gesamte Küste entlang bis nach Los Angeles führte. Identisch aussehende Holzhäuser, etliche Kirchen, eine Werbetafel für ein Holzmuseum. An der Mainstreet zwei Motels, vier Tankstellen, ein Tacobells, ein chinesisches Restaurant und ein großer Thriftway-Supermarkt, in dem wir uns mit Lebensmitteln eindeckten: abgepacktes Brot, Chips, Tomaten, ein paar Äpfel und Trauben, eine Melone, Getränke, Pulverkaffee, Dosensuppen, eingeschweißte Speckstreifen, leuchtend rote Schweinesteaks und zwei große Tüten Marshmallows. Und Eisbeutel für die Kühlboxen natürlich.

Ich erstand ein blaues »I WAS BITTEN IN FORKS«-T-Shirt und Laura kaufte sich dasselbe in Rot. Wir kicherten, als wir uns durch die T-Shirts wühlten, und Brandee verdrehte ihre Augen über unser kindisches Benehmen. Es störte mich nicht. Die Tatsache, dass Alec und die anderen mich vorhin beim Abstimmen ernst genommen hatten, stärkte mein Selbstbewusstsein. Brandee war die Einzige in der Clique, die mich nicht akzeptierte, damit konnte ich leben.

Nachdem wir unsere Einkäufe im Van verstaut hatten, suchte Alec entgegen Marks Rat nach einer Autowerkstatt und fragte dort nach einer Scheibe für seinen Ford-Kombi. Sie hatten eine da und waren bereit, sie gleich einzusetzen, was allerdings eine Wartezeit von fast zwei Stunden bedeutete.

Nach kurzer Überlegung ließ Alec seinen Wagen in der Werkstatt. Wir gingen alle zusammen zum Chinesen und aßen etwas. Danach trennten wir uns. Laura und Josh sollten mit den Lebensmitteln zurück nach La Push fahren. Als ich keine Anstalten machte, zu ihnen in den Van zu steigen, sah Brandee mich genervt an: »Was ist mit dir? Willst du nicht mit zurück?«

»Ich würde gerne in die Bibliothek gehen.« Ich zeigte auf ein gelbes Backsteingebäude an der Hauptstraße, auf dem groß *Gemeindebibliothek Forks* stand.

»Was willst du denn da?«, fragte Alec mit Falten auf der Stirn.

»Meine E-Mails checken«, antwortete ich. »Wenn das Auto fertig ist, holt mich einfach ab.«

Alec nickte. »Okay, Midget. Dann bis später.« Er nahm Brandees Hand und zog sie hinter sich her. Josh und Laura fuhren los.

Ich betrat die Bibliothek und fragte die Frau hinter dem Tresen nach Büchern über die Quileute-Indianer.

»Brauchst du die für die Schule?«, fragte sie mich mit einem freundlichen Lächeln und ich nickte. Offensichtlich wurde nicht oft nach Literatur über die Quileute gefragt. Während die Bibliothekarin auf die Suche ging, schickte sie mich in einen kleinen, stickigen Raum, in dem drei Computer standen. Zwei Jungen in meinem Alter saßen an einem der Tische und spielten Schiffe versenken.

Ich setzte mich an einen der Computer und checkte meine Mails. Ich hatte Post von meinen Eltern, von Sanne und sogar eine Mail von Sebastian, über die ich mich jedoch ärgerte. Der Blödmann schrieb so herablassend, dass ich plötzlich nicht mehr verstand, was ich einmal an ihm gefunden hatte. *Gelegentlich,* das stand da wortwörtlich, würde er mich vermissen. Aber seinen Entschluss bereue er nicht.

Na, herzlichen Glückwunsch, dachte ich.

Ich schrieb ihm zurück, dass ich mit einer Truppe von coolen Leuten zum Surfen in einem Indianerreservat an der Nordwestküste war und dass auch ich inzwischen froh war über die Trennung, da ich mich nun frei fühlen würde und das Leben hier in vollen Zügen genießen könnte.

Sanne schrieb ich, dass ich die Mail direkt aus Forks schicken würde, der Hauptstadt der Vampire. Und dass ich die nächsten drei Wochen in La Push am Strand verbringen würde, wo die Werwölfe hausten. Dass ich auch schon einen gesehen hatte, allerdings einen mit Fell. Mit fliegenden Fingern schrieb ich ihr von Laura, Brandee, Janice, Josh, Alec und Mark. Von den Quileute und den beschädigten Autos. Und dass ich am Nachmittag versuchen wollte, auf ein Surfbrett zu steigen.

Die Mail an meine Eltern war die kürzeste. Ich schrieb ihnen, dass es mir gut ging, dass es in La Push wunderschön sei und dass ich sie demnächst anrufen würde.

Dann setzte ich mich an den Tisch und stöberte in dem Bücherstapel, den die Bibliothekarin mir herausgesucht hatte. Am vielversprechendsten erschien mir die Abhandlung eines Anthropologen über die Quileute von 1775 bis 1945. Diese Broschüre mit den vergilbten Seiten und der kleinen Schrift nahm ich mir vor und begann, darin zu lesen.

So erfuhr ich, dass La Push von *la bouche,* dem französischen Wort für Mund kam. Dort wo der Mund des Quillayute River den Ozean berührt, lebten die Quileute seit achthundert Jahren. Ursprünglich hatten sie in Langhäusern aus Zedernbrettern gewohnt, die bis zu sechs Familien beherbergen konnten. Ihre Kleidung bestand vorwiegend aus Fellen und weichen Rindenfasern. Sie lebten vom Lachsfang, jagten Wale und Robben im Meer und Hirsche an Land. Die Frauen waren für ihre Korbflechtarbeiten und ihre Decken aus Hundehaar bekannt. Die zwanzig Meter langen Kanus der Quileute konnten mehr als drei Tonnen Last über den Pazifik tragen.

Ich las, dass sich die Gesellschaft der Quileute in drei Gruppen teilte: den Adel, einfache Stammesmitglieder und Sklaven. *Sklaven?* Das waren meist Kriegsgefangene und ihre Nachkommen, wie ich erfuhr. Offensichtlich waren die Quileute kein friedliches Volk gewesen. Es gab geheime Lieder und Tänze und strenge Regeln. Nur die Krieger durften den Wolfstanz aufführen. Auf Potlachs, großen Schenkungsfesten, zeigten die Mächtigen ihre Überlegenheit, indem sie andere mit Geschenken beschämten. *Wow.*

Ich blätterte weiter und las vom Glauben an übernatürliche Kräfte und persönliche Schutzgeister. Mein Kopf glühte, so spannend war die Lektüre. Die Broschüre war zu dick, die Schrift zu klein, die Zeit zu kurz. Doch ich las mich immer wieder fest und merkte überhaupt nicht, dass Brandee hinter mir stand, keine Ahnung, wie lange schon.

»Ich dachte, du wolltest deine E-Mails checken«, sagte sie spitz. »Was liest du denn da?« Sie klappte das Buch zu und studierte den Titel. »Gehörst du etwa auch zu diesen Indianerfreaks?«

»Mich interessiert, wer die Quileute waren, ihre Bräuche, ihre Regeln«, sagte ich.

»Warum?« Brandee ließ eine Kaugummiblase platzen. »Es ist eh nichts mehr davon übrig.«

»Vielleicht ja doch«, sagte ich.

Sie durchbohrte mich mit ihrem kalten Blick. »Das Auto ist fertig. Alec wartet.«

»Ich komme«, sagte ich, »ich muss nur die Bücher zurückgeben.«

Auf der Rückfahrt erzählte Alec von einem Billardsalon, den er und Brandee entdeckt hatten. Doch ich hörte nur mit halbem Ohr zu, denn mit meinen Gedanken war ich in der alten Welt der Quileute.

8. Kapitel

Es war fast vier Uhr, als wir ins Camp zurückkehrten. Laura beschwerte sich, dass sie mit Josh die Lebensmittel allein hatte schleppen müssen, bloß, weil ich meine E-Mails checken wollte.

Obwohl ich den Vorwurf dämlich fand, fühlte ich mich schuldig und schon wieder war es da, dieses Gefühl, anders zu sein und nicht in die Clique zu passen.

»Na, schließlich ist Smilla ein ganzes Stück weiter weg von zu Hause als du«, sagte Alec und ich warf ihm einen dankbaren Blick zu.

»Sie hat ihre Mails gar nicht gecheckt«, sagte Brandee.

»Was?« Alec sah erst mich und dann Brandee fragend an.

»Sie hat sich als Hobby-Anthropologin betätigt und die Bräuche der Ureinwohner studiert.«

Blöde Kuh, dachte ich.

Nun starrten mich alle an und ich kam mir vor wie jemand, der etwas Verwerfliches getan hatte und sich nun dafür rechtfertigen sollte. Ich sagte: »Nachdem ich meine Mails beantwortet hatte, habe ich mir noch ein paar Bücher über die Quileute geben lassen.«

»Das mit der Bibliothek war meine Idee«, sagte Josh. »Und, hast du was Interessantes rausgefunden?«, fragte er mich.

»Na, zum Beispiel, dass die Quileute Sklaven hatten.«

»Ist das wahr?« Josh kam näher.

»Ja«, sagte ich. »Sie machten ihre Kriegsgefangenen zu Sklaven und ließen sie für sich arbeiten.«

Ich merkte, dass auch das Interesse der anderen geweckt war, und hätte ihnen gerne noch mehr über die Quileute erzählt, aber Brandee seufzte genervt und sagte: »Das ist doch Schnee von gestern, Leute. Jetzt sind diese *Krieger* bloß noch ein versoffener Haufen, der seine Wut auf die Weißen an ihren Autos auslässt. Wenn es nach mir ginge, hätten wir längst unseren Kram gepackt und wären hier verschwunden. Aber unsere kleine Hobby-Anthropologin wollte ja unbedingt bleiben.« Ein weiteres Mal traf mich ihr vernichtender Blick, dann stolzierte sie davon zu ihrem Zelt.

»Klasse Auftritt«, sagte Josh.

Als ob ich die Einzige gewesen wäre, die bleiben wollte.

»Manchmal nervt sie, oder nicht?«, fragte Laura mit verhaltener Stimme. »Außerdem spricht sie im Schlaf.«

Josh grinste. »Was erzählt sie denn so?«, fragte er. »Vielleicht irgendwelche kleinen Geheimnisse über Alec?«

»Halt die Klappe, du Blödmann«, fuhr Alec seinen Freund an.

»Wahrscheinlich übt sie ihre Rolle für den nächsten Tag«, meinte Janice.

»Ich glaube, sie kämpft mit irgendwelchen Dämonen«, sagte Laura leise. »Das ist richtig unheimlich.«

»Vielleicht sollte sie einfach weniger kiffen«, bemerkte Janice. »Sie ist ganz gut dabei.«

Alec sah Josh fragend an.

Der zog seine Hosentaschen nach außen und machte ein unschuldiges Gesicht. »Mein Gras ist alle. Ich hatte bloß ein paar Gramm dabei.«

»Hey Leute, der Swell ist gut«, meldete sich Mark zu Wort. »Nicht mehr lange und die Flut kommt herein. Ich möchte wetten, dann gibt es ein paar passable Wellen.«

Augenblicklich sahen alle zum Meer und mit einem Mal herrschte wieder diese fieberhafte Emsigkeit. Die Wachsschicht auf den Brettern wurde ein letztes Mal begutachtet, die Neoprenanzüge von Sand befreit und angezogen.

Auch ich holte meinen nagelneuen Surfanzug hervor.

»Du willst es versuchen?«, fragte Janice.

»Ja. Vielleicht kannst du mir ein paar Tipps geben.« Ich stieg in den Neoprenanzug und sie zog den Reißverschluss zu. Der Anzug war so eng, dass er sich wie eine zweite Haut anfühlte und ich plötzlich das Gefühl hatte, kaum noch Luft zu bekommen.

Janice sah die Panik in meinen Augen. »Das gibt sich, wenn du erst im Wasser bist«, sagte sie und drehte mir den Rücken zu, damit ich den Reißverschluss an ihrem Anzug schließen konnte. »Ich bin selbst noch eine Anfängerin, aber ein bisschen was kann ich dir sicher beibringen. Am besten lernst du, wenn du beobachtest, wie es die anderen machen.«

Wir trugen unsere Bretter hinunter zum Strand. Die anderen hatten sich bereits durch das schäumende Weißwasser gekämpft und warteten weiter draußen auf die richtigen Wellen. Skeptisch blickte ich auf die im Wasser schaukelnden Gestalten und die schaumgekrönten Wellen, die vom Meer hereinkamen.

»Mach mir einfach alles nach«, sagte Janice. »Das sind bloß Babywellen, es kann nichts passieren.«

Babywellen?

Kurzzeitig verließ mich der Mut, aber dann warf ich mich neben Janice in die Brandung. Es war schwierig, mit dem Brett durch das Weißwasser zu kommen, aber ich war eine gute Schwimmerin und schaffte es. Doch schon kurze Zeit später fühlte ich mich dem Drängen der Wellen erbarmungslos ausgesetzt.

Janice, deren Haare eine mausgraue Farbe hatten, wenn sie nass waren, dümpelte ganz gelassen neben mir. Sie gab mir gute Ratschläge, die ich allerdings kaum hörte, so sehr hatte ich damit zu tun, auf dem Brett zu bleiben, das durch die Fangleine mit meinem Handgelenk verbunden war. Gischt spritzte mir ins Gesicht und ich hatte den salzigen Geschmack des Ozeans im Mund und in den Nebenhöhlen.

Ich gab mir wirklich Mühe, aber für mich war das Ganze kein Vergnügen, sondern ein Kampf. Ein Kampf gegen die Wellen, die mich vom Brett ziehen wollten, das ich ängstlich umklammerte, während Janice auf ihrem Surfbrett zum Strand ritt. Die euphorischen Jauchzer der anderen drangen durch das Brandungsrauschen zu mir.

Eine gischtschäumende Welle überraschte mich. Sie brach sich auf meinem Kopf und wirbelte um mich herum. Als ich wieder auftauchte, japste ich panisch nach Luft und klammerte mich an meinem Boogie fest. Plötzlich hatte ich jemanden hinter mir. Es war Josh und er spürte meine Panik.

»Alles klar mit dir?«

Ich hustete Salzwasser und nickte.

»Du musst die Wellen immer im Blick haben, hörst du.«

»Ich versuch's«, sagte ich keuchend.

»Okay. Mach einfach nach, was ich mache.«

Na prima, dachte ich. *Noch so einer.*

Josh paddelte auf eine Welle zu und ich versuchte das auch. Er beobachtete mich und rief: »Nicht rumhampeln, hörst du? Konzentrier dich auf das Wesentliche.« Er drehte sich mit seinem Brett in Richtung Strand. Als die Welle ihn erfasste, stand er auf und hielt mit den Armen die Balance. Es sah ganz einfach aus.

Verdammt, dachte ich, von wegen Nachmachen!

Die Welle hob mich hoch. Ich versuchte erst gar nicht, auf das Brett zu steigen. Ich hielt es einfach nur unter mir fest, so gut es ging. Und dann riss mich die Welle mit sich und das Ganze fühlte sich echter und wirklicher an, als alles, was ich bisher erlebt hatte. Adrenalin überschwemmte mein Gehirn. Und die Welle trug mich zum Strand.

Als ich mit zitternden Knien wieder am Ufer stand und zurückblickte, sah ich Josh, wie er mir winkte. Lächelnd winkte ich zurück. Mein Herz klopfte, als wollte es aus meiner Brust springen. Ich fühlte mich großartig. In diesem Moment bekam ich eine Ahnung davon, was sie antrieb, immer wieder auf ihre Surfbretter zu steigen und nach der richtigen Welle Ausschau zu halten. Es war wie eine Sucht, die nun auch mich erfasst hatte.

Komm, Smilla, sagte das Meer.

Also kämpfte ich mich erneut durch das Weißwasser und versuchte, die kleineren Wellen auf dem Brett liegend zu surfen. Ich spürte den Puls des Meeres, als ob er durch mich hindurchging. Als ich das dritte Mal draußen war, tauchte plötzlich der Seehund auf. Sein pelziger brauner Kopf mit dem freundlichen Gesicht schaukelte neben mir im Wasser und seine großen schwarzen Robbenaugen sahen mir belustigt zu. Er tauchte und ritt eine Welle.

Na wunderbar, dachte ich. Auch die Robbe schien mir zu sagen: Mach einfach nach, was ich mache. Und dann merkte ich, wie die Welle mich von hinten erfasste und ganz sanft ans Ufer trug.

Diesmal ging ich an Land. Das Wasser zog an meinen Fußgelenken und ich spürte aufs Neue, welche Kraft es hatte. Erschöpft und glücklich schälte ich mich aus dem nasskalten Surfanzug und wickelte mich in ein Handtuch. Ich setzte mich auf einen Treibholzstamm und sah den anderen noch eine Weile zu. Das Licht der Abendsonne ergoss sich über die bewegte Oberfläche des Meeres und schimmerte in orangefarbenen, indigoblauen und violetten Splittern.

Ich zitterte und meine Nebenhöhlen brannten vom Salzwasser. Doch ich war glücklich. Ich war mit einer Robbe auf einer Welle geritten.

Bevor die anderen aus dem Wasser kamen, schnappte ich mir frische Sachen, mein Waschzeug und meine Taschenlampe und ging duschen. Auch Laura, Janice und Brandee hatten das Bedürfnis, sich das Salzwasser vom Körper und aus den Haaren zu waschen, den Jungs hingegen schien ein Bad im Meer genug an Körperhygiene zu sein.

Als wir Mädchen von den Waschräumen zurückkamen, brannte ein Feuer. Mark hatte Holzspieße zurechtgeschnitzt und Alec das Schweinefleisch in mundgerechte Würfel geschnitten. Im Sand lagen schon ein paar leere Bierdosen. Wir steckten die Würfel auf die Spieße und rösteten das Fleisch über dem Feuer. Die Mädchen stellten sich furchtbar unbeholfen an, bekamen aber großzügige Hilfe. Janice saß neben Mark, und auch wenn die beiden kaum miteinander redeten, war mir klar, dass da etwas zwischen ihnen lief. Ich sah es daran, wie Mark Janice ansah und wie behutsam seine Gesten waren.

Das Paddeln im Wasser hatte mich hungrig gemacht und mein Magen knurrte auf einmal so laut, dass alle es hörten.

»Hu, ein Wolf«, rief Josh. Die anderen kicherten. »Smilla hat sich tapfer geschlagen heute«, sagte er.

»Das finde ich auch«, sagte Janice.

Mark nickte mir mit einem anerkennenden Lächeln zu.

»Es hat Spaß gemacht«, erwiderte ich und wurde vom herrlichen Gefühl der Zugehörigkeit überschwemmt.

Alec zog die Lasche an einer Bierdose hoch und der Schaum spritzte. »Sie braucht ein anderes Brett«, sagte er. »Das Boogie ist scheiße.«

»Das Brett ist okay für mich«, sagte ich. »Lasst mich nur machen.«

Alec trank und wischte sich mit dem Handrücken über die Lippen. »Aber damit kommst du nicht weit, Midget.« Er hielt die kalte Bierdose an seine Stirn.

»Wo soll ich denn hin?«, fragte ich amüsiert. »Nach Japan vielleicht?«

»Keine schlechte Idee«, meldete sich Brandee, die bisher geschwiegen hatte. »Dort kannst du bestimmt viele Sitten und Gebräuche erforschen.«

Niemand lachte über ihren Gag und auch ich hatte keine Lust, mir von ihr die Laune verderben zu lassen. Deshalb ignorierte ich sie einfach.

»Hey«, sagte Josh zu Alec, »Smilla hat gerade erst angefangen. Lass ihr Zeit.«

»Das Brett ist trotzdem scheiße«, beharrte Alec. »Tut mir leid, Midget. Aber ich habe einfach nicht gedacht, dass du es wirklich versuchen willst.«

Das Fleisch auf unseren Spießen war gar. Wir aßen es mit weichem Toastbrot, tranken Bier dazu und hatten Spaß. Die böse Überraschung vom Vormittag schien längst vergessen zu sein und das Thema Ureinwohner wurde von allen gemieden.

Während wir Marshmallows über dem Feuer rösteten, erzählte die Clique von den Lehrern der verschiedenen Kurse am »Pacific Oaks«, einem privaten College, auf das sie gingen und auf dem im Herbst auch Janice zu studieren beginnen würde.

Auf diese Weise (und nach ein paar neugierigen Fragen) erfuhr ich von ihren Zukunftsplänen: Dass Brandee Schauspielerin werden wollte, wusste ich ja schon. Sie hatte vor, Theaterwissenschaften zu studieren, um später eine solide Grundlage zu haben. Es schien, als hätte sie das Drehbuch ihres Lebens schon fertig im Kopf.

Lauras Traum war, Kinderärztin zu werden. Auch Mark hatte vor, Medizin zu studieren. Er wollte Chirurg werden, später in

Krisengebieten arbeiten und jedes Jahr drei Monate an Surfstränden auf Hawaii verbringen. Joshs und Alecs Ziel war ein Job als Bauingenieur. Josh sah sich Brücken konstruieren und Alec strebte eine Stelle bei Boeing an – wie sein Vater. Von Janice wusste ich, dass sie Lehramt studieren und später Lehrerin werden wollte.

Ich betrachtete ihre Gesichter und dachte, dass sie ihre Ziele mit ziemlicher Sicherheit erreichen würden, auch wenn es mir im Augenblick schwerfiel, Mark als Chirurgen zu sehen, Brandee als Hollywoodstar oder Josh als ernst zu nehmenden Brückenkonstrukteur.

Andererseits – mein eigener Traum, eine erfolgreiche Fotografin zu werden, war vielleicht genauso hochfliegend. Und doch glaubte ich daran. Mein Großvater Tormar hatte mir versichert, dass Träume wahr werden können, wenn man für sie kämpft. Und ich hatte Glück, denn meine Eltern unterstützten mich in meinen Plänen – in diesem Punkt unterschied ich mich nicht von den anderen an diesem Feuer.

Ich aß ein verkohltes Marshmallow. Mark begann, auf seiner Mundharmonika zu spielen, und Janice himmelte ihn an. Brandee hatte sich an Alec geschmiegt und wenig später lag sie halb auf seinem Schoß. Nachdem sie uns ihre Zukunftspläne in den schillerndsten Farben geschildert hatte, war sie immer stiller geworden und nun schwieg sie. Sie sah klein und hilflos aus. Keine Ahnung, was auf einmal mit ihr los war, aber so gefiel sie mir weitaus besser.

Laura flirtete mit Josh, doch der sah immer wieder zu mir herüber. Hieß das etwa, dass er mich der hübschen, vollbusigen Laura mit den sexy Sommersprossen und den langen Beinen vorzog? Mach dir nichts vor, Smilla, sagte ich mir, er hat bloß Spaß dran, dich zu verwirren. Dass Josh hinter jedem Rockzipfel her war, hatte ich längst begriffen.

Später, als ich in meinem Schlafsack lag, hatte ich das Gefühl, den anderen an diesem Tag ein Stück nähergekommen zu sein. Vielleicht, weil ich ihr Wellenfieber jetzt besser verstehen konnte. Oder weil ich erfahren hatte, dass es für sie auch noch etwas anderes gab als Surfen.

Noch eine ganze Weile lag ich wach, lauschte dem Rauschen der Brandung und Janice' gleichmäßigen Atemzügen. Als ich die Augen schloss, war es, als wäre der Ozean zu mir ins Zelt gekommen. Das rastlose Auf und Ab der Wellen verfolgte mich in den Schlaf, sie warfen mich hin und her und ich schwamm auf ihnen, zusammen mit der schwarzäugigen Robbe.

Ein wolkenverhangener Himmel und Nieselregen dämpften am nächsten Tag unseren Enthusiasmus. Abgesehen von Mark, der wie jeden Morgen seine Runde am Strand joggte, blieben alle in ihren Zelten und kamen nur heraus, wenn sie aufs Klo mussten oder sich etwas zu essen holen wollten. Dabei bekam ich mit, dass Josh inzwischen seine Matte, seinen Schlafsack und seine Sachen ins Vorratszelt gebracht hatte. Es hatte also keine drei Nächte gebraucht und Brandee war zu Alec gezogen.

Niemand, nicht einmal Mark, hatte Lust, ein Feuer zu machen, und es gab auch kein gemeinsames Frühstück. Kaffeewasser wurde unter dem Unterstand auf einem kleinen Campingkocher heiß gemacht.

Alec und Josh zogen ihre Regenjacken über und machten einen Kontrollgang zum Parkplatz, um sich zu vergewissern, dass niemand sich erneut an den Autos ausgelassen hatte. Zu unserer großen Erleichterung war alles in Ordnung.

Ich lag auf meinem Schlafsack und studierte das Handbuch zu meiner Kamera. Janice las immer noch in »Twilight«, sie war jetzt fast durch.

»Du hast es auch gelesen?«, fragte sie mich.

»Ja, ist aber schon eine ganze Weile her.«

»Also, wenn ich Bella wäre«, sagte Janice, »hätte ich mich für Jacob entschieden.«

Ich lächelte. »Den Werwolf? Warum?«

»Keine Ahnung«, sagte sie. »Vielleicht stehe ich einfach nicht auf Vampire. Ein Kaltblüter im Bett – igitt.«

Wir kicherten.

»Irgendwie ist es komisch, ein Buch zu lesen, das dort spielt, wo man gerade ist. Ob die Quileute heute immer noch glauben, dass ihre Vorfahren sich in Wölfe verwandeln konnten?«

»Ich denke schon. Jedenfalls stand so etwas in dem Buch, das ich gestern in der Bibliothek gelesen habe.«

»Mark sagt, er kann die Indianer verstehen. Ich meine, dass sie uns hier nicht haben wollen. Er ist ja selbst so etwas wie ein halber Ureinwohner.«

Ich legte mein Handbuch zur Seite. »Du magst ihn, nicht wahr?«

»Ja«, sagte sie schlicht. »Schon lange.«

»Na ja, wie es aussieht, mag er dich auch.«

Janice lächelte. »Wenn er es mir doch nur ein bisschen deutlicher zeigen würde. Ich bin mir nie sicher, woran ich bei ihm bin. Eine Zeit lang dachte ich, er wäre schwul.«

»Vielleicht ist er einfach nur schüchtern«, sagte ich mit einem Kichern in der Stimme.

»Ziemlich schüchtern, würde ich sagen. Er hat mich noch nicht mal geküsst.«

»Hey«, sagte ich, »Vorfreude ist die schönste Freude.«

Janice grinste. »Und was ist mit dir und Josh?«

Ich machte große Augen.

»Na, er steht total auf dich. Hast du das etwa noch nicht gemerkt?«

»Doch, irgendwie schon. Ich mag ihn ja auch gern. Ich weiß

nur noch nicht, ob ich schon wieder so weit bin, etwas Neues anzufangen.« Zum ersten Mal erzählte ich Janice von Sebastian und dass er mich verlassen hatte, als er erfuhr, dass ich nach Seattle gehen würde.

»Was für eine Niete«, sagte sie. »Wein dem bloß nicht hinterher, er ist es nicht wert.«

»Na ja, wehgetan hat es trotzdem. Eine Weile war ich ganz schön durch den Wind. Immerhin waren wir sieben Monate lang zusammen.«

»Hast du mit ihm geschlafen?«

»Nein. Nur beinahe.«

»Beinahe?«

»Ich wollte, dass er das mit Seattle weiß, bevor wir es tun. Und dann war es aus.«

»Blödmann«, sagte sie.

»Ja, Blödmann.« Ich musste lachen und merkte, dass es nicht mehr wehtat. Ich war darüber hinweg.

»Wusstest du, dass ich mal unsterblich in deinen Bruder verliebt war?«, verriet ich Janice.

»Echt?«

»Ja, damals in Berlin.«

Janice kullerte sich vor Lachen auf ihrem Schlafsack. »Na ja, er war ja auch ein süßer Knopf.«

»Das ist er noch«, sagte ich. »Aber jetzt weiß er es.«

»Och, mein armer Alec tut mir echt leid. Brandee wacht über ihn wie ein Schießhund«, sagte Janice mit verhaltener Stimme.

»Kanntest du sie schon vorher?«

»Nee. Soweit ich weiß, ist sie mitten im letzten Semester ans ›Pacific Oaks‹ gekommen. Ihre Eltern sind geschieden und sie lebt bei ihrem Vater. Ich glaube, er war mal ein hohes Tier bei der NATO und sie viel allein. Da hat sie sich eben ihre eigene Welt geschaffen. Ihr Dad ist in den Ruhestand gegangen, deshalb sind sie von New York nach Seattle gezogen. Ich glaube, er ist schon ziemlich alt.«

Janice setzte sich in den Schneidersitz. »Fest steht, dass Alec vorher noch nichts mit ihr laufen hatte, zumindest nicht so richtig. Vermutlich wollte Brandee deshalb unbedingt mit, obwohl sie ja ganz offensichtlich kein Campingfreak ist. Sie wollte Alec und sie hat ihn bekommen. Mein Bruder ist leicht rumzukriegen.« Janice' Stimme sank zu einem Flüstern. »Zugegeben, Brandee sieht toll aus, aber ein bisschen merkwürdig ist sie schon, findest du nicht? Manchmal scheint sie ihre Lügenmärchen selbst zu glauben, die sie uns da auftischt. Na ja, vielleicht muss das so sein, wenn man Schauspielerin werden will.«

»Was glaubst du? Liebt Alec sie?«

»Er steht auf ihre geile Art, das ist alles.«

»Ich glaube, sie hasst mich«, sagte ich.

»Ach, Brandee hasst jedes weibliche Wesen, dem mein Bruderherz auch nur einen Funken Aufmerksamkeit schenkt. Mach dir nichts draus.«

»Ich versuch's«, sagte ich. »Aber wenn ich eines Tages abgemurkst hinter der großen Wurzel liege, dann war sie es.«

Janice prustete schnaubend los und ich lachte mit. Auf einmal rüttelte jemand am Zelt.

»He, ihr Kichererbsen«, hörte ich Josh sagen, »es hat aufgehört zu regnen, kommt raus.«

Das Wetter hatte sich tatsächlich gebessert und so vertrödelten wir den Nachmittag am Strand. Joshs Gettoblaster verpestete die Luft mit wilden Klängen. Die Sonne schaffte es nicht mehr, durch die Wolkendecke zu dringen, aber als am späten Nachmittag die Wellen hereinkamen, standen alle wieder auf ihren Brettern, ich eingeschlossen. Nur dass bei mir die Sache mit dem Stehen nicht funktionieren wollte, so sehr ich mich auch abmühte. Vielleicht hatte Alec recht und es lag an meinem kurzen Boogie. Auf den größeren Brettern sah alles ganz leicht aus.

Doch das deprimierte mich nicht, im Gegenteil, es stachelte meinen Ehrgeiz an. Denn auch Robbie, wie ich die furchtlose Robbe getauft hatte, war wieder da und zeigte mir, wie man ohne Hilfe eines Surfbrettes auf den Wellen reiten konnte.

Conrad sitzt im Motorboot seines Vaters und nimmt die Lachse aus, die sie gefangen haben. Sechs prächtige Burschen. Sie werden sich einen zum Abendessen braten und sein Vater wird die anderen räuchern.

Sie sind zusammen mit dem Boot rausgefahren, nachdem Chief Howe am späten Nachmittag vom Dienst nach Hause gekommen war. Conrad liebt das Fischen und er ist gern mit seinem Vater draußen auf dem Meer. Sie reden nicht viel, wenn sie die Köder auswerfen und warten. Aber hier draußen spüren sie beide, dass sie zusammengehören, dass sie trotz allem immer noch so etwas wie eine Familie sind.

Conrad weiß schon lange, dass sein Vater eine neue Frau gefunden hat. Sie heißt Kate und ist eine Makah aus Neah Bay. Und sie hat einen Sohn, Leon. Leon ist zwölf und er liebt Paul wie einen Vater. Paul würde Kate und Leon gerne zu sich holen in sein blaues Haus, damit sie eine richtige Familie sein können. Aber er hat Conrad nie gefragt. Ein einziges Mal hat er Kate und Leon mit nach La Push gebracht, das ist vor einem halben Jahr gewesen.

»Wie kannst du es wagen, glücklich zu sein?«, hat Conrad seinem Vater zitternd vor Wut an den Kopf geworfen, als sie wieder allein gewesen sind. »Wie kannst du es wagen, deine Frau und deinen Sohn zu vergessen?«

Seitdem hat Paul Kate und Leon nicht mehr erwähnt. Aber er

ist oft bei ihnen in Neah Bay. Conrad weiß, dass sein Vater dieses Glück verdient hat, aber er bringt es nicht fertig zu sagen: »Lass sie bei uns einziehen, Dad, ich werde schon damit klarkommen.«

Conrad ahnt, dass sein Vater ihn etwas fragen will. Das will er schon, seit sie auf dem Boot sind. Aber Paul hat damit gewartet, um ihnen die Freude am Fischen nicht zu verderben. Conrad säubert das Messer und wirft die Innereien der Lachse ins Meer. Ein paar Möwen kommen in schwungvollen Kreisen geflogen und schnappen sich die Leckerbissen. Dann verschwinden sie mit wütendem Kreischen. Ein Weißkopfseeadlerpärchen hat es ebenfalls auf die Fischreste abgesehen.

Paul Howe, der hinten am Außenbordmotor sitzt und das Boot steuert, stellt den Motor ab und greift nach dem Fernglas. Er sieht eine Weile hindurch und reicht es Conrad. Der wischt sich die blutigen Finger am Hosenbein ab und blickt durch das Glas.

Sie sind prächtig. Stolze Vögel. Er weiß, dass sie auf James Island nisten und dass sie drei Junge haben.

Einer der Adler, der Größe nach das Männchen, stürzt mit Schwung hinab zur Wasseroberfläche und holt sich die Innereien. Paul Howe lächelt seinem Sohn zu. Conrad versucht zurückzulächeln, aber es fällt ihm schwer.

Conrad wartet darauf, dass sein Vater den Motor wieder anwirft, doch es bleibt still. Sanft schaukelt das Boot auf den Wellen.

Auf einmal beginnt der Vater zu reden. »Ich weiß, dass du das Thema nicht magst, Con. Aber ich würde gerne wissen, wie deine Pläne für die Zukunft aussehen.«

Mist. Jetzt sitzt er in der Falle. Conrad hockt mit seinem Vater in diesem kleinen Boot und kann ihm und seiner Frage nicht entkommen. Er windet sich. Er hat keine Pläne, nur mit Mühe bewältigt er das Hier und Jetzt. Die Zukunft kommt ihm vor wie eine große dunkle Welle, die ihn verschlingen und auf den Meeresboden ziehen wird.

»Es ist schon Mitte Juli«, sagt sein Vater. »Hast du dich entschieden, was du tun wirst im Herbst?«

Conrad schluckt überrascht. Das ist nicht die Frage, die er erwartet hat. »Noch nicht«, sagt er wahrheitsgemäß.

»Conrad? Sieh mich an, okay?«

Er lässt die Hände zwischen den Knien baumeln. Nur langsam hebt er den Kopf, um seinen Vater anzusehen.

»Du hast jetzt ein Jahr deines Lebens mit Nichtstun verbracht. Ich habe versucht, es dir nicht täglich vorzuwerfen. Ich weiß, wie schwer das alles für dich war und dass du Zeit brauchtest, um wieder klarzukommen.«

Conrad lässt den Kopf wieder sinken. Er kann seinem Vater nicht in die Augen sehen. Er hat das Jahr nicht mit Nichtstun verbracht, sein Dad weiß nur nicht viel von ihm.

Paul seufzt. »Aber wie es aussieht, kommst du nicht klar. Ich weiß nicht, wie ich dir helfen soll. Zu dieser Psychologin bist du einfach nicht mehr hingegangen. Du redest nicht mit mir. Du vergräbst dich in Selbstmitleid, Conrad. In dir steckt so viel, ich kann nicht mit ansehen, wie du dein Talent, dein Leben vergeudest.«

Selbstmitleid? Verdammt, er will das nicht hören. Wut kriecht in ihm hoch, Wut auf seinen Vater, der immer einfach weitergemacht hat, egal, was passiert ist. Ob es die Frau, der Vater oder der Sohn war – Paul Howe steht jeden Morgen auf und fährt auf die Polizeiwache, tut seinen Dienst.

Er hat eine neue Frau und einen neuen Sohn gefunden und ist glücklich mit ihnen. Was Conrad fühlt, ist Neid und Hass zugleich. Er kann das nicht. Er kann nicht einmal mehr schreiben, etwas, das ihm früher so wichtig gewesen ist. Es ist, als hätte

Justins Tod alles ausgelöscht. Auch den Sinn all dessen, was noch kommen würde.

»Ich werde aufs College gehen«, sagt Conrad. Das ist die einfachste Antwort. Die, die sein Vater hören will.

»Es freut mich, dass du dich entschieden hast«, sagt Paul.

Er mustert Conrad noch einmal, dann wirft er den Motor an und sie umrunden die Felseninsel, um in den Hafen einzufahren.

Als sie mit den Lachsen im Eimer nach Hause laufen, sagt Paul: »Die Autos der Surfer sind letzte Nacht beschädigt worden. Eine kaputte Heckscheibe und Farbschmierereien. Wenn du was hörst, dann . . .«

»Ich verpfeif niemanden, Dad«, unterbricht Conrad ihn. Er wappnet sich gegen das, was noch kommt, doch statt weiter in ihn zu dringen, legt Paul seinem Sohn den Arm um die Schulter und schweigt.

9. Kapitel

Am nächsten Morgen war ich zeitig auf den Beinen und beschloss, mich um das Frühstück für alle zu kümmern, um ein paar Pluspunkte auf der Beliebtheitsskala zu sammeln. Kaffeewasser im rußverschmierten Kessel, Toastbrote in der gusseisernen Pfanne, Schinkenspeck in der anderen, Orangenmarmelade und Erdnussbutter.

Als die anderen den gebratenen Speck rochen, kamen sie verschlafen aus ihren Zelten gekrochen. Sie lobten das Frühstück, nur Brandee beschwerte sich über die zu schwarz geratenen Toastscheiben – das war ja klar.

Da es laut Marks Prognosen vor dem Abend keine brauchbaren Wellen geben würde, war ein weiterer Ausflug nach Forks geplant, um für das Wochenende einzukaufen. Wir hatten zwar Eisbeutel in den Kühlboxen, aber nach zwei Tagen war das Eis geschmolzen, sodass wir verderbliche Lebensmittel nicht lange aufbewahren konnten. Außerdem brauchten wir neues Trinkwasser.

Alec und Brandee hatten herausgefunden, dass es in Forks einen nagelneuen Surfladen gab, deshalb wollte Mark diesmal unbedingt mitfahren. Nach der letzten Surfsession fehlte an seinem Brett eine Finne.

Ich erbot mich, im Camp zu bleiben, und da Laura Kopfschmerzen hatte, wollte sie auch nicht mitfahren.

Gegen Mittag zogen die anderen ab und ich hoffte, sie würden nicht so schnell wiederkommen. Endlich schwieg Joshs Gettoblaster und ich genoss die Ruhe. Laura lag auf ihrer Matte, die sie halb aus dem Zelt gezogen hatte, und las in »Twilight«, das ihr Janice überlassen hatte. Aber die Kopfschmerzen machten ihr anscheinend zu schaffen, denn nach einer Weile legte sie das Buch zur Seite und schloss die Augen.

Ich saß auf den sonnenwarmen, glatt geschliffenen Steinen an einen Treibholzstamm gelehnt und blickte auf das offene Meer hinaus. Das Wetter war großartig. Es herrschte Ebbe, das Meer war ein gleißender glatter Spiegel, als hielte es den Atem an.

Komm, Smilla, schien es zu flüstern.

Und plötzlich hatte ich diese aberwitzige Idee: Ich wollte da draußen sein, das Meer einmal für mich ganz alleine haben – oder es nur mit einer Robbe teilen.

Ich stand auf und sah mich um. Der Strand war menschenleer, nur weiter vorne, wo die Strandhäuser und das Motel standen, sah ich zwei Urlauber auf ihren Handtüchern in der Sonne liegen.

»Macht es dir was aus, wenn ich auf Fotosafari gehe?«, fragte ich Laura.

»Geh nur«, sagte sie schläfrig. »Ich glaube, ich penne ein bisschen.«

Ich vergewisserte mich, dass Laura die Augen auch wirklich geschlossen hatte. Dann holte ich meinen Neoprenanzug und das Boogieboard und schlich mich davon. An einer geschützten Stelle zwischen Treibholzstämmen zog ich mich bis auf die Bikinihose aus und stieg in den Anzug, bekam aber den Reißverschluss auf dem Rücken nicht alleine zu. Ich war schon kurz davor, mein Vorhaben aufzugeben, als mir der Einfall kam, den Wetsuit einfach mit dem Reißverschluss nach vorne anzuziehen. Es funktionierte, auch wenn das Ding so noch enger saß.

Mit dem Brett unter dem Arm, das ich mit der Fangleine an meinem Handgelenk gesichert hatte, lief ich ins Meer. Als ich bis zu den Hüften im Wasser stand, legte ich mich auf das Boogie und paddelte los. Das Wasser war kalt, aber nach einer Weile spürte ich das nicht mehr. Die schnellen Bewegungen und der Anzug wärmten mich.

Ich strengte mich an, paddelte wie eine Wilde und war schließlich dort, wo ich hinwollte: ganz allein draußen in der Bucht. Obwohl das kalte Wasser meine Hände langsam taub werden ließ, war es herrlich. Ich drehte mich um, sodass ich den Strand sehen konnte. Unsere bunten Zelte zwischen dem Schwemmholz, die in der Sonne leuchtenden Surfbretter. Dahinter der Wald. Und weiter links die grauen Strandhäuser mit ihren Panoramafenstern. Die bewaldete Jamesinsel, von der Sonne zum Leuchten gebracht.

Ich hielt Ausschau nach Robbie, der surfenden Robbe, aber da weit und breit keine Welle in Sicht war, vergnügte sie sich vermutlich auf andere Art und Weise. Ich dümpelte auf dem Brett vor mich hin, konnte mich nicht sattsehen an allem um mich herum. Im tiefblauen Wasser unter mir sah ich ein silbernes Flimmern. Schwärme kleiner Fische huschten unter der Oberfläche entlang. Ihre Körper blitzten wie winzige Chromteile.

Ich dachte: Das ist dein Sommer, Smilla. Ich war stoned, ohne gekifft zu haben. *Naturstoned.*

Als ich nach einer Weile wieder zum Strand blickte, merkte ich, dass ich ziemlich weit vom Ufer abgetrieben war. Die Basaltklippen mit ihren Felstürmen am Ende der Bucht waren gefährlich nah und das Meer hatte urplötzlich kleine weiße Schaumkronen. Auf einmal bekam ich es mit der Angst zu tun. Ich begann, heftig zu paddeln, um von den Klippen wegzukommen.

Zu spät.

Erst jetzt merkte ich, wie stark die Strömung war. Sie trieb mich geradewegs auf die Felstürme zu. Wellen explodierten im

Schaumregen an den dunklen Granitfelsen. Der Strand hinter mir war nur noch eine schmale helle Linie, völlig menschenleer. Meine Arme erlahmten und Panik ergriff meinen ganzen Körper. Ich wurde überspült von Gischt, bekam Salzwasser in den Mund und verschluckte mich.

Mit klammen Fingern krallte ich mich an das Brett. Meine Gedanken wirbelten genauso durcheinander, wie ich von der Strömung herumgewirbelt wurde. Ich war lebendiges Treibgut. Das *war* dein Sommer, Smilla, dachte ich noch, dann spülte eine Welle über mich hinweg und ich wurde unter Wasser gedrückt.

Ich zwang mich, die Augen zu öffnen. Kopfunter hing ich in einem Netz aus Blasen. Lange schwarze Schlangen wanden sich um meine Arme und Beine. Desorientiert trudelte ich durch die dunkle Welt des Zwielichts und spürte, wie mir die Luft ausging. Doch dann sah ich Licht. Ein weißer Spiegel direkt über mir. Mein Körper bäumte sich auf. Arme und Beine kämpften gegen die Schlangen, die mich festhielten und nach unten zogen. Von Todesangst gepackt, strampelte ich und schlug um mich, bis mich die Pflanzen freigaben. Rudernd und prustend stieg ich nach oben. Ich kämpfte mich zur Wasseroberfläche und brach keuchend ins Helle.

Ich rang nach Luft und schrie um Hilfe, obwohl ich wusste, dass niemand mich hören würde. Schon drückte die nächste Welle mich wieder unter Wasser. Diesmal wurde ich über den Meeresboden gezogen, und als ich die Augen öffnete, sah ich einen schwarzen Schatten um mich herumschwimmen. Robbie. Der dunkle Körper der Robbe stieß sanft gegen meinen. Obwohl ich keine Luft mehr bekam, verebbte die Panik in mir. Kaltes, salziges Meerwasser füllte meine Lungen. Das Meer atmete jetzt für mich und ich ergab mich dem ozeanischen Rhythmus, der wie ein Puls durch meinen Körper ging.

Conrad beobachtet den Jungen auf dem Wasser schon seit einer Weile. Es ist die halbe Portion mit den verrückten Augen. Was zum Teufel will er mit seinem Spielzeugbrett da draußen, wo es doch gar keine Wellen gibt, nur gefährliche Unterströmungen? Klarer Fall von Selbstüberschätzung, denkt Conrad. Er hat die Surfversuche des Jungen beobachtet, hat dessen unermüdlichen Willen gesehen, aber auch seine Unerfahrenheit auf dem Surfbrett.

Der Junge auf dem Boogie ahnt nichts von der Gefahr, in der er sich befindet. Er merkt nicht, wie er von der Strömung nach links weggezogen wird, hin zu den Klippen, wo Conrad sitzt und liest. Sein Ort, zu dem er geht, wenn er allein sein will.

Conrad legt das Buch zur Seite. Sein Herz schlägt schneller, er ahnt, was passieren wird. Er kann in seinem Blut die Kraft spüren, die unter der Oberfläche des Meeres ist, diese unsichtbare Macht. Und dann sind sie ganz plötzlich da, die Wellen mit den weißen Schaumkämmen. Der Junge auf dem Surfbrett scheint mittlerweile zu begreifen, dass er in Gefahr ist. Und er macht denselben Fehler, den fast alle in dieser Situation begehen: Er versucht, gegen die Strömung anzuschwimmen, um von den Klippen wegzukommen.

Conrads erster Impuls ist, ins kalte Wasser zu springen und den Jungen da rauszuholen. Doch plötzlich überkommt ihn eine seltsame Ruhe. Sein Blick wandert hinüber zum First Beach. Es ist Mittagszeit. Der Strand ist leer, niemand zu sehen. Kein Boot ist auf dem Wasser. Schlagartig wird Conrad bewusst: Das ist der Moment, auf den er gewartet hat. Alles passt. Er muss nichts tun, nur zusehen.

Das Meer kann eine Wasserleiche auf eine weite Reise schicken. Sie hatten nach Justin gesucht damals, mehrere Tage lang. Schließlich war Conrad erleichtert gewesen, dass man seinen Bruder nicht gefunden hatte, denn es wäre nicht mehr viel von ihm übrig gewesen.

Die wild paddelnde Gestalt auf dem Brett ist höchstens noch dreißig Meter von ihm entfernt. Eine Welle schwappt über dem Kopf des Jungen zusammen und das Meer schluckt ihn.

Ungerührt sieht Conrad zu.

Ein Leben für das seines Bruders. Eine angemessene Gegengabe. Conrad starrt auf das Brett im Wasser, das auf den Wellen trudelt wie ein Kartoffelchip. Die Fangleine muss gerissen sein.

Er weiß sehr gut, wie es dort unten ist, wenn man die Orientierung verliert. Einmal hat ihn ein Brecher vom Brett gerissen und er ist im Inneren der Welle umhergewirbelt, ohne zu wissen, wo oben oder unten war. Er hat sein Brett vor den Kopf bekommen und das ungeheure Gewicht der Wellen hat ihn nach unten auf den Sandboden gepresst.

Conrad wäre ertrunken, hätte Justin ihn nicht gefunden und herausgeholt. Sein Bruder hat ihm das Leben gerettet, aber er hat das Gleiche nicht für ihn tun können. Vor Conrads Augen hat das Meer Justin verschlungen.

Plötzlich schreckt Conrad aus seiner Erstarrung. Was ist da im Wasser? Sein Blick fokussiert den glänzenden schwarzen Kopf, der aus dem Wasser taucht. Die einsame Robbe. Sie schwimmt dort, wo das Brett des Jungen auf den Wellen tanzt und stößt Robbenschreie aus. Sie klingen wie Hilferufe. Die Robbe taucht und kommt wieder hoch. Ihre Rufe werden eindringlicher. Conrad steht da, wie betäubt, reglos, eine erbarmungslose Leere in seinem Inneren. Er hat den Namen seines Bruders auf den Lippen, aber er spricht ihn nicht aus.

Keine Spur mehr von dem Jungen. Das Meer hat ihn in die Tiefe gezogen, unwiederbringlich. Für einen kurzen Augenblick fühlt Conrad unendliche Genugtuung und einen seltsamen, kalten Frieden im Kopf.

Doch dann schießt der Kopf des Jungen wieder aus dem Wasser. Conrad hört den keuchenden Atem, den Hilfeschrei, sieht den Jungen panisch um sich schlagen und dann ist da nur noch ein in die Höhe gereckter Arm, der hilflos ins Leere greift.

Und verschwindet.

Conrad spürt ein leises Beben tief in seinem Inneren. In seinem Kopf ist immer noch diese Leere, doch sein Körper, der handelt auf einmal wie von selbst. In Sekundenschnelle ist er aus seinen Kleidern. Er springt, er schwimmt in kräftigen Zügen und taucht. Das Wasser ist aufgewühlt und er bezweifelt, dass er den Jungen finden wird. Doch er muss es versuchen. Instinktiv weiß er, dass das seine letzte Chance ist, sich aus Justins Schatten zu befreien.

Conrad muss nach oben, um Luft zu holen. Er sieht den dunklen Robbenkopf auf der Wasseroberfläche und schwimmt auf ihn zu. Für einen Augenblick glaubt er, Tränen in den schwarzen Robbenaugen zu sehen. Sein *Taxilit,* sein Schutzgeist ist eine Robbe. Er wird ihm helfen, ob Tier oder Geist.

Conrad taucht abermals, reißt die Augen auf, sucht und entdeckt einen Schatten. Die Robbe, sie führt ihn.

Die Kehle wird ihm eng, Bilder seines Albtraums steigen in ihm auf, er spürt, wie Panik ihn erfasst. Die Luft wird ihm knapp, aber wenn er jetzt noch einmal auftaucht, wird er den Jungen niemals finden. Weiter! Noch ein kräftiger Stoß. Endlich sieht er den Jungen, packt zu und zerrt ihn nach oben. Mit einem wütenden Schrei durchbricht er die Oberfläche. Haare und Wassertropfen fliegen und er nimmt einen wilden Atemzug.

Die Lippen des leblosen Jungen in Conrads Armen sind blau, seine Augen geschlossen. Er schwimmt mit ihm zum Surfbrett, schwingt sich auf das Brett, hält den Kopf des Jungen über Wasser und lässt sich nach links aus der Strömung heraustreiben. Die Robbe umkreist sie beide, sie stößt seltsame Töne aus, die irgendwie zufrieden klingen. Conrad paddelt zum Ufer und zieht den Bewusstlosen auf dem kleinen Sandstrand ins Trockene. Völlig schlaff hängt der schmächtige Junge in seinen Armen. *»Zu spät«*, flüstert Conrad. Nichts fühlend, nichts denkend, nur dieser Schmerz in der Brust, als hätte er Glassplitter eingeatmet.

Zweimal presst er seinen linken Handballen mit Unterstützung der Rechten kräftig auf die Brust des Jungen. Wasser läuft ihm aus Nase und Mund, aber er rührt sich nicht.

»Atme«, flüstert Conrad. »Komm schon! Atme, verdammt noch mal.«

Dieser verdammte Anzug, schießt es ihm durch den Kopf, der Junge *kann* gar nicht atmen. Verwundert stellt Conrad fest, dass der Reißverschluss vorne ist. Mit klammen Fingern sucht er nach dem kleinen Ring. Endlich hat er das winzige Ding zwischen Daumen und Zeigefinger. Er zieht den Reißverschluss bis zum Nabel herunter, zerrt das nasse Gewebe auseinander und keucht auf. Verwirrt starrt Conrad auf zwei weiß schimmernde Brüste. Verdammt, *ein Mädchen*.

Ihre Nacktheit schockiert ihn. Bleich und verletzlich sieht sie aus. Er beginnt zu zittern. Konzentrier dich, du weißt doch, was du zu tun hast.

Conrad gibt sich einen Ruck. Er legt seinen Mund auf die blauen Lippen des Mädchens, hält ihr die Nase zu und bläst seinen warmen Atem in ihre Lungen. Nur zweimal, dann ist sie da. Sie hustet und schlägt die Augen auf.

Conrad weicht zurück. Er weiß nicht, was sie sieht mit ihren Meeresaugen, deren zweifarbiger Blick haltlos in sein Inneres zu dringen scheint. Nur eins weiß er auf Anhieb: Diesem Blick kann er nicht entkommen.

Jemand blies heiße Luft in mich, ein merkwürdiges Gefühl. Beinahe im selben Augenblick begriff ich, dass ich nun wieder selber atmen musste. Gleichzeitig rebellierten meine Eingeweide und ich übergab mich in den Sand. Ich hustete und würgte einen Schwall Salzwasser heraus. Es war überall, in meinen Augen, der Nase, der Kehle. Noch eine ganze Weile hustete ich das salzige Wasser aus meinen Lungen und der Luftröhre.

Schließlich stemmte ich mich auf meine Ellenbogen und setzte mich auf, immer noch hustend und schniefend. Das Blut in meinen Schläfen schäumte wie Gischt. Mein Atem war ein nasses Gurgeln und ich hatte ein wildes Sausen in den Ohren. Ich strich mir das nasse Haar aus der Stirn und rieb meine brennenden Augen. Sie fühlten sich sandig an.

Als ich wieder etwas sehen konnte, traf mich der schwarze, wütende Blick meines Retters. Und noch ehe ich begriff, *wer* mich aus dem Wasser geholt hatte, wurde mir voller Entsetzen klar, dass ich halb nackt war. Mein Bikinioberteil lag bei meinen Sachen am Strand. Ich hatte es nicht für nötig gehalten, es unter dem Wetsuit anzuziehen.

Mit rasendem Herzen wurde ich mir der Nähe des fremden Jungen bewusst. Zitternd vor Kälte und Angst versuchte ich, den Surfanzug vor meiner Brust zusammenzuhalten, aber meine Finger waren taub und meine Versuche vergeblich. Ein kläglicher Laut kam aus meiner Kehle und mein Magen rebellierte erneut. Dazu kam dieser stechende Schmerz in der Brust, der mich immer noch am Atmen hinderte.

»Keine Panik«, sagte mein zorniger Retter voller Missbilligung, »du bist nicht das erste Mädchen, das ich nackt sehe. Und außerdem: Viel zu sehen gibt es eh nicht.« Seine Stimme war ungewöhnlich tief für sein Alter, aber das täuschte mich kaum darüber hinweg, was er Gemeines gesagt hatte.

Verdammter Macho. Ich drehte ihm den Rücken zu, das war

einfach zu viel. Mein Inneres fühlte sich wund an und mein Herz auch. Dieser Indianerjunge hatte etwas Finsteres, etwas Unheimliches an sich. Keine Ahnung, wie groß seine Wut auf uns Surfer war. Er und ich, wir waren ganz allein in einer winzigen Bucht und er konnte alles mit mir tun. Die Wellen donnerten jetzt mit solch ohrenbetäubender Wucht gegen die aus dem Wasser ragenden Felsnadeln, dass niemand meine Hilfeschreie hören würde, wenn er . . .

Du bist völlig durchgedreht, Smilla. Er hat dir gerade das Leben gerettet. Ohne ihn wärst du jetzt Fischfutter.

Die Situation war schrecklich und ich wünschte, ich wäre unsichtbar – oder einfach an einem anderen Ort. Ich wollte es nicht, aber ich begann zu schluchzen und die Tränen strömten haltlos aus mir heraus.

Der Junge schüttelte den Kopf. »Heulst du, weil du beinahe ertrunken wärst?«, fragte er ungerührt. »Oder weil ich etwas gesehen habe, das einer wie ich nicht zu sehen bekommen sollte?«

Die Verachtung in seiner dunklen Stimme ließ mich zusammenzucken. Ich wischte mir die Tränen aus dem Gesicht, drehte mich um und sah ihn an. Nasse pechschwarze Haarsträhnen fielen ihm über die dunklen Schultern wie Seetang. Seine wie liegende Halbmonde geformten Augen waren dunkel, winzige goldene Lichtreflexe leuchteten darin auf. Eine helle Narbe zog sich schräg durch seine linke Augenbraue, eine dünne weiße Linie, die die schwarz glänzenden Härchen teilte und sich auf dem Jochbein noch zwei Zentimeter fortsetzte. Seine Lippen zeichneten einen Bogen nach unten, was ihn missmutig oder wütend aussehen ließ – oder beides.

Zum ersten Mal war ich seinem Gesicht so nah und konnte unter der Maske der Ablehnung seine unbändige Einsamkeit erkennen. Mein Retter war ein schöner, ein wütender junger Mann und ich wusste, er würde mir nichts tun.

Der Indianer wandte den Kopf in Richtung Meer und schleuderte kleine Steine ins seichte Wasser.

»Ich heiße Smilla«, waren meine ersten, halb erstickten Worte. »Danke, dass du ... dass du mich da rausgeholt hast.« Ich bekam einen Schluckauf.

»War verdammt knapp«, sagte er, ohne mich anzusehen. »Ich verstehe nicht, wie du so dumm sein konntest, mit diesem blöden Brett da rauszuschwimmen.« Er riskierte einen Blick aus den Augenwinkeln. Meiner eigenen Blässe unter dem nassen Wetsuit schmerzhaft bewusst, presste ich die Knie vor meine Brust und schlang die Arme darum.

»Das war dämlich, ich weiß.« Ich schniefte und hickste. »Aber endlich waren mal alle weg und ich ... ich wollte ein einziges Mal allein auf dem Wasser sein. Es war so schön da draußen, bis ... *hicks* ...« Dieser verflixte Schluckauf.

»Bis das Meer dir gezeigt hat, dass du ein Nichts bist«, fiel er mir ins Wort. Er nahm einen weiteren Stein und schleuderte ihn ins Wasser. Ich konzentrierte mich auf das Spiel seiner Muskeln unter der glatten Haut und schon juckte es in meinen Fingerkuppen. »Ihr Weißen denkt, ihr könnt *alles*, sogar den Ozean bezwingen«, sagte er. »Aber man kann ihn nicht bezwingen und auch nicht besitzen. Man kann nur darin versinken.«

Den letzten Satz sagte er mit so großer Traurigkeit, dass ich lieber schwieg, anstatt etwas zu erwidern. Was auch immer ihn quälte, er würde nichts von sich preisgeben, schon gar nicht vor jemandem wie mir. Für ihn gehörte ich zur Surferclique und offensichtlich fand er Surfer schwachsinnig. Er sah nichts anderes in mir als einen dieser verwöhnten weißen Teenager, die von Daddy alles bekommen konnten. Wie sollte er auch wissen ... ach Mist, er täuschte sich gewaltig.

»Ich wollte den Ozean nicht bezwingen«, sagte ich, »ich wollte ...«, meine Stimme brach und die Tränen flossen erneut. Erst als ich bemerkte, wie der Indianer mich verständnislos anstarrte, wurde mir bewusst, dass ich in meiner Muttersprache geredet und er kein Wort verstanden hatte.

»Tut mir leid«, sagte ich. »Aber ich bin ziemlich durcheinander.« Ich wiederholte auf Englisch, was ich zu sagen versucht hatte. »Ich wollte wissen, wie der Ozean sich anfühlt, wenn man weiter draußen ist.«

Auf einmal war Neugier in seinem Blick. Ich spürte sein erwachendes Interesse. »Was war das für eine Sprache?«

»Das war Deutsch.«

»Du bist Deutsche?

»Halb Deutsche, halb Dänin, aber ich lebe in Deutschland.«

»Und was machst du dann hier?«

»Ich bin Austauschschülerin. Ab September werde ich für ein Jahr in Seattle zur Schule gehen.«

»Wie alt bist du?« Prüfend sah er mich an.

»Sechzehn.«

»Machst du Witze?«

»Nein.« Ich schniefte ärgerlich. An seinem Blick sah ich, dass er nicht wusste, ob er mir glauben sollte oder nicht. Ich konnte es ihm nicht verübeln, ich sah nicht einmal wie fünfzehn aus. »Wie heißt du eigentlich?«, fragte ich, um von dem leidigen Thema wegzukommen. Ich sah ihn an, aber er wich meinem Blick aus und wandte sich wieder dem Meer zu, das offensichtlich doch interessanter für ihn war als ich.

»Conrad«, sagte er.

Conrad.

Verstohlen betrachtete ich ihn von der Seite, seinen knochigen dunklen Körper. Ich wusste, dass er viel stärker war, als er aussah, doch seine Muskeln traten nur hervor, wenn er sich bewegte.

Der Wunsch, seine braune Haut zu berühren, war stark. Diese

Bräune kam nicht nur von der Sonne, sie schien tief unter der Haut zu beginnen. Auf Conrads rechtem Handrücken waren Tätowierungen, eine Linie kleiner Kreuze in verwaschenem Blau. Wenn ich meine Fingerkuppen darauflegen könnte, vielleicht würden sie mir dann sein Geheimnis verraten?

»Und diese Typen, mit denen du zusammen bist«, Conrad nickte hinüber zum Strand, wo unsere Zelte standen, »wissen die, dass du ein Mädchen bist?«

»Was?« Nur langsam wurde mir klar, dass er mich die ganze Zeit für einen Jungen gehalten hatte, bis . . . na ja, bis zum Augenblick der nackten Tatsachen sozusagen. Ich suchte nach Spott in seinen Augen und sah nichts als blanke Neugier. »Natürlich«, sagte ich säuerlich. »Was dachtest du denn?«

Conrad zuckte mit den Achseln. »Und wie bist du an die gekommen?« Täuschte ich mich oder hatte seine Stimme ihren feindseligen Unterton verloren?

»Zwei von ihnen sind meine Gastgeschwister. Sie haben mich auf ihren Surftrip mitgenommen, damit ich nicht drei Wochen lang zu Hause herumhänge und ihren Eltern auf den Wecker falle.«

»Dann bist du also gar keine von diesen SurferTussis«, stellte er fest.

SurferTussis? Es gluckste in meiner Kehle. »Keine Ahnung, vermutlich bin ich eine.« Hicks. »Ich will es lernen, auch wenn ich ziemlichen Schiss davor habe.«

»Aber mit einem Kartoffelchip auf den Pazifik paddeln, davor hattest du keinen Schiss?«

Sobald ich Conrad ins Gesicht sah, wandte er sich ab. Aber ich hatte den versöhnlichen Spott in seinen Augen gesehen und entspannte mich ein wenig. »Ich habe nicht nachgedacht. Das Meer wirkte so friedlich.«

Er blickte wieder auf den Ozean, der jetzt keineswegs mehr

friedlich war. Silbrig weißer Schaum spritzte meterhoch gegen die Felstürme und selbst in dieser kleinen Bucht schlugen die Wellen mit großer Macht gegen das Ufer und überspülten den Sand.

»Wenn das Meer diese spiegelglatte Oberfläche hat, dann läuft darunter eine gefährliche Tiefenströmung auf die Küste zu. Diese Unterströmungen sieht man nicht. Du schwimmst und plötzlich bist du ganz woanders.«

Ich biss mir auf die Lippen. »Ja, das habe ich gemerkt.« Ich versuchte ein zaghaftes Lächeln, aber er sah mich gar nicht an.

»Wer sind die beiden, ich meine, deine Gastgeschwister?«

Verwundert über sein anhaltendes Interesse, beeilte ich mich mit der Antwort. »Das blonde Mädchen mit dem Zopf und der große Blonde mit den Dreads.«

»Der Wikingertyp«, sagte er verächtlich. *»The man with the plan.«*

Ich riss die Augen auf. »Du kennst Alec?«

»Nein, ich kenne keinen von denen. Aber ich habe Augen im Kopf.« Conrads Stimme bebte, die Wut schien zurückzukehren.

Ich musterte ihn. »Hast du die Scheibe von Alecs Wagen eingeschmissen und Joshs Van beschmiert?«

»Und wenn?«, fragte er. »Wäre es dir dann lieber, ich hätte dich nicht aus dem Meer gefischt?«

»Blödsinn.« Ich wollte noch etwas sagen, doch plötzlich schoss der große hellgraue Hund aus dem Wald und kam direkt auf uns zu. Er schien zu fliegen wie ein Pfeil, so schnell war er. Ich erstarrte vor Schreck. Er blieb einen Meter vor mir stehen, das Fell gesträubt, seine Fangzähne leuchteten in der Sonne und er knurrte mich drohend an. Meine Nackenhaare richteten sich auf. Ich verkrampfte mich, machte mich klein.

»Keine Angst, Boone ist völlig harmlos«, sagte Conrad. Er

befahl dem Hund, still zu sein und sich zu setzen. Gehorsam warf sich das Tier in den Sand und legte die Schnauze auf die Pfoten.

»Schöner Hund«, sagte ich. Rotz lief mir aus der Nase und ich wischte ihn mit dem Handrücken weg. »Sieht aus wie ein Wolf.«

»Boone *ist* ein halber Wolf.«

»Und du bist dir sicher, dass er nichts tut?«

»Ja, bin ich.«

»Dein Freund mit der Punkfrisur hat gesagt, Boone mag unseren weißen Geruch nicht.«

Conrad runzelte die Stirn. »Du hast mit Milo gesprochen?«

»Nicht wirklich. Er hat es vor dem Supermarkt zu den beiden Mädchen gesagt, aber wir sollten es hören.«

»Milo erzählt manchmal Stuss. Streichle ihn.«

»Was?«

»Na los, fass ihn an.«

Ich zögerte einen Moment, dann streckte ich mutig die Hand nach dem Wolfshund aus und strich vorsichtig über seine Flanke, jederzeit darauf gefasst, dass er seine Fangzähne in meinen Handrücken graben würde. Aber nichts passierte. Unter meinen Fingerkuppen spürte ich das leichte Beben seines Körpers. Sein Fell war seidig weich.

»Na siehst du«, sagte Conrad sachlich. Er stand auf. »Wir müssen durch den Wald zum First Beach zurücklaufen. Einen anderen Weg gibt es nicht.« Er drehte sich um, ging zu einem kleinen Felsvorsprung und kam mit seinen Sachen zurück. Mit nassen Unterhosen stieg er in ein Paar zerschlissene Levis.

Mein Gott, dachte ich erschrocken, was, wenn Laura inzwischen bemerkt hatte, dass mein Surfbrett verschwunden war? Ich hatte keine Ahnung, wie viel Zeit vergangen war, seit ich zu meinem kleinen Seeabenteuer aufgebrochen war.

»Wie weit ist das denn?«, fragte ich zähneklappernd. Mein

Surfanzug war kalt, nass und sandig und ich bekam meine Gänsehaut nicht mehr los.

»Eine halbe, Dreiviertelstunde. Kommt darauf an, wie schnell du läufst.«

»Okay.« Ich fühlte mich schrecklich kraftlos, aber irgendwie musste ich ja wieder zurück ins Camp kommen. Also griff ich nach dem Surfbrett, das neben mir im Sand lag. Ich sah, dass die Fangleine gerissen war.

»Das trage ich«, sagte Conrad. »Und willst du nicht dieses nasse Ding ausziehen?« Er deutete auf meinen Surfanzug. »Du hast den Anzug übrigens verkehrt herum an.«

»Ich weiß, aber . . .« Blieb mir denn heute gar nichts erspart?

»Zieh ihn aus, okay? Hier«, er reichte mir sein T-Shirt.

Zähneknirschend sah ich ein, dass er recht hatte. Ich würde mir den Tod holen in dem feuchten, eng anliegenden Surfanzug. Und wenn er während des Marsches trocken wurde, würde ich mir an den empfindlichen Stellen die Haut wund scheuern. Trotzdem zögerte ich noch.

»Ich beiße nicht«, sagte Conrad.

Schade, dachte ich. Ich nahm das T-Shirt und stand auf. Dabei spürte ich wieder das Stechen im Brustkorb und krümmte mich zusammen.

Conrad warf mir einen besorgten Blick zu. »Tut es schlimm weh? Ich hoffe, ich habe dir keine Rippe gebrochen. Aber irgendwie musste das Wasser aus deinen Lungen.«

»Geht schon.« Ich drehte mich von ihm weg und schälte mich aus der schwarzen Haut. Schnell zog ich das T-Shirt über. Es hatte auf einem Stein in der Sonne gelegen und war angenehm trocken und warm. Und es reichte mir fast bis zu den Knien. Das stilisierte Tiergesicht auf der Vorderseite bleckte seine Zähne.

»Was ist das«, fragte ich. »Ein Bär?«

»Ein Wolf«, sagte er.

Klar. Ich rieb mir den Sand von den Füßen und schlüpfte in meine Gummischuhe. Conrad setzte sich und zog seine Turnschuhe an. Er packte sein Buch in eine Umhängetasche, schnappte sich das Surfbrett, pfiff nach Boone und lief los.

Ich hob meinen sandigen Surfanzug auf und stolperte ihm hinterher. Anfangs war immer noch das Stechen in meiner Brust, aber mit jedem Schritt wurde das Atmen leichter.

Mein Retter hatte einen lockeren Gang und trug mein Boogie mit der Leichtigkeit eines versierten Surfers. Er hatte breite Schultern, schmale Hüften und lange, gerade Beine, aber er war nicht groß, höchstens eins fünfundsiebzig. Was für mich trotzdem groß war. Seine langen Haare lagen feucht und schwer auf seinem dunklen Rücken und wie gerne hätte ich die Hand ausgestreckt, um sie zu berühren. Ich spürte das vertraute Kribbeln in den Fingerspitzen.

Weil ich träumte, stolperte ich über eine Wurzel. Ich konnte den Sturz gerade noch abfangen und versuchte, auf den Weg zu achten. Wir liefen einen Pfad, der gesäumt war von windzerzausten Büschen und kleinen verkrüppelten Nadelbäumen. Eine feine Salzkruste lag wie Raureif auf den Blättern, Nadeln und Farnen. Ich ließ die Finger darüberstreifen und leckte an meinen Fingerkuppen.

Schließlich führte der gewundene Pfad ins Landesinnere, in einen Wald aus hohen Bäumen. Als ich zwischen die Stämme trat, hatte ich das Gefühl, als würde ich vom Wald verschluckt. Es war dunkel und kühl und die Luft duftete würzig. Von den Zweigen der Bäume hingen lange Bartflechten. Ich kam mir vor wie ein Winzling im Land der Riesen.

Erst jetzt, wo ich Zeit zum Nachdenken hatte, wurde mir bewusst, wie knapp ich dem sicheren Tod entronnen war. Wäre Conrad nicht da gewesen . . . Tränen schossen in meine Augen und ich wischte sie weg. Was zum Teufel hatte er dort eigentlich gemacht? Gelesen? So weit weg von La Push?

Er war da gewesen, das allein zählte. Eine Woge der Dankbarkeit für diesen Jungen überkam mich. Es war ein merkwürdiges Gefühl, jemandem sein Leben zu verdanken. Jetzt war der Indianer kein Fremder mehr. Ich kannte seinen Namen. Ich trug sein T-Shirt, das nach Sonne und Steinen und ein bisschen nach seinem Schweiß roch. Conrads Atem war in meinen Lungen gewesen. Er hatte seine Lippen auf meine gepresst . . .

Ich schluckte. Sei einfach mal realistisch, Smilla. Während mir solche aufregenden Dinge durch den Kopf gingen, dachte Conrad vermutlich nur daran, wie er mich so schnell wie möglich wieder loswerden konnte.

Als wir nach ungefähr einer halben Stunde aus dem Wald traten, war unser Lager nicht mehr weit. Ich blieb stehen und sagte: »Kannst du hier einen Moment auf mich warten? Ich ziehe mich nur schnell um und dann bringe ich dir dein T-Shirt, okay?«

Conrad übergab mir das Brett. »Willst du nicht mit einem Eingeborenen gesehen werden?«, fragte er ohne eine Regung im Gesicht.

»Stimmt«, sagte ich, »ich will nicht mit dir gesehen werden. Aber nicht, weil du bist, wer du bist, sondern weil ich dann erzählen müsste, was passiert ist und dann würde der Wikingertyp mich die restlichen Tage wie ein Kleinkind bewachen.«

Conrad lächelte und dieses Lächeln schien ihn genauso zu überraschen wie mich. Seine Zähne blitzten in der Sonne. Die beiden Eckzähne standen in einem seltsamen Winkel zu den übrigen Zähnen, sodass sein Lächeln ein wenig an ein Wolfslächeln erinnerte.

Augenblicklich kam mir die Legende, dass die Vorfahren der Quileute-Indianer sich in Wölfe verwandeln konnten, in den

Sinn und ich dachte, dass ja vielleicht etwas dran war. Ein Schauer rann über meinen Rücken.

»Das mit dem T-Shirt eilt nicht«, sagte Conrad. Er wies auf mein Brett. »Und du brauchst eine neue Leine, bevor du wieder damit ins Wasser steigst.«

»Ja, klar«, sagte ich gerührt. Offenbar war er der Meinung, dass ich das Surfen nicht aufgeben würde.

Conrad wandte sich zum Gehen.

»Eines hätte ich doch gerne noch gewusst«, sagte ich.

Er drehte sich zu mir um. »Und das wäre?«

»Wieso bist du auf einmal so nett zu mir? Bin ich eine andere geworden?«

Conrad sah mich eine Weile nachdenklich an und ließ sich diesmal nicht von meinen Augen irritieren. Schließlich sagte er: »Niemand steigt aus dem Ozean, wie er hineingegangen ist. Und bei dir hat eine ziemlich eindrückliche Verwandlung stattgefunden.« Er pfiff leise nach Boone, drehte sich um und ging zurück in den Wald.

10. Kapitel

Erleichtert stellte ich fest, dass die anderen noch nicht aus Forks zurückgekehrt waren. Laura kam gerade aus ihrem Zelt gekrochen und erwischte mich dabei, wie ich meinen Neoprenanzug zum Trocknen über einen Treibholzstamm legte. Sie stemmte die Hände in die Hüften und sah mich mit ihren grauen Augen fragend an. »Erzähl mir nicht, dass du surfen warst.«

»Ich habe ein bisschen geübt«, sagte ich.

»Ganz alleine? Spinnst du?« Die Sommersprossen auf Lauras Gesicht tanzten ärgerlich.

»Ich bin nach vorne gegangen, da waren Leute. Außerdem war ich immer nah am Ufer und die Wellen sind klein.« Am First Beach waren die Wellen tatsächlich klein.

»Tsss.« Laura stieß Luft durch die Zähne und sah mich kopfschüttelnd an. »Du bist vielleicht 'ne Nummer, Smilla. Ich hätte nie gedacht, dass Surfen dich so anmacht.«

»Ich auch nicht.« Ich lächelte sie verschwörerisch an und schließlich schmunzelte auch Laura.

Sie streckte den Zeigefinger aus und pikste auf den Wolf. »Und wo hast du das T-Shirt her?«

Ich sah an mir herunter, als wüsste ich nicht, was ich anhatte. »Aus dem Laden oben in der Rezeption«, log ich. »Ich hab's gekauft, als ich mit Janice unterwegs war.«

»Gab's das auch in deiner Größe?«

»Nö, leider nicht. Aber ich will es sowieso als Nachthemd benutzen.«

Laura schüttelte amüsiert den Kopf. »Na gut«, sagte sie, »ich gehe jetzt duschen. Die anderen kommen sicher bald zurück.«

»Laura?«

»Ja?«

»Es wäre cool, wenn du niemandem davon erzählst. Alec wird sicher wütend, wenn er es weiß.«

»Schon klar«, sagte sie. »Kein Problem.«

Kaum, dass die Truppe aus Forks zurückgekommen war, hallte wieder Joshs nervige Beachmusik über den Strand. Die Wasserkanister und die Kühlboxen mit den Lebensmitteln wurden im Schatten verstaut, das Bier in den Zelten versteckt. Schließlich war keiner von uns einundzwanzig und es konnte jederzeit passieren, dass Chief Howe uns unerwartet einen Besuch abstattete.

Am Nachmittag füllten sich die Ferienhütten, der Stellplatz für die Campingbusse und der Strand. Es war Freitag, Wochenende. Die Städter strömten in die Natur, um ihre Grillöfen anzuwerfen. Wir bekamen Nachbarn am Strand, eine Truppe aus Portland mit drei Zelten und Surfbrettern. Es waren drei Pärchen im selben Alter wie Alec und seine Freunde und sie waren, wie sich herausstellte, zum ersten Mal am First Beach.

Alec erzählte ihnen als Erstes, was mit seinem und Joshs Wagen passiert war, und riet ihnen, in ihren Autos lieber keine Wertsachen zu lassen.

»Echt?«, fragte Kyle, einer der Jungen. »Eigentlich hab ich gehört, dass die Quileute Gästen gegenüber aufgeschlossen sind?«

»Dann hast du was Falsches gehört«, mischte sich Brandee ein. »Ich kann euch nur raten, eure Surfbretter nicht aus den Augen zu lassen. *If you are brown, go to town. If you are white, take a flight«,* fügte sie sie sarkastisch hinzu.

Blöde Kuh, dachte ich. Halt bloß den Mund.

Brandee warf ihre Haare hinter die Schultern zurück und ich sah den riesigen Knutschfleck an ihrem Hals.

»Und was ist mit Haien?«, fragte Kyle etwas verunsichert.

Alec lachte. »Das ist vermutlich nichts weiter als ein Trick der Einheimischen, um uns fernzuhalten.«

Kyle schien ehrlich erstaunt. »Hier gibt es Locals?«

»Nein, keine einheimischen Surfer. Ich meine die Leute aus La Push, die Indianer.«

Man fachsimpelte miteinander, die Portländer bewunderten Marks Longboard, und als gegen Abend der Swell groß genug war, um die Wellen brechen zu lassen, tummelten sich alle mit ihren Brettern im Wasser. Auch ich wagte mich wieder hinein.

Doch ich ließ mich nur ein einziges Mal von einer Welle zum Strand tragen, dann setzte ich mich draußen in den Sand. Josh kam nach einer Weile zu mir und fragte besorgt: »Was ist denn los? Hast du dir wehgetan?«

»Meine Fangleine ist gerissen«, sagte ich und zeigte ihm die losen Enden.

»Scheiße, zeig mal her.« Er begutachtete die gerissene Leine und meinte: »Irgendwer hat bestimmt eine Ersatzleine dabei, frag doch mal rum. Ansonsten müssen wir noch mal nach Forks fahren, in den Surf-Shop. Der Typ dort ist cool, er hat alles da.«

Er ging wieder ins Wasser und ich blieb sitzen, um den anderen noch eine Weile zuzusehen. Zum ersten Mal fiel mir auf, wie oft Brandee vom Brett stürzte. Sie *wollte* gut sein, sie *wollte* mit den anderen mithalten, aber sie war bei Weitem nicht so locker wie Laura und selbst Janice, die ja deutlich weniger Erfahrung hatte als die anderen, sah nicht so verkrampft aus. Brandee dagegen kämpfte verbissen mit den Wellen, was ihr immer wieder unangenehme Waschgänge bescherte.

Irgendwann wurde es kühl und ich ging zurück ins Camp, um mich umzuziehen.

An diesem Abend saßen die Surfer aus Portland mit an unserem Feuer. Dicht an dicht hockten wir auf den Stämmen beieinander. Es floss reichlich Alkohol und wieder machten mehrere Joints die Runde. Diesmal kam das Gras von unseren Gästen.

Sie alle waren leidenschaftliche Wellenreiter und so drehten sich die Gespräche fast ausschließlich ums Surfen. Brandee erzählte von ihrem Urlaub auf Hawaii, wo sie (angeblich) beim Big-Wave-Surfen in Waimea Bay mitgemacht hatte. Dort war sie auch Kelly Slater begegnet.

Josh, der neben mir saß, klärte mich flüsternd auf. »Slater ist der berühmteste Surfer der Welt. Er hat mit acht Jahren begonnen zu surfen und ist inzwischen neunfacher Weltmeister.«

Die Portländer waren schwer beeindruckt und Brandee sonnte sich in ihrer Bewunderung, aber ich erinnerte mich an ihre Waschgänge und konnte mir nur schwer vorstellen, dass stimmte, was sie uns da erzählte.

Auch Marks Blick war skeptisch, aber er sagte nichts. Mark war jedes Jahr mehrmals auf Hawaii, um seine Großeltern zu besuchen, und mit Sicherheit kannte er die Wellen von Waimea Bay. Aber im Gegensatz zu Brandee war er niemand, der Freude daran hatte, andere bloßzustellen.

Nachdem Brandee ihren Auftritt gehabt hatte, lenkte Alec das Gespräch mit erstaunlichem Geschick wieder zurück in einheimische Gefilde. Einer der Portland-Jungs klinkte sich sofort ein. Er war im vergangenen Jahr Zuschauer beim Mavericks Surf Contest in Kalifornien gewesen. Dort fand jedes Jahr zwischen Dezember und März ein Wettkampf der vierundzwanzig weltbesten Surfer statt.

»Am Pillar Point in der Half Moon Bay können die Wellen bis zu fünfzehn Meter hoch werden«, sagte der Junge. »Das ist tierisch abgefuckt.«

Tierisch abgefuckt? Wer redet denn heute noch so?, dachte

ich. Ich versuchte, mir die fünfzehn Meter hohen Wellen vorzustellen, aber es wollte mir nicht gelingen. Ich hatte immer noch damit zu tun, mein Unterwasserabenteuer von heute Mittag zu verdauen. Erleichtert hatte ich festgestellt, dass ich danach keine Angst hatte, wieder ins Wasser zu gehen. Und noch erleichterter war ich darüber, dass Laura Wort gehalten und niemandem erzählt hatte, dass ich allein mit dem Brett auf dem Meer gewesen war. Denn eine der wichtigsten Surferregeln lautete: Geh nur ins Meer, wenn jemand zusieht. Inzwischen hatte ich schmerzlich erfahren, dass die geheiligten Surferregeln durchaus einen Sinn hatten, und ich nahm mir vor, sie in Zukunft einzuhalten.

Zu später Stunde waren dann alle leicht angetrunken und bekifft – oder beides. Die drei Pärchen aus Portland saßen eng umschlungen beieinander. Brandee knabberte mit ihren kleinen weißen Zähnen an Alecs Ohr und er drehte sein Gesicht zu ihr, um sie zu küssen. Mark saß neben Janice und hatte den Arm um sie gelegt. Es war ihr anzusehen, wie glücklich sie war.

Ich wollte auch umarmt und geküsst werden, ich wusste nur nicht, von wem. Conrad, mein eingeborener Retter, schlich sich immer wieder in meinen Kopf. Ich fühlte mich auf verwirrende Weise zu ihm hingezogen und das war typisch für mich. Smilla, die hoffnungslose Romantikerin.

Josh, der zwischen Alec und Laura saß, hatte schon ein paarmal zu mir herübergesehen und mir sogar einmal zugezwinkert. Aber vielleicht hatte er ja auch bloß Asche ins Auge bekommen. Ich wusste, dass er mich mochte und gewiss nichts dagegen hatte, mich zu küssen, aber im Augenblick war er mit seinem nächsten Joint beschäftigt. Er verteilte Tabak und geschnittenes Marihuana auf einem Streifen Zigarettenpapier, rollte ihn zusammen, fuhr mit der Zunge über den Rand und bog das Ende um. Er zündete den Joint an, nahm einen Zug und inhalierte tief. Dann reichte er ihn an Alec weiter.

Meine Gedanken wanderten von Josh wieder zurück zu meinem Retter. Ich glaubte an so etwas wie Schicksal. Conrad war da gewesen, um mich aus dem Meer zu ziehen. Ich trug immer noch sein T-Shirt, das ein bisschen nach seinem Schweiß und nach Seetang roch. Mir kam dieser indianische Spruch in den Sinn, dass man einen Menschen nicht beurteilen sollte, bevor man ein paar Meilen in seinen Mokassins gelaufen war. Ich trug zwar nicht Conrads Mokassins, dafür aber sein T-Shirt. Und so schnell würde ich es auch nicht wieder ausziehen.

In der Nacht drang das Meer in meinen Schlaf und mein Traum war angefüllt mit dunklem, salzigem Wasser. Ich trieb in schwachem graugrünem Licht und schwarze Schlangen wanden sich um meine Arme und Beine, um mich in eine bodenlose Tiefe zu ziehen. Ich sah den weißen Spiegel des Lichts über mir, aber als ich versuchte, ihn zu erreichen, zerbrach er in tausend Wasserscherben.

Mit einem panischen Keuchen, halb Atemzug, halb Schrei, schreckte ich aus dem Schlaf. Als sich meine Augen an die Dunkelheit gewöhnt hatten, sah ich, dass Janice nicht mehr neben mir lag. Von irgendwoher hörte ich das Heulen eines einsamen Wolfs. *Ein Wolf?* Du spinnst, Smilla. Hier gibt es keine Wölfe. Genauso wenig wie es Haie gibt. Oder Werwölfe. Oder Vampire. Oder doch?

Ich drehte mich auf die andere Seite, rollte mich zusammen und versuchte, wieder einzuschlafen.

Fucking American Weekend, denkt Conrad, während er die Truppe am Feuer beobachtet. Noch mehr Surfer sind angekommen. Auf dem Platz am »Lonesome Creek Store« stehen sieben neue Campingmobile. Im »Whale Motel« brennt in fast allen

Zimmern Licht. Die billigen Hütten im »Ocean Park Resort« sind ausgebucht. Großfamilien sitzen auf den winzigen Veranden und grillen. Nur die teuren Strandhäuser sind bis auf zwei unbewohnt.

Conrad sieht, wie Alec und die Schaufensterpuppe sich küssen. Josh, der Mörder, sitzt neben der Rothaarigen mit den Korkenzieherlocken. Der Supersurfer hat die Blonde in der Mache. Nur Smilla, das Mädchen mit den Meeresaugen, ist übrig. Er kann ihr Gesicht sehen. Die geraden dunklen Augenbrauen, die kleine Nase, der sinnliche Mund. Wie hat er sie bloß für einen Jungen halten können?

Vermutlich lag es an ihren schmalen Hüften, der knabenhaften Figur. Smilla ist klein, aber es ist alles dran an ihr, das kann er nicht leugnen. Den ganzen Nachmittag hat Conrad sich große Mühe gegeben, Smilla aus seinem Kopf zu verdrängen. Es ist ihm nicht gelungen. Er fragt sich, ob sie mit ihren zweifarbigen Augen geradewegs in sein Innerstes schauen kann, um seine Gedanken zu lesen.

Ausnahmsweise wird Conrad von etwas anderem beherrscht als seiner Wut. Es ist Smillas blaugrüner Blick. Und ihre schimmernden Perlmuttbrüste kann er auch nicht vergessen.

Er hat dieses Mädchen aus dem Meer gefischt, also gehört es ihm. So sagt es das Gesetz dieses Strandes. Der Gedanke verwirrt ihn. Was soll er mit einem weißen Mädchen, das Haare und Hüften hat wie ein Junge und verkehrt herum in einem Neoprenanzug steckt?

Ein Lächeln steigt aus ihm auf, aus einer dunklen Stelle tief drinnen. Das bringt ihn noch mehr durcheinander. Das Mädchen hat etwas in ihm ausgelöst. Etwas völlig Unerwartetes. Wo monatelang all der Hass in ihm saß, spürt er plötzlich nichts mehr, nur eine Leere, die ihn wanken lässt. Er stützt sich an der Wurzel ab, um Halt zu finden. Sein Hass hat ihn aufrecht gehalten, hat ihn angetrieben, hat ihn morgens aufstehen lassen.

Auf einmal hat Conrad das Gefühl, keine Knochen mehr im Leib zu haben. Ihm wird plötzlich klar, dass er etwas vergessen hat. Er hat vergessen, dass er es ist, der lebt. Er hat sich hinter Justins Tod verschanzt, hat sich vergraben in seiner dunklen Höhle aus Hass. Hat sich vor sich selbst versteckt.

Conrad spürt, wie die Leere in seinem Inneren sich langsam füllt. Mit so vielen überwältigenden Empfindungen, die er seit Justins Tod nicht mehr zugelassen hat: Trauer, Sehnsucht, Neugier, Verlangen. Und je mehr er sich dagegen wehrt, umso heftiger wird das Gefühl, dass das Leben zu ihm zurückkommt. Es strömt herein wie die Flut nach der Zeit der Ebbe.

Der Samstagmorgen brachte Wellen, die sich auf einer Länge von über fünfzig Metern brachen. Mark hatte alle geweckt, doch zuvor war Janice in unser Zelt zurückgekommen. Ich lächelte verschlafen und sie sagte: »Behalte es für dich, okay?«

»Klar«, murmelte ich.

Es gab kein Frühstück, das musste diesmal warten, bis die morgendliche Surfsession beendet war. Alec hatte tatsächlich eine Ersatzleine für mein Boogieboard dabei und Josh brachte sie an.

Das Wasser war so bevölkert wie noch nie. Da waren nicht nur die sechs aus Portland, auch vom Campingplatz am Supermarkt waren vier Surfer gekommen. Ich ging auch ins Wasser, hörte aber nach drei Bauchritten auf dem Brett auf. Es war mir zu überfüllt. Ich hatte Angst, irgendjemandem in die Quere zu kommen. Immer nur ein Surfer pro Welle, lautete eine Regel. Und seit meinem gestrigen Tauchgang hielt ich es für klüger, mich an die Regeln zu halten.

Den Rest des Tages trödelten wieder alle am Strand herum

und ich spürte, wie ich anfing, unruhig zu werden. Keinen aus der Clique schien zu interessieren, was es außer den Wellen am First Beach in der Gegend noch zu entdecken gab. Als ich Alec nach Rialto Beach fragte, meinte er, dort würde es auch nicht anders aussehen als hier. »Überall Felsen, Schwemmholz und Meer. Nur, dass dort viel mehr Leute sind, Midget.«

Vermutlich hatten er, Josh und Mark im vergangenen Sommer die anderen Strände auf Surftauglichkeit abgecheckt und waren am Ende zu dem Schluss gekommen, dass First Beach der einzig lohnende Surfspot in der Gegend war. Pech für mich. Ich hätte gerne die Gegend erkundet. Aber niemand hatte Lust, mich zu begleiten, und alleine losziehen, das würde Alec, *the man with the plan,* mir mit Sicherheit nicht erlauben. Gelegentlich führte er sich mir gegenüber auf wie ein Gruppenleiter im Ferienlager.

Mir blieb also nichts anderes übrig, als mich mit meinem Kamerahandbuch zu beschäftigen und die neu erworbenen Kenntnisse praktisch auszutesten. Am Nachmittag machte ich einen meiner Strandspaziergänge. Er führte mich bis zu den Basaltklippen links vom Strand, wo es eine Stelle gab, an der man ein Stück hinaufklettern konnte bis auf einen kleinen Felsvorsprung. Ich hatte zwar leichte Höhenangst, aber der Vorsprung war groß und es ging auch nur etwa vier Meter tief nach unten – damit konnte ich umgehen.

Ich saß gerne dort auf dem Felsen, denn von dieser Stelle aus hatte man einen guten Blick über die gesamte Biegung des Strandes bis hin zu James Island und der benachbarten kleineren Insel.

Von hier oben konnte ich sehen, wie riesig die gewaltigen Baumskelette wirklich waren, die vergangene Stürme auf den Strand geworfen hatten. Die größten mussten mehr als hundert Meter lang sein und mehrere Tonnen schwer. Die von Wellen und Sand glatt geschliffenen Treibholzrippen leuchteten bleich wie Knochen in der Julisonne.

Der Ozean davor schien jeden Tag eine andere Farbe zu haben, die man nur wahrnahm, wenn man stillsaß. Mal war er granitgrau, mal smaragdgrün. Weiter draußen leuchtete das Meer indigoblau und es gab Zeiten, da hatte es die Farbe einer verwaschenen Jeans. Dazu kam der ständige Wechsel des Lichts.

Ich versuchte, die Farben mit der Kamera einzufangen, merkte aber, dass es mir nicht gelang. Es gibt Dinge, die lassen sich nicht so einfach auf einen Chip brennen.

Manchmal lagen feine Gischtnebel über dem wechselnden Muster der Schaumkronen auf den Wellen. Es gab keine exakte Grenze, wo das Meer endete und das Land begann. Innerhalb weniger Minuten konnte sich die Gezeitenlinie ändern. Alles war in Bewegung, die Farben, die Wellen, der Sand, die Steine und die Wolken.

Als die Flut kam, saß ich immer noch dort oben. Die Brandung donnerte unter mir gegen die Felsen und der silbrige Schaum spritzte meterhoch. Ich atmete die raue Salzluft, spürte den Gischtregen und fühlte die wilde Unrast des Pazifiks, die der meinen so ähnlich war.

11. Kapitel

Am Abend fuhren wir zum Billardspielen nach Forks. Ich machte mir nichts aus Billard und wäre gerne als Aufpasser im Camp geblieben, aber Alec hatte schon die Jungs aus Portland gebeten, ein Auge auf unsere Sachen zu haben.

Brandee, Laura und Janice hatten sich herausgeputzt, als würden sie auf eine Party gehen. Brandee trug einen kurzen Jeansrock und weiche Wildlederstiefel, die ihre langen Beine betonten. Unter ihrer Lederjacke hatte sie ein hautenges weißes Tank Top an, mit freien Schultern und einem Ausschnitt, der keine Fragen offen ließ. Ich gab es nur ungern zu, aber sie sah atemberaubend aus. Alec hatte nur Augen für sie und er konnte seine Finger nicht von ihrem Hintern lassen.

Janice und Laura trugen enge Hüftjeans und figurbetonte Shirts und ich fragte mich, wen im verschlafenen Forks die drei wohl an diesem Abend beeindrucken wollten.

Ich war von Anfang an auf nichts anderes als Camping eingestellt gewesen und hatte überwiegend Campingklamotten in meiner Tasche: abgetragene Jeans, verwaschene T-Shirts und ein dickes Fleece. Dazu Gummischuhe und Regenjacke. Aber ich fand noch eine saubere Baumwollhose ganz unten in der Tasche und zog mein neues »I WAS BITTEN IN FORKS«-T-Shirt an.

Alec und Brandee hatten den »Timber Saloon« bei unserem ersten Besuch im Städtchen ausfindig gemacht. Als wir ankamen, war schon ziemlich viel los in der rustikalen Kneipe. Dennoch mussten wir nicht allzu lange auf unser Essen warten.

In dem länglichen Raum hinter dem Lokal war eine kleine Tanzfläche und auf der anderen Seite standen vier Billardtische. Zwei davon nahm unsere Clique in Beschlag. An den anderen beiden Tischen spielten Männer in Jeans und Holzfällerhemden, raue Gestalten mit wettergegerbten Gesichtern, langen Schnauzbärten und behaarten Armen. Andere Männer lehnten im Halbdunkel an der Wand, tranken Bier und sahen zu.

Fasziniert beobachtete ich Mark, der mit Josh zusammen an einem Tisch stand. Seinen Queue in der Hand, umkreiste er die grüne Spielfläche wie ein Tier seine Beute. Dann stellte er sich in Position, zielte mit dem Queue und stieß zu. Mark Landon spielte genauso elegant Billard, wie er surfte. Nichts konnte ihn aus der Ruhe bringen. Manchmal stand er so lange auf seinen Queue gestützt und starrte auf die Kugeln, dass Josh bald verrückt wurde. »He, Alter, schlaf nicht ein«, hörte ich ihn mehrmals sagen, »ich will auch noch mal drankommen.«

Dann setzte Mark sich in Bewegung, ging langsam um den Tisch herum und suchte nach der besten Position für seinen Schuss. Und er machte nie einen Fehler, bei jedem Stoß ging eine Kugel ins Loch, sodass Josh nicht ein Mal zum Zuge kam in der ersten Runde.

Ich hatte genauso wenig Ahnung vom Billardspiel wie vom Surfen, aber ich konnte sehen, dass Joshs Spielweise aggressiver und ruckartiger war. Auch er spielte, wie er surfte – und verzog seinen Schuss: Die weiße Kugel traf die falsche Farbe.

Am Nebentisch hatte Brandee inzwischen die Aufmerksamkeit der einheimischen Billardspieler auf sich gezogen. Allerdings nicht etwa, weil sie so hervorragend gespielt hätte. Das Interesse der Männer galt ganz offensichtlich dem, was sie dabei zur Schau stellte. Ihre frisch gewaschenen Haare fielen wie ein Vorhang aus Seide über ihre nackten Schultern mit dem

Schmetterlingstattoo. Wenn Brandee sich am Billardtisch herunterbeugte, um die Kugel zu stoßen, gab der weite Ausschnitt einen großzügigen Blick auf den Ansatz ihrer Brüste frei. Sie stolzierte um den Tisch herum und strich sich das Haar hinter die Schulter. Dann streckte sie den Rücken durch und bückte sich, um die nächste Kugel zu stoßen. Dabei schob sich ihr Rock hoch, sodass man praktisch ihren Hintern sehen konnte.

»Geile Titten, geiler Hintern«, kam es aus der Gruppe der Holzfäller und ich hörte anzügliches Gelächter. Die Männer zogen Brandee regelrecht aus mit ihren Blicken, doch das schien sie keineswegs aus der Ruhe zu bringen, ganz im Gegenteil. Offensichtlich genoss sie die Aufmerksamkeit. Alec hingegen wurde zunehmend nervös. Er verpatzte einen Schuss und fluchte. Auch der nächste Schuss ging daneben und Brandee siegte. Die beiden überließen Janice und Laura den Tisch und ich sah, wie Alec mit verdrießlicher Miene im Schankraum verschwand.

Noch eine ganze Weile lauschte ich dem Klicken und Poltern der eingelochten Kugeln, bis mir vom vielen 7 UP die Blase drückte und ich mich auf die Suche nach der Toilette machte. Ich fand sie in einem schwach beleuchteten Gang, der hinter dem Schankraum lag und anscheinend auf die Rückseite der Kneipe führte. Während ich versuchte zu pinkeln, ohne zu atmen oder in Kontakt mit der Klobrille zu kommen, fragte ich mich, was Brandee wohl zu dieser Toilette sagen würde. Dagegen war die im »River's Edge« beinahe hygienisch gewesen.

Zurück im dunklen Gang, öffnete ich die Tür, die nach draußen führte. Ich hatte das dringende Bedürfnis, frische Luft zu schnappen. Auf diesem Hinterhof standen allerdings die Abfalltonnen des Lokals und der Geruch nach vergammelten Lebensmitteln und alter Pisse ließ mich gleich in der Tür wieder kehrtmachen. Doch dann hörte ich eine Stimme und hielt unwillkürlich inne. Das war ohne Zweifel Brandee – ihren gekünstelten Tonfall hätte ich überall herausgehört.

»Das ist Wucher«, hörte ich sie sagen, ». . . echt zum Kotzen.«

»Stress nicht rum, okay? Wenn dir das Gras zu teuer ist, dann hau doch ab«, sagte eine Männerstimme.

». . . kriege das Zeug auch woanders . . .«

»Viel Glück.«

»Gib schon her«, maulte Brandee und ich hörte Scheine knistern.

So leise es ging, schloss ich die Tür wieder. Ich war froh, dass Brandee nicht gemerkt hatte, dass ich um ein Haar in ihren Deal geplatzt wäre. Eilig stolperte ich durch den Gang und lief in jemanden hinein.

»Hoppla«, sagte eine dunkle Stimme, die mein Herz schneller schlagen ließ.

»Hi«, krächzte ich. Conrad trug wieder eins von diesen T-Shirts mit einem grimmigen Tiergesicht darauf. Diesmal sah es aus wie ein Frosch.

»He, du hast es aber eilig.«

»Ich . . . ich . . .« Mein Gesicht glühte vor Verlegenheit und ich wunderte mich, wie laut mein Herz schlagen konnte. Es war erstaunlich, welche Wirkung Conrads Stimme auf mich hatte. Zum Glück war die Beleuchtung in diesem Gang ausgesprochen miserabel.

»Du hattest da draußen eine Begegnung mit einem Vampir«, sagte er trocken und deutete auf die Hintertür.

»Was?« Verständnislos sah ich ihn an.

Lächelnd deutete er auf mein »I WAS BITTEN IN FORKS«-T-Shirt.

»Ach so.« *Herrjeh, Smilla!*

»Hey«, er fasste mich am Arm. »Was ist denn los?«

»Nichts.« Ich schluckte verlegen. Dort, wo seine warme Hand

auf meiner Haut lag, spürte ich ein aufregendes Kribbeln. In diesem Moment öffnete sich die Hintertür und Brandee kam den Gang entlangstolziert. Ohne meinen Arm loszulassen, schob Conrad mich seitlich gegen die Wand, um ihr Platz zu machen. Seine Haare streiften dabei mein Gesicht.

Brandee sagte kein Wort, als sie an uns vorbeiging, sie warf mir nur einen ihrer kaltäugigen Blicke zu.

»Ich wusste es, du hast einen Vampir gesehen«, sagte Conrad, während er Brandee nachschaute.

Nun musste ich doch lächeln. »Wahrscheinlich erzählt sie den anderen jetzt, dass ich mich mit einem Ureinwohner in einer dunklen Ecke herumdrücke.«

Conrad ließ mich los und lehnte sich gegen die Wand. »Hast du ein Problem damit?«

Ich schüttelte den Kopf. »Nein, überhaupt nicht.«

»Was glaubst du, mit was für Typen sich die Schaufensterpuppe da draußen herumgedrückt hat?« Er musterte mich und selbst im düsteren Licht des Ganges sah ich seine Augen funkeln.

Die Schaufensterpuppe? »Keine Ahnung«, sagte ich, obwohl ich es besser wusste.

»Du hast anscheinend von einer Menge Dinge keine Ahnung«, bemerkte Conrad. Es klang nicht herablassend, eher wie eine nüchterne Feststellung. Trotzdem ärgerte ich mich. Na gut, er hatte mir das Leben gerettet, aber wir hatten nur ein paar Worte miteinander gewechselt und er kannte mich überhaupt nicht.

»Ich muss jetzt gehen«, sagte ich. »Nett, dich getroffen zu haben.«

»He, nun warte doch mal.« Es klang fast enttäuscht, aber ich ließ ihn stehen, um zurück zu den anderen zu gehen. Ich brauchte nicht noch jemanden, der mich nicht ernst nahm.

In der Hoffnung, ich würde Brandee so egal sein, dass sie es nicht für erwähnenswert hielt, mit wem ich in dunklen Gängen herumstand, betrat ich den Billardraum. Doch die Blicke, mit denen mich Alec und die Mädchen empfingen, sagten mir, dass meine Hoffnung vergeblich gewesen war. Alte Hexe, verwünschte ich Brandee insgeheim und machte ein unschuldiges Gesicht. Schließlich hatte ich mit Conrad bloß ein paar Worte gewechselt und keine Drogen von ihm gekauft, wie Brandee von dem Typen auf dem Hinterhof.

»Wo warst du?«, fauchte Alec mich an.

»Auf der Toilette«, antwortete ich wahrheitsgemäß.

Ich sah Wut, aber auch Besorgnis in seinen blauen Augen. »Dir ist doch klar, dass du in deinem Alter um diese Zeit hier nichts zu suchen hast«, herrschte er mich mit verhaltener Stimme an. »Wenn sie deinen Ausweis sehen wollen, bin ich dran.«

Ja, Daddy, dachte ich. Langsam ging mir Alecs Gehabe auf die Nerven. Ich war schließlich kein Baby mehr und ich hasste es, wenn er mich so behandelte. Was, zum Teufel, hatte ich eigentlich falsch gemacht?

Brandee warf mir einen triumphierenden Blick zu. Mir fiel auf, dass Conrad recht hatte. Die meiste Zeit hatte ihr schönes Gesicht die maskenhaften Züge einer Schaufensterpuppe.

»Ich wollte gar nicht mitkommen«, sagte ich. »Schon vergessen?«

»Und dieser Typ, was hast du mit dem zu schaffen?«

»Ich war auf der Toilette«, sagte ich. »Und *der Typ* hat mich auf mein T-Shirt angesprochen.«

Alecs Blick wanderte nach unten auf den Text meines T-Shirts. Einen Moment lang schwieg Alec. Sein Mund zuckte verärgert. Dann sagte er: »Du solltest dir gut überlegen, mit wem du dich abgibst, Midget. Ich habe echt keinen Bock drauf, dass du mir später die Ohren vollheulst, weil dir einer von den Typen zu nahe getreten ist.« Ärgerlich schüttelte er den Kopf und legte den Arm um Brandees Schulter. »Gehen wir. Josh wartet draußen am Van.«

Alec schob Brandee in Richtung Ausgang und ich folgte ihnen. Die Männer an den Billardtischen pfiffen Brandee hinterher. Laura schnappte mich am Arm und fragte: »Mit wem hast du dich denn da getroffen? Alec ist ja richtig außer sich. So kenne ich ihn gar nicht.«

»Ich habe mich mit niemandem getroffen«, brummte ich.

»Brandee hat gesagt, der Indianer hätte dich angefasst.«

Ich verdrehte genervt die Augen. »Er wollte wissen, wo ich das T-Shirt herhabe«, sagte ich. »Das ist alles.«

Laura war anzusehen, dass sie mir nicht glaubte. Aber da waren wir auch schon raus aus dem Saloon. Ich blickte hinüber zum Van und das, was ich dort sah, ließ mich vor Schreck erstarren.

Josh taumelte gerade ein paar Schritte rückwärts und flog mit dem Rücken gegen das Auto.

»Was ziehst du hier für eine Scheiße ab, du überhebliches Arschloch«, hörte ich jemanden fauchen. Es war der Indianer mit dem Reptilienblick und der Punkfrisur. Milo, Conrads Freund.

»Ihr steckt doch alle unter einer Decke, ihr Wichser«, schrie Josh und richtete seinen Zeigefinger wie eine Waffe auf den Indianer. »Ich weiß genau, dass ihr unsere Autos demoliert habt.«

Milo lachte schallend. »Gar nichts weißt du. Warum verschwindet ihr nicht einfach in eure schöne weiße Welt? Dann passiert euch und euren Autos auch nichts!«

»Fick dich!«, zischte Josh und war drauf und dran, sich auf Milo zu stürzen. Doch da reagierte Mark, der etwas abseits stand. Mit ein paar Sätzen war er beim Van und stellte sich zwischen die beiden. Er war größer und kräftiger als sie. Mit der

Rechten packte er Josh am T-Shirt und legte Milo ganz sacht die Fingerkuppen seiner Linken auf die Brust.

»Alles cool, Mann«, sagte er zu Milo und dann wandte er sich an Josh: »Das reicht, okay? Steig ein, wir fahren.« Er griff nach hinten, öffnete die Schiebetür des Vans und bedeutete uns, dass wir einsteigen sollten. In diesem Moment riss Josh sich von ihm los und warf sich mit einem wütenden Schnauben auf den Indianer. Milo parierte den Angriff mit einem Hieb in Joshs Magengrube und der ging in die Knie.

Warum mussten Jungs sich eigentlich immer prügeln?, fragte ich mich.

Alec stürzte auf Milo zu, aber Mark stellte sich ihm in den Weg und hielt ihn an den Schultern fest. »Lass gut sein, Alec. Steig in den Van.«

Alec stieß Marks Hand zur Seite und kniete sich neben Josh, um ihm aufzuhelfen. »Alles okay mit dir?«, fragte er seinen Freund. »Kannst du aufstehen?«

Josh rang nach Atem und hielt sich den Bauch, aber sonst schien ihm nichts zu fehlen. »Gar nichts ist okay«, ächzte er. »Wenn ich den Bastard kriege, dann . . .«

»Was dann?«, höhnte Milo und machte einen Schritt auf Alec und Josh zu. »Wenn du mich noch einmal anfasst, mach ich dich kalt, hörst du?«

»Was läuft denn hier für eine Nummer?«, ertönte auf einmal Conrads Stimme hinter uns.

Unsere Köpfe fuhren herum. Da stand er und neben ihm Tamra mit dem anderen Mädchen aus dem »River's Edge«. Das mit dem Mondgesicht.

»Dein Freund hat eine lockere Faust«, sagte Mark zu Conrad.

»Der blöde Strandabhänger ist auf mich losgegangen«, sagte Milo. »Er hat behauptet, wir hätten sein Auto demoliert. Er ist besoffen.« Milo grinste.

Janice und Laura waren inzwischen in den Van gestiegen. Mark und Alec griffen Josh unter die Arme und halfen ihm auf den Rücksitz. Bevor er im Dunkel des Autos verschwand, streckte er Milo den Mittelfinger entgegen. Ich sah, wie Brandees Blick noch einmal kurz zu Milo wanderte, bevor sie rasch zu den anderen in den Van stieg. War er es gewesen, von dem sie ihr Gras gekauft hatte?

Conrads und meine Blicke trafen sich. Erst dachte ich, dass er mich jetzt hassen würde, aber dann nickte er mir kaum merklich zu. Das Mädchen mit dem Mondgesicht legte ihren Arm um Milos Hüfte und er beugte sich über sie, um ihr einen Kuss zu geben.

Ich kletterte in den Van und Mark schob mit einem Ruck die Tür zu. Sein Gesicht sah angespannt aus. Durch sein besonnenes Handeln hatte er eine schlimmere Prügelei verhindert. Mark setzte sich hinter das Steuer, er hatte keinen Alkohol getrunken.

Neben mir stöhnte Josh und hielt seinen Bauch, doch ich achtete nicht auf ihn, sondern drehte mich um. Als Mark den Van vom Parkplatz neben dem »Timber Saloon« lenkte, sah ich durchs Rückfenster, wie Conrad mit den Händen in den Vordertaschen seiner Jeans dastand und uns nachsah.

Auf der Rückfahrt kümmerte sich Laura um Josh. Er lag halb auf ihrem Schoß und schien ihre Fürsorge sichtlich zu genießen. Niemand sprach, als ob sich alle verabredet hätten, keinen Kommentar zu diesem Zwischenfall abzugeben. Sogar Brandee hielt den Mund – was äußerst ungewohnt war.

Im Camp angekommen, gingen wir schlafen. Als ich den anderen eine gute Nacht wünschte, bekam ich von Alec und Josh keine Erwiderung. Jedenfalls hörte ich sie nicht.

Im Zelt sagte Janice leise: »Josh war echt sauer, als er hörte, dass du mit diesem Typen gesprochen hast. Wahrscheinlich ist er deshalb so ausgeflippt.«

»Jetzt ist also alles meine Schuld«, flüsterte ich ärgerlich zurück.

»Nein, natürlich nicht. Josh ist ein Hitzkopf und flippt schnell mal aus, wenn er betrunken ist. Aber was die Indianer angeht, da hast du keine Ahnung, wie die sind, Smilla. Du denkst, sie sind immer noch arme Unterdrückte, und vermutlich findest du die Typen exotisch. Aber die ticken völlig anders als wir.«

»Wie denn?«, wollte ich wissen.

»Na, sie hassen alle Weißen. Das zeigen sie natürlich nicht, weil sie nicht als Rassisten dastehen wollen, denn Rassismus ist der schwarze Peter, den sie gerne uns Weißen zuschieben.«

»Das ist doch Schwachsinn«, sagte ich. »Wir leben im 21. Jahrhundert.«

»Du glaubst mir nicht?« Janice war gekränkt. »In meiner Klasse ist ein Mädchen, die hatte sich mit einem Indianer eingelassen. Er stammte hier irgendwo aus der Gegend, lebte aber mit seinen Eltern schon seit einigen Jahren in Seattle. Er war voll integriert, spielte im Schultheater und hat sie nach allen Regeln der Kunst umgarnt. Er hat ihr sogar Gedichte geschrieben und Blumen geschenkt. Aber nachdem er das erste Mal mit ihr geschlafen hatte, ließ er sie fallen. Er hätte nur mal wissen wollen, wie es ist, ein weißes Mädchen zu vögeln. Sie war am Boden zerstört. Es war ihr erstes Mal.«

»Und was willst du mir damit sagen?«, fragte ich und verdrehte im Dunkeln die Augen.

»Kümmere dich ein bisschen um Josh«, sagte Janice. »Ich glaube, er hat dich wirklich gern.« Sie kroch zum Eingang, öffnete den Reißverschluss und lauschte in die Nacht. »Bis morgen, Smilla. Denk einfach mal darüber nach.«

Janice' gönnerhafter Ton ärgerte mich, aber ich konnte gar

nicht anders, als darüber nachzudenken. Immer wieder ließ ich den Abend im »Timber Saloon« Revue passieren. Brandee auf dem Hinterhof, wie sie sich von jemandem Marihuana besorgte. Conrad auf dem Gang. Sein Lächeln, seine warme Hand an meinem Arm, seine Haare in meinem Gesicht. Was hatte er damit gemeint, als er sagte: »Du hast anscheinend von einer Menge Dinge keine Ahnung«? Wollte er damit sagen, dass ich naiv war? Oder hatte er auf etwas Konkretes angespielt?

Ich wälzte mich in meinem Schlafsack und dachte an Josh. Er mag dich wirklich, hatte Janice gesagt. Noch vor ein paar Tagen hätte mir das geschmeichelt. Doch inzwischen löste der Gedanke, dass Joshua Kline etwas von mir wollen könnte, Unbehagen in mir aus.

Sie sitzen zu viert in Milos Pickup. Milo hat den Fuß auf dem Gas und brettert mit achtzig Meilen pro Stunde die Straße nach La Push entlang. Sassy kreischt und Tamra, die halb auf Conrads Schoß sitzt, klammert sich an seinen Hals.

»Fahr langsamer, du Idiot«, mahnt Conrad. »Mein Vater sitzt manchmal nachts hier im Wald, um Raser zu schnappen.«

Milo lacht. Wieder eine Kurve. Die Schwerkraft drückt Tamras Körper gegen Conrad, er spürt ihre weichen Brüste an seiner Brust, riecht ihren Duft, aber auch den Zigarettenrauch in ihren Kleidern.

»Du hättest dich beherrschen müssen«, sagt er zu Milo. »Du hattest Glück, dass sie nicht die Polizei geholt haben.«

Milo stößt verächtlich Luft durch die Zähne. »Die Polizei? Dass ich nicht lache. Mit Gras in den Taschen holt man nicht die Polizei. Außerdem hat der Wichser angefangen.«

Conrad schluckt. »Du warst das, der ihr das Gras verkauft hat?«

»Ja, verdammt, warum auch nicht? Die Bohnenstange hat

mich angebettelt, vermutlich kann sie ihre Freunde nicht ertragen, ohne sich ab und zu auf die Umlaufbahn zu schicken. Und ich brauchte die Kohle, Mann.« Milo hebt kurz beide Hände vom Lenkrad. »Verdammt noch mal, was ist eigentlich los mit dir? Hast du die Hosen voll? Neulich im »River's Edge« warst du es, der beinahe auf sie losgegangen wäre. Und das nur einen Katzensprung vom Polizeirevier entfernt.«

Conrad wendet den Blick zum Fenster. Er weiß nicht, was er sagen soll. Milo hat recht. Noch vor zwei Tagen hatte er so viel Wut im Bauch, dass er sich am liebsten auf Josh gestürzt hätte, um ihm die Knochen zu brechen, damit er auf keinem Surfbrett mehr stehen kann. Die Folgen wären ihm egal gewesen. Jetzt war alles anders. Was ist bloß los mit ihm?

»Du weißt, dass mein Vater mit seinem Deputy manchmal Razzien am Strand macht«, sagt er schließlich. »Wenn er das Zeug bei ihnen findet, nimmt er sie so lange in die Mangel, bis er weiß, wo es herkommt. Und dieses Mädchen sieht nicht so aus, als ob es sonderlich standhaft wäre. Mit der stimmt was nicht, das merkt man doch gleich. So einer verkauft man kein Gras, nicht mal, wenn man Kohle braucht.«

Sie erreichen La Push und Milo geht vom Gas. »Ach komm, reg dich ab, Kumpel. Was mit der Tusse ist, geht mir am Arsch vorbei. Es wird schon nichts passieren. Und wenn, dann trifft es allemal die Richtige, oder?«

»Die Mädchen haben mit der ganzen Sache nichts zu tun«, sagt Conrad und wundert sich über seine eigenen Worte. »Ich glaube, sie wissen nicht mal, was passiert ist.«

Milo biegt nach rechts und wendet am Ende der Straße. Er hält vor Tamras altem Trailer. »Diese reichen weißen Zicken sind nicht besser als die Typen, mit denen sie vögeln. Entspann dich, okay. Und sei nett zu meiner Schwester.« Milo grinst.

Tamra und Conrad steigen aus.

»Wir sehen uns morgen, Kumpel«, sagt Milo. Conrad schlägt die Beifahrertür zu. Milo lässt den Motor aufheulen und braust davon. Ein Haus weiter beginnt ein Hund zu bellen. Es ist ein wütendes Bellen, das nach einer Weile in ein lang gezogenes klagendes Heulen übergeht. Es ist Rowdy, der an seiner Kette zerrt.

Bald darauf kommt aus weiter Ferne die Antwort von seinem Bruder Boone. Zwei aus einem Wurf. Beide mit dem Wissen geboren, frei zu sein. Doch nun war der eine gefangen und das war Conrads Schuld.

Die Tür des Trailers öffnet sich und Valerie erscheint. »Da seid ihr ja endlich«, empfängt sie die beiden, halb ärgerlich, halb erleichtert. »Kayad ist gerade eingeschlafen. Er hat den ganzen Abend gebrüllt.«

Tamra zieht Conrad zur Tür. Aber er löst seine Hand sanft aus ihrer.

»Ich gehe nach Hause«, sagt er. »Wir sehen uns morgen.«

12. Kapitel

Bevor es richtig hell wurde, kam Janice wieder zurück in unser Zelt gekrochen und schlief noch eine Runde. Ich stand zeitig auf und machte meinen morgendlichen Strandspaziergang. Der Himmel war von grauen Wolken bedeckt, und als wir später beim Frühstück zusammensaßen, war die Stimmung gedämpft. Josh redete nicht mit mir, stattdessen bedachte er mich hin und wieder mit vorwurfsvollen Blicken, als ob sein Zusammenstoß mit Milo meine Schuld wäre. Ich hätte offen sagen können, dass er sich dämlich benommen hatte, aber ich hielt lieber meinen Mund, es würde nichts bringen.

Gegen zehn kamen die Wellen. Und sobald die Clique mit den Surfbrettern im Wasser war, schien alles andere vergessen zu sein. Ich übte weiter mit dem Boogie und schaffte es sogar einmal, auf die Knie zu kommen. Aber ich war unkonzentriert und mit meinen Gedanken beim gestrigen Abend. Als mich eine Welle vom Brett holte, war Josh da und half mir. Er sagte nichts, aber er grinste mich versöhnlich an und ich merkte, wie ich erleichtert aufatmete. Scheinbar hatte er nicht vor, mir noch länger böse zu sein.

Am Nachmittag lief ich durch den Ferienpark zur Rezeption, denn ich wollte noch ein paar von den schönen Postkarten kaufen, die es nur hier gab. Wieder draußen bog ich um die Ecke und da stand das Mädchen mit dem Mondgesicht neben dem Getränkeautomaten. Sie trug einen hellblauen Kittel, auf den das Logo des »Ocean Park Resort« gestickt war, und rauchte.

»Hi«, sagte ich, ohne große Hoffnung, dass sie darauf reagieren würde.

Doch die Indianerin lächelte und entblößte eine Reihe schiefer aber strahlend weißer Zähne. »Hi«, sagte sie. »Ich hoffe, euer Freund hat es überlebt.«

Perplex blieb ich stehen. Sie hatte gerade mit mir geredet! Sie hatte mir tatsächlich geantwortet. »Josh ist okay«, sagte ich, »er stand heute schon wieder auf seinem Brett.«

Sie nickte und zog an ihrer Zigarette, dabei wurden ihre Augen zu schmalen Schlitzen. »Milo hat 'ne kurze Lunte, was weiße Großklappen angeht. Seine Mutter ist mit 'nem weißen Typen abgehauen, als er fünf war. Seitdem hat er so 'ne Art Trauma.«

Ich nickte verständnisvoll.

»Ich bin übrigens Sassy.«

»Smilla«, sagte ich.

»Ich muss jetzt wieder rein, sonst kriegt meine Chefin einen Rappel.«

Bevor sie verschwinden konnte, stellte ich ihr noch eine Frage. »Sassy, kannst du mir sagen, wo Conrad wohnt?« Sie sah mich verwundert an und ich merkte, dass sie mich am liebsten gefragt hätte, wozu ich das wissen wollte. »Ich habe etwas, das ihm gehört«, sagte ich.

»Ganz hinten, das letzte Haus am Fluss. Das blaue mit der großen Veranda.«

»Danke«, sagte ich.

Ich wusste, dass sie mir nachsah, als ich ging.

Wieder zurück im Camp, schrieb ich meine Postkarten. Als ich fragte, ob noch jemand etwas zur Post zu bringen hatte, bekam ich zwei Karten von Janice, drei von Laura und eine von Mark. Sie gaben mir Geld für das Porto und ich schob es in die Hosentasche.

Alec und Josh spielten Frisbee am Strand. Josh winkte, als er merkte, dass ich herübersah, und ich winkte zurück. Ehe er auf die Idee kommen konnte, zu mir zu kommen, schnappte ich meine Tasche mit der Kamera und zog wieder los. Niemand sagte etwas, auch Alec nicht.

Offenbar hatten sie mich als die kleine schrullige Smilla abgestempelt, die manchmal minutenlang über nassen Steinen oder einem Tanghaufen gebeugt stehen blieb, um einen richtigen Bildausschnitt für das dreihundertste Foto zu finden. Damit konnte ich wunderbar leben. Nachdem ich anfangs alles getan hatte, um dazuzugehören, war mir inzwischen egal, was sie von mir dachten.

Dass sie mich nicht für voll nahmen, grämte mich natürlich, aber es hatte durchaus auch Vorteile. Oder zumindest einen Vorteil und das war so eine Art Narrenfreiheit. Wenn es mir gelang, weiter den fotografierbesessenen Naivling zu mimen, würde Alec mich vielleicht ungestört in La Push auf Fotopirsch gehen lassen. Nicht aufbegehren, nicht auffallen, war meine neue Devise. Vielleicht würde sie mir ein bisschen mehr Freiheit einbringen.

Als ich loszog, spürte ich ein aufgeregtes Kribbeln im Magen. Denn ich hatte nicht nur die Kamera in meiner Tasche, sondern auch Conrads T-Shirt.

Im Waschraum beim Supermarkt band ich mir vor dem Spiegel ein blaues Tuch ins Haar und legte ein wenig dunkles Rot auf meine Lippen. Noch ein kritischer Blick: Meine Haut war braun gebrannt und klar. Das indigoblaue Tuch betonte meine unterschiedlichen Augenfarben. Zumindest etwas, womit ich Conrad verwirren konnte.

Als ich weiter in Richtung Ort lief, wurde mir erst so richtig klar, was ich eigentlich vorhatte. Doch zuerst brachte ich die Karten zum Postamt. Ich war versucht gewesen, die Karten der anderen zu lesen, aber schon allein bei dem Gedanken kam ich mir schäbig vor und ließ es bleiben. Auf Postkarten standen sowieso keine Geheimnisse. Nachdem die Karten mit Porto versehen und abgegeben waren, machte ich mich auf den Weg zum anderen Ende des Ortes.

Vor der weißen Tür des blauen Hauses klopfte mein Herz bis zum Hals und das kam nicht nur vom schnellen Laufen. Es gab ein Klingelschild, aber der Name darauf war unleserlich geworden. Als ich klingeln wollte, kam Conrads Wolfshund um die Ecke gelaufen und bellte mich an. Ich erschrak, unterdrückte aber meine Angst.

»Schon gut, Boone«, sagte ich mit bebender Stimme. Der Hund begann zu winseln und setzte sich. Mutig strich ich ihm über das Fell.

Die Tür öffnete sich und ich war völlig perplex, als ich Chief Howe gegenüberstand. Er war barfuß, trug ein löchriges, ausgeblichenes T-Shirt und ebenso löchrige Jeans. In diesem Outfit sah er jung aus, noch jünger als auf dem Polizeirevier. Und er war ebenso überrascht wie ich. Er musterte mich, sein Blick senkte sich in meine Augen, als könne er darin lesen.

In seinem dunklen Gesicht erkannte ich die Ähnlichkeit mit Conrad. Dieselben halbmondförmigen Augen, die goldenen Sprenkel in der dunklen Iris. Wahrscheinlich war er Conrads Bruder, genauso wie der Junge, dem ich das Geld für das Foto gegeben hatte, denn der war ja auch in dieses Haus gelaufen.

»Hallo«, sagte Howe, verschränkte die Arme vor der Brust und lehnte sich in den Türrahmen. »Willst du zu mir oder zu meinem Sohn?«

Sohn? Das musste ein Irrtum sein. »Ich will zu Conrad«, stotterte ich. »Ist er da?« Ich hoffte, der Chief würde mich nicht fragen, was ich von Conrad wollte.

»Er ist oben.« Howe nickte die Treppe hinauf. »Die erste Tür rechts.«

»Danke.« Langsam stieg ich die dunkle Treppe hinauf. Meine Füße waren auf einmal schwer wie Blei. Am liebsten wäre ich auf jeder zweiten Stufe stehen geblieben, um Luft zu holen, aber ich wusste, dass Paul Howe mir nachsah. Sollte er tatsächlich Conrads Vater sein? Dafür schien er mir viel zu jung. Oder sollte Conrad jünger sein, als er aussah?

Oben angekommen, atmete ich tief durch und klopfte. Als es von drinnen »komm rein« rief, öffnete ich zaghaft die Tür.

Nur mit Jeans bekleidet lag Conrad auf seinem Bett und las. Als er mich sah, sprang er wie von der Tarantel gestochen auf und rief verblüfft: »Smilla! Was machst *du* denn hier?« Er betrachtete mich von oben bis unten. Ungläubig – als wäre ich ein Geist.

»Ich bringe dein T-Shirt zurück«, sagte ich, griff in meine Tasche und gab es ihm. »Wie ich sehe, brauchst du es dringend.«

Conrad nahm mir das T-Shirt aus der Hand und zog es über. Verlegen standen wir einander gegenüber. Ich ließ meinen Blick durch den Raum schweifen, und noch bevor ich etwas denken, geschweige denn etwas sagen konnte, meinte er entschuldigend: »Ich war nicht vorbereitet auf Besuch.«

Ja, dachte ich, und zwar schon seit Wochen nicht mehr. Es roch alt und muffig im Zimmer, obwohl die Balkontür offen stand. Zwei Wände wurden von vollgestopften Bücherregalen eingenommen, an einer stand ein gusseiserner Ofen und Conrads Bett. Auf dem staubigen Holzfußboden lagen Bücherstapel, CDs, alte Magazine und Klamotten, dazwischen irgendwelcher Abfall und faustgroße gelbe Papierkugeln – in den Ecken und unter dem Bett. Klamotten hingen über den beiden Stühlen, eine Schranktür stand offen, und was ich drinnen sah, war einfach hineingestopft.

Das Chaos in Conrads Zimmer schien nicht nur Wochen, sondern Monate alt zu sein. Auf einem Wandbord über dem Bett lagen Muscheln, Knochen und Steine und auch da eine Menge Staub.

Ich versuchte, ein paar Buchtitel zu entziffern. Conrad las Jack London, Hemingway, Melville und Schriftsteller, deren Namen indianisch klangen: Sherman Alexie, Winona LaDuke, Tomson Highway. Auf seinem Schreibtisch unter dem salzblinden Fenster stand ein verstaubter Globus und unter einem Abfallberg lugte ein Laptop hervor.

In einer Ecke des Zimmers entdeckte ich ein Aquarium, das scheinbar unbewohnt war. Aber Licht brannte und Sauerstoffblasen stiegen gluckernd nach oben. Ich näherte mich dem Aquarium, und als ich genauer hinsah, entdeckte ich zwei Seesterne darin, einen violetten und einen orangefarbenen. Beiden fehlte ein Arm.

»Hast du ein Heim für versehrte Seesterne aufgemacht?«, fragte ich Conrad.

»Ja«, sagte er, peinlich berührt.

Fragend sah ich ihn an.

Conrad hob die Schultern. »Ich sehe zu, wie der fehlende Arm nachwächst.«

»Er wächst nach?«, fragte ich erstaunt.

»Ja. Es dauert lange, aber irgendwann sind sie wieder komplett.«

»Das ist ja irre.«

»Ja«, sagte er erleichtert. »Ein paar Leute forschen daran herauszufinden, wie die Seesterne das machen. Vielleicht können wir den Trick eines Tages übernehmen.«

Ich warf noch einen Blick auf die Seesterne, dann wieder auf Conrad. Sein Unbehagen war ihm deutlich anzusehen. Er rieb sich die nackten Arme, als würde er frieren. Vermutlich wurde ihm das Chaos in seinem Zimmer durch meine Anwesenheit erst so richtig bewusst.

Ich strich mir eine imaginäre Haarsträhne hinters Ohr. *Sag Auf Wiedersehen und verschwinde, Smilla,* hörte ich die Stimme der Vernunft in mir. »Na denn . . . ich will dann mal wieder . . .«

»Wie geht es deinen Rippen?«, fiel Conrad mir ins Wort.

»Oh, gut. Ich merke fast nichts mehr.« Ich strebte zur Tür.

»Möchtest du vielleicht einen Eistee?«

Überrascht sah ich ihn an. »Ja, warum nicht.«

»Geh schon mal raus auf den Balkon, okay? Ich bin gleich bei dir.«

Er verschwand nach unten, und nachdem ich noch einen Blick auf Conrads augenblickliche Lektüre geworfen hatte (»Reservation Blues« von Sherman Alexie), trat ich durch die offene Tür hinaus auf den fast drei mal fünf Meter großen Balkon.

An der blauen Hauswand war das Feuerholz mannshoch gestapelt. Es war von rötlich gelber Farbe und strömte einen würzigen Duft aus. Der silbern ausgeblichene Totempfahl überragte das weiß gestrichene Geländer noch um etwa einen Meter. Ich trat an das Geländer heran und blickte auf den Quillayute River und die Nehrung, die ihn vom offenen Meer trennte. Ein Windzug wehte über den Balkon. Ich hörte ein raues Klimpern und drehte mich um.

Von der Kante des Regendaches, das sich über den halben Balkon erstreckte, hingen verschiedene Windspiele herab. Eins war aus Muscheln, eines aus bizarr geformten Schwemmholzstücken und eines aus vom Wasser glatt geschliffenen Glasstücken. Vorsichtig strich ich mit den Fingern über die stumpfen Scherben, als Conrad mit einem roten und einem blauen Plastikbecher zurückkam.

»Die sind schön«, sagte ich.

»Meine Mutter hat sie gemacht.« Er reichte mir den roten Becher und ich trank einen Schluck Eistee. Die Eiswürfel brannten kalt an meinen Lippen.

»Verkauft sie sie?«

»Vielleicht tut sie das, dort, wo sie jetzt ist.«

Ich hörte den Vorwurf in der Stimme, ahnte, dass da eine Wunde war, aber ich wollte alles wissen, alles, was Conrad bereit war, an diesem Nachmittag von sich preiszugeben.

»Wo ist sie?«

»Sie lebt in San Francisco. Hat einen weißen Maler kennengelernt und ist mit ihm fortgegangen. Das war vor neun Jahren.«

Auch Conrads Mutter war also mit einem Weißen gegangen. Die Tatsache klang in seinem Mund wie Verrat. Langsam dämmerte mir, wie umfassend der Groll der Quileute auf die Weißen wirklich war.

»Es tut mir leid, was gestern Abend passiert ist«, sagte ich. »Josh und Alec sind ziemlich wütend wegen ihrer Autos. Na ja und Brandee hat ihnen natürlich erzählt, dass sie mich mit dir gesehen hat.«

Conrad musterte mich, er beobachtete meine Augen, als könnten sie ihm mehr verraten als meine Worte.

»Sie sind nicht so übel, wie du denkst«, sagte ich. »Wenn Josh zu viel getrunken hat, dann redet er Blödsinn und leidet an Selbstüberschätzung.« Keine Ahnung, was in mich gefahren war, dass ich anfing, sie zu verteidigen. Ich sah, wie Conrads Blick sich verhärtete, seine Mundwinkel nach unten gingen und sein Gesicht diesen verächtlichen Ausdruck annahm.

»Sie sind ein armseliger Haufen«, sagte er. »Wenn dir das bisher nicht aufgefallen ist, bist du ganz schön naiv.«

Ich biss mir auf die Lippen. Alec und seine Freunde mochten weiß und wohlhabend sein und eine Menge Vorurteile haben, was die amerikanischen Ureinwohner anging – aber das machte sie noch nicht zu einem armseligen Haufen. Ich konnte es nicht leiden, wenn jemand eine ganze Gruppe über einen Kamm scherte, nur weil einer etwas Dummes gesagt oder getan hatte. Abgesehen davon, dass er mich mit seinen Worten verletzt hatte, war auch Conrad voller Vorurteile.

»Vielleicht bin ich naiv«, sagte ich, »aber wenigstens bin ich nicht voreingenommen wie du.« Ich merkte, wie das ganze Gespräch eine Wendung nahm, die ich nicht gewollt hatte. Aber ich redete weiter. »Du hasst alle Weißen, ob nun mit oder ohne Surfbrett, keine Ahnung, warum. Vielleicht, weil sie Spaß auf eurem Meer haben und ihre Feuer dort brennen, wo früher mal deine Vorfahren ihre Fische gegrillt haben – ich weiß es nicht.«

Conrad starrte jetzt mit finsterer Miene zu mir herüber. War ich zu weit gegangen? Ich hatte kein Recht, solche Dinge zu sagen, Dinge, die ihn verletzen mussten.

Ich hatte es vermasselt.

Doch völlig unvermutet glomm ein spöttisches Leuchten in Conrads Augen auf, so, als amüsierte er sich insgeheim. »Woher weißt du das eigentlich?«, fragte er. »Ich meine, dass meine Vorfahren an diesem Strand ihre Fische gegrillt haben.« Er ging zum Geländer.

»Ich war in der Bibliothek in Forks«, sagte ich, »und habe ein paar Sachen gelesen.«

»Was für *Sachen* denn?«

»Na, dass ihr Quileute noch vor hundertfünfzig Jahren mit Rindenröcken bekleidet und Speeren bewaffnet umhergelaufen seid.«

Conrad wandte sich ab, aber ich sah noch, dass er versuchte, sich ein Grinsen zu verkneifen. Er stützte sich mit der Linken auf das Geländer der Veranda und trank seinen Eistee aus. »Hast du auch gelesen, was in diesen hundertundfünfzig Jahren mit meinem Volk passiert ist?« Er stellte den Becher auf den Boden.

»Nein. Die Zeit war zu kurz, um alle Kapitel zu schaffen, alles zu verstehen«, sagte ich. »Vielleicht würden die Touristen ja respektvoller mit eurer Kultur umgehen, wenn sie ein bisschen mehr darüber erfahren könnten, während sie hier sind. Aber da gibt es nichts. Nur ein paar Postkarten.«

»Nein.« Conrad drehte sich um und lehnte sich nun rücklings gegen das Geländer. »Es gibt keinen dämlichen »Willkommen in La Push«-Reiseführer, weil wir die Fremden nicht noch anlocken wollen. Es reicht schon, was diese Schriftstellerin mit ihrem Vampirbuch angerichtet hat. Seit es raus ist, sind im Sommer Mädchen mit Zahnspangen hinter uns her.«

Ich musste lachen, weil ich mir das bildlich vorstellte. »Und warum habt ihr nicht wenigstens ein Museum?«

»Weil es nichts gibt, was wir in die Vitrinen stellen könnten«, antwortete Conrad. »1889 hat ein weißer Siedler das gesamte Dorf abgefackelt, während die Leute auf der Jagd oder beim Fischen waren. Die Gebrauchsgegenstände, die historischen Masken und Körbe, alles, was wir schon besaßen, lange bevor die Weißen kamen, ist verbrannt. Mein Volk hat sein Gedächtnis verloren. Stand das etwa nicht in deinem schlauen Buch?«

»Warum hat der Mann das getan?«, fragte ich, unbeirrt von seinem Sarkasmus.

»Er hatte das Land gekauft, auf dem die Häuser meiner Vorfahren standen. Er wollte es bewirtschaften. Nach dem Brand mussten die Leute ihre Häuser neu aufbauen und dafür blieb ihnen nur das Land nah am Wasser. Bei Sturm oder Hochwasser wurden die neuen Häuser regelmäßig überflutet.«

»Aber das war vor hundertzwanzig Jahren«, sagte ich mit rauer Stimme.

»Es passiert heute noch manchmal. Die Nehrung wurde befestigt, aber die Winterstürme sind gewaltig. Du hast keine Vorstellungen, was hier abgeht, wenn es stürmt.«

Ich dachte an die riesigen Stämme am First Beach und hatte eine vage Vorstellung. »Ich verstehe«, murmelte ich kleinlaut. »Das ist wirklich ein Grund, uns Weiße zu hassen.«

Conrad betrachtete mich mit undurchdringlicher Miene. »Ich hasse dich nicht, Smilla.«

Wie er meinen Namen aussprach, so weich, das passte überhaupt nicht zu seinem Gesichtsaudruck. Ich sah ihn an. »Aber Josh und die anderen. Warum, Conrad?«

Ich sah, wie seine Hand das Geländer umklammerte, wie er schluckte und mit sich rang, aber er presste nur die Lippen aufeinander und schüttelte den Kopf.

»Ich möchte es gerne verstehen«, sagte ich.

Seine Augen waren plötzlich von einer dunklen Trauer erfüllt. »Ich kann nicht«, sagte er. »Es hat keinen Sinn.«

»Warum nicht? Weil ich auch weiß bin?«

»Weil es nichts ändern würde.«

Conrad ging zu wie eine Auster, aber ich ließ nicht locker. »Irgendetwas war doch da im vergangenen Jahr. Josh und Alec sind irgendwie komisch, was dich angeht.«

Conrad wich meinem Blick aus. »Was haben sie dir denn erzählt?«

»Nichts. Aber Alec ist ausgerastet, als er erfuhr, dass ich mit dir geredet habe. Als hätte er Angst, dass du mir etwas erzählen könntest.«

Conrad schüttelte den Kopf und schwieg. Wahrscheinlich bereute er nun, mir so viel offenbart zu haben. Was hielt er so fest in seinem Inneren verschlossen?

»Okay«, sagte ich traurig, »verstehe. Ich glaube, es ist besser, wenn ich jetzt gehe. Die anderen werden sich langsam fragen, wo ich bleibe.« Ich reichte ihm meinen Becher mit dem Rest Eistee. »Ich finde alleine raus«, sagte ich und lief davon.

Als ich wieder auf der Straße stand, drehte ich mich noch einmal um und sah, wie Conrad auf dem Balkon stand und mir mit trauriger Miene nachblickte. Er sah so aus, als ob er eine Umarmung mehr brauchen würde als sonst was auf der Welt.

Die Tatsache, dass Smilla in seinem Zimmer gewesen ist, erfüllt Conrad mit tiefem Staunen. Kein Weißer hat dieses Zimmer je betreten. Und plötzlich stand Smilla in seinem Chaos. Conrad hat das Gefühl, als ob sie etwas zurückgelassen hat, etwas, das sich ausbreitet im Raum und in alle Ecken schlüpft. Er ist nicht mehr allein, jemand hat den Dreck aufgewirbelt in seinem Zimmer, in seinem Leben. Jetzt liegt es an ihm, was er daraus macht.

Den Rest des Tages verbringt er damit, Ordnung zu schaffen. Schwarze Müllsäcke füllen sich mit Dingen, die er nicht mehr braucht. Sachen, von denen er sich nicht trennen kann, noch nicht, die trägt er in das Zimmer nebenan. Es ist Justins Zimmer, in dem alles noch so ist, wie sein Bruder es vor einem Jahr verlassen hat, um mit seinem Brett an den Strand zu gehen.

Conrad schrubbt die Holzdielen in seinem Zimmer, befreit die Fenster von der krustigen Salzschicht, die sie trübe gemacht hat, und wäscht sogar die Vorhänge. Er bezieht sein Bett neu. Er ist in Bewegung, alles in ihm ist in Bewegung, auch seine Gedanken und Gefühle.

Sein Vater sieht, wie er Müllsäcke fortschafft, wie er mehrere Male die Waschmaschine füllt und Wäsche zum Trocknen in den warmen Wind hängt. Aber Paul Howe sagt nichts, wahrscheinlich denkt er sich seinen Teil. Conrad ist seinem Vater dankbar dafür.

Später, als Milo, Valerie und Sassy vor seiner Tür stehen und mit ihm auf eine Cola ins »River's Edge« gehen wollen, sagt er, dass er sich den Magen verdorben hat und schlafen will. Aber er schläft nicht. Er setzt sich an seinen aufgeräumten Schreibtisch, öffnet den Laptop und beginnt zu schreiben.

Justin. Ich habe Angst. Angst, dass du mich für immer verlässt. Ich habe nicht deinen Mut und deine Entschlossenheit. Ich kann nicht du sein. Nicht für Milo, nicht für Dad und für Tamra auch nicht. Ich bin nicht CJ, ich bin nur C. Kannst du das verstehen?

Mehr als diese vier Zeilen bringt er nicht zustande. Aber es ist ein Anfang. Später liegt er auf seinem Bett, starrt in die Dunkelheit und hört Musik von den Red Hot Chili Peppers.

She's the one, she's the only one
She's got ripped back light gonna make me come
I say when I smile, I'm a really smile
I got dreams so wide like a country mile

Conrad denkt an Smilla. Warum muss sie zur Surferclique gehören? Genügt es nicht, dass sie weiß ist?

In seinem Inneren regt sich etwas, das lange geschlummert hat.

Er mag Smillas ernsten Blick aus ihren Meeresaugen, die ihn zu kennen scheinen. Er mag die senkrechte Falte zwischen ihren Augenbrauen, wenn sie sich ärgert. Er mag ihre Art, ihn mit Fragen herauszufordern, weil er dann spürt, dass er lebendig ist. Und er mag ihre schmalen Hüften, die kleinen Brüste, den niedlichen Hintern.

Verflixt. Dass er sich verlieben könnte, war in seinem Plan nicht vorgesehen.

13. Kapitel

Am Montag goss es in Strömen. Der Regen prasselte auf das Zelt und schien darin ungeheure Ausdauer zu haben. Ich sah die Fotos auf meiner Kamera durch und löschte die, die unscharf waren oder wenig gelungen. Da wir bei dem Regen kein Feuer machen konnten, warf Alec unter dem Treibholzdach den Campingkocher an und kochte Kaffee für alle.

Ich hörte Alec, Mark und Josh darüber diskutieren, ob wir das Lager abbrechen sollten, falls es die nächsten Tage so weiterregnen würde, was nicht ungewöhnlich gewesen wäre für diese Gegend.

Auch mich störte es, im Zelt festzusitzen, aber in mir sträubte sich alles bei dem Gedanken, La Push verlassen zu müssen. Dafür gab es viele Gründe und der wichtigste war Conrad Howe. Die gestrige Begegnung mit ihm hatte mich mehr aufgewühlt, als ich mir eingestehen wollte. Schlag ihn dir aus dem Kopf, Smilla, sagte ich mir. Doch genau dort trug ich ihn ständig mit mir herum.

Trotz des Regens machte ich einen kurzen Strandspaziergang, ausgerüstet mit Regenjacke und Gummischuhen. Die nassen Steine am Strand hatten Farben wie Edelsteine: Rot, Grün, Gelb und Violett. Der Basaltfelsen glänzte vor Nässe. Ich versuchte, mit der Kamera das üppige tropfende Grün im Wald einzufangen, die Tropfen auf den Blättern und in den Zweigen, die wie Kristalle glitzerten. Im Gegensatz zu den anderen fand ich den Regen spannend, zumindest, solange er mich nicht vom First Beach vertreiben würde.

Am Abend gab es kein Feuer, es war einfach zu nass. Alec und Josh hatten eine blaue Plane über das Dach des Unterstandes gezogen, sodass wir darunter zusammensitzen konnten. Aber ohne Feuer machte das keinen Spaß und wirklich trocken blieb man auch nicht. Die salzige Feuchtigkeit zog in die Kleider und machte alles klamm.

Es war eine dunkle, nasse Nacht.

Bevor alle schlafen gingen, wurde beschlossen, es noch einen weiteren Tag zu versuchen. Sollte der Regen dann nicht aufhören, würden wir die Zelte abbrechen und an der Küste entlang in Richtung Süden fahren, so lange, bis die Sonne wieder schien.

Hör auf, Regen, bat ich inbrünstig. Tu es für mich. Ich war müde, obwohl es noch gar nicht spät war, höchstens neun, und hörte nur mit halbem Ohr zu, wie Janice vor sich hin plapperte. Sie erzählte von ihrer Freundin Christin, die jetzt Ferien auf den Bahamas machte und dort ihre Unschuld verlieren wollte. Christin und ihre Unschuld interessierten mich überhaupt nicht, aber Janice schien das nicht zu kümmern, die Worte purzelten nur so aus ihrem Mund heraus.

Janice hatte mir schon einiges anvertraut, was des Nachts in Marks Zelt zwischen ihr und ihm passierte, und ich staunte immer noch darüber, dass sie all das ausgerechnet mir erzählte: Midget, dem Zwerg. Vielleicht einfach, weil ich nun mal das Zelt mit ihr teilte (zumindest tagsüber). Oder weil ich die Einzige war, die sie damit beeindrucken konnte. Aber vielleicht war ich ja jetzt ihre Freundin. Und es gehörte zu einer guten Freundin, dass sie sich auch Sachen anhörte, die sie nicht interessierten.

»Wirklich?«, fragte ich, um meine Aufmerksamkeit zu bekunden.

»Ja, stell dir vor«, sagte Janice. »Und ich bin sicher, sie schafft es.«

Ich erfuhr noch dies und das über Christin. Doch dann – fast mitten im Satz – stoppte Janice ihren Redeschwall, kroch aus ihrem Schlafsack und meinte: »Bis morgen, Smilla.«

Ich hörte, wie sie den Reißverschluss vom Zelteingang schloss, hörte ihre verhaltenen Schritte auf den Steinen, wie sie sich entfernte. Und dann war da nur noch das Trommeln des Regens auf der Zeltplane und das einschläfernde Rauschen der Brandung.

Conrad liegt in seinem Zimmer und versucht zu lesen. Doch die Buchstaben verschwimmen vor seinen Augen. Er legt das Buch beiseite und setzt sich an den Schreibtisch. Er schreibt ein Wort in Großbuchstaben: SMILLA. Aber die Gedanken, die in seinem Kopf sind, wollen nicht auf das Papier. Sie sträuben und sperren sich und verweigern sich, festgehalten zu werden. Ob er jemals wieder eine Seite füllen wird?

Es klopft und er zuckt zusammen. »Ja?«

Sein Vater tritt ins Zimmer. »Kommst du mit fischen, Con?«

»Es regnet«, sagt er.

»Umso besser.«

Sein Vater hat recht, manche Fische beißen bei Regen besonders gut. »Ich habe keine Lust, okay?«

Sein Vater zuckt mit den Achseln und geht wieder.

Conrad ist nicht nach Fischen zumute. Ihm ist nicht nach Schreiben und auch nicht nach Lesen. Er weiß nicht, wonach ihm ist. Er weiß nur eins: dass er dabei ist, sich in ein weißes Mädchen zu verlieben.

Er hat sich dagegen gewehrt, doch es ist ihm nicht gelungen. Er will Smilla wiedersehen, er sehnt sich nach ihrer Nähe. Ihre Augen verwirren ihn immer noch, doch inzwischen kann er ihren Blick aushalten.

Er weiß, dass sie in ihn hineinsehen kann, und es stört ihn

nicht. Weil er spürt, dass sie ertragen kann, was sie sieht – tief unten, auf dem Grund seiner Seele.

Es klingelt und Conrad rennt nach unten. Vielleicht ist sie das. Dann kann er sie in sein ordentliches Zimmer führen. Doch es ist Milo, der vor der Tür steht.

»He, Kumpel, kann ich reinkommen?«

Nein, du störst. »Klar.«

Sie sitzen auf dem Balkon unter dem Regendach und trinken Bier.

»Wo ist dein Alter?«, fragt Milo.

»Fischen.«

»Dass er mein Feld gefunden hat, ist ziemliche Scheiße.«

»Er hat eben eine gute Nase.«

»Ich bin ruiniert.«

»Mach mal halblang.«

»Kann dein Vater nicht einfach Fischer sein oder Busfahrer, verdammt? Muss er ausgerechnet ein Bulle sein?«

Conrad hebt die Schultern. Er ist stolz auf Chief Howe, auch wenn er das meistens nicht zeigen kann.

Milo mustert seinen Freund. »Du hast deinem Alten doch nichts gesteckt, oder?«

»Beleidige mich nicht, okay?«

»Schon gut, Mann. Kommst du morgen mit?«

»Wohin denn?«

»Pilze suchen.«

Ich habe anderes im Sinn. »Okay.«

»Um eins bei mir, ja?«

Conrad nickt gedankenverloren.

Als Milo später geht, wendet er sich noch einmal um, bevor er Conrads Zimmer verlässt. »Ey Mann, wieso sieht das hier eigentlich so abgefuckt ordentlich aus?«

Conrad schiebt Milo zur Tür hinaus. »Bis morgen, okay?«

Am nächsten Morgen stellte ich fest, dass es, abgesehen vom Brandungsrauschen, still war. Der Regen hatte aufgehört. Erleichtert krabbelte ich aus dem Zelt und stutzte. Wow. Die Welt um mich herum war verschwunden. Ich konnte das Zelt sehen und meine Füße, sonst nichts. Alles war in dicken, scheinbar undurchdringlichen Nebel gehüllt. Ein bisschen kam es mir so vor, als wäre ich im Winter aufgewacht.

Ich ging ein paar Schritte und stolperte über einen Treibholzstamm. So knochengrau, wie er war, hatte ich ihn gar nicht wahrgenommen. Ich konnte den Sturz gerade noch abfangen und tastete mich weiter, fasziniert, orientierungslos. Der Nebel schluckte nicht nur die Farben, sondern auch die Geräusche. Und meinen Gleichgewichtssinn. Wo war oben und wo unten? Ich bewegte mich in einer grauen Welt ohne Schatten.

Obwohl mir bewusst war, wie leicht ich mich verirren konnte, suchte ich das Meer. Es zu finden, war nicht so einfach, obwohl es kaum mehr als zwanzig Meter entfernt sein konnte. Der Nebel schmeckte salzig und verschluckte das Geräusch meiner Schritte auf den Steinen. Dann der Sand unter meinen Füßen und gar kein Laut mehr. Das Meer war ein stiller, ein mattgrauer Streifen.

Plötzlich ertönte ein Nebelhorn, dumpf und geisterhaft. Ich zuckte erschrocken zusammen. Der dunkle Ton vibrierte in meinem Magen. Wo kam er her? Von James Island, vermutete ich.

Nur, weil ich inzwischen jeden Treibholzstamm und jede Wurzel in der Umgebung des Camps persönlich kannte, fand ich wieder zurück. Meine Hände waren feucht, die Haare, meine Sachen. Alles klamm.

Die anderen schliefen bis zehn, sogar Mark, und dann wurde ausgiebig gefrühstückt. Noch wollte der Nebel nicht weichen. Der Rauch unseres Feuers mischte sich mit den grauen Schwaden, alles war nass vom Regen. Die Feuchtigkeit legte sich auf Haare und Haut. Lauras Korkenzieherlöckchen kringelten sich wie wild und die anderen zogen sie damit auf.

Als der Nebel endlich begann, sich in Schwaden zu lichten, brach ich mit meiner Kamera zu einem Strandspaziergang auf.

»He«, rief Josh mir hinterher, »was willst du in diesem Nebel fotografieren? Man sieht ja nicht mal die eigene Hand vor Augen.«

Ich drehte mich um, lächelte und sagte: »Geister vielleicht.«

»Soll ich mitkommen und dich beschützen?«

Nein, dachte ich, *sollst du nicht.* Auch wenn ich Conrad nicht haben konnte, war ich mir inzwischen sicher, dass ich kein Interesse daran hatte, etwas mit Josh anzufangen. Er war amüsant und sah gut aus, aber er berührte mein Inneres nicht. Mein Herz wusste nichts mit ihm anzufangen. Trotzdem versuchte ich, mich ihm gegenüber nicht abweisend zu verhalten, denn das wäre nicht fair gewesen.

»Lieber nicht«, sagte ich betont fröhlich, »du verschreckst sie vielleicht.«

»Na dann viel Glück«, sagte Josh und ich hörte die leise Enttäuschung in seiner Stimme. »Aber heute Abend will ich sie sehen, deine Geister.«

»Na klar«, sagte ich. Ich winkte den anderen zu und verschwand zwischen den Treibholzstämmen.

Kein Mensch begegnete mir am Strand und ich spürte einmal mehr, wie sehr ich es liebte, mit den Baumriesen und den Möwen allein zu sein. Die Sonne war jetzt eine pulsierende blasse Scheibe am Himmel und die Nebelbänke begannen, sich in geisterhaften Formationen aufzulösen. Schließlich war ich am Ende des Strandes angekommen, dort wo der Fluss ins Meer mündete. Hier hatten Stürme einen riesigen Haufen Treibholz aufgetürmt und ich entdeckte eine Stelle, an der jemand versucht hatte, sich eine Behausung zu bauen. Neugierig ging ich in die Knie, um in die Höhlung zu spähen.

Plötzlich hörte ich in meinem Rücken ein böses Knurren. Erschrocken fuhr ich herum und sah mich gesträubtem Fell und gefletschten gelben Zähnen gegenüber, nur ungefähr zwei Meter von mir entfernt. »Boone«, entfuhr es mir. »Ich bin's doch bloß, Smilla.«

Aber der Wolfshund reagierte nicht auf seinen Namen. Stattdessen wurde sein Knurren lauter, er legte die Ohren an und begann, wütend zu bellen. Geifer flog von seinen Lefzen. Meine Nackenmuskeln versteiften sich. Als das Tier näher kam, fiel ich auf den Hintern. Und als der Halbwolf auf mich losging, tat ich reflexartig mehrere Dinge auf einmal: Ich schloss die Augen, schrie los, versuchte, mit den Händen mein Gesicht zu schützen, und rutschte rücklings in die Treibholzhöhle.

Keine Ahnung, was ich erwartete: Zähne, die sich in mein Fleisch bohrten? Schmerz? Doch nichts passierte. Stattdessen hörte ich einen Pfiff und dann Conrads Stimme, die aus der Ferne zu mir drang und gleichzeitig ganz nah zu sein schien. Die Hände vor dem Gesicht, blinzelte ich durch einen Spalt zwischen meinen Fingern.

Conrad kniete vor dem Loch, in das ich mich verkrochen hatte. »Smilla, hey«, sagte er und streckte eine Hand nach mir aus. »Komm raus, okay?«

Ich sah über seine Schulter und schüttelte den Kopf. Dort hockte Boone mit heraushängender Zunge. Conrad wandte den Kopf nach hinten, aber da war der Hund auf einmal verschwunden.

Nur zögernd reichte ich Conrad meine Hand und ließ mich von ihm unter dem Treibholz hervorziehen, selbst so steif wie ein Stück Holz. Ich begann zu schluchzen und Tränen rannen über meine Wangen.

Da nahm er mich einfach in die Arme.

»Hey, schon gut«, sagte er. »Nichts passiert.« Conrad kraulte mir tröstend den Kopf, so, wie man ein kleines Schoßtier streichelte.

»Boone«, stammelte ich und presste meine Nase in seine Achselhöhle, »er hat mich angefallen, er wollte . . .« Ein Schluchzer erstickte meine Worte. Ich mochte nicht daran denken, was die Bestie mit mir gemacht hätte, wenn Conrad nicht dazugekommen wäre.

»Boone?«, fragte er, schob mich ein Stück von sich weg und sah mich an. »Das kann nicht sein. Er war die ganze Zeit bei mir und außerdem ist er völlig harmlos, das sagte ich dir doch schon.«

»Völlig harmlos?«, rief ich aufgebracht. »Er wollte mir an die Kehle.«

Conrad setzte sich neben mich in den feuchten Sand. »Beruhige dich, okay? Das war nicht Boone.«

Wütend warf ich einen Stein in den Nebel. »Willst du mir sagen, dass ich spinne? Ich habe doch Augen im Kopf.«

»Ja, schon gut, ich glaube dir ja. Aber es war *nicht* Boone, Smilla. Das war Rowdy, Boones Bruder.«

Ungläubig sah ich ihn an. Wollte er mich auf den Arm nehmen?

»Rowdy und Boone stammen aus einem Wurf«, erzählte Conrad. »Boone ist mein Hund und Rowdy . . .«, er stockte, »Rowdy gehört Milo. Sein Vater hat ihn scharf abgerichtet. Die beiden Hunde sehen sich verdammt ähnlich, eigentlich kann man sie nur an ihren Augen unterscheiden. Boones Augen sind . . . sie sind besonders . . . wie deine.« Er sah weg.

»Aber wenn Rowdy scharf abgerichtet ist, wieso läuft er dann frei hier am Strand herum?«, fragte ich, immer noch zitternd, immer noch wütend.

»Er muss sich von seiner Kette losgemacht haben. Er will mit Boone zusammen sein und Boone ist ein Stromer. Milo behauptet, dass Rowdy niemandem etwas tut, obwohl es einem so vorkommt. Aber er greift nur an, wenn Milo oder sein Vater den Befehl dazu geben.«

»Wie beruhigend«, sagte ich stirnrunzelnd. »Ich habe mir vor Angst bald in die Hose gemacht.«

»Hey.« Conrad tätschelte meine Schulter. »Ich hoffe, Milo hat inzwischen gemerkt, dass Rowdy weg ist, und sucht nach ihm. Denn wenn mein Dad Rowdy erwischt, wird er ihn erschießen.«

»Warum das denn?«

»Rowdy ist schon einmal abgehauen und hat einen von den Urlaubern bedroht. Der Mann hat ihn mit einem Knüppel in die Flucht getrieben. Er hat Anzeige gegen Milos Vater erstattet, aber mein Dad hat das irgendwie geklärt. Wenn es allerdings noch mal passiert, gibt es keine Gnade für Rowdy.«

»Armer Hund«, sagte ich. »Er kann ja nichts dafür.«

»Stimmt.« Conrad stand auf und reichte mir seine Hand. Er trug wie üblich Jeans und T-Shirt und eine offene schwarze Sweatshirtjacke darüber. Ich ließ mich von ihm auf die Beine ziehen. Jetzt sah ich, dass sein langes Haar von zahllosen winzigen Nebeltröpfchen benetzt war. »Bist du okay?«, fragte er, ohne meine Hand loszulassen.

»Ja«, sagte ich und ließ sie ihm. Conrads Hand war trocken und ich spürte die Wärme unter der Haut, spürte jeden Muskel, jeden Fingerknochen. Ich war immer noch aufgeregt, doch nun war es Conrads Nähe, die den Aufruhr in meinem Inneren verursachte.

»Laufen wir ein Stück?«

Seine Frage kam vollkommen unerwartet für mich und ich nickte – bestimmt fünfmal. Ein Lächeln huschte über sein Gesicht, aber zu meinem großen Bedauern ließ er meine Hand los. Wir liefen nebeneinanderher die Mole entlang, bis wir am Fuße der Jamesinsel standen. Das Meer hatte sich weit zurückgezogen und man konnte die Insel trockenen Fußes erreichen. Noch hingen in den zerzausten Bäumen auf der Insel rauchige Nebelfetzen, aber die zerklüfteten Felsen leuchteten schon in der Sonne.

»Hast du Lust?«, fragte Conrad und nickte mit dem Kopf hinüber zur Insel.

Mein Herz schlug schneller. James Island hatte mich von Anfang an magisch angezogen und nun, wo sich unerwartet die Gelegenheit bot, die geheimnisvolle Insel zu betreten, würde ich bestimmt nicht Nein sagen. »Darfst du das denn?«, fragte ich überrascht.

»Was?«

»Mich mit auf die Insel nehmen?«

»Ja, klar. Oder siehst du hier irgendwo ein Schild: FÜR SMILLA BETRETEN VERBOTEN?«

»Ich dachte ja nur, weil . . .« *Warum kannst du mich nicht ernst nehmen?*

»Weil du ein Bleichgesicht bist?« Er lächelte amüsiert.

»Weil die Insel euch Quileute heilig ist«, sagte ich mit Trotz in der Stimme.

Er zuckte mit den Achseln. »Die meisten Weißen, die sich die Mühe machen, kommen nur deshalb. Weil die Insel uns heilig ist. Für sie ist es eine Art Initiation, da raufzuklettern.«

Wir liefen ein Stück am Fuße der Insel entlang und schon bald sah ich, was Conrad mit *Mühe* und *raufklettern* meinte. Eine schmale Metallleiter war im Sandsteinmassiv befestigt und führte fast senkrecht hinauf auf das Inselplateau. Ich legte den

Kopf in den Nacken und sah nach oben. Schlagartig verließ mich der Mut. Das war eindeutig zu hoch für meine Höhenangst.

»Na los«, sagte Conrad. »Du zuerst.«

Ich verzog das Gesicht. »Das ist ziemlich hoch.«

»Fünfzig Meter, um genau zu sein. Hast du etwa Angst?« Prüfend sah er mich an.

Und wie, dachte ich. Ich sah Conrad an und wusste, er würde enttäuscht von mir sein, wenn ich jetzt kniff. Und ich wusste auch, dass ich mir das selbst nicht verzeihen würde. »Na gut«, flüsterte ich. Es klang wenig überzeugend, aber Conrad nickte mir aufmunternd zu.

Ich legte die Hände an die Leiter. Algen wuchsen daran und sie war glitschig. Aber das war nur am unteren Stück so. Ich erklomm drei Sprossen und klammerte mich fest. »Ich hab Höhenangst.«

Conrad stieg hinter mir auf die Leiter. Er umfing mich mit seinen Armen, mit seinem ganzen Körper. »Mach langsam, ich werde hinter dir sein.« Auch seine Worte klangen wie eine Umarmung. Als ob da etwas wäre zwischen uns.

Mit Conrad im Rücken fühlte ich mich schon etwas sicherer. Sprosse für Sprosse erklomm ich die Leiter. Conrad war immer hinter mir oder besser: um mich herum. Vor jedem Schritt spürte ich seinen warmen Atem in meinem Nacken. Als ich auf halber Höhe versuchte, den Kopf zur Seite zu drehen, sprach er in mein Haar: »Nicht nach unten sehen, okay?«

Ein Schaudern ging durch meinen Körper und einen Augenblick lang fühlte ich mich völlig kraftlos. Dann gab ich mir einen Ruck und zog mich weiter nach oben. Schließlich, es kam mir vor wie eine Ewigkeit, hatten wir es geschafft. Ich stieg auf eine Plattform, die aus einem Metallgitter bestand, und stützte mich auf das Geländer, das sie abgrenzte. Mein Herz klopfte wild und meine Knie waren so weich, dass ich fürchtete, jeden Moment umzuknicken.

»Du hast es geschafft«, sagte Conrad und stellte sich neben mich.

Ja, ich hatte es geschafft. Nachdem mein Herz sich ein wenig beruhigt hatte, wagte ich einen Blick nach unten. Die Tiefe war schwindelerregend. Unter uns schwarze, mit Seegras und Algen bewachsene Steine.

La Push und der First Beach lagen immer noch im Nebel.

Ich hatte es geschafft, na gut. Aber wie würde ich da wieder hinunterkommen? Daran wollte ich jetzt lieber nicht denken.

»Wir Quileute nennen die Insel A-Ka-Lat«, sagte Conrad. »Das heißt *Auf dem Gipfel des Berges*. Unsere Vorfahren haben sich hier verschanzt, wenn wir von unseren Feinden, den Makah angegriffen wurden. Die Männer spitzten Baumstämme an und warfen sie auf die Feinde, wenn sie versuchten, den Fels zu erklimmen. Und die Frauen schütteten kochendes Wasser von oben herab.«

Ich sah ihn an. »Das klingt scheußlich.«

»War es auch. Aber glaub mir, die Makah waren genauso wenig zimperlich. Wenn sie einen von uns erwischten, töteten sie ihn oder machten ihn zum Sklaven.«

»Sklaven?«, fragte ich, obwohl ich das auch in diesem Buch gelesen hatte.

»Ja. Auch meine Vorfahren haben Kriegsgefangene zu Sklaven gemacht. Früher war das einfach so.«

»Ist es wahr, dass ihr hier oben eure Toten begraben habt?«, fragte ich.

»Nicht begraben«, antwortete Conrad. »Wir haben sie hier gelassen, damit ihre Seelen auf Reisen gehen konnten.«

»Wo habt ihr sie denn *gelassen?«* Ich warf einen Blick ins grüne Inselinnere und mir wurde mulmig zumute.

»Die Häuptlinge wurden in einem Kanu bestattet, die einfachen Leute in einem hohlen Baum.« Er bedeutete mir, ihm zu folgen. Wir liefen einen schmalen Pfad durch hohe Brennnesseln.

»Dann waren also nicht alle gleich in deinem Volk?«

»Nein, früher nicht. Die Mächtigsten waren die Häuptlinge, die Niedrigsten die Sklaven. Die Übrigen bildeten das einfache Volk. Früher haben wir große Potlachs gefeiert, Schenkungsfeste. Bei uns wurde Reichtum nicht an dem gemessen, was einer hatte, sondern was er weggegeben hatte. *For all you can hold in your cold dead hand, is what you have given away*, hat mein Großvater Akil immer gesagt.«

Conrad erzählte von der alten Ordnung seiner Vorfahren, die in einigen Dingen heute noch gültig war. Während ich seiner tiefen Stimme lauschte, fühlte ich mich immer mehr zu ihm hingezogen. Und selbst wenn ich gewollt hätte, ich konnte nichts dagegen tun.

Conrad hatte mich mit auf die Insel genommen, doch was waren seine Gründe dafür? Warum gibt er sich überhaupt mit dir ab?, fragte ich mich. Spielte er nur ein Spiel mit mir? Aber danach fühlte es sich überhaupt nicht an.

Der Nebel hatte sich endgültig verflüchtigt und die Sonne brannte heiß auf uns herab. Schon nach ein paar Schritten waren wir im Inneren der Insel. Conrad zeigte mir die alten, knorrigen Apfelbäume, die die Quileute vor hundert Jahren gepflanzt hatten, und eine Quelle, die in einer Felsspalte entsprang.

»Vor ein paar Jahren waren Archäologen hier oben«, sagte er, »sie haben Reste einer alten Seilbahn entdeckt.«

»Ich kann es mir trotzdem nicht so richtig vorstellen, wie sie über längere Zeit hier oben ausgehalten haben, deine Vorfahren.«

»Es war alles da, was sie brauchten«, sagte Conrad. »Wasser, Obst, sogar Kartoffeln haben sie angebaut.«

Er zeigte mir das Nebelhorn, das die Küstenwache auf der Insel installiert hatte, damit es bei dichtem Nebel die Schiffe warnen konnte. Es gab auch eine rote Signallampe, die sicherstellen sollte, dass Schiffe bei Nacht oder bei Nebel unbeschadet in den Hafen gelangen konnten.

»Sei froh, dass die Sonne jetzt scheint. Das Nebelhorn ist so laut, dass du taub wirst, wenn du hier oben stehst.«

Oh ja, ich war froh. Froh, hier zu sein – mit ihm.

Fragend zeigte ich auf ein riesiges Nest in einem windschiefen Baum.

»Weißkopfseeadler«, erklärte Conrad. »Sie haben drei Junge. Vermutlich sind sie gerade auf der Jagd.« Wir liefen zur anderen Seite der Insel, die wie ein Hufeisen geformt war. Auf der zum Meer gewandten Seite gab es eine enge Bucht. Weißer Schaum spritzte meterhoch, wenn die Brecher auf die steilen Felswände trafen.

Plötzlich zog sich mein Magen zusammen. *Die Flut,* schoss es mir durch den Kopf. Sie würde um die Mittagszeit ihren höchsten Stand erreichen. Ich wusste das, weil Alec jeden Morgen bekannt gab, wann gute Wellen zu erwarten waren, und meistens fiel das mit dem höchsten Stand der Flut zusammen.

Im Eiltempo lief ich den Pfad zurück.

»Was ist denn los?«, rief Conrad hinter mir her.

Erst auf der Plattform holte er mich wieder ein. Unter uns begann die schmale Verbindung zwischen der Insel und dem Festland im Meer zu verschwinden. Ganz in der Ferne konnte ich unsere Zelte sehen und die Surfbretter, die in der Sonne blinkten. Wenn ich schnell war, würde ich es vielleicht noch schaffen. Aber ich war nicht schnell, da machte ich mir nichts vor. Für den Abstieg würde ich mindestens eine halbe Stunde brauchen und ohne Conrads Hilfe würde ich da nie hinunterkommen.

»Die Flut«, sagte ich und spürte den Kloß in meinem Hals. Dann sah ich Conrad an. Hatte er das etwa geplant? Und wenn ja, wieso? »Warum tust du das?«, fragte ich. »Mich hier festhalten.«

»Ich halte dich nicht fest.«

»Aber du hast gewusst, dass die Flut kommen würde.« Ich war völlig aufgelöst. Die anderen würden mich vermissen und sich Sorgen um mich machen – und das war gar nicht gut. Die Wogen hatten sich gerade geglättet und ich hatte keine Lust, Alec neuen Anlass zu geben, mir Vorhaltungen zu machen.

»Was ist so schlimm daran?«, fragte Conrad und sah mich herausfordernd an. »In fünf Stunden ist wieder Ebbe.«

Fünf Stunden? »Schlimm ist, dass ich meinen Freunden nicht sagen kann, wo ich bin. Sie werden die Polizei rufen.«

Conrad lachte, als hätte ich einen Scherz gemacht. »Na ja. Mein Vater wird dich bestimmt finden. Wenn jemand vermisst wird in La Push, sieht er immer zuerst hier oben nach.«

»Gibt es keinen anderen Weg?«, fragte ich.

»Doch. Du kannst schwimmen.«

Ich funkelte ihn an, aber er schien es ernst gemeint zu haben.

»Fünf Stunden?«, fragte ich zweifelnd.

Er hob die Schultern, als wäre er verantwortlich für den Rhythmus von Ebbe und Flut.

»Ich werde verhungern.«

Conrad schüttelte den Kopf. »Wirst du nicht. Komm mit.«

14. Kapitel

Wir liefen zurück ins Inselinnere. Dort gab es eine alte Feuerstelle mit einem Karree aus halben Baumstämmen, auf denen man sitzen konnte. Conrad säuberte das Feuerloch. Er holte Asche und verkohlte Holzstücke mit den Händen aus der Vertiefung und ich sah, dass ganz unten in der Feuergrube glatte Steine lagen.

Conrad suchte nach trockenen Zweigen, schichtete das Holz zeltförmig auf die Steine und mithilfe von trockenem Gras und dürren Tannenzweigen entfachte er das Feuer. Nicht etwa mit einem Stock, sondern mit einem Feuerzeug.

»Wenn es herunterbrennt, leg ein paar Äste nach«, sagte er und schlug den Weg zur Bucht auf der anderen Seite der Insel ein.

»He, wo gehst du hin?«, rief ich. »Was hast du vor?«

»Hände waschen«, sagte er und hielt seine schwarzen Hände in die Höhe wie ein kleiner Junge.

Nach einer Weile kam Conrad mit einer großen Blechbüchse voll blauschwarzer Miesmuscheln zurück, die in Salzwasser und grünen Kräutern schwammen. Irgendwie musste er unten gewesen sein, am Wasser. Vermutlich gab es auch auf der anderen Seite der Insel eine Leiter.

Mit einem Stock schob er ein paar größere Äste, die noch nicht durchgebrannt waren, zur Seite und stellte die Blechdose auf die Steine mitten ins Feuer. So einfach war das: ein Feuer, eine alte Blechdose, Muscheln, ein paar frische Kräuter und Salzwasser. Ob ich von den Muscheln auch essen würde, wusste ich allerdings noch nicht.

So sauer ich eben noch gewesen war, so glücklich war ich jetzt. Vehement verdrängte ich die letzten Gedanken an Alec und die anderen. Fünf Stunden mit Conrad auf einer einsamen Insel – war das nicht die Erfüllung meiner geheimsten Wünsche? Nur er und ich, niemand sonst. Ich spürte ein leichtes Flattern in meinem Magen.

»Immer noch böse?«, fragte er.

»Nein. Aber mir wäre wohler, wenn die anderen wüssten, wo ich bin.«

»Ich glaube, das würde ihnen nicht gefallen«, meinte er.

Stimmt, dachte ich. Vielleicht ist es wirklich besser, sie wissen nicht, *wo* ich bin und mit *wem* ich hier bin.

Ein großer schwarzer Rabe flog mit aufgeregtem Krächzen über uns hinweg, setzte sich in den Ast eines Baumes und beobachtete uns mit seinen schwarz glänzenden Augen.

»Er hat auch Hunger«, sagte Conrad. Bis jetzt war er mit unserem Essen beschäftigt gewesen, aber nun hatte er nichts weiter zu tun, als hin und wieder einen Ast ins Feuer zu legen. Nach einer Weile begann das Wasser in der Blechdose zu kochen.

Wie gerne hätte ich jetzt Fotos gemacht. Doch Großvater Tormar hatte mir gesagt, dass es Momente gibt, die man nicht mit der Kamera zerstören darf. Und das war so ein Moment: Conrad und ich auf A-Ka-Lat, eingeschlossen von der Flut. Das Feuer, die alte Blechdose, in der die Muscheln im Salzwasser garten. Der Rabe mit seinem blauschwarzen Gefieder. Conrads dunkle Hände, die heute meine Hände gehalten hatten.

Das, dachte ich, ist mit nichts zu vergleichen.

Hier oben auf der Insel kam ich mir vor wie auf dem Dach der Welt. Deutschland, meine Eltern und mein Leben dort waren so weit weg, genau wie Alec, Josh, Brandee und die anderen. Kaum zu glauben, wie unwichtig der Rest der Welt plötzlich sein konnte. Ich stellte mir vor, Conrad und ich wären ein Liebespaar. Das war ein klarer Fall von Tagträumerei, doch für einen wunderbaren Augenblick fühlte es sich sehr echt an.

»Und, wie ist Deutschland so?«, fragte Conrad in die Stille hinein.

Entgeistert sah ich ihn an. Es war, als hätte jemand einen Eimer kaltes Wasser über meinem Kopf ausgeschüttet. »Willst du das wirklich wissen?«

»Nein, eigentlich möchte ich etwas über dich wissen.«

»Was denn?«

»Na, zum Beispiel deinen Nachnamen. Meinen kennst du ja schon.« Er lächelte verlegen.

»Rabe«, sagte ich. »Wie der da.« Ich zeigte auf den Raben, der immer noch geduldig wartend auf seinem Ast saß.

»Raven?«, vergewisserte sich Conrad stirnrunzelnd.

»Ja. Smilla Raven.« Mein englischer Name gefiel mir. Er klang sogar ein wenig geheimnisvoll.

Conrad fragte mich, wo mein Name herkam. Sein Interesse schien aufrichtig zu sein, also begann ich zu erzählen. Von meiner Mutter, die auf den Färöer Inseln aufgewachsen war. Von meinem Vater, der dort Urlaub gemacht hatte, um eine Trennung zu verschmerzen. Und wie sie sich am Strand kennengelernt hatten, als meine Mutter versuchte, für ihre Prüfungen zu lernen. »Sie ist Meteorologin geworden und arbeitet auf einer Wetterstation«, sagte ich. »Am Ende seines Urlaubs hat mein Vater ihr einen Heiratsantrag gemacht. Und neun Monate später wurde ich geboren. Damals war gerade das Buch »Fräulein Smillas Gespür für Schnee« von Peter Hoeg erschienen und meine Mutter hatte sich sofort in den Namen Smilla verliebt. Er stammt von einem grönländischen Mädchennamen ab, der so viel bedeutet wie *Etwas, das summt*«.

Ich sah, wie Conrad lächelte, und verlor für einen Moment den Faden. Das Lächeln veränderte sein Gesicht jedes Mal auf so unglaubliche Weise, dass man denken konnte, einen anderen Menschen vor sich zu haben. Ich räusperte mich und fuhr fort: »Ich glaube, ich war der erste Mensch aus Fleisch und Blut, der in Deutschland diesen Namen bekam. Der Schriftsteller hatte ihn nämlich extra für seinen Roman erfunden und meine Mutter musste die Standesbeamtin erst überzeugen, dass der Name überhaupt zugelassen wurde.«

Conrad legte neues Holz nach und erzählte mir, dass Howe eigentlich nur sein halber Nachname war. »Unsere Quileute-Namen waren schwer auszusprechen für Fremde, und als 1883 der erste weiße Lehrer nach La Push kam, gab er den Kindern Namen von Persönlichkeiten aus der amerikanischen Geschichte oder von irgendwelchen weißen Siedlern, die er kannte. Der Name meines Urgroßvaters war Howeyatl. Daraus wurde dann Howe. Dabei hatte er noch Glück. Einer seiner Freunde wurde einfach nach George Washington benannt.«

Conrad war ein guter Geschichtenerzähler. Stundenlang hätte ich ihm zuhören können. Doch er wollte mehr über mich wissen und fragte mich, ob ich Geschwister hätte.

»Nein«, sagte ich. »Meine Eltern wollten noch einen Bruder oder eine Schwester für mich, aber es wurde nichts draus.« Ich erzählte ihm von meiner Kindheit in Suhl und von den Sommern auf Färö. Vom Umzug nach Berlin, von den Turners, von meinen Freunden in Deutschland. Sogar von Sebastian erzählte ich ihm und warum er mit mir Schluss gemacht hatte. Conrad sollte nicht etwa denken, dass ich ein unbeschriebenes Blatt war und keine Erfahrungen mit Jungs hatte. Er stieß ein verächtliches Schnauben aus, als ich von Sebastians Rückzieher erzählte. Doch auch wenn er vermied, mir in die Augen zu sehen, der zufriedene Ausdruck auf seinem Gesicht entging mir nicht. Nur, was hatte er zu bedeuten? Fühlte er etwa genauso wie ich?

Als ich geendet hatte, waren die Muscheln gar, ihre Schalen hatten sich geöffnet. Conrad zeigte mir, wie man am besten an das weiche orangerote Fleisch herankam. Er benutzte dazu eine offene, leere Muschelschale als Zange. Das Fleisch hatte ein frisches Seearoma. Es war weich, hatte aber einen kleinen harten Kern. Das dunkle Muschelherz.

Nach dem Essen tranken wir Wasser von der Quelle und wuschen unsere Hände. Es war ein köstliches Mahl gewesen und offenbar auch sehr gesund. Laut Conrads Ausführungen enthielt das Muschelfleisch jede Menge Eiweiß, Jod, Kalium und Kalzium und Vitamin A. Ich musste darüber lachen, mit welchem Ernst er mir die Nahrhaftigkeit unseres Mittagsmahls schilderte.

Wir setzten uns wieder an die Feuerstelle und Conrad erzählte, dass es eine Art Initiationsritus für die Jungen aus La Push war, die Insel bei Flut zu umrunden. »Das Wasser ist immer kalt und es ist eine ganz schöne Strecke.«

»Hast du das auch gemacht: die Insel umschwommen?«

»Ja«, sagte er, »mehrere Male.«

»Warum mehrere Male?«

»Um zu beweisen, dass ich es kann. Ich habe einen guten Schutzgeist.«

»Und wie bist du zu dem gekommen?«, fragte ich. »Ich meine, zu diesem Schutzgeist.«

»Wieso willst du das wissen?«, fragte er, einen misstrauischen Schatten auf dem Gesicht.

Ich hob die Schultern. »Ich könnte auch einen gebrauchen.«

Conrad entspannte sich und lächelte, aber ich spürte sein Zögern. Vermutlich überlegte er, wie viel er mir erzählen sollte.

Verlegen klappte ich eine leere Muschelschale auf und zu. »Du kannst mir ruhig sagen, wenn ich dir zu neugierig bin.«

Er spannte mich noch ein wenig auf die Folter, doch schließlich erfuhr ich, dass er, als er vierzehn war, mit seinem Großvater an einen abgelegenen Platz in den Bergen gefahren war. Dort hatten sie eine einen Meter hohe Plattform aus Holzbohlen errichtet und zu beiden Seiten ein Feuer entfacht. Sie hatten einen Schwung Feuerholz auf der Plattform gestapelt und Conrad musste sich neben das Holz setzen. »Großvater hat mich für zwei Nächte dort oben allein gelassen«, sagte Conrad. »Ich musste ohne Essen und Trinken auskommen, das Feuer instand halten und nachts Walöl in die Flammen spritzen. Die Funken sollten neugierige Geister anlocken.«

»Und dann?«, fragte ich neugierig. »Wenn ein Geist auftauchte, was passierte dann?«

»Dann sollte ich von der Plattform springen, meine Arme um ihn legen und ihn festhalten. Auf diese Weise kommt man zu einem *Taxilit,* einem Schutzgeist, der einen das ganze Leben begleitet.«

»Und? Bist du gesprungen?«

»Ja, na klar.«

Ich hasste es, dass er es so spannend machte. »Und was hattest du?«

»Eine blutige Nase«, sagte Conrad mit fröhlichem Spott im Blick und ich wusste, dass er mir nicht erzählen würde, was oder wer dieser Schutzgeist war, den er damals in den Bergen gefangen hatte.

»Entschuldigung«, sagte ich reumütig. »Ich weiß manchmal nicht, was ich fragen darf und was nicht, ohne . . .«

». . . neugierig zu sein?«

»Ja.«

»Frag nur«, sagte er. Das klang zurückhaltend, aber auch ehrlich, und da immer noch viel Zeit blieb, bis die Ebbe uns den Rückweg freigeben würde, gab ich mir einen Ruck und begann, Conrad nach seiner Familie auszufragen. Seine Antworten kamen zögerlich, aber ich erfuhr von ihm, dass seine Mutter mit dem Maler fortgegangen war, als er zehn war. Dass aber zu dieser Zeit sein Großvater Akil, der Vater seines Vaters, noch im Haus gelebt und ihn von seinem Kummer abgelenkt hatte, indem er ihm jeden Abend vor dem Einschlafen Geschichten aus der Welt seiner Vorfahren erzählt hatte.

»Wann ist dein Großvater gestorben?«, fragte ich.

»Vor zwei Jahren. Großvater Akil kannte noch die alten Geschichten vom Robben- und Walfang. Sein Vater, mein Urgroßvater Qwyabe, war ein richtiger Walfänger«, sagte Conrad stolz und dabei war ein Leuchten in seinen Augen, das ich bisher noch nicht wahrgenommen hatte.

»Meiner auch«, erwiderte ich beiläufig.

Conrad riss den Kopf nach oben. Ungläubig starrte er mich an. »Machst du Witze?«

Hey, dachte ich, *Volltreffer!* »Nein, es stimmt.« Ich erzählte ihm vom Grindwalfang auf den Färöer Inseln, wie sich die Bucht von Hvalba, in der mein Großvater gelebt hatte, im Sommer manchmal rot färbte vom Blut der Wale. Conrad war auf einmal ganz aufgeregt. Er wollte alles wissen und stellte mir eine Frage nach der anderen. Wie die Wale früher getötet wurden und wie heute. Wie das Walfleisch zubereitet wurde und ob niemand sich daran störte, dass die Wale sterben mussten.

Ich hatte das Spektakel in der Bucht von Hvalba mehr als einmal gesehen, war Zeugin von Übergriffen militanter Tierschützer geworden und hatte auf jede seiner Fragen eine Antwort. Und als es Zeit war, die Insel zu verlassen, da wusste ich, dass sich zwischen Conrad und mir etwas verändert hatte: Er hatte mich ernst genommen und er hatte mir etwas von sich erzählt. Wir waren Freunde geworden. Etwas, das mir niemand mehr nehmen konnte.

Ich kehrte auf dem schnellsten Wege ins Camp zurück und dort waren alle sichtlich froh, mich unversehrt wiederzusehen. Niemand schien mir böse zu sein.

»Wo warst du denn bloß die ganze Zeit?«, fragte Janice.

Ich hatte beschlossen, so nah wie möglich an der Wahrheit zu bleiben, denn meinen Abenteuerdrang würden sie mir sicher eher nachsehen als ein Date mit Conrad Howe. »Auf der Geisterinsel«, sagte ich und zeigte auf A-Ka-Lat. »Ich weiß, das war eine blöde Idee. Aber ich habe Fotos gemacht und nicht gemerkt, wie die Flut kam. Ich saß fünf Stunden dort fest. Ich bin am Verhungern.«

»Ohne Scheiß, du warst da oben?«, fragte Josh neugierig. »Ist das nicht verboten?«

»Ich glaube nicht. Da war nirgendwo ein Schild, nur eine Leiter.«

»Mann oh Mann«, Josh schüttelte den Kopf, aber ich sah auch die Bewunderung in seinen Augen. »Ganz schön gefährlich, oder?«

»Auch nicht gefährlicher als Surfen, würde ich sagen.« Ich lächelte entschuldigend.

»Kannst du uns das nächste Mal sagen, wo du hingehst, Midget?«, brummte Alec. »Wir haben uns Sorgen gemacht. Wenn du nicht bald aufgekreuzt wärst, hätten wir die Polizei geholt.«

»Sorry«, sagte ich und machte ein zerknirschtes Gesicht. »Ich wusste ja vorher auch nicht, dass ich dort landen würde. Macht euch in Zukunft bitte keine Sorgen, ich kann schon auf mich aufpassen.«

Alle gaben sich damit zufrieden und ich war sehr erleichtert. Glück gehabt, dachte ich.

»Du warst von der Flut eingeschlossen? Ich fasse es nicht.« Milo sieht seinen Freund ärgerlich an. Nachdem er vergeblich auf Conrad gewartet hatte, ist er allein auf Pilzpirsch gewesen.

Conrad zuckt mit den Achseln. »Keine Ahnung, wie das passieren konnte. Hab die Zeit vergessen.«

»Was machst du überhaupt so ganz allein auf der Insel?«, fragt Milo.

»Nachdenken.«

Milo brummt etwas. Conrad weiß, dass Nachdenken nicht Milos Stärke ist. Milo handelt. Dabei sind seine Hände meistens schneller als der Kopf. Wenn Milo wüsste, dass Conrad mit Smilla auf der Insel gewesen ist und ihr von seiner Familie erzählt hat, würde er die Welt nicht mehr verstehen. *Seine* Welt. Milos Welt ist klein. Sie reicht vom Meer bis nach Forks. Wenn er Sehnsucht hat auszubrechen, dann benutzt er seine pflanzlichen Hilfsmittel dafür.

»Wie war die Ausbeute?«, fragt Conrad, um von sich abzulenken.

Milo grinst breit. »Gut. Sehr gut. Ich habe lauter wunderschöne Blaue Engel gefunden. Sie trocknen schon.«

»Sei vorsichtig damit«, warnt ihn Conrad. Seit er diesen Horrortrip hinter sich hat, hält er nichts mehr von *Magic Mushrooms*.

»Oh, die Blauen Engel sind nicht für mich. Sie sind der Ausgleich für mein Feld.« Milo reibt Daumen und Zeigefinger aneinander.

»Verstehe.«

»Wie sieht es morgen aus?«, fragt Milo. »Mein Alter braucht noch jemanden auf dem Boot.«

»Ja, geht klar.«

Milo nickt. Bevor er geht, dreht er sich noch einmal um und sagt: »Aber lass dich nicht wieder von der Flut einschließen.«

15. Kapitel

Nachdem sich am Mittwoch die Morgennebel verzogen hatten, wurde es wieder ein strahlend sonniger Tag. Ohne Wochenendgäste war der Strand fast menschenleer und abgesehen von Brandee, die Publikum brauchte, freuten wir uns, Strand und Wellen wieder für uns allein zu haben.

Ob auf den Wellen, am Strand oder im Camp – ich dachte an nichts anderes als daran, wieder mit Conrad alleine zu sein. Gestern hatte ich es so eilig gehabt, wieder zu den anderen zu kommen, dass unser Abschied kurz und schmerzlos gewesen war und wir auch keine Verabredung getroffen hatten. Ich wollte Conrad wiedersehen. Aber wollte er das auch?

Während ich pausenlos an Conrad dachte, suchte Josh meine Nähe. Er kam mir dauernd hinterher, wie ein Hundebaby, was Laura ganz offensichtlich nicht zu gefallen schien. Langsam bekam ich das Gefühl, dass, was ich auch tat, ich in der Clique jemandes Unmut hervorrief. Diese Tatsache verunsicherte mich weniger, als das noch vor ein paar Tagen der Fall gewesen wäre, aber ich wollte Alec und seine Freunde nicht unnötig gegen mich aufbringen. Schließlich war ich auch hier ihr Gast.

Um ein paar Pluspunkte auf der Beliebtheitsskala zu sammeln, meldete ich mich am Nachmittag freiwillig zum Wäschedienst. Das Salzwasser und die Luftfeuchtigkeit ließen die Handtücher nicht mehr trocken werden und sie rochen muffig. Auch so hatte sich inzwischen bei jedem ein Häuflein schmutziger Wäsche angesammelt. Janice erbot sich, mich zu begleiten. Wir steckten die Wäsche in zwei große Müllsäcke, sammelten von jedem ein paar Quarter ein und machten uns auf den Weg zum »Lonesome Creek Store«.

Wir hatten Glück, beide Waschmaschinen waren frei und so füllten wir eine mit dunkler und eine mit heller Wäsche. Mit einem schalkhaften Grinsen hielt Janice einen seidenen, mit zarter blauer Spitze besetzten BH von Victorias Secret in die Höhe. Wenig später fand ich den Slip dazu, ein winziges Stück durchscheinender Stoff. Wir prusteten los und ließen beides in die Maschine fallen.

»Auf diese Weise hat sie meinen Bruder also rumgekriegt«, sagte Janice. »Nicht schlecht. Vielleicht sollte ich es damit auch mal probieren.«

»Du hast Mark doch auch ohne Spitzenhöschen erobert.«

»Tja, Mark setzt eben mehr auf innere Werte«, bemerkte sie mit ernster Miene und musste sich gleich darauf ausschütten vor Lachen. Janice nahm sich nicht allzu ernst, das fand ich sehr sympathisch.

»Mark ist ein cooler Typ«, sagte ich. »Du hast Glück.«

»Ja«, sie strahlte. »Finde ich auch.«

»Aber warum schleichst du dich nachts in sein Zelt?«, wollte ich wissen. »Du bist schließlich siebzehn.« Dass Janice in Marks Zelt und mit ihm schlief, machte mir nichts aus, aber was sollte das verschämte Getue?

Janice wand sich ein wenig. »Ich weiß auch nicht. Alec nimmt dieses Großer-Bruder-Ding sehr ernst.«

Wem sagte sie das? Vermutlich war ich auch so etwas wie eine kleine Schwester für ihn. »Ich verstehe es trotzdem nicht. Jeder in der Clique weiß, dass ihr zusammen seid.«

»Na ja, solange es sich nur um ein paar Küsse und Händchenhalten dreht, ist das in Ordnung für Alec.«

»Und Sex nicht? Er ist doch auch mit Brandee zusammen. Dein Bruder hat Josh ins Gepäckzelt verbannt.«

Janice lachte. »Das ist was anderes.«

»Wieso?«

»Na ja, ich bin eben seine kleine Schwester.«

Ich nickte, aber ich verstand die Logik nicht. Warum machten Janice und Mark so ein Geheimnis darum, dass sie miteinander schliefen? Was war Verwerfliches daran? Ich fand die Geheimniskrämerei ziemlich kindisch für ihr Alter. Aber andererseits ging es mich auch nichts an, wer zu wem ins Zelt kroch und warum er es vor den anderen verbergen wollte. Ich stellte es mir anstrengend vor, wenn sie versuchten, beim Sex im Zelt möglichst leise zu sein, und der Gedanke amüsierte mich.

Als die Wäsche fertig war, steckten wir sie in die beiden Trockner, fütterten sie mit Vierteldollarstücken und machten einen Abstecher in den Supermarkt, um uns ein paar Sandwichs und etwas zu trinken zu kaufen.

Ich sah Tamra gleich, als wir den Laden betraten. Sie stand an der Kasse, mit einem Windelpaket unter dem Arm, Babynahrung und Cola im Korb. Ihr Haar hatte sie zu zwei glänzenden Zöpfen geflochten.

Brandee hatte also recht. Tamra war bestimmt nicht älter als Janice und hatte schon ein Kind. Sie sah uns an und ich wusste, dass sie uns erkannte, aber sie grüßte nicht. Ich ging zum Kühlregal und da sah ich ihn. Conrad stand halb verdeckt hinter dem Postkartenständer und drehte ihn. Er hatte ein dunkelhäutiges Baby auf der Hüfte, das freudig jauchzte und mit den Ärmchen ruderte, als die bunten Karten sich bewegten.

Es dauerte ein bisschen, aber dann begriff ich und die Erkenntnis versetzte mir einen schmerzhaften Stich: Das war Tamras Kind und Conrad war der Vater. Die Erkenntnis war so verblüffend einfach und doch schwankte ich einen Moment. Es war, als würde mir von einer unsichtbaren Hand die Luft genommen. Warum erschütterte mich das so? Hatte ich tatsächlich angenommen, ein Junge wie er könnte irgendetwas Anziehendes an mir finden? Und doch – auf der Insel hatte ich das Gefühl gehabt, er würde unser Zusammensein genauso genießen wie ich.

Als Conrad mich erblickte, erwachte ich aus meiner Erstarrung. Ich sah in seine schwarzen Augen und unter seinem Blick fühlte ich mich nackt, so wie damals, als er mich aus dem Wasser gezogen hatte.

Erst sah es so aus, als wollte er auf mich zugehen, aber dann hielt er inne in seiner Bewegung und nickte nur. Es war ein unauffälliger Gruß, fast bedauernd. Ich drehte mich um, schnappte mir ein Sandwich und eilte zur Kasse.

»Was ist denn los mit dir?«, fragte Janice, als wir die Wäsche aus den Trocknern holten.

»Nichts, wieso?«

»Du bist so still, seit wir . . .«, sie verstummte und starrte mich ungläubig an. »Es ist wegen diesem Typen im Supermarkt, nicht wahr? Der Indianer, den du im ›Timber Saloon‹ getroffen hast. Du magst ihn.«

Ich schwieg, aber mir stiegen Tränen in die Augen.

»Menschenskind, Smilla, wie konntest du dich nur in so etwas verrennen?«, fragte Janice mitleidig. »Ach herrje, das hätte ich dir gar nicht zugetraut. Du wirkst immer ein bisschen reserviert und bleibst für dich. Ich hätte nie gedacht, dass du so romantisch sein kannst. Es liegt an diesem Buch, nicht wahr?«

Ich dachte an meinen Abstecher in die Bibliothek in Forks, wo ich über die Sitten und Bräuche der Quileute-Indianer gelesen hatte, und begriff nicht, was sie meinte. Aber ich sollte es gleich erfahren.

»In dieser Geschichte ist doch alles bloß ausgedacht, Smilla. Die Indianer sind nicht so, wie sie darin beschrieben sind, das musst du doch inzwischen begriffen haben.«

Jetzt wusste ich, was sie meinte. Das Vampirbuch. Janice dachte, ich hätte mich in romantische Gefühle für eine Gestalt aus »Twilight« verstrickt. Beinahe hätte ich laut gelacht, aber weil ich das zu unterdrücken versuchte, flossen noch mehr Tränen. Janice war nicht mehr zu bremsen. Sie umarmte mich. »Armes Schätzchen. Dein Märchenprinz hat ein Kind, das hat dich aus deinen Träumen geholt.«

Nun ja, *damit* hatte sie leider recht.

»Hey«, sie tätschelte meine Schulter, »ich verstehe dich ja, er ist wirklich süß. Aber das geht vorbei. Glaub mir.«

Ich schniefte und fuhr mir mit dem Handrücken über das Gesicht.

Als wir uns mit der frischen Wäsche bepackt auf den Weg zum Camp machten, sagte ich: »Kannst du das für dich behalten? Ich will Alec nicht noch mehr Anlass geben, mich wie ein Kleinkind zu behandeln.«

»Klar doch«, sagte Janice. »Du bewahrst mein Geheimnis und ich deins.«

Damit war ich dank »Twilight« noch einmal davongekommen. Doch meine Gefühle für Conrad, die waren noch da. Trotz Tamra und des Babys. Es hatte mich erwischt. Und nicht einmal mein Verstand konnte etwas dagegen ausrichten.

Den ganzen Abend versuchte ich, mir Conrad als Vater vorzustellen, doch es wollte mir nicht gelingen. Er sah noch so jung aus. Wie sein Vater, dachte ich. Und zum ersten Mal begriff ich in aller Klarheit, wie vollkommen verschieden unsere Welten doch waren.

Am nächsten Tag surfte ich wieder mit den anderen auf den Wellen, gab aber nach ein paar Versuchen auf, weil ich merkte, dass ich nicht bei der Sache war. Josh blickte mir enttäuscht hinterher, als ich mit meinem Brett ins Camp zurückging, um mich umzuziehen.

Zweimal lief ich mit meiner Kamera los, einmal den Strand rauf und runter und einmal durch das ganze Dorf. Mein Herz hoffte, Conrad irgendwo zu begegnen, mein Verstand fürchtete sich davor.

Tollkühn, wie ich war, ging ich sogar alleine ins »River's Edge«. Ich bestellte mir ein Stück Walnusskuchen und einen Milchkaffee bei Tamra. Das Restaurant war überraschend gut besucht, von Einheimischen ebenso wie von Urlaubern. An einem Tisch saßen vier greise Amerikanerinnen mit watteweißen Turmfrisuren, die wie englische Ladys aussahen und auch so gekleidet waren. Sie machten lange Gesichter. Ganz offensichtlich gab es für sie keinen Grund, sich zu amüsieren, und ich fragte mich, was sie überhaupt an einem Ort wie La Push wollten.

Tamra funkelte mich mit ihren Brombeeraugen böse an, als sie meine Bestellung aufnahm. Ich wollte es nicht, aber ich schrumpfte doch einige Zentimeter unter ihrem Blick, der voller grimmiger Ablehnung war. Vielleicht hatte Conrad ihr erzählt, mit wem er den gestrigen Tag verbracht hatte. Aber wie konnte ein so atemberaubend schönes Mädchen eifersüchtig sein auf mich?

Was auch immer es war, Tamra sagte kein Wort zu mir. Ich aß meinen Kuchen, der ein bisschen zu süß war, aber sonst gut schmeckte, und ließ ihr ein großzügiges Trinkgeld auf dem Tisch liegen.

Am Abend saßen wir wie immer am Lagerfeuer, diesmal löffelten wir Dosensuppe. Genau wie all die Tage zuvor floss reichlich Bier und Whiskey, vom Jim Beam schien es einen unerschöpflichen Vorrat zu geben. Aber diesmal machte kein Joint die Runde. Brandee und Josh war das Gras ausgegangen und irgendwie klemmte es wohl mit dem Nachschub.

Josh war gut drauf, er machte Faxen und schnitt alberne Grimassen. Er hatte ein rotes Tuch um seinen Kopf gebunden, ein paar Möwenfedern angesteckt und tanzte mit theatralischen Verrenkungen um das Feuer, wie Kevin Costner in »Der mit dem Wolf tanzt«.

Ich beobachtete ihn, aber dann fiel mein Blick auf Brandee. Sie lachte mit den anderen über Joshs Vorführung, aber ihr Lachen hatte einen nervösen Unterton. Ihre schrille, harte Fröhlichkeit machte mir Angst, zumal Brandee hin und wieder abrupt verstummte und in die Flammen starrte. Dann hatten ihre Augen eine unheimliche Leere. Kurz darauf redete sie wieder drauflos, gab mit ihren Geschichten an und lachte zu laut.

Alec schien nichts davon zu bemerken. Er küsste Brandee ab und zu, vermutlich immer dann, wenn er durch ihre Zunge in seinem Ohr daran erinnert wurde, dass sie noch da war. Mark und Janice hatten nur Augen (und Lippen) füreinander. Laura bemühte sich unauffällig um Josh, der jedoch nach wie vor an mir interessiert zu sein schien. Meine kleinen aber stetigen Zurückweisungen hatten ihn bisher nicht entmutigt, aber er hatte auch noch nicht versucht, mich zu küssen. Vielleicht war es ja seine Taktik, mich durch Zurückhaltung zu erobern.

An diesem Abend wurde mir klar, dass meine Bemühungen dazuzugehören, von Anfang an zum Scheitern verurteilt gewesen waren. Vielleicht hätte es funktionieren können, wenn ich mich in Josh verliebt hätte. Dann hätte alles seine Richtigkeit gehabt, die Regeln wären gewahrt geblieben. Aber ich hatte Freundschaft mit einem Indianer geschlossen und er war interessanter für mich als die ganze Clique zusammen.

Natürlich wussten sie nicht, dass ich Conrad in seinem Haus besucht hatte und wir zusammen auf der Insel gewesen waren. Aber unterschwellig schienen sie zu spüren, dass etwas im Gange war, sonst hätte Alec im »Timber Saloon« nicht so ein Trara gemacht, nachdem Brandee mich mit Conrad auf dem Gang gesehen hatte.

Ich saß zwischen den Stühlen und das war kein guter Platz. Aber da war ich nun mal, und solange ich nicht gezwungen war, mich zu entscheiden, würde ich auch zurechtkommen.

Gegen zehn machte ich mich mit meinem Waschbeutel und einem Handtuch auf den Weg zu den Duschen. Es gab nur zwei Duschkabinen und am Wochenende herrschte dort jedes Mal Andrang. Aber als ich bei den Waschräumen ankam, verließ gerade eine Frau eine der beiden Duschkabinen und ich musste nicht warten.

Ich duschte, rubbelte mein Haar trocken und putzte Zähne. Auf Zehenspitzen betrachtete ich mich im Spiegel. Meine Haut war noch eine Nuance dunkler geworden, was das Weiß meiner Augen heller leuchten ließ. Ich hatte die zierliche Nase meiner Mutter und die vollen Lippen meiner dänischen Großmutter. Eigentlich ganz hübsch. Noch einmal fuhr ich durch meine Haare und verließ die Duschkabine.

Draußen fand ich meine kleine Taschenlampe nicht sofort. Ich kramte zwischen Haarwaschmittel und Körperlotion, und als ich glaubte, die Lampe gefunden zu haben, war es mein Kristalldeo, das ich in der Hand hielt.

Ich fluchte leise, da hörte ich plötzlich ein Geräusch in meinem Rücken. Irritiert drehte ich mich um. Conrad tauchte aus dem Dunkel der Sträucher wie ein Geist. Vor Schreck ließ ich den Deostift fallen.

»Hey«, sagte er. »Ich bin's nur.« Er bückte sich und gab mir den Deostift zurück.

»Du hast mich erschreckt«, sagte ich mit wild klopfendem Herzen.

»Angst vor Werwölfen?« Er grinste. Conrad trug eine helle Baumwollhose mit vielen Taschen und seine schwarze Sweatshirtjacke.

»Blödsinn«, sagte ich und strich mir eine imaginäre Haarsträhne hinters Ohr. In meinem Inneren herrschte plötzlich ein ähnliches Durcheinander wie in meinem Beutel. »Ich kann meine Taschenlampe nicht finden.«

»Die brauchst du nicht«, sagte er und deutete nach oben, wo durch die schwarzen Wipfel der Bäume hell der volle Mond leuchtete. Dann sah er mich wieder an. »Lust auf einen Strandspaziergang?«

Conrad lächelte nicht und ich hatte keine Ahnung, was er bezweckte. Ich wusste einfach nicht, woran ich bei ihm war und was er eigentlich von mir wollte. Was war mit seiner Freundin und seinem Kind? Warum suchte er immer wieder meine Nähe?

Vielleicht wollte er ja einfach nur nett sein. Ich weiß, es ist naiv, immer nur an das Gute im Menschen zu glauben, aber so war ich nun mal.

»Warum nicht«, sagte ich also.

Conrad führte mich auf dem kürzesten Weg zum Strand – einem schmalen Pfad mitten durch die Sträucher – und ich legte meine Sachen auf einem Treibholzstamm ab. Wir liefen die Gezeitenlinie entlang in Richtung Jamesinsel, immer nahe an der Gischt, die über den Sand schäumte. Es war eine sternenklare Nacht und die knochenweißen Schwemmholzstämme leuchteten im kalten Licht des Mondes. Der Pazifik war schwarz und kam mir vor wie ein riesiges Tier, das in der Dunkelheit atmet. Sein Atem, der aus der Tiefe heraufkam, roch nach Tang und Fisch.

Mit gesenktem Kopf, die Hände in den Hosentaschen vergraben, lief Conrad neben mir her. Anscheinend hatte er diesen Spaziergang nicht vorgeschlagen, um mit mir über Tamra und sein Baby zu reden. Und auch wenn langsam Zorn in mir aufstieg: Ich würde mich hüten, damit anzufangen, weil ich auf keinen Fall eifersüchtig und kindisch klingen wollte.

Es war ein wunderschöner Abend. Nimm, was du kriegen

kannst, Smilla. Aus irgendeinem Grund ist dieser Junge hier, bei dir.

»Gibt es denn in dieser Gegend überhaupt noch Wölfe?«, fragte ich, um das Schweigen zu beenden. »Neulich Nacht, da habe ich so ein Heulen gehört.«

»Nein, Wölfe gibt es keine mehr in unseren Wäldern. Was du gehört hast, waren Kojoten. Und . . . na ja, Boone und Rowdy stimmen manchmal mit ein.« Conrad schien froh zu sein, über etwas Unverfängliches reden zu können.

»Was hat es denn nun wirklich mit dieser Geschichte auf sich?«, wollte ich wissen. »Ich meine damit, dass eure Vorfahren sich in Wölfe verwandeln konnten.«

Er lachte leise. »Andersherum.«

»Was?«

»Die Wölfe sind unsere Vorfahren. Wir Quileute wurden von Wölfen in Menschen verwandelt.«

»Verwandelt? Von wem?«

»Von K'wati, dem Verwandler, einem kleinen, kahlen Männchen. Er zog umher, und als er das Quileute-Land erreichte, war niemand da. Er schuf die Flüsse und gestaltete die Küstenlinie, dabei wurde er immer wieder von zwei Wölfen gejagt. Er versuchte, seine Verfolger abzuschütteln, aber es gelang ihm nicht. Deshalb verwandelte er sie in Menschen. Das war genau hier, an der Mündung des Quillayute River. K'wati sagte zu den beiden: ›Ihr sollt mutig und stark sein, weil ihr von Wölfen abstammt.‹«

»Dann ist dieser K'wati also euer Schöpfer, so eine Art Gott, und dein Volk verehrt ihn?«, fragte ich.

Conrad schüttelte amüsiert den Kopf. »Wir verehren kein kahles kleines Männchen. K'wati ist einfach ein Teil unserer Ordnung. Er konnte die Menschen auch wieder in Tiere verwandeln, wenn er das wollte. Zum Beispiel erfand er den Hirsch, indem er einem Mann einen Zweig auf den Kopf setzte. Oder den Biber, indem er ihm ein Muschelmesser an den Hintern klemmte.«

Ich grinste vor mich hin und mir wurde bewusst, dass mein Zorn verraucht war. Tamra und das Baby waren mir plötzlich egal. Alles außer Conrad war mir egal. Es gibt Momente, die so wichtig sind, dass man sie nie vergisst. Das war so ein Moment. Conrad und ich in dieser Nacht am Strand, wie er mir die Geschichte seiner Vorfahren erzählte. Ich war so glücklich, dass das ganze Glück mir beinahe die Brust sprengte.

»Früher, in der Welt meiner Vorfahren, waren Menschen und Tiere sich ähnlicher, sie konnten ihre Gestalt wechseln und sie kommunizierten miteinander«, fuhr er fort. »Mein Urgroßvater Qwyabe verstand noch die Sprache der Tiere. Er konnte mit Wolf, Adler und Orca sprechen.« Conrad seufzte. »Manchmal wünschte ich, ich hätte in den alten Zeiten gelebt.«

»Dann könntest du dich jetzt in einen Wolf verwandeln«, bemerkte ich und ein Schauer rann über meinen Rücken.

»Wer sagt, dass ich das nicht kann?«, erwiderte er und seine Eckzähne blitzten, als er lächelte. Ich erwartete jeden Augenblick, dass er den Mond anheulte.

Wir waren am Ende des Strandes angelangt und auf einmal standen wir in verlegenem Schweigen da. Mich fröstelte und meine Zähne begannen zu klappern.

»Kalt?«, fragte Conrad.

»Ein bisschen.«

Er zog seine Sweatshirtjacke aus und legte sie um meine Schultern. Conrad ließ die Jacke nicht los, er hielt mich darin gefangen. Langsam zog er mich zu sich heran, beugte sich herunter und küsste mich, als wäre es das Selbstverständlichste auf der Welt. Seine Lippen schmeckten leicht nach Salz und seine Zunge erforschte vorsichtig meinen Mund. Ich konnte

Conrads Lippen und seinen Herzschlag spüren. Die kühle Dunkelheit in seinem Haar. Mein Kopf war voller Sterne, meine Glieder schienen flüssig zu werden und der Sandboden unter mir summte.

Doch als Conrads Hände unter mein T-Shirt strebten, drückte ich ihn ein Stück von mir fort. Ich hatte vergessen zu atmen, jetzt holte ich geräuschvoll Luft.

»Was hast du denn?«, fragte er.

»Das hat doch keinen Sinn«, flüsterte ich und schlang die Arme um mich. Der magische Moment war vorbei. Das Letzte, was ich wollte, war, mich zwischen einen jungen Vater und seine Familie drängen.

Conrad streckte die Hand aus. Sein Daumen berührte sanft meine Lippe. »Der Sinn ist, dass es passiert, Smilla.«

»Und was ist mit Tamra und deinem Kind?«, stieß ich hervor.

Er ließ den Arm sinken. Einen Moment stand er einfach nur schweigend da. »Kayad ist nicht mein Sohn«, sagte Conrad schließlich.

»Nicht?«

»Nein.«

Ich sah ihn abwartend an. Conrad zögerte. Er schien zu überlegen, ob er mir diese Tür öffnen sollte. Plötzlich gab er nach und ließ mich herein.

»Kayad ist der Sohn meines Bruders.«

»Du hast einen Bruder?«, fragte ich überrascht. Einen Bruder, den er noch nicht ein einziges Mal erwähnt hatte. Ich dachte an das Kerlchen, dem ich die fünf Dollar gegeben hatte, aber der Junge war höchstens dreizehn gewesen.

Conrad ließ meine Hand los und schob seine Hände in die Hosentaschen. »Ich *hatte* einen. Er starb letzten Sommer.«

Was er sagte, nahm mir fast den Atem. Ich spürte die Trauer, die von ihm ausging – und nicht nur die. Da war etwas in ihm, das mir Angst machte. »Was ist passiert?«, fragte ich bestürzt. Eine weit ausholende Welle erwischte uns. Wir bekamen nasse Füße, aber wir blieben beide stehen, wo wir waren.

»Er ist ertrunken.« Conrad deutete mit dem Kopf auf das nachtschwarze Ungeheuer zu unserer Rechten, das die Dunkelheit anzusaugen schien. »Der Pazifik gibt, aber er nimmt auch. Er hat schon viele aus unserem Volk in seine Tiefen gezogen und nicht wieder hergeben.« Er begann loszulaufen.

»Das tut mir so leid«, flüsterte ich, während die Gedanken durch meinen Kopf wirbelten. Auf einmal hatte ich das Gefühl, vieles zu verstehen, und gleichzeitig tauchten immer neue Fragen auf.

»Du hast deinen Bruder noch kein einziges Mal erwähnt. Warum sprichst du nicht von ihm?«

»Weil ich das noch nicht kann.«

Das musste ich wohl oder übel akzeptieren. An dieser Wunde wollte ich nicht rühren. Aber da gab es noch etwas anderes oder besser noch jemanden, über den wir sprechen mussten. »Also ist Tamras Sohn das Kind deines Bruders?«

»Ja.«

»Liebst du sie?«

»Nein.« Conrad senkte den Kopf und stieß mit der Schuhspitze einen Styroporbecher beiseite, der von der Welle angespült worden war. »Wir schlafen nur ab und zu miteinander.«

Ich schwieg einige Herzschläge lang. »Und was willst du dann mit mir?«, fragte ich schließlich.

Statt einer Antwort umarmte Conrad mich einfach. Vielleicht hatte er keine. Oder sein Kuss war eine vorweggenommene Antwort auf meine Frage gewesen. Vielleicht war ich tatsächlich naiv und hatte von einer Menge Dinge keine Ahnung. Aber in meiner Welt konnte ich nicht mit einem Jungen, den ich liebte, zusammen sein, wenn er noch mit einer anderen schlief.

Und irgendwie schien Conrad das zu verstehen, auch ohne dass ich es ihm sagen musste. Er brachte mich noch bis zu dem Stamm zurück, auf dem meine Sachen lagen. Ich gab ihm seine Shirtjacke wieder und drückte ihm einen Kuss auf die Lippen. Er hielt mich dabei sehr fest, doch ich machte mich los und lief zurück ins Camp.

Die anderen saßen immer noch in ausgelassener Stimmung am Feuer und das Bier floss in Strömen.

»War wieder Rushhour bei den Duschen?«, fragte Janice, als ich mich neben sie setzte.

»Ja«, antwortete ich. »Aber jetzt nicht mehr.«

Meine nassen Turnschuhe waren niemandem aufgefallen.

Conrad sitzt auf dem großen Treibholzstamm, der schon hier am Strand lag, lange bevor er und sein Bruder geboren wurden. Er beobachtet das Meer und lauscht der steigenden Flut. Der fast volle Mond lässt die Brandung anschwellen.

Conrad schlingt die Arme um seine angezogenen Knie. Er hat einen leichten Pfefferminzgeschmack von Zahnpasta im Mund, ein Überbleibsel des Kusses.

Der Kuss. Warum hat er das getan: sie geküsst? Darauf gibt es keine Antwort, es ist einfach passiert. Sein Körper hat eine Entscheidung gefällt. Zum ersten Mal seit Justins Tod hat er das Gefühl, bei einem anderen Menschen Trost zu finden. In ihrer Aufrichtigkeit hat Smilla ihn etwas über sich selbst gelehrt: Er muss nur seine Gefühle zulassen, dann wird er auch wieder er selbst sein.

Conrad greift sich einen Treibholzstock und läuft hinunter zum Strand. Mit dem Stock zeichnet er Buchstaben in den Sand, die zu einem Namen werden: SMILLA.

Auf einmal hört er das nächtliche Geschrei eines Seehundes. Conrad sucht das Meer ab. Die Wellen fangen das Mondlicht ein. Und da entdeckt er den schwarzen Kopf, hört wieder die Rufe der Robbe und sieht sie auf den Wellen reiten, ein einsamer Surfer in der Nacht.

Das kann nicht sein, denkt er sich. Oder doch?

16. Kapitel

Nicht nach Conrad zu suchen, kostete mich große Überwindung. Er nahm so viel Raum in mir ein. Alle meine Gedanken und Gefühle kreisten um ihn. Darum, dass ich in ihn verliebt war. Darum, dass er mit mir schlafen wollte. Dass ich das auch wollte. Dass mein Verstand sagte: Lass es bleiben, Smilla, du wirst in ein paar Tagen weg sein und ihn nie wiedersehen. Dass mein Herz sagte: Mit ihm und keinem anderen wird es so schön sein, dass du es niemals vergisst.

Doch wie schwierig es ist, jemanden aus einer anderen Welt zu lieben, sollte ich erst noch erfahren.

Ich blieb den ganzen Tag im Camp und war nett zu allen, auch zu Josh. Ich hoffte, ihn damit nicht zu ermutigen, doch ich musste irgendwie auf den Boden der Tatsachen zurückgelangen.

Später, am abendlichen Feuer, da hatte ich das Gefühl, als würden die Stimmen der anderen und ihr Gelächter immer weiter in die Ferne verschwinden. Es fühlte sich genauso an wie damals, als ich mir einmal ganz fürchterlich den Kopf an einer offenen Schranktür gestoßen hatte und danach einer Ohnmacht nahe gewesen war. Meine Mutter hatte besorgt auf mich eingeredet und ihre Stimme war immer leiser geworden, als würde ich mich von ihr entfernen oder sie sich von mir. Ich wurde nicht ohnmächtig und die Stimme meiner Mutter kam wieder zurück.

Auch jetzt wurden die Stimmen der anderen wieder laut. Wie immer riss Josh kindische Witze und machte seine Faxen – und alle lachten darüber. Mark und Janice stellten ihre Beziehung inzwischen hemmungslos zur Schau, aber Janice kroch immer noch jeden Abend brav mit in unser Zelt, um dann irgendwann, wenn alle schliefen, zu Mark zu schleichen und die Nacht bei ihm zu verbringen.

Diesmal zog ich mich schon bald zurück. Doch die lauten Stimmen der Clique schallten über den Strand und an Schlaf war nicht zu denken. Irgendwann musste ich dann doch eingeschlafen sein, denn ich schreckte hoch, als es am Zelteingang rüttelte. Zuerst dachte ich an ein Tier, aber dann hörte ich das Zurren des Reißverschlusses und kurz darauf sank jemand schwer auf die Matte neben mir.

»Janice?«, fragte ich. »Bist du das?« Vielleicht hatte sie sich mit Mark gestritten.

Die Antwort war ein Grunzen. Der Geruch nach ungewaschenen Kleidern und Bieratem füllte das kleine Zelt. Schlagartig war ich hellwach. Janice war das ganz gewiss nicht. Sie roch immer gut.

»Josh?«

Statt einer Antwort kuschelte sich die Gestalt an meinen Schlafsack heran und legte einen Arm um mich. »Hmmm«, brummte es.

Der Alkoholdunst war widerlich. Ich setzte mich auf und befreite mich von Joshs schwerem Arm. Ich rüttelte ihn an der Schulter. »Josh, wach auf, verdammt«, zischte ich. »Du hast dich im Zelt geirrt. Das ist Janice' Platz.«

»Hmmm, weiß ich«, brummelte er. »Aber die braucht ihn nicht.«

Schlagartig wurde mir klar, dass Josh sich *nicht* geirrt hatte. Und auf einmal verstand ich auch, warum Janice jeden Abend erst mit zu mir ins Zelt gekommen war. Nämlich um genau das zu verhindern. Mensch, Smilla, du bist wirklich naiv, dachte ich. Allerdings nicht so naiv, dass ich nicht gewusst hätte, wohin das hier führen sollte. Josh hatte vermutlich beschlossen, seine Taktik zu ändern. Vorbei mit Zurückhaltung, jetzt würde es zur Sache gehen.

»Verschwinde, Josh«, sagte ich ärgerlich und rüttelte unsanft an seinem Arm. »Wenn Alec mitkriegt, was du tust, kriegst du höllischen Ärger. Ich bin noch nicht mal sechzehn.«

»Ach komm mir doch nicht so«, brummelte Josh. Er sprach verwaschen, offensichtlich hatte er sich eine Menge Mut angetrunken. »Nimm mich einfach in die Arme. Ich weiß, dass du mich magst.«

Mir reichte es. »Verschwinde aus meinem Zelt, Josh.«

Er zog an meinem Arm und legte ein schweres Bein über meinen Schlafsack. »Smilla, du willst es doch auch.«

»Gar nichts will ich«, protestierte ich, »ich . . .« Ich schreie das Camp zusammen, wollte ich sagen, aber dann wurde mir klar, dass Josh zu betrunken war, um mir ernsthaft Schwierigkeiten zu machen. Andererseits hatte ich keine Lust, neben ihm zu schlafen, weil er mit Sicherheit keine Ruhe geben würde. Also stieg ich kurzerhand aus meinem Schlafsack, schnappte mein Sweatshirt, die Jeans und meine Schuhe und ließ Josh allein im Zelt zurück.

Noch während ich mich draußen vor dem Zelt anzog, hörte ich sein gleichmäßiges Schnarchen.

Es war wieder eine klare mondhelle Nacht und die schwarzen Umrisse von James Island hoben sich vor dem nachtblauen Himmel ab. Die Baumskelette der Treibholzbarriere leuchteten wie bleiche Knochen. Das Donnern der Brandung war unheimlich laut und nah. Das Meer schläft nie, dachte ich. Es ist ein wartendes Ungeheuer, eines, das Menschen verschlingen und nicht wieder hergeben kann. Mich hatte Conrad gerettet. Aber sein Bruder war ertrunken.

Ich lief hinunter zum Strand und blieb plötzlich auf halbem Wege wie angewurzelt stehen. Was war das? Die Gischt in der Brandung schimmerte nicht weiß, sondern blau. Es war ein blaues Leuchten und Flimmern entlang der gesamten Brandungslinie. Das Meer sprühte Funken. Meeresleuchten, nannte sich das Phänomen, hervorgerufen durch phosphoreszierende Kleinkrebse. Ich hatte schon davon gehört, es aber noch nie erlebt.

Fasziniert starrte ich auf das Schauspiel, die schwebende Lumineszenz im Wasser. Und auf einmal sah ich ihn, den einsamen Wellenreiter in der Nacht. Seine schwarze Gestalt im Licht des vollen Mondes hatte etwas Gespenstisches an sich, so, als wäre er nicht von dieser Welt.

Damit er mich nicht bemerkte, lief ich zurück in den Schutz der Treibholzbarriere und bewegte mich dann so lange am Strand entlang, bis ich auf gleicher Höhe mit ihm war. Dort kletterte ich auf einen Stamm und verbarg mich in den blank gescheuerten Ästen seiner riesigen Wurzel, um den nächtlichen Surfer unbemerkt beobachten zu können.

Es war anders als alles, was ich bisher auf dem Wasser gesehen hatte. Die schwarze Gestalt des Wellenreiters glitt über die leuchtend blaue Gischt wie ein Geist – oder wie jemand, der Geister vertreiben wollte. Es war nach Mitternacht, die Flut hatte ihren höchsten Stand noch nicht erreicht, doch die Wellen, die hereinkamen, waren hoch wie nie. Schaumflocken flogen wie blaue Lichtsplitter.

Ich fragte mich, wer der nächtliche Surfer war. Keiner aus der Clique schien mir verrückt genug, um so etwas zu tun. Außer Mark vielleicht. Aber als ich gegangen war, hatte ich sein Longboard neben den anderen Brettern im Mondlicht stehen sehen.

Vermutlich war der mysteriöse Wellenreiter einer der neuen

Urlauber, die am Wochenende angekommen waren und in ihren Campern schliefen. Ich sah den Surfer hinter der blauen Brandung verschwinden und wieder auftauchen. Er schien vertraut zu sein mit der Bucht, war ein Meister der Wellen. Anders als die Clique mit ihrer ungebremsten Energie surfte er voller Anmut, war eins mit dem Ozean. Ich bewunderte seine akrobatische Geschmeidigkeit, seine weichen, tänzerischen Bewegungen.

Auf dem Kamm einer riesigen Welle ging die schwarze Gestalt in die Knie und breitete die Arme aus wie ein Seevogel seine Flügel. Sie surfte vom Wellengipfel zum Wellental und wieder zurück. Der Fremde schien über das leuchtende Meer zu schweben. Nach einiger Zeit zog er in der blauen Gischt einen Bogen und kam zurück zum Strand, wo er aus dem Wasser stieg. Sein Surfbrett war groß, es überragte ihn noch ein ganzes Stück. Ein Longboard – wie das von Mark.

Am Strand löste der Surfer die Leine von seinem Fußgelenk und hob das Brett auf seinen Kopf. Seine nackten Füße hinterließen blau leuchtende Fußabdrücke im nassen Sand. Schließlich wandte er sich landeinwärts und kam direkt auf mich zu. Er konnte mich nicht gesehen haben, aber nun hatte ich auch keine Möglichkeit mehr, unbemerkt zu verschwinden. So drückte ich mich noch tiefer in die nächtlichen Schatten der großen Wurzel, denn ich wollte nicht entdeckt werden.

Erst als die schwarze Gestalt fast bei mir angelangt war, bemerkte ich das Kleiderhäuflein am anderen Ende des Baumstammes, auf dem ich saß. *Mist.* Ich hielt den Atem an.

Aus der Nähe sah ich, dass der Surfer langes dunkles Haar hatte. Er lehnte sein Brett behutsam gegen den Stamm und wrang das Wasser aus seinen Haaren. Dann begann er, sich aus dem Neoprenanzug zu schälen. Darunter war er nackt. Das Mondlicht floss über seinen Rücken, das lange Haar, während er sich mit einem Handtuch trockenrieb. Als er mir seine Vorderseite zuwandte, entschlüpfte meiner Kehle ein überraschter Laut. *Das konnte nicht sein – unmöglich.*

Trotz Brandungsrauschen hatte Conrad mich gehört und hielt sich erschrocken das Handtuch vor die Mitte.

»Verdammt, wer . . .?« Er starrte auf die Wurzel und ich rutschte langsam auf dem Stamm nach vorn ins helle Mondlicht.

»Ich bin's, Smilla. Tut mir leid, ich wollte nicht . . . ich konnte nicht schlafen«, stammelte ich. »Ich bin zum Strand gelaufen und da . . . ich habe so etwas noch nie gesehen.« Ich überließ es ihm, sich auszusuchen, was ich damit meinte: das Meeresleuchten oder seinen nächtlichen Ritt auf den Wellen. Ich war immer noch vollkommen perplex. Conrad war ein Surfer. Und zwar ein begnadeter.

Er wandte mir wieder den Rücken zu und zog sich ohne Hast an. Mein Herz schlug Purzelbäume. Ich versuchte, zu denken und mir einen nächsten Satz zurechtzulegen, mich zu wappnen gegen seinen Ärger, denn bestimmt war er nicht froh darüber, dass ich sein Geheimnis entdeckt hatte.

Da kam er auch schon auf mich zu. Er hockte sich neben mich auf den Stamm, rieb den Sand von seinen Füßen und zog Socken und Turnschuhe an.

»Ich dachte, du hasst Surfer«, stieß ich hervor.

»Tue ich ja auch.«

»Aber du bist selber einer.«

»Bin ich das?«, fragte er nach einer Weile.

»Definitiv. Du kannst besser surfen als jeder Einzelne aus der Clique. Du bist sogar besser als Mark.«

»Woher willst du das wissen?«

»Ich habe Augen im Kopf.«

Ich sah seine Zähne im Mondlicht aufblitzen, als er lächelte.

Mir fiel ein großer Stein vom Herzen. Conrad war nicht sauer auf mich.

»Ihr Fehler ist, dass sie keinen Respekt vor den Wellen haben«, sagte er. »Sie benutzen sie, statt sie zu achten. Sie benutzen das Meer, um sich selbst wie die Größten dastehen zu lassen.«

Ich hörte kaum, was er sagte. »Warum in der Nacht, Conrad?«

»Ich habe meine Gründe.«

»Weil am Tag erbärmliche weiße Stümper auf deinen Wellen reiten? Weil du den Strand und den Ozean nicht mit ihnen teilen willst?«

Conrad schüttelte den Kopf und lächelte leise in sich hinein. »Das sind zwei gute Gründe, aber meiner ist ein anderer.«

Ich spürte, wie fremd wir einander waren, wie weit entfernt voneinander. Ich wusste immer noch nicht, was Conrad dachte oder fühlte. Und wenn er es nicht wollte, würde ich es nie erfahren. Einen Teil von ihm durfte ich sehen, den anderen hielt er vor mir verborgen. Das machte mich traurig. Aber wer war ich schon, dass er mir sein Innerstes anvertrauen sollte?

»Du wirst ihn mir nicht sagen, deinen Grund, nicht wahr? Weil ich weiß bin. Weil ich eine von *ihnen* bin.«

»Bist du nicht«, sagte er. »Du bist ein Rabe und dein Urgroßvater war ein Walfänger.«

Wow, dachte ich. Quileute-Jungs konnte man mit Tiernamen und einem Walfängerurgroßvater betören. »Aber?«, fragte ich.

»Darüber zu reden, ist nicht so einfach, wie du denkst.«

»Hier sind nur du und ich.« Ich breitete meine Arme aus.

»Das glaubst du wirklich, oder?«

»Wer sonst sollte . . .«, ich hielt inne und sah ihn fragend an.

»Hier gibt es Leben, das du sehen kannst, und welches, das du nicht sehen kannst«, sagte er.

Meinte er etwa dasselbe, was ich dachte? »Geister?«, fragte ich verwirrt. »Du glaubst an Geister?«

»Du nicht?«

Ich wusste nicht, was ich darauf antworten sollte, und schwieg. Etwas flog mit lautem Flügelschlag über uns hinweg und ich zuckte erschrocken zusammen. »Wenn du mir Angst einjagen willst, dann machst du das sehr gut«, murmelte ich.

»Soll ich dich zum Camp zurückbringen?«, fragte er.

»Das geht nicht. In meinem Zelt liegt Josh, er ist völlig betrunken.«

Conrad stieß einen leisen Fluch aus und ich sah, wie Zorn in seinen Augen aufflackerte. »Hat er dich belästigt?«

»Nein. Er ist sofort eingeschlafen.«

»Was sind deine Freunde bloß für jämmerliche Gestalten?«

»Ich glaube, was das angeht, unterscheiden sie sich kaum von anderen Jugendlichen auf der Welt«, sagte ich. Das klang verdammt altklug, aber es stimmte.

»Und was willst du jetzt tun?«

»Hier sitzen und warten, bis es hell wird«, sagte ich trotzig.

»Na komm, kleiner Rabe«, meinte Conrad nach einer Weile, »ich weiß, wo wir hinkönnen.«

Sein Surfbrett und den Neoprenanzug versteckte er hinter dem Schwemmholz. Dann führte er mich auf einem schmalen Pfad zu den teuren Strandhäusern. Zielstrebig ging er auf eines davon zu, holte etwas unter den hölzernen Stufen hervor und machte sich an der Eingangstür zu schaffen.

»Was hast du vor?«, flüsterte ich entgeistert. »Willst du hier einbrechen?«

Conrad hob den Finger an die Lippen und zeigte mir einen Schlüssel. »Aber wir dürfen kein Licht machen.« Bevor er die Tür öffnete, sah er sich noch einmal um. Alles war ruhig. Er schob mich hinein und schloss hinter uns wieder ab.

Helles Mondlicht schien durch die großen Glasfenster im Erdgeschoss. Die Hütte war mit geschmackvollen Möbeln ausgestattet. Tische und Sessel waren mit geschnitzten Figuren verziert, die im fahlen Licht lebendig zu werden schienen. Soweit ich das sehen konnte, gab es alles, was man für einen bequemen Urlaub brauchte. Eine voll ausgestattete Küchenzeile, gemütliche Sitzmöbel und einen Kamin mit Feuerholz daneben.

»Na, was sagst du? Das Bad hat sogar einen Jacuzzi.« Conrad öffnete den Kühlschrank und holte eine Halbliterflasche Wein heraus.

»Toll«, sagte ich matt.

»Das klingt ja nicht gerade begeistert«, meinte er enttäuscht.

»Und was, wenn sie uns erwischen und irgendwer die Polizei ruft?«

»Mein Vater ist die Polizei«, erwiderte Conrad. »Ich könnte ihn bitten, dass er uns zusammen in eine Zelle steckt.« Er küsste mich, dann öffnete er einen der Küchenschränke und holte zwei Weingläser hervor. »Komm!«, sagte er.

Conrad stieg die Holzstufen hinauf und ich folgte ihm. Oben standen wir im Schlafzimmer des Strandhauses, mit einem Panoramafenster bis zum Dielenboden. Vor uns der blau schäumende Ozean. Ich sah einen hellen Streifen am Horizont, hörte leise das Rauschen der Brandung. Mein Herz schlug laut und meine Knie waren so weich, dass ich kaum noch stehen konnte.

Conrad bemerkte nichts von meinem inneren Aufruhr. Er setzte sich auf den Webteppich vor dem Fenster, öffnete den Wein und goss etwas in die beiden Gläser. Ich hatte angenommen, dass er versuchen würde, mich schnurstracks in dieses riesige Bett zu kriegen, aber ich irrte mich. Er reichte mir ein Glas Wein. Ich nahm es und setzte mich neben ihn. Wir stießen an und tranken. Der Wein war kalt und süß.

Conrad lehnte sich mit dem Rücken gegen das Bett und legte

den Kopf in den Nacken. Ich fragte mich, ob er sich manchmal wünschte, in so einem Haus zu wohnen und Wein aus schicken Gläsern zu trinken. Wahrscheinlich wollte er mich beeindrucken, wollte mir zeigen, dass er nicht nur der Indianerjunge war, der Muscheln in einer Blechdose über dem offenen Feuer garte.

Als Conrad wieder zu sprechen begann, hatte seine Stimme einen trotzigen Klang. »Als mein Bruder und ich kleiner waren, hat unsere Mutter uns verboten, die Weißen in den Ferienhütten mit unserer Anwesenheit zu belästigen. Manchmal haben wir mit den Kindern der Gäste gespielt, aber als unsere Mom es mitbekam, hat sie es uns verboten.«

»Warum?«

Er hob die Schultern. »Vielleicht sollten wir einfach nicht sehen, wie komfortabel man auch leben kann.«

»Und hier einzubrechen und die Minibar zu plündern, das verschafft dir späte Genugtuung?«

»Ja«, sagte Conrad und goss den restlichen Wein in unsere Gläser. »Irgendwie schon. Weißt du eigentlich, was den Leuten aus den Städten an diesen Ferienhäusern so gefällt?«

»Lass mich raten: Die grandiose Aussicht, die atemberaubende Natur, die Nähe zum Strand?«

»Das natürlich auch. Aber was sie dazu bringt, 280 Dollar für eine Nacht in so einem Strandhaus zu bezahlen, sind nicht der Whirlpool oder der Kamin oder die Aussicht, sondern dass es hier kein Telefon gibt und keinen Fernseher. Handys funktionieren auch nicht. La Push ist eine *Dead Zone*. Die Leute bezahlen dafür, von der übrigen Welt abgeschnitten zu sein.«

Ich trank noch einen Schluck von meinem Wein und sagte: »Ich verstehe es nicht. Warum all das hier, wenn ihr die Leute doch gar nicht haben wollt?«

»Ganz einfach: Wir brauchen ihr Geld. Früher haben wir vom

Robbenfang und vom Walfang gelebt. Heute sind wir auf der Jagd nach den grünen Scheinen.« Ich hörte Resignation in seiner Stimme. »Wir brauchen das Geld, also dulden die meisten von uns die Sommergäste. Ein Großteil von ihnen benimmt sich ja auch respektvoll gegenüber uns und unserem Land.«

»Nur die Surfer nicht«, sagte ich.

»Einige von ihnen sind ganz okay. Man bemerkt sie kaum. Aber es gibt auch andere, Leute wie Alec, Josh und die Schaufensterpuppe, die da draußen täglich ihre Show abziehen. Sie haben keinen Respekt vor dem Meer und erst recht nicht vor unserem Land oder uns, den Menschen, die es seit mehr als achthundert Jahren bewohnen. Ich hasse es, wenn sie abfällig über uns reden. Wenn sie über das Meer reden als etwas, das sie bezwingen können.«

»Aber wenn du die Surfer verachtest, wie kommt es dann, dass du es so gut kannst? Ich meine das Surfen?«

Ein Ausdruck der Abwehr erschien auf Conrads Gesicht. »Das ist eine lange Geschichte.«

»Ich habe es nicht eilig«, sagte ich, trank meinen Wein aus und stellte das Glas auf den Boden. Abwartend sah ich Conrad an. Er wirkte auf einmal fremd und seltsam abweisend. Der Duft seiner Haare, die nach Seetang rochen, stieg mir in die Nase.

Conrad atmete tief durch und leerte sein Glas in einem einzigen Zug. Stockend, fast widerstrebend begann er, von diesem Mann zu erzählen, der vor zehn Jahren mit seinem Surfbrett am First Beach aufgetaucht war. »Mein Bruder und ich waren neun Jahre alt und wir sammelten Schwemmholz am Strand, als er im schwarzen Anzug mit seinem riesigen Brett ins Wasser stieg.«

Zwillinge, schoss es mir durch den Kopf. Conrad war ein Zwilling. Das Gedankenkarussell setzte sich in Bewegung.

Er sprach weiter, doch es kam mir so vor, als rede er gegen seinen Willen, als hätte ich ihn zu etwas gezwungen.

»Von da an saßen wir jeden Tag am Strand und beobachteten den Mann mit seinem schwarzen Neoprenanzug und seinem riesigen Surfbrett. Es war faszinierend, wie er die Wellen ritt, wie er auf ihnen tanzte. Mein Bruder und ich, wir waren mit dem Meer aufgewachsen und begriffen schnell, dass er es lesen konnte wie ein Buch. Sein Blick nahm jede Besonderheit wahr und er kannte die Geheimnisse des Ozeans wie kein anderer Weißer. Manchmal saß er ganz still am Strand und seine Nasenflügel bebten. Als ob er am Geruch, der aus den Tiefen des Meeres kam, etwas erkennen konnte, etwas, das weder mein Bruder noch ich imstande waren wahrzunehmen.

Alles, was wir wollten, war, so surfen zu können wie er.

Eines Tages setzte er sich zu uns und begann, aus seinem Leben zu erzählen. Er hieß Frank und hatte viele Jahre auf Hawaii gelebt. Wir wurden Freunde. Unser Vater hatte selten Zeit für uns und so war die Faszination, die von Frank und seinem Surfbrett ausging, für uns besonders groß.«

Ich spürte die Kraft, die Conrad aufbringen musste, um mir diese Geschichte zu erzählen, aber als er fortfuhr, redete er nicht mehr so stockend. Es war, als hätte er eine Lawine losgetreten. »Der Winter erschien uns öde und trist. Doch im Sommer darauf war Frank wieder da. Er hatte zwei Shortboards im Gepäck und brachte uns das Surfen bei.« Conrad legte den Kopf in den Nacken und starrte an die Decke. »Es zu lernen, fiel uns leicht. Vielleicht, weil wir vertraut waren mit dem Meer und es bald auf dieselbe Art lesen konnten wie er. Mein Bruder wurde Franks Lieblingsschüler. Er war besessen und träumte davon, eines Tages an Stränden auf Hawaii oder in Südafrika zu surfen. Frank bestärkte ihn darin. Er sagte: ›Du bist gut, Kleiner, du kannst es schaffen.‹ Mein Bruder glaubte ihm und wurde immer tollkühner.

Unsere Freunde im Dorf, die das Ganze zu Anfang noch witzig fanden, begannen, uns als Spinner zu betrachten. Das Meer war für sie nicht zum Vergnügen da. Ihre Eltern und Großeltern missbilligten, was wir taten, und selbst wenn der eine oder andere auch gerne einmal auf einem Brett gestanden hätte – sie zeigten uns ihre Verachtung.

Uns machte das nichts aus. Wir hatten ja Frank und wir hatten uns. Als unsere Mutter fortging, warf uns das ziemlich aus der Bahn, aber wir taten, was wohl jeder in unserer Situation getan hätte: Wir hielten noch enger zusammen. Mein Bruder entwickelte eine geradezu manische Energie beim Wellenreiten. Fortan betrachtete er das Surfen als seine größte Herausforderung.

Bald redete er über nichts anderes mehr. Neue Manöver, die besten Boards, perfekte Wellen – ich konnte es nicht mehr hören. Wenn sich ein guter Swell ankündigte, ging er nicht zur Schule, sondern mit seinem Surfbrett zum Strand. Der Ozean führte die Regie in seinem Leben. Er wollte der zweite Kelly Slater werden.«

Conrad sah mich an und ich nickte. Dank Brandee und Josh war mir Kelly Slater ein Begriff.

»Er übte und übte, surfte auch in den Herbststürmen. Ich war nicht so waghalsig wie er, das bin ich nie gewesen. Ich hatte meinen Spaß auf den Wellen und manchmal wetteiferte ich mit ihm, aber nur weil ich wusste, wie viel Freude es ihm machte. Doch er war süchtig nach dem Risiko und wurde wütend, wenn ihm etwas misslang.

Im letzten Sommer, da gab es auf einmal richtig gewaltige Brecher hier am First Beach. Mein Bruder stand mit seinem Brett am Strand und starrte fasziniert aufs Meer hinaus. Ich kannte ihn nur zu gut. Sobald er sich etwas in den Kopf gesetzt hatte, war er durch nichts mehr aufzuhalten.

Trotzdem bat ich ihn, es nicht zu tun.« Conrad schluckte trocken. Er schüttelte den Kopf, als wollte er die Bilder daraus vertreiben. Ich nahm an, dass ihm das Ganze wieder lebendig vor Augen stand, während er davon erzählte. Auf einmal schien er schnell zum Ende kommen zu wollen. »Doch tollkühn, wie er war, paddelte er hinaus und eine Welle verschluckte ihn. Er wurde niemals gefunden. Nur sein Brett spuckte das Meer an den Strand. Die Fangleine war gerissen.«

Ganz in seinem Schmerz versunken, blickte Conrad hinaus in die Nacht. Mir kam es so vor, als wären wir nicht allein im Raum, als gäbe es einen ungebetenen Gast. Ich hatte sogar das Gefühl, einen Hauch Tang und Fisch zu riechen. Das war unheimlich und ich versuchte, diese merkwürdige Empfindung abzuschütteln.

»Das tut mir so leid«, flüsterte ich. »Er war dein Zwilling, nicht wahr?«

Ich bekam keine Antwort. Er schien mich gar nicht zu hören. Ich holte Luft, um ihn noch einmal zu fragen, da sagte er: »Zwillinge, ja. Eineiig sogar. Die Leute im Ort konnten uns nicht auseinanderhalten. Mein Bruder war zuerst auf die Welt gekommen, ich folgte ihm zehn Minuten später nach. Ich war sein Schatten. Jetzt ist er meiner.«

»Wie hieß er«, flüsterte ich.

Conrad blieb lange Zeit still, vielleicht bereute er, mir so viel erzählt zu haben. Doch dann sagte er leise: »Ich darf seinen Namen nicht aussprechen. Zehn Jahre lang nicht.«

»Aber wieso nicht?«

»Weil sein Geist, sein *Yalá,* wenn er seinen Namen hört, denken könnte, ich hätte ihn gerufen. Dann würde er zu mir zurückkommen.«

Als Conrad das sagt, sieht er die Frage in Smillas Gesicht: Glaubst du das wirklich?

Ihm fallen die Momente ein, in denen er nahe dran gewesen war, Justin bei seinem Namen zu rufen. Weil er wollte, dass sein Bruder zu ihm zurückkommt. Ein Geist-Bruder ist immer noch besser als gar kein Bruder, hat er gedacht.

Aber er hat es nie getan. Weil diejenigen, die aus dem Reich der Toten zurückkehren, nicht mehr die sind, die sie mal waren. Sein Großvater Akil hatte ihm erzählt, dass man die Zurückgekehrten daran erkennt, dass sie in Tang gehüllt sind und runde orangefarbene Augen haben.

Conrad glaubt nicht daran und trotzdem hat er Angst. Als er Smilla von Justin erzählt hat, ist es ihm so vorgekommen, als ob ein Geist im Raum gewesen wäre. Deshalb hütet er sich davor, Justins Namen auszusprechen, auch wenn Smilla ihn jetzt für einen abergläubischen Eingeborenen hält.

Das Surfen und das Reden über Justin haben Conrad erschöpft. Der Wein macht ihn müde. Er steht auf und legt sich auf das große Bett.

»Was machst du da?«, fragt Smilla entgeistert.

»Schlafen«, antwortet er und fühlt auf einmal eine überwältigende Müdigkeit, die ihn überschwemmt wie eine unsichtbare Flut. Er will nur noch schlafen.

Smilla kniet neben ihm auf dem Bett und beugt sich über ihn. »Aber du kannst doch jetzt nicht schlafen. Nicht hier!«

»Wieso denn nicht?«, murmelt er. »Dazu sind wir doch hergekommen.«

Conrad schließt die Augen und lässt den Schlaf kommen. Er weiß, dass er diesmal keinen Albtraum haben wird. Smilla, der kleine Rabe, wird über seinen Schlaf wachen.

17. Kapitel

Gegen zwei Uhr am Nachmittag tummelte sich die Clique wieder mit ihren Surfbrettern auf dem Wasser. Ich war dabei – diesmal wollte ich unbedingt versuchen, einen Fuß auf mein Brett zu setzen.

Ich war immer noch wütend auf Conrad. Er hatte sich einfach davongemacht, während ich schlief. Als ich im Strandhaus aufwachte, war es schon acht gewesen. Ich hatte himmlisch geschlafen in dem großen Bett mit der weichen Matratze. Aber das Erwachen war ein Schock. Ich war allein und musste zusehen, wie ich unbemerkt aus dem Strandhaus herauskam. Wenn man mich erwischte, würde Alec mich nie wieder aus den Augen lassen.

Auf der untersten Stufe hatte eine Serviette mit den Worten WIR SEHEN UNS SPÄTER, CONRAD gelegen. Zuerst hatte ich überlegt, sie dort liegen zu lassen, dann hätte er mit Sicherheit Schwierigkeiten bekommen. Aber schließlich hatte ich die Serviette doch eingesteckt, weil sie das Einzige war, was ich von ihm besaß. Eine Serviette mit diesem einfachen Satz und Conrads Namen. Was auch immer kommen würde, diese Serviette war der Beweis, dass ich nicht nur geträumt hatte.

Schließlich hatte ich mich über die Veranda aus dem Strandhaus geschlichen. Zum Glück schliefen im Camp alle noch. Als ich vorsichtig in mein Zelt spähte, blickte mich Janice mit großen Augen erleichtert an. »Smilla«, sagte sie, »Gott sei Dank.« Von Josh keine Spur.

Ich krabbelte zu ihr ins Zelt und setzte mich auf meinen Schlafsack.

»Ich musste ihn rausschmeißen«, sagte sie. »Das ganze Zelt stank nach Bierkneipe.« Und dann wollte sie wissen, wo ich gewesen war.

»Ich habe am Strand gesessen und das Meeresleuchten beobachtet«, sagte ich. Immerhin war das die halbe Wahrheit, doch sie genügte Janice nicht.

»Die ganze Nacht?«

Ich zuckte mit den Achseln.

»Du warst nicht allein, oder?«

Ich schüttelte den Kopf.

»Wow.« Janice zog die Mundwinkel nach unten. »Das hätte ich dir echt nicht zugetraut.« Sie musterte mich. »Hat er dich geküsst?«

»Nein, wir haben . . .«

». . . das Meeresleuchten bewundert, schon klar.« Janice verdrehte die Augen und schüttelte den Kopf.

Und da wusste ich auf einmal, was mich die ganze Zeit am meisten verletzt hatte: dass Conrad einfach so neben mir eingeschlafen war.

Als ich das Zelt wieder verlassen wollte, um meine Zähne zu putzen, hielt Janice mich am Arm fest. »Ich gönne dir das, Smilla, wirklich«, sagte sie. »Aber sei vorsichtig.«

»Ja klar«, erwiderte ich. »Und übrigens: Danke dafür, dass du abends immer erst mit in unser Zelt gekommen bist. Nun weiß ich auch, warum.«

Beim Frühstück sah Josh ein paarmal zu mir herüber und machte ein zerknirschtes Gesicht. Er würde nichts sagen. Ich sah ihm an, dass er sich für seine nächtliche Aktion schämte.

Als er mich später allein erwischte, entschuldigte er sich. »Ich glaube, ich hatte zu viel getrunken, Smilla. Es tut mir leid.«

»Schon vergessen«, sagte ich.

»Habe ich . . . ich meine, war ich . . .?«

Da begriff ich, dass er gar nicht wusste, dass er die Nacht allein im Zelt verbracht hatte.

»Nein, du hast ganz friedlich geschlafen. Du hast geschnarcht, deshalb bin ich früh aufgestanden.«

»Oh, tut mir leid. Kommt nicht wieder vor.«

Na, das will ich doch schwer hoffen, dachte ich.

Die Clique dümpelte weiter draußen auf ihren Brettern, um ein paar größere Wellen zu erwischen. Ich war gerade dabei, zum ersten Mal einen Fuß auf mein Brett zu setzen, als ich Conrad am Strand stehen sah. Er trug seinen Surfanzug und hielt sein großes Brett aufrecht. Boone tobte am Ufersaum entlang und jagte Möwen.

Conrad beobachtete mich und ich konnte mich auf einmal nicht mehr richtig konzentrieren. Schon fast am Strand, holte mich eine Welle vom Brett und ich wurde über den harten Sandboden geschleudert.

Conrad half mir auf die Beine und zog mein Brett aus dem Wasser. Ich riss es ihm aus den Händen und stieg durch den aufgewirbelten grauen Sand ans Ufer.

»Hey«, sagte er und kam mir nach. »Was ist denn los mit dir?«

»Was machst du hier?« Ich ließ mich in den warmen Sand fallen und er setzte sich neben mich. Ich hatte Salzwasser geschluckt und musste husten.

»Wonach sieht es denn aus?«, fragte er und klopfte mir auf den Rücken. »Abgesehen davon: Ich bin hier zu Hause, schon vergessen?«

Ich schnaubte unwillig.

Conrad lächelte. »Du machst Fortschritte, kleiner Rabe.«

Wollte er mich auf den Arm nehmen? »Und *du* bist einfach abgehauen.«

»Ich hatte was zu erledigen.«

»Mitten in der Nacht?« Ich schniefte.

»Ich bin erst kurz vor sieben gegangen.«

»Warum hast du mich nicht geweckt? Wolltest du, dass mich das Zimmermädchen schlafend im Bett findet und mich für alles verantwortlich macht?«

»Das Strandhaus wird nicht vermietet. Der Geschirrspüler ist kaputt.«

Verdammt, musste er immer auf alles eine Antwort haben. »Wo musstest du denn so eilig hin?«

Mist, jetzt war es raus. Diese Frage war kindisch, meine Stimme klang patzig. In Wahrheit ging es mich nichts an, was Conrad Howe am frühen Morgen für wichtige Termine hatte.

»Ich musste Kayad hüten«, sagte er schlicht. »Tamra und Valerie hatten Frühschicht im Restaurant.«

Touchè. Ich presste die Lippen aufeinander. Conrad erhob sich, nahm sein Surfbrett auf und lief ins Wasser. Erst jetzt wurde mir bewusst, dass keiner außer Mark auf seinem Brett stand. Die anderen schaukelten draußen auf den Wellen und starrten zu uns herüber.

Auf seinem schweren Brett paddelte Conrad durch die Brandung, den größeren Wellen entgegen. Ich sah, wie die anderen ihm Platz machten. In schnellen, langen Zügen war er auf einer großen Welle. Sie war zu ihm gekommen, nicht er zu ihr. Sekunden später stand er auf dem Brett, beide Arme elegant vom Körper abgespreizt, als wolle er fliegen. Alles sah unheimlich leicht aus. Für Conrad war Surfen so einfach wie Atmen. Er spielte mit den Wellen, war eins mit dem Element. Lässig stand er auf seinem stabilen Brett und seine Füße glitten auf der gesamten Länge hin und her. Er kämpfte nicht gegen die Brandung, er floss mit ihr. Conrad wollte nichts beweisen, sich selbst nicht und den anderen auch nicht. Es war faszinierend, ihm zuzusehen.

Die Clique überließ Conrad die Wellen der Nachmittagsflut. Er war ein *Local* und eine Surferregel lautete, den Einheimischen immer den Vortritt zu lassen. An diesem Nachmittag war Conrad der Herr der Wellen an seinem Strand und er ritt sie mit konkurrenzloser Eleganz.

Nach ein paar Ritten kam er aus dem Wasser und die anderen setzten ihre Jagd auf die Wellen fort. Ich hoffte, dass er mir mein kindisches Benehmen verziehen hatte und jetzt nicht einfach wortlos verschwinden würde. Das tat er nicht. Stattdessen winkte er mich zu sich an die Wasserlinie.

»Na los«, rief er, »komm mit rein, Smilla. Du willst es doch lernen.«

Erschrocken schüttelte ich den Kopf und wich vor ihm zurück. Aber er streckte die freie Hand nach mir aus und lächelte. »Vertrau mir. Ich werde dir sagen, was du zu tun hast. Es kann nichts passieren.«

Ich konnte nicht anders, ich musste mit ihm gehen.

Conrads Brett war so viel größer als ich. Fast wie ein Boot lag es schwer und ruhig auf dem Wasser. Ich saß rittlings darauf, hielt mich mit den Händen fest und verhakte meine Knöchel unter dem Brett. Conrad brachte es erstaunlich schnell durch die Brandung.

Das Meer bewegte sich unter uns in einem langsamen Rhythmus, wie das Schlagen eines Herzens. Auch mein Herz schlug wild. Conrad lag halb auf dem Brett und paddelte mit mir auf den Swell zu. Ich hielt mich an den Kanten des Brettes fest, wobei ich mir selber Mut zusprach. Gischt sprudelte mir ins Gesicht und trieb mir Salzwasserflocken in die Nase.

Wir warteten quer zu den Wellen und dann sah ich eine herannahen, sah, wie sie wuchs. Conrad drehte das Brett zum Strand. Ich konnte fühlen, wie die Welle hinter uns Kraft sammelte und kurzzeitig packte mich die Panik. Doch dann waren wir beide auf ihr. Sie hob das Brett empor und ich merkte, wie Conrad hinter mir aufstand.

»Jetzt!«, rief er. Ohne nachzudenken, zog ich die Knie auf das Brett, dann stellte ich den rechten Fuß auf. Zu mehr reichte mein Mut nicht, doch schon das war unvergleichlich aufregend.

»Die Arme«, schrie Conrad hinter mir. »Surf mit deinem Körper.«

Instinktiv hob ich meine Arme und versuchte, die Balance zu halten. Die Welle trug uns ganz sacht an Land und das Brett fuhr knirschend auf den Sand. Wir stiegen aus dem Wasser. Ich holte mein Boogie und Conrad trug sein Brett auf dem Kopf über den Strand. Er lehnte es gegen den Stamm, auf dem er seine Sachen liegen hatte. Wir zogen unsere nassen Anzüge aus (ich trug jetzt vorsichtshalber immer meinen blauen Bikini darunter), setzten uns auf das warme Holz und ließen uns von der Sonne trocknen.

»Danke«, sagte ich zähneklappernd. Ich hatte am ganzen Körper Gänsehaut. »Das war unbeschreiblich schön.«

»Ja«, sagte er. Und da war es wieder, sein Lächeln.

Wir sahen auf das Meer, wo die anderen auf den nun kleiner werdenden Wellen ritten. Obwohl sie weit weg waren, konnte ich ihre Blicke wie Nadelstiche spüren.

»Nun wissen es alle«, sagte ich.

»Stört es dich?«

Ich schüttelte den Kopf. Nein, aber sie werden es mich spüren lassen.

Conrad nahm sein Handtuch und legte es um meine Schultern. Es war steif und kratzig, aber es wärmte mich. Ich holte

Luft, um ihn zu fragen, wie es nun mit uns weitergehen würde, da sagte er: »Ich habe mit Tamra gesprochen.«

Überrascht sah ich ihn an. Damit hatte ich nicht gerechnet. »Was hast du ihr gesagt? Dass du jetzt auf kleine weiße Surferinnen stehst?«

Er drehte das Gesicht von mir weg. »So was in der Art.«

»Und?«

»Sie ist ausgeflippt. Für sie war klar, dass ich die Rolle meines Bruders übernehmen würde.«

»Na ja«, sagte ich, »irgendwie hast du das ja auch die ganze Zeit getan. Was sollte sie sonst denken?«

Conrad zog die Knie an die Brust und schlang seine Arme darum. Ich konnte das spärliche dunkle Haar in seinen Achselhöhlen sehen, seinen salzigen Duft riechen. Wasser rann aus seinen Haaren und perlte über seine Schultern.

Ach verdammt, hatte ich schon wieder das Falsche gesagt?

Conrad wandte mir das Gesicht zu und sein Blick war jetzt ganz offen. »Tamra war das erste Mädchen, in das ich richtig verliebt war«, bekannte er. »In ihrer Gegenwart bekam ich feuchte Hände und weiche Knie. Ich wurde zum stammelnden Idioten. Ich habe sie angebetet, von ihr geträumt, ich habe ihr sogar Gedichte geschrieben.« Mit einem bitteren Lächeln schüttelte er den Kopf. »Aber sie hat mich nicht gewollt. Sie hat meinen Bruder vorgezogen. Und als er tot war . . . na ja, da blieb immer noch ich. Dasselbe Gesicht, die gleiche Statur, dieselbe Stimme, derselbe Geruch.«

»Und du?«, fragte ich, tief berührt von dem, was er mir da erzählte.

»Ich brauchte jemanden, der ihn genauso vermisste wie ich. Ich dachte, ich würde Tamra immer noch begehren. Aber sie war die Freundin meines Bruders und Kayad ist der Sohn meines Bruders und ich bin nicht er.«

»Das ist alles ziemlich verwirrend für mich«, sagte ich.

»Und für mich erst«, erwiderte er. Das sollte sich vermutlich spaßig anhören, aber Conrad meinte es ernst, das spürte ich.

Ich war eifersüchtig auf Tamra, darauf, dass sie diese Wirkung auf ihn gehabt hatte. Und erneut fragte ich mich, wieso er sich mit mir abgab. Jede Wette: Um weibliche Aufmerksamkeit brauchte er sich bestimmt keine Sorgen zu machen.

Conrad begann, sich anzuziehen. Dann schob er sich zwischen meine Knie, lehnte sich gegen den Stamm und küsste mich lange. Ich hielt mich an seinen Haaren fest, weil ich fürchtete, in diesem zärtlichen Kuss zu ertrinken. Falls noch jemand da draußen auf dem Wasser Zweifel gehabt hatte, dann waren die nun endgültig ausgeräumt.

Laura würde sich insgeheim freuen, Josh mich dafür hassen, Alec den Tugendwächter mimen und Brandee mich für komplett geistesgestört erklären. Mit etwas Glück blieben wenigstens Janice und Mark neutral.

»Ich muss jetzt gehen«, sagte Conrad. »Ich habe einem Freund meines Vaters versprochen, ihm beim Bau seines Kanus zu helfen. Und heute Abend bin ich mit der Essenausgabe im Seniorenzentrum dran.« Er löste sich von mir.

»Sehen wir uns noch?«, fragte ich. Ich wollte in den wenigen Tagen, die uns noch blieben, keine Minute mit Conrad versäumen.

Er schien zu überlegen. »Wirst du im Camp sein heute Abend?«

»Ja. Ich glaube, die anderen wollen noch mal zum Billard nach Forks. Aber ich fahre nicht mit.«

»Gut.« Er stopfte den Surfanzug in seinen Rucksack und schulterte ihn. Dann klemmte er das Longboard unter seinen Arm, pfiff nach Boone und lief den Strand entlang in Richtung La Push.

Als die Clique mit ihren Brettern ins Camp zurückkehrte, bedachten Alec, Josh, Laura und Brandee mich mit grimmigen Mienen. Du solltest wissen, wo du hingehörst, schienen ihre Blicke zu sagen. Sie mieden mich, als würde ich den Geruch einer fremden Art an mir tragen. Ich hatte mich mit einem Indianerjungen eingelassen, hatte Conrad ihnen vorgezogen, etwas, das mich unerbittlich von der restlichen Truppe trennte.

Wie vermutet, waren Janice und Mark die Einzigen, die normal mit mir umgingen. Ich hatte mir ja einiges ausgemalt, aber den Bann über mich zu verhängen, das war reichlich übertrieben. In mir begann Trotz aufzusteigen. Ich konnte nicht glauben, dass sie sich so idiotisch verhielten.

Als ich Josh etwas fragte und er mir nicht antwortete, war ich kurz davor auszurasten. Doch bevor es dazu kommen konnte, tauchten auf einmal drei junge Männer im Camp auf, die gerade mit ihrem Wohnmobil in La Push angekommen waren. Schnell richtete sich die ganze Aufmerksamkeit auf die Neuankömmlinge. Sie stammten aus Spokane, einer Stadt nahe der Grenze zum Bundesstaat Idaho. Richtige Landeier sozusagen.

Die drei – Bob, Terry und Cliff – waren schon Mitte zwanzig, hatten nagelneue Surfanzüge und Surfbretter im Gepäck und waren fest entschlossen, auf den Wellen am First Beach surfen zu lernen. Ein Freund hatte ihnen den Tipp gegeben.

Sie stellten viele Fragen und Josh und Alec gaben fürchterlich an mit ihrem Wissen und ihren Ortskenntnissen. Na, wenigstens vergaßen sie mich dadurch für einen Moment und mein Ärger verpuffte.

Der Billardausflug wurde (zu meinem Leidwesen) verschoben und Bob, Terry und Cliff wurden zum Abendessen eingeladen. Sie hatten Steaks und Bier in ihrer Kühlbox und Nachschub an Gras in den Taschen. Das rettete die Stimmung an diesem Abend.

Niemand kümmerte sich um mich. Cliff klimperte auf seiner Gitarre und Laura sang mit ihrer schönen Stimme den Refrain von *Hotel California.* Alle waren ausgelassen und schrecklich fröhlich.

Bis Conrad plötzlich am Feuer auftauchte wie ein Geist. Er hatte sich lautlos über die Steine bewegt und niemand hatte ihn wahrgenommen, bis er dicht hinter Josh stand. Seine Präsenz war überwältigend. Aufrecht stand er da und zeigte uns ohne Worte, wer wessen Gast an diesem Strand war. Die Gespräche verstummten und schließlich auch Cliffs Gitarre. Josh drehte sich um und blickte an Conrad hoch.

»Lasst euch nicht stören«, sagte Conrad mit seiner tiefen Stimme. »Ich will nur mit Smilla sprechen.« Er nickte mir auffordernd zu.

Ich? Ja, Smilla, du!

Nachdem ich mich von meinem ersten Schrecken erholt hatte, sagte ich: »Tja, Leute, das ist Conrad. Ich glaube, ein paar von euch kennen ihn schon.«

Niemand gab eine Antwort, alle starrten Conrad an, als wäre er ein Außerirdischer und kein Einheimischer. Josh stierte wütend ins Feuer. Ein Ast zerbrach in seinen Händen. Ich sah, dass sie zitterten. Alec sah tierisch sauer aus, aber er beherrschte sich. Vielleicht wegen der Jungs aus Spokane, vielleicht auch, weil er einen Joint geraucht hatte und zu bekifft war, um zu streiten.

»Conrad«, sagte ich und stand auf, »das sind Janice, Laura und Brandee. Bob, Terry und Cliff aus Spokane. Alec, Josh und Mark kennst du ja schon."

Conrad sagte nichts, rang sich aber ein Nicken ab.

»Setz dich doch«, sagte Mark, der neben mir saß. Er vergrößerte den Abstand zwischen mir und ihm, damit Conrad Platz hatte. Ich hielt den Atem an.

»Danke«, sagte Conrad höflich. »Aber ich möchte mit Smilla allein sprechen.«

Ich stieg über den Stamm, auf dem ich gesessen hatte, und ging um die anderen Sitzenden herum zu ihm. Conrad legte seinen Arm um mich und sagte in die Runde: »Schönen Abend noch.«

Dann zog er mich fort.

»Was war das denn für eine komische Nummer?«, fragte ich, als wir ein Stück vom Camp entfernt waren.

»Ich habe meine Freundin abgeholt.«

»Nicht gerade diplomatisch.«

»Was erwartest du? Hätte ich vorher anrufen sollen?«

»Du weißt genau, was ich meine.«

»Hey, sie sind deine Freunde und nicht deine Eltern. Ich habe nur versucht, mich normal zu verhalten und mit der Heimlichtuerei aufzuhören.«

»Okay«, sagte ich. »Und wann wirst du mich *deinen* Freunden vorstellen?«

»Jetzt gleich, wenn du das willst.«

Himmel, er meinte es ernst. »Nein. Das will ich nicht.« Das wäre zu viel gewesen für einen Tag. Ich brauchte eine Pause von bösen Blicken. Ich blieb stehen. »Weißt du, was ich jetzt will? Ich wäre jetzt gerne auf einer Insel mit dir, nur du und ich, eingeschlossen von der Flut. Am besten für den Rest meines Lebens.« Ich seufzte.

Wir küssten uns, als auf einmal vom Feuer her ein lang gezogenes Heulen ertönte. Die dilettantische Imitation eines Wolfes. Josh, vermutlich. Ich musste lachen, Conrad fand das nicht lustig.

»Was wolltest du eigentlich von mir«, fragte ich ihn.

Conrad sagte nichts. Er küsste mich wieder, fordernder diesmal.

»Das ist alles?«, fragte ich, nachdem ich Luft geholt hatte.

»Nicht ganz.« Seine Hände lagen inzwischen auf meinem Hintern.

Ich bekam weiche Knie und die üblichen Schwierigkeiten beim Atmen. Jetzt musst du Farbe bekennen, Smilla, dachte ich. Bist du auch bereit dazu? In meinem Inneren begann es zu summen.

»Ich wollte dich fragen, ob du Lust auf einen Ausflug hast?«

»Ausflug? Jetzt?«

»Nicht jetzt. Morgen.«

»Ja, klar«, sagte ich, sofort von kindlicher Vorfreude erfüllt.

»Morgen früh um acht auf dem Parkplatz. Nimm etwas zu trinken mit, eine Regenjacke und zieh feste Schuhe an.«

Regenjacke, feste Schuhe? »Was hast du denn vor?«

»Wandern«, sagte Conrad und lächelte.

»Wandern?«

»Ja.« Sein Lächeln wurde breiter. »Keine Angst, ist ganz leicht. Jedenfalls einfacher zu lernen als surfen.«

»Und wo soll es hingehen?«

»Lass dich überraschen.«

Ich warf einen Blick hinüber zum Camp, wo das Feuer hoch aufloderte. »Ich hoffe, Alec flippt nicht aus, wenn ich es ihm beibringe.«

»Du schaffst das«, sagte Conrad. »Du bist ein Rabe. In unseren alten Geschichten hat der Rabe Sonne, Mond und Sterne geschaffen. Da wird er ja wohl mit einem Hobby-Wikinger fertig werden.«

Ich lachte prustend los.

Als Conrad sich in sicherer Entfernung vom Camp mit einem Kuss von mir verabschiedete, hielt ich ihn fest und sagte: »Ich will da nicht wieder hin. Seit sie uns zusammen gesehen haben, meiden sie mich, als hätte ich eine ansteckende Krankheit.«

»Dann geh nicht hin.«

»Was?«

»Du kannst bei mir wohnen.«

Ich musste ihn ziemlich entgeistert angesehen haben, denn er beeilte sich zu sagen: »Keine Angst, ich habe aufgeräumt.«

Ich umarmte ihn. »Das geht nicht, Conrad. Alec hat meinen und seinen Eltern versprochen, auf mich aufzupassen. Er würde das niemals zulassen.«

»Okay«, sagte er, ohne weiter in mich zu dringen. »Dann sehen wir uns morgen.«

Das Feuer brannte noch hell, aber Bob, Terry und Cliff aus Spokane waren inzwischen gegangen. Mark und Janice saßen etwas abseits und waren ganz mit sich beschäftigt. Ich sah die verschlossenen Gesichter von Alec, Josh, Brandee und Laura im Widerschein der Flammen und verspürte wenig Lust, mich zu ihnen zu setzen. Es würde ohnehin nichts bringen. Sie würden niemals akzeptieren, dass ich mit Conrad zusammen war und Zeit mit ihm verbringen wollte.

»Ich gehe schlafen«, sagte ich. »Wir wollen morgen früh wandern gehen.«

»Wandern?«, fragte Alec frostig.

»Ihr Indian Lover hat sie zum *Wandern* eingeladen«, spottete Brandee mit einem boshaften Lächeln. »Wie romantisch.«

»So nennt man das also auf Quileute«, meinte Josh voller Sarkasmus in der Stimme. »Wandern.«

»Allein? Mit diesem Typen?«, fragte Alec und ich hörte eine ungewohnte Schärfe hinter seiner Stimme.

»Sein Name ist Conrad«, sagte ich. »Und ja, wir wollen wandern gehen. Ihr bringt das ja anscheinend nicht fertig und ich habe große Lust, auch mal was anderes zu sehen als den First Beach.«

»Das kannst du nicht machen, Smilla«, sagte Alec.

Smilla? Nicht Midget? »Wieso nicht?«

»Weil . . .« Alec sah Josh Hilfe suchend an.

»Weil er ein Werwolf ist?«, fragte ich amüsiert.

Laura prustete los, presste sich aber sofort die Hand auf den Mund, als sie merkte, dass niemand außer ihr das komisch fand. Janice und Mark kamen aus dem Dunkel und setzten sich wieder ans Feuer.

Alec funkelte mich wütend an. »Weil er gefährlich ist, verdammt noch mal.«

»Gefährlich?« Ich lachte schnaubend. Was Alec da sagte, war einfach absurd.

»Ja, zum Teufel. Du hast doch gesehen, was er mit unseren Autos angestellt hat. Der Typ hasst uns. Wie konntest du dich nur mit ihm einlassen? Er hat dir mit seinem Quileute-Hokuspokus den Kopf verdreht und du bist darauf hereingefallen. Der will dich doch bloß von uns weglocken und . . . und . . .« Alec fuchtelte wild mit den Händen.

». . . mich von den Klippen stürzen?«, fragte ich bissig.

»Ja . . . vielleicht, ach Scheiße, keine Ahnung, aber irgendetwas hat das Arschloch im Sinn, das weiß ich. Menschenskind, Smilla, ich habe meinen Eltern versprochen, auf dich aufzupassen, und ich kann nicht zulassen, dass du mit diesem Irren gehst und dir was passiert.«

Mit diesem Irren? War Alec jetzt vollkommen übergeschnappt?

»Das ist lächerlich«, rief ich wütend. »Conrad hat mir das Leben gerettet. Ohne ihn wäre ich jetzt Fischfutter.« Ich biss mir auf die Lippen. Verdammt, das hatte ich nicht sagen wollen, es war mir herausgerutscht, weil ich so wütend war, und ich wollte, dass Alec mit seinen absurden Verdächtigungen aufhörte.

Nun starrten mich alle mit offenen Mündern an. Noch vor

zwei Wochen hätte ich mir ihre Aufmerksamkeit gewünscht, aber jetzt, wo ich sie hatte, gefiel es mir nicht.

»Was sagst du da?«, fragte Janice leise. Ach verdammt, dachte ich, nun ist es einmal heraus und sie können auch gleich die ganze Wahrheit erfahren. Vielleicht ließen sie mich und Conrad ja dann in Ruhe. »Als ihr das zweite Mal nach Forks gefahren seid und Laura und ich im Camp geblieben sind, bin ich allein mit dem Boogie aufs Meer raus. Es war spiegelglatt und ruhig. Ich wollte nicht surfen, nur auf dem Meer sein. Aber da waren Unterströmungen und ich habe Wasser geschluckt. Ich bin in Panik geraten. Conrad war da und hat mich rausgeholt. Daher kennen wir uns.«

Janice schnappte nach Luft. Alec, Josh und Mark wechselten bedeutungsschwangere Blicke. Brandee machte ein langes Gesicht, ihr Mund stand immer noch offen. Ausnahmsweise war sie mal sprachlos.

»Dann war das damals *sein* T-Shirt«, bemerkte Laura trocken.

»Ja.«

»Warum hast du nichts gesagt?«, fragte Janice schließlich.

»Weil ihr mich dann wie ein Baby behandelt hättet. So wie ihr es jetzt tut.« Auf einmal hatte ich einen fetten Kloß im Hals. »Ich mag Conrad und ich vertraue ihm. Was ist falsch daran? Dass er ein Indianer ist? Willkommen im 21. Jahrhundert, verdammt noch mal. Alle Menschen sind gleich. Schon mal was davon gehört?« Ich schrie es fast heraus. Ohne, dass ich es wollte, schossen mir Tränen in die Augen und liefen über meine Wangen. Ärgerlich wischte ich sie weg.

»Mann, sie flennt.« Brandee stieß Luft durch die Zähne, verdrehte die Augen und schüttelte den Kopf.

»Du glaubst, er mag dich«, sagte Josh, »aber er will dich bloß vögeln. Ohne Scheiß, Smilla, was anderes hat so einer doch nicht im Sinn.«

Ich wollte etwas sagen, doch ich traute meiner Stimme nicht. Ich fühlte mich gedemütigt, und selbst wenn ich Josh mal gern gehabt hatte, war davon jetzt nichts mehr übrig. Zur Hölle mit ihm, dachte ich. Zur Hölle mit ihnen allen. Ich zitterte vor Wut.

»Mein Gott bist du mies«, sagte Janice zu Josh. Und an die anderen gewandt: »Ich finde es echt zum Kotzen, wie ihr euch benehmt. Was soll der ganze Zirkus überhaupt? Woher wollt ihr wissen, dass Conrad was mit den Autos zu schaffen hatte? Das kann doch jeder aus dem Ort gewesen sein.«

»Wir wissen es eben«, bellte Josh. »Er war es, er und sein dämlicher Punkfreund, diese beiden Idioten, die . . .«

»Okay, das reicht«, hörte ich auf einmal Marks ruhige Stimme, »das führt doch zu nichts. Smilla vertraut Conrad und das ist das Wichtigste. Er ist der Sohn vom Polizeichef. Ich denke, er wird sie wohlbehalten hier wieder abliefern. Und außerdem: Smilla kann gut auf sich selbst aufpassen. Das hat sie mehr als einmal bewiesen.«

Eine Weile war es still, nur das ferne Rauschen der Brandung war zu hören. Am liebsten hätte ich Mark für seine Worte umarmt, auch wenn ich mich wunderte, woher er wusste, dass Conrad der Sohn des Polizeichefs war.

»Wie du willst, Smilla«, gab sich Alec schließlich geschlagen. »Tu, was du tun musst, ich kann dich nicht anbinden. Aber heul mir später nicht die Ohren voll.«

»Keine Angst, das wird schon nicht passieren.« Ich wollte nur noch weg von ihnen.

»Und nicht vergessen: Nichts Süßes von Fremden nehmen«, meinte Brandee mit einem anzüglichen Lächeln. »Das hat dir deine Mutter doch hoffentlich beigebracht?«

Meine Wut war kaum noch bezähmbar. Zitternd wandte ich mich ab und verkroch mich in meinem Zelt.

»Ich kann das alles nicht glauben«, sagt Milo. Sie stehen auf dem großen Balkon vor Conrads Zimmer. Milo starrt Conrad an. »Du bist schon die ganze Zeit so merkwürdig und ich hatte keine Ahnung, warum. Jetzt weiß ich's.«

Conrad hat den Blick gesenkt und schweigt.

»Warum Con?«, fragt Milo. »Warum? Sie ist eine verdammte Ho-kwat. Wir haben uns geschworen niemals etwas mit einer weißen Schnepfe anzufangen. Was soll das Ganze überhaupt? Was willst du von ihr?«

Die Sonne in ihren verschiedenfarbigen Augen leuchten sehen. Ihren süßen Mund küssen, ihre kleinen runden Brüste in meinen Handflächen spüren. Mit ihr über Justin reden. Trost finden. Ein neues Leben. »Das geht dich nichts an, Milo.«

»Das geht mich nichts an, sagst du? Ich bin dein bester Freund und du schläfst mit meiner Schwester. Tamra glaubt, du wirst sie heiraten und für den Jungen sorgen. Kayad ist auch dein Fleisch und Blut.«

»Ich werde mich um ihn kümmern, Milo. Als sein Onkel.«

»Als sein Onkel«, äfft Milo Conrad nach. »Und Tamra?«

»Ich dachte, ich könnte sie lieben, aber ich kann es nicht.«

»Aber sie vögeln, *das* kannst du.«

»Damit ist Schluss.«

»Wegen der kleinen weißen Schlampe?« Milo reißt die Hände nach oben. »Wo ist dein Verstand geblieben?«

Conrad kann seinem Freund nicht in die Augen sehen, er hasst es, wie Milo über Smilla spricht. »Ich habe keine Erklärung für das, was passiert ist, Milo. Ich weiß nicht, was los ist mit mir, nur . . .«

Milo stößt verächtlich Luft durch die Zähne. »Du weißt nicht, was los ist? Aber ich weiß es, verdammt noch mal. Du hast dicke Eier, das ist alles. Junge, Junge, die Braut hat dir ganz schön den Kopf verdreht, dabei ist nicht mal was an ihr dran.

Du bist ein *Quileute,* Conrad. Denk daran, was diese weißen Arschlöcher mit deinem Bruder gemacht haben. Er war mein Freund, verdammt.«

»Sie haben nichts mit ihm gemacht, Milo. Sie haben ihn nicht ins Meer getrieben. Er ist von allein gegangen. Er wollte der Größte sein.«

»He, was redest du da für einen Schwachsinn? Du weißt, warum er mit seinem Brett da raus ist. Sie haben ihn beleidigt. Ein Quileute lässt sich nicht von einem weißen Affen beleidigen. Sie haben ihn auf dem Gewissen. Und jetzt fängst du was mit einer von ihren Tussis an. Ich verstehe es nicht, Conrad. *Ich. Verstehe. Es. Nicht.«*

»Ich habe sie aus dem Meer gefischt.«

Milo starrt ihn verwirrt an.

»Sie wäre beinahe ertrunken und ich habe sie rausgeholt.«

»Wann war das?«

»Vor einer Woche.«

»Und du hast nichts gesagt? Ich bin dein Freund, Mann, und du hast mir nichts davon gesagt.«

»Ich wollte sie ertrinken lassen. Aber ich konnte es nicht.«

»Schade aber auch«, flucht Milo. Er läuft auf dem Balkon auf und ab wie ein gefangenes Tier. Schließlich sagt er: »Du hast sie aus dem Meer gefischt, na und? Dann kannst du sie auch wieder hineinwerfen. Fick sie, wenn du das nicht lassen kannst, und wirf sie wieder hinein.«

Conrad zuckt zusammen und hebt den Kopf. Er sieht Milo an. In diesem Augenblick weiß er, dass Milo Penn kein Freund mehr für ihn ist. Vielleicht ist er das nie gewesen. Milo war Justins Freund. Tamra war Justins Freundin und Kayad ist Justins Sohn. Sein Bruder wollte immer alles und er bekam es auch.

Aber Smilla, die gehört nur ihm. »Nein, Milo«, sagt er ruhig. »Das werde ich nicht.«

Als Conrad wieder allein ist, setzt er sich an seinen Schreibtisch, fährt den Laptop hoch und schreibt:

Ich liebe ein Mädchen. Ihr Name ist Smilla. Meine Gefühle sind ein übermütiger Tanz.

18. Kapitel

Am nächsten Morgen war ich zeitig auf und machte mich fertig für die Wanderung. Ich gab mir Mühe, hübsch auszusehen. Unter mein weites T-Shirt zog ich ein eng anliegendes Top und ich band mir das blaue Tuch ins Haar.

Dass noch niemand von den anderen wach war, kam mir sehr gelegen. Ich wollte keinen von ihnen sehen, das hätte mir nur den Tag verdorben.

Doch auf dem Pfad zum Parkplatz kam mir Janice entgegen. Sie hatte einen Handtuchturban auf dem Kopf, offensichtlich kam sie vom Duschen. Ich wunderte mich, dass sie so früh schon wach war. »Guten Morgen«, begrüßte ich sie und bemühte mich um ein freundliches Gesicht.

»Hallo Smilla. Schon auf dem Weg?«

»Ja. Conrad will mich um acht auf dem Parkplatz abholen.«

»Na dann, viel Spaß. Und sei vorsichtig.«

»Fängst du jetzt auch noch damit an?«, fragte ich gereizt. »Denkst du etwa auch, Conrad will mir was tun?«

Janice zuckte mit den Achseln. »Ich weiß nicht. Sei einfach vorsichtig. Alec hat recht: Conrad und seine Freunde verachten uns. Ich will nur nicht, dass du böse aus deinen Träumen erwachst. Vielleicht mag der Indianer dich ja wirklich, Smilla. Kann aber auch sein, da läuft irgend so ein Ding.«

Langsam ging mir Janice' gönnerhafte Art auf die Nerven. »Was für ein Ding?« Ich war schon an ihr vorbei, aber jetzt blieb ich stehen und sah sie fragend an.

»Eine Wette vielleicht. Dass er dich rumkriegt, mit ihm zu schlafen.«

»Warum sollte er das tun?«, fragte ich mit belegter Stimme.

»Keine Ahnung, aber Alec kennt deinen Conrad vom letzten Jahr. Irgendetwas war da, er macht sich nicht umsonst Sorgen um dich.«

»Wenn da was wäre, hätte Conrad es mir erzählt.«

»Vielleicht, vielleicht aber auch nicht«, sagte Janice. »Kann ja sein, er hat etwas zu verbergen.«

Ich muss ein bedrücktes Gesicht gemacht haben, denn sie streckte die Hand aus und berührte mich am Arm. »He, ich wollte dir deinen Tag nicht verderben.«

Hast du aber, dachte ich in einem Anfall von Selbstmitleid. »Das kannst du gar nicht«, erwiderte ich. »Bis später, Janice.« Ich drehte mich um und lief weiter.

Conrad holte mich mit seinem Pickup auf dem Parkplatz ab. Boone saß auf der Ladefläche, sprang aber vom Auto, als ich einstieg.

»Er denkt, ich fahre in die Stadt«, sagte Conrad. »Da kommt er nicht gerne mit.« Er sah mich an und ich hoffte, er würde mir gleich ein nettes Kompliment machen, das vielleicht meine Stimmung aufgeheitert hätte. Stattdessen beugte er sich herüber und küsste mich.

Wir fuhren nicht weit, nur ein paar Meilen bis zum übernächsten Parkplatz, von dem aus ein Wanderpfad zum Third Beach führte. Conrad schulterte seinen roten Rucksack und ich meinen kleinen. Ich hatte meine Regenjacke darin und eine Wasserflasche. Die Kamera hing um meinen Hals. Conrad nahm mich an der Hand und zog mich ins feuchtgrüne Dunkel des Waldes.

Mein Quileute-Freund wanderte nicht, er eilte. Mit großen

Schritten lief Conrad voran und zog mich hinter sich her. Es dauerte eine Weile, aber dann gewöhnte ich mich an seine schnelle Gangart und es gelang mir mitzuhalten, obwohl ich jedes Mal zwei Schritte machen musste, wenn er einen machte.

Manchmal war der Pfad morastig, dann mussten wir ins Gebüsch ausweichen und neue Wege gehen. Tierpfade mit geheimnisvollen Spuren. Einige Male befreite mich Conrad vorsichtig von Brombeerranken, die sich in meinen Kleidern verhakt hatten. Hin und wieder blieb er auch einfach nur stehen, um mich zu küssen.

Ich wünschte, ich wäre Janice nicht begegnet am Morgen, dann hätte ich jetzt nicht dauernd ihre blöde Andeutung von der Wette im Kopf.

Traute ich Conrad so etwas zu? Nein, natürlich nicht. Und warum nicht? Weil ich Smilla war, weil ich verliebt war, weil alles so traumhaft schön war, dass Gemeinheiten keinen Platz hatten.

Einmal begegnete uns jemand, es war ein gut ausgerüstetes Pärchen mittleren Alters mit großen Kraxen auf dem Rücken, das freundlich grüßte. Dann kam niemand mehr.

Der schwere Geruch von moderndem Holz und Laub lag in der Luft. Ich spürte Dinge im Wald, die ich nicht verstand. Aber ich nahm das hin und fragte nicht. Der Küstenwald war dunkel, weil die hohen Bäume mit den langen Flechten an den Zweigen das Sonnenlicht aussperrten. Die Bäume, die uns umgaben wie Riesen, schienen unsere Stimmen zu verschlucken wie neulich der Nebel.

Überall wuchsen große Farne und Sträucher, die ihre grünfingrigen Blätter nach uns ausstreckten. Vor einigen Pflanzen blieb Conrad stehen, um mir ein paar Namen hinzuwerfen: Großblättriger Ahorn. Salalbusch. Hirschfarn. Salmonbeere. *Klick, klick, klick,* machte meine Kamera.

Die Lachsbeeren, deren Zweige mannshoch wuchsen, sahen aus wie Fischrogen. Je nach Reifegrad waren sie orange bis dunkelrot. Conrad pflückte ein paar der roten Beeren und schüttete sie mir in die hohle Hand. Ich sah die grünen Schatten der Lachsbeerenblätter auf seinem Lächeln und dieses Bild würde ich immer in meinem Gedächtnis bewahren.

Die Beeren schmeckten herbsüß und fruchtig und ich pflückte mir noch ein paar in den Mund. Dann setzten wir unsere Wanderung fort, bis wir den Abstieg zum Third Beach erreicht hatten. Das grelle Licht des Himmels blendete mich, als wir am Waldrand standen. Unter uns rauschten milchige Brecher gegen den Strand. Aus dem graugrünen Wasser ragten steile Felseninseln wie schwarze Zähne. Die weißen Flecken einer Möwenschar tupften den sandigen Strand.

Conrad stieg vor mir den schmalen Pfad zum Ufer hinab und seine Hand hielt mich, wenn es steinig und steil wurde. Es war ein kurzer Abstieg, schon bald standen wir an der Wasserlinie.

»Hier ist es wunderschön«, sagte ich überwältigt und streifte endlich meine letzten Zweifel ab.

»Ja, aber wir sind noch nicht da.«

Hand in Hand liefen wir die Gezeitenlinie entlang. Nach ungefähr zwei Kilometern standen wir am Ende des Strandes. Ein mit verkrüppelten Tannen bewachsener Granitfelsen ragte weit ins Meer hinein.

Conrad ging zielstrebig auf diesen Felsen zu und dann sah ich die Leiter, die hinaufführte, die vom Salz ausgeblichenen Seile, die zum Festhalten gedacht waren.

»Du zuerst.«

Ich wusste ja nun, dass ich es konnte, und kletterte voran. Conrad war ganz dicht hinter mir, noch dichter als beim letzten Mal. »Das ist Taylor Point«, sagte er, als wir oben standen.

Aber das war noch immer nicht unser Ziel. An der anderen

Seite des Felsens ging es wieder in die Tiefe, hinunter an einen kleinen Strand mit feinem hellem Sand.

»Hidden Beach.« Conrad lächelte zufrieden. »Da wollen wir hin. Dort unten sind wir ganz allein.«

Unten am windgeschützten Strand war es warm, wärmer noch als am First Beach. Conrad holte eine große Decke aus seinem Rucksack und breitete sie aus. Ich hatte müde Beine, aber als ich mich auf der Decke niederlassen wollte, meinte er: »Später, okay? Wenn die Flut erst da ist, sind die Gezeitentümpel verschwunden.«

Ich liebte Gezeitentümpel, diese kleinen Wasserbecken, die so voller Farben und Leben waren. Wir sprangen über die Felsen, die mit grünem und braunem Seetang bewachsen waren. Knieten über den Gezeitentümpeln und scheuchten Einsiedlerkrebse und Krabben auf. Ich sah räuberische Seeanemonen, schwarzblaue Miesmuscheln, Lochschnecken und messerscharfe Entenmuscheln. Die schwarzen Stacheln der Seeigel lugten unter den Steinen hervor. Kleine gepunktete Fische huschten im glasklaren Wasser umher.

»Gibt es hier eigentlich Haie?«, fragte ich Conrad.

»Da drin?« Er wies auf den Tümpel.

Ich verdrehte die Augen. »Nein, da draußen.«

Er zuckte mit den Achseln. »Ja, gelegentlich.«

»Ist das dein Ernst?«

»Ja. Aber keine Angst, der letzte Hai hat sich vor zwei Jahren an unsere Küste verirrt. Das Wasser ist zu kalt für sie.« Conrad löste einen orangefarbenen Seestern von einem Stein und legte ihn auf meine Hand. Er sah aus, als wäre er weich und eklig, aber das war er nicht. Sein Körper war fest und er hatte Hunderte winzige Füßchen auf der Unterseite. Ich betastete den Seestern mit den Fingerkuppen, bevor ich ihn vorsichtig ins Wasser zurücklegte. Wie viele Überraschungen der Pazifik barg!

Ich schoss unzählige Fotos von den Meerestieren in den Tümpeln, und als Conrad eine große Kelppflanze, die aus mehreren Tangarmen bestand, aufhob und sich auf den Kopf setzte, nutzte ich die Gelegenheit, um auch ihn zu fotografieren. *Klick, klick, klick.* Conrad posierte mit seinem Kopfschmuck vor meiner Kamera und rollte mit den Augen. Er sah aus wie ein Ungeheuer mit Dreadlocks bis zu den Knien, und als er mit einem grimmigen Knurren und Klauenhänden auf mich zukam, lief ich lachend und quietschend davon.

Seinen Kopfschmuck verlor er unterwegs, aber er fing mich ein und wir fielen auf die Decke. Conrad lag halb auf mir. »Das war *Doskàya,* die kelphaarige alte Frau aus dem Wald«, sagte er. »Wenn wir als Kinder Dummheiten gemacht hatten, drohte uns Mom mit ihr. *Doskàya* fängt böse Jungen und Mädchen ein, verklebt ihnen die Augen und Münder mit Baumharz und trägt sie in ihrem Rückenkorb in den Wald.«

»Und was macht sie dort mit ihnen?«, fragte ich, atemlos von meinem kurzen Sprint und von Conrads überwältigender Nähe.

»Sie kocht sie und frisst sie.« Er grinste.

»Aber ich bin kein böses Mädchen«, sagte ich und schob mich sanft unter ihm hervor. »Und außerdem habe ich Hunger.«

Mit einem Seufzen zog Conrad seinen Rucksack heran und begann auszupacken, was er mitgebracht hatte: ein sauberes kariertes Geschirrtuch, das uns als Tischdecke diente. Orangensaft, hausgemachte Sandwichs, zwei Äpfel, Weintrauben, Kartoffelchips und Käsedip, eine Schachtel Erdnussbutterkekse sowie zwei Schokoladendonuts. Mir lief das Wasser im Mund zusammen.

Ich saß im Schneidersitz auf der Decke und vertilgte mit gutem Appetit zwei Thunfischsandwichs und einen Donut und trank vom Orangensaft. Conrad lag ausgestreckt auf der Seite, den Ellenbogen aufgestützt, und tunkte ein paar Kartoffelchips in den Käsedip. Ich naschte von den Trauben und fragte ihn, ob er die alte Sprache seines Volkes beherrschen würde.

»Ein bisschen«, sagte er. »Wir lernen sie in der Schule. In La Push gibt es allerdings nur noch zwei alte Leute, die sie fließend sprechen können.«

»Hat niemals jemand eure Sprache aufgeschrieben?«

»Doch, aber erst in den letzten Jahren. Es ist schwierig, weil wir Quileute die Einzigen sind, die diese Sprache beherrschen.«

»Die Einzigen? Es gibt keinen verwandten Stamm?«

Conrad schüttelte den Kopf. »Die Chimakum waren mit uns verwandt. Aber weil wir Quileute und Chimakum uns immer wieder wegen Nichtigkeiten stritten, drohte K'wati, der Verwandler, mit einer großen Flut. Er sagte, nur diejenigen von uns würden überleben, die seetüchtige Kanus hatten. Wir Quileute nahmen seine Drohung ernst und bauten große Kanus, die Chimakum aber machten einfach weiter wie bisher. Da rief K'wati den Chinook, den warmen Wind, der den Schnee in den Bergen schmelzen ließ. Die Flüsse führten Hochwasser, der Ozean schwoll an und schließlich schauten nur noch die Gipfel der Olympic Mountains aus dem Meer. Wir Quileute retteten uns in unsere Kanus. Die Chimakum wurden von der großen Flut fortgespült bis nach Port Townsend. Deshalb ist Quileute mit keiner anderen Sprache auf der Welt verwandt.«

»Ist sie schwer, eure Sprache?«, fragte ich.

»Das kann man wohl sagen. Quileute besteht aus vielen Rachenlauten und Zungenverdrehern und es gibt kein M und kein N.«

»Sag mal was«, forderte ich ihn neugierig auf.

Conrad sagte: *»Kitlayakwokwilkwolasstaxasalas.«*

Mir blieb einen Moment der Mund offen stehen. »Was war *das* denn? Eine Zauberformel?«

»Das heißt: Diese Leute denken, ich bin derjenige, der nach Forks gehen sollte.« Er grinste breit. »Na, beeindruckt?«

»Durchaus.« Ich nahm mir einen Apfel und biss herzhaft hinein. Conrad hatte außer Chips kaum etwas gegessen. Er schien allein davon satt zu werden, dass er mir beim Essen zusah. Das glaubte ich jedenfalls. Bis er auf den Knien an mich heranrutschte und mir den halb aufgegessenen Apfel, den ich gerade wieder zum Mund führte, aus der Hand nahm. Er legte ihn zur Seite und sah mich hungrig an.

Alec sollte recht behalten. Irgendetwas hatte Conrad vor auf dieser Wanderung. Und jetzt wusste ich auch, was es war: Er wollte mich zum Lunch verspeisen, hier und jetzt. Wie die kelphaarige Kinderdiebin.

Conrads T-Shirt lag verkehrt herum im Sand. Diesmal war er nicht zögerlich, nicht mit seinen Lippen und auch mit seinen Händen nicht. Seine Stimme, die leise meinen Namen flüsterte, war voller Drängen. Seine tastenden Finger suchten sich zielstrebig einen Weg unter mein T-Shirt. Ich machte einen tiefen Atemzug, als sie meine Brüste berührten.

Er ließ seine Hand auf meinem Bauch liegen. »Hey, was ist los?«

»Nichts.«

Conrad beobachtete aufmerksam meine Augen, hoffte, sie würden ihm mehr verraten als dieses Wort.

»Smilla«, flüsterte er.

»Tut mir leid«, sagte ich und setzte mich auf.

»Hey, schließlich . . .«

». . . bin ich nicht das erste Mädchen, das du nackt siehst?«

». . . habe ich dich schon mal gesehen«, beendete er seinen Satz mit einem unsicheren Lächeln.

»Das war ein Notfall«, sagte ich. »Und du hast selbst gesagt, dass es nicht viel zu sehen gibt.«

»Da war ich ziemlich wütend auf dich«, meinte er zerknirscht. »Und außerdem: Eine Handvoll ist völlig ausreichend.«

Vollständig entwaffnet von Conrads Argument hob ich beide Arme, sodass er mir das T-Shirt über den Kopf ziehen konnte. Inzwischen war ich braun gebrannt, aber nicht nahtlos. Meine Brüste hatten keinen Sonnenstrahl gesehen. Sie waren weiß und sahen dadurch noch unscheinbarer aus. Optisch gesehen nicht mal eine Handvoll.

Doch meine Sorgen waren ganz offensichtlich unbegründet. Ehe ich mich versah, lag Conrad halb auf mir und meine Brüste passten ganz wunderbar in seine Hände. Er bedeckte mich mit Küssen – überall. Sein Atem ging stoßartig und seine Bewegungen wurden immer drängender. Ich spürte, dass sich zwischen seinen Beinen etwas tat. Das ging mir alles viel zu schnell und außerdem erdrückte Conrad mich fast mit seinem Gewicht. Als er seine flache Hand unter meinen Hosenbund schob, hielt ich sie fest. »Nicht«, sagte ich.

»Keine Angst«, flüsterte er atemlos. Er kramte mit der Rechten in seiner Hosentasche und zauberte ein knisterndes Tütchen mit einem Kondom hervor.

Ich schluckte trocken. Conrad hatte wirklich an *alles* gedacht. »Das geht mir zu schnell«, stieß ich hervor.

Er richtete sich auf und ließ das Kondom wieder in seiner Hosentasche verschwinden. Die Enttäuschung stand ihm ins Gesicht geschrieben. »Vielleicht ist es dir entgangen«, sagte er, »aber wir haben nicht *alle* Zeit der Welt.«

Ja, klar. An Conrads unverblümte Art musste ich mich erst noch gewöhnen. Auch ich setzte mich auf. »Ich weiß.« Verlegen strich ich mir eine imaginäre Haarsträhne hinters Ohr.

»Ich verstehe dich nicht, Smilla.« Conrad sah mich prüfend an. »Ich verstehe deine Signale nicht. Sag mir einfach, woran ich bin.«

Meine *Signale?* »Ich weiß auch nicht«, ich kreuzte die Arme vor der Brust, »ich . . .« Die Worte wollten nicht kommen. Ich kam mir klein vor, klein und dumm.

Conrad wandte sich von mir ab und legte die Unterarme auf seine angewinkelten Knie. »Tut mir leid, wenn ich dir zu nahe getreten bin«, sagte er mit rauer Stimme. »Aber ich dachte . . .« Er sah nicht nur enttäuscht, sondern auch ein bisschen unglücklich aus. Das ermutigte mich.

Ich kniete mich hinter seinen Rücken und schlang meine Arme um seinen Hals. Das war schön, wie meine Brüste sein sonnenwarmes Haar berührten. Es war wie Seide auf meiner Haut. »Es ist ja nicht so, dass ich nicht will«, flüsterte ich an seinem Ohr. »Nur . . . ich will, dass du weißt . . . das ist neu für mich, Conrad.«

Er griff nach meinen Händen. »Du meinst, du hast noch nie . . .«

Conrad klang so verblüfft, dass ich lachen musste und wieder lockerer wurde. »Richtig. Ich habe noch *nie*. Ist das so abwegig?«

»Nein, nur . . . ich dachte, weil du aus Europa kommst und schon einen Freund hattest . . .«

»Was hat das denn mit Europa zu tun?«

»Na ja, da soll alles viel freier sein.«

»Wie: *freier?«*

»Keine Ahnung, aber ihr geht nackt in die Sauna, dürft schon mit sechzehn Bier trinken und . . . na ja . . . ihr habt auch früher Sex.«

Ich beugte mich zur Seite, um Conrad ins Gesicht zu sehen. »Wo hast du *das* denn her?«

»Gelesen«, meinte er, jetzt sichtlich verlegen.

In mir gluckste es, ich musste mir ein Lachen verkneifen. So war das also.

Conrad gab mir keine Chance, etwas zu sagen. Er zog mich zu sich herum und küsste mich. »Gehen wir schwimmen?«

»Was?« Entsetzt sah ich ihn an.

»Schwimmen. Oder hast du etwa Angst vor Haien?«

Er stand auf, wandte sich von mir ab, streifte Jeans und Shorts in einem herunter und war schon im Wasser. Das Meer war ruhig in dieser kleinen Bucht, aber mir war nicht nach Schwimmen, bestimmt nicht. Das Wasser war einfach zu kalt und ja, die Sache mit dem Hai hatte mich tatsächlich erschreckt. Conrad war auch schnell wieder draußen aus dem Wasser – aber vermutlich war die Abkühlung notwendig gewesen. Er zog seine Shorts an und setzte sich neben mich. Ich fuhr mit den Fingern langsam über seine nasse Haut. »Jetzt bist du kalt wie ein Fisch.«

»Ja? Habe ich Schuppen?«

»Nein«, flüsterte ich. Ich fühlte seine feuchte, kühle Haut, doch dahinter war Wärme.

Aufregung summte in mir. Ich lehnte meinen Kopf an seine Schulter. Wenn er es jetzt noch einmal versuchen würde, dachte ich, dann ...

Doch Conrad stand auf und zog sich an. »Besser, wir machen uns auf den Rückweg. Es ist spät geworden und wir brauchen zwei Stunden bis zum Parkplatz.«

Es tat mir leid, dass wir schon aufbrechen mussten. Hidden Beach war ein traumhafter Ort fürs erste Mal. Alles war perfekt gewesen, dafür hatte Conrad gesorgt. Doch ich hatte die Nerven verloren und ihm meine Jungfräulichkeit unter die Nase gerieben. Jetzt bereute ich es. Wahrscheinlich hatte ich ihn verschreckt.

Wie dem auch sei, der Moment war vorüber. Conrad stand mit geschultertem Rucksack neben mir und wartete, dass ich meine Turnschuhe zuband.

Auf dem Parkplatz vor dem »Lonesome Creek Store« ließ Conrad mich raus. Er machte keine Anstalten auszusteigen, also lief ich um den Pickup herum zum offenen Fenster auf der Fahrerseite. Das war mal wieder einer dieser Momente, in denen ich nicht wusste, woran ich bei Conrad war. Sich von seiner Distanziertheit nicht abschrecken zu lassen, war eine Möglichkeit, es herauszufinden.

»Danke für den schönen Tag«, sagte ich.

Er nickte.

»Sehen wir uns morgen?«

»Komm zum Frühstück ins ›River's Edge‹«, sagte er. »So gegen acht, okay?«

Was, wenn ich nicht gefragt hätte? »Okay.« Ich stieg auf das Trittblech, beugte mich zu ihm herein und gab ihm einen Kuss. »Bis morgen.«

Kurz erhellte ein Lächeln sein Gesicht, dann fuhr Conrad los und ich winkte ihm.

Als ich mich umdrehte, sah ich, dass Josh soeben aus dem Supermarkt gekommen war und diesen Kuss gesehen hatte. Er hatte eine Colaflasche in der Hand und schaute finster drein. Um so zu tun, als hätte ich ihn nicht gesehen, war es zu spät. Außerdem wäre es kindisch gewesen. Also fasste ich mir ein Herz und steuerte geradewegs auf ihn zu.

»Hi Josh.« Ich gab mir Mühe, locker zu klingen.

»Ach, hau doch ab.« Er drehte sich um und lief los.

»Hey, was soll das? Ich habe dir nichts getan.« Ich lief ihm hinterher und stellte mich ihm in den Weg.

»Was das soll?«, fuhr er mich an. »Wieso ausgerechnet er, Smilla? Willst du mich verarschen? Mich zum Affen machen?«

»Wie wäre es, wenn du dich zur Abwechslung mal nicht so wichtig nimmst«, sagte ich. »Wie kannst du bloß so rassistisch sein?«

»*Rassistisch?* Du hast sie ja nicht mehr alle.« Josh lachte schallend und zeigte mir einen Vogel. »Geh mir aus dem Weg, okay?« Als ich mich nicht rührte, schob er mich unsanft zur Seite und stapfte los. »Ohne Scheiß, Smilla, du hast ja keine Ahnung, was hier eigentlich abgeht.«

Ich lief ihm hinterher. »Dann erzähl es mir, Josh. *Was* geht hier ab?«

Er machte eine wegwerfende Handbewegung. »Ach, leck mich doch. Du hast wahrscheinlich zu viele Vampirromane gelesen.«

»Red nicht solchen Schwachsinn, okay? Erzähl mir lieber, was wirklich los ist.«

»Nichts ist los. Du hast ein verdammtes Helfersyndrom und hältst dich für scheißliberal, weil du aus Europa kommst. Vermutlich findest du es romantisch, mit einem echten Ureinwohner zu vögeln. Ich hätte gleich merken müssen, dass du auf Ethno-Sex stehst.«

Auf einmal musste ich lachen. Josh war eifersüchtig, und zwar nicht zu knapp. Beinahe tat er mir leid. Wenigstens konnte ich nun seine Wut besser verstehen. Ich hatte die ganze Zeit vermutet, dass er in seiner Eitelkeit gekränkt war, weil ich ihn hatte abblitzen lassen. Aber vielleicht hatte er sich ja tatsächlich in mich verliebt?

»Komm schon, Josh, lass uns Freunde sein«, startete ich einen letzten Versuch.

»Für'n Arsch, *Freunde*. Hau doch ab zu deinem Cujo.« Er ging schneller.

Cujo? War das nicht der Bernhardiner aus einem von Stephen Kings Romanen? Ein Hund, der durch irgendetwas zur reißenden Bestie wurde? Ich wusste nicht, ob ich lachen sollte oder wütend sein. Auf jeden Fall versuchte ich nicht mehr, Josh einzuholen. Es war zwecklos. Er war stinksauer auf mich.

Langsam und mit gesenktem Kopf trottete ich den Pfad entlang. Alles war meine Schuld. Weil ich eine unverbesserliche Träumerin war, hatte ich mich in einen Quileute-Indianer verliebt, einen Jungen, den ich nicht haben konnte, jedenfalls nicht für mehr als eine kurze Urlaubsepisode. Und dabei hätte alles so einfach sein können. Zu Anfang hatte ich Joshua Kline anziehend gefunden. Und wenn ich meine Träumereien weiterhin auf ihn konzentriert hätte, wäre ich jetzt mit ihm zusammen und hätte (vielleicht) ein tolles Jahr in Seattle vor mir gehabt. Stattdessen hasste Josh mich nun und die Clique behandelte mich wie eine Aussätzige.

Und das alles nur wegen meiner blödsinnigen Idee, allein auf den Ozean hinauszupaddeln. Conrad hatte mich vor dem Ertrinken gerettet und mein Herz war ihm zugeflogen wie ein verirrter Wellensittich. Von da an waren meine Gefühle nicht mehr zu bremsen gewesen, auch wenn mir das anfangs gar nicht bewusst gewesen war.

Im Camp schien alles wie immer zu sein, abgesehen davon, dass Josh mich keines Blickes würdigte. Ich kroch ins Zelt, um mich umzuziehen. Janice kam mir nach. Sie wollte wissen, wie es gelaufen war, und ich erzählte ihr, dass wir am Strand entlanggewandert waren und ein Picknick gemacht hatten.

Alecs Schwester musterte mich mit bohrendem Blick, während ich erzählte, als könnte sie mir ansehen, ob da mehr gewesen war zwischen Conrad und mir. Ich spürte bei Janice auf einmal eine merkwürdige Scheu mir gegenüber. Jedenfalls fragte sie nicht nach und ich war froh darüber.

Am Abend gab es Fisch. Mark war am Hafen gewesen und hatte einem Quileute-Fischer Heilbutt abgekauft. Die Filets brieten nun in seiner gusseisernen Pfanne über dem Feuer. Der Heilbutt schmeckte köstlich, aber auch wenn Janice, Mark und Laura (ihre Aussichten, Josh für sich zu gewinnen, waren seit gestern enorm gestiegen) versuchten, so zu tun, als wäre alles in Ordnung, lähmte mich die spannungsgeladene Atmosphäre.

Joshs und Alecs Missbilligung war beinahe greifbar. Sie ignorierten mich einfach. Erst als sie ein paar Bier getrunken und eine neue Flasche Jim Beam ein paarmal die Runde gemacht hatte, wurden die beiden etwas lockerer und vergaßen hin und wieder, dass sie mich eigentlich übersehen wollten.

Ich hatte mich ja schon vor einiger Zeit damit abgefunden, dass ich nicht dazugehörte, doch das hier war etwas anderes. Die ganze Clique mauerte. Brandee hatte mich von Anfang an nicht gemocht. Laura war es im Grunde genommen egal, was ich machte, zumindest glaubte ich das. Aber wenn sie nicht bei Josh in Ungnade fallen wollte, musste sie zumindest so tun, als würde sie mich ablehnen. Mark stand auf meiner Seite, das wusste ich, aber augenscheinlich traute er Conrad genauso wenig über den Weg wie seine Freunde. Und Janice schwankte zwischen der Loyalität, die sie ihrem Bruder gegenüber empfand und einer Freundschaft zu mir, die noch zu frisch war, um in dieser vertrackten Situation Bestand haben zu können.

Wahrscheinlich hatte sich die Clique während meiner Abwesenheit ausgiebig über mich ausgelassen. Über mein Helfersyndrom. Darüber, dass ich scheißliberal war. Über meine Naivität, etwas mit einem Indianer anzufangen. Je länger ich bei ihnen saß, umso grässlicher fühlte ich mich. Wir hatten noch eine ganze Woche vor uns und ich musste in dieser Zeit irgendwie mit ihnen auskommen. Wie es aussah, hatten sie nicht vor, es mir leicht zu machen.

Josh schaute immer mal wieder zu mir herüber und ich mochte den Blick nicht, mit dem er mich ansah. Er schien mich zu belauern, das verursachte mir Magendrücken.

Brandee saß zwischen Josh und Alec. Sie rauchte und ich sah

sie mit Josh tuscheln und lachen und konnte mir lebhaft vorstellen, wer das Objekt ihrer Heiterkeit war.

Ich versuchte, gelassen zu bleiben und mir nichts anmerken zu lassen. Vielleicht kriegten sie sich ja wieder ein, so etwas sollte schließlich vorkommen. Vielleicht war am nächsten Morgen alles wie immer. *Du träumst, Smilla,* sagte eine Stimme in mir. Vielleicht war ja am nächsten Morgen tatsächlich alles vergessen, doch spätestens wenn ich losging, um mich mit Conrad im »River's Edge« zu treffen, würde es wieder von vorne anfangen.

Merkten sie nicht, dass sie mich herausforderten? Durch ihr Verhalten zwang mich die Clique, eine Entscheidung zu treffen. Sie oder Conrad. Und das war einfach nur dämlich.

Als ich Anstalten machte, schlafen zu gehen, konnte Josh, der ordentlich Jim Beam gekippt hatte und inzwischen vermutlich sternhagelvoll war, nicht länger an sich halten.

»Wie war er denn so, dein Cujo?«, fragte er mich streitlustig und rülpste laut. »Vögelt er so schwul, wie er surft?«

Brandee war die Einzige, die über seinen geschmacklosen Witz lachte. Sie konnte ihre Schadenfreude kaum unterdrücken. Ihr Lachen verursachte mir Gänsehaut, es klang wie eine gesprungene Saite.

»Mach dich nicht lächerlich, Josh«, sagte ich und versuchte, gelassen zu klingen.

»Komm endlich runter von deinem hohen Ross, Smilla«, lallte er und zeigte mit der Whiskeyflasche in der Hand auf mich. »Du glaubst, du bist was Besseres als wir, bloß weil der Typ sich mit dir abgibt. Aber ohne Scheiß, du wirst schon noch sehen, was du davon hast. Du bist ja noch total grün hinter den Ohren.« Joshs attraktives Gesicht verzerrte sich vor Wut und verletztem Stolz. »Wo ist er denn jetzt, dein Häuptling?«, rief er. »Wieso bist du hier und nicht bei ihm? Weil er dich heimgeschickt hat, damit er die schöne Kellnerin flachlegen kann. So läuft das bei denen nämlich, du willst es bloß nicht wahrhaben.«

Ich zuckte zusammen, als hätte Josh mich geschlagen mit seinen Worten. Mir wurde abwechselnd heiß und kalt. Bislang hatte ich Josh jedes Mal verziehen, wenn er mich angegriffen hatte. Sogar seinen Ausbruch am Supermarkt hätte ich vergessen können. Aber nun war er zu weit gegangen. Plötzlich hatte ich das Gefühl, diese Fratze, die mich da anstarrte, war sein wahres Gesicht. Wie konnte ich mich bloß so in ihm getäuscht haben?

Fragend blickte ich in die Gesichter der anderen. Keine Ahnung, was ich von ihnen erwartet hatte. Vielleicht, dass jemand sagte: Halt endlich den Mund, Josh, und lass sie in Frieden. Aber nicht einmal Mark meldete sich zu Wort.

»Es gibt tatsächlich etwas, das ich nicht wahrhaben wollte«, sagte ich mit fester Stimme in die Runde. »Conrad ist der Meinung, ihr seid ein erbärmlicher Haufen. Ich habe euch immer verteidigt. Aber jetzt weiß ich, dass er recht hat.« Nun war es raus. Allerdings fühlte ich mich dadurch kein bisschen besser. Ich wollte nur noch weg von ihnen. Irgendwohin.

Josh klatschte lässig Applaus.

Ich drehte mich um und lief los.

19. Kapitel

Ehe ich überhaupt einen klaren Gedanken fassen konnte, fand ich mich auf dem Parkplatz vor dem Supermarkt wieder. Von dort lief ich weiter auf die Hauptstraße und ging in Richtung Ort. Etwas lenkte meine Schritte, als wäre ich ferngesteuert. Ferngesteuert von der großen Sehnsucht, in den Arm genommen und getröstet zu werden. Ein Wunsch, der bald unerträglich wurde. Ich blieb erst stehen, als ich vor dem blauen Haus mit dem Totempfahl stand.

Im Inneren des Hauses brannte Licht. Conrads Pickup stand unter einer Laterne, dahinter parkte ein zweiter Pickup, dessen Blech mit einem hellen Funkenregen verziert war. Irgendjemand war zu Besuch, aber das war mir egal. Ich wollte nicht zurück ins Camp. Nicht heute Nacht.

Entschlossen drückte ich auf den Klingelknopf.

Es dauerte eine Weile, bevor die Tür sich öffnete und Conrad erschien. In seinen zerschlissenen Levis und einem schwarzen Unterhemd, das lose an seinem Körper hing, stand er in der Tür und blickte mich überrascht an. In seinen schwarzen Augen las ich Verwirrung und einen Anflug von Panik.

Schließlich fasste er sich und sagte: »Komm rein.«

Verunsichert folgte ich ihm ins Haus.

Eine männliche Stimme rief: »Ist das Tamra?«

Im nächsten Moment stand ich Milo gegenüber. Ungläubig starrte Conrads Freund mich an, unverhohlene Feindseligkeit in seinem Reptilienblick. »Ich fasse es nicht«, sagte er, »jetzt kommt sie auch noch hierher und du lässt sie rein.« Sein Blick schwenkte von mir zu Conrad. »Hast du keinen verdammten Funken Ehrgefühl im Leib?«, rief er aufgebracht. »Die Typen, mit denen sie zusammen ist, haben deinen Bruder auf dem Gewissen. Man lässt keine Scheiße ins eigene Heim, Mann! Besser, du hättest sie da draußen ertrinken lassen.«

Conrad lief rot an. »Sei still, Milo«, sagte er. Seine Nasenflügel bebten vor Zorn. Er warf mir einen kurzen, verzweifelten Blick zu.

Milo wies mit einer theatralischen Geste auf seine Brust. »Ich soll still sein? Du bist ein Verräter, Mann. Was ist mit Tamra und dem Kleinen? Was ist mit mir?«

»Ich bin nicht *er,* Milo.«

»Nein, das bist du nicht, bist du nie gewesen«, rief Milo mit beißender Verachtung in der Stimme. Er stieß Conrad wütend gegen die Schulter und der stolperte rücklings gegen die Spüle. Milo richtete den Zeigefinger auf ihn, als wolle er einen Bann über ihn aussprechen. »Dein Bruder war mein Freund. Du bist ein Stück Scheiße, mehr nicht.« Er lief an uns vorbei, spuckte mir vor die Füße und ich hörte die Haustür zuschlagen.

Ich hielt den Atem an und spürte, wie sich tief in meinem Bauch etwas schmerzhaft zusammenzog. Ich hatte keine Kraft mehr für solche Auftritte voller Hass und blinder Vorurteile. Ich war hergekommen, weil ich in den Arm genommen werden wollte. Weil ich hören wollte, dass alles in Ordnung kommen würde.

»Ich glaube, ich bin dir eine Erklärung schuldig«, sagte Conrad leise.

»Ja, ich denke, das bist du.«

»Gehen wir hoch auf den Balkon, okay? Ich kann hier drinnen nicht atmen.«

Mit zitternden Knien folgte ich Conrad die Stufen hinauf in sein Zimmer, das tatsächlich vollkommen entrümpelt und blitzsauber war. Auf seinem Bett lag ein bunter Quilt. Der Laptop auf seinem Schreibtisch war aufgeklappt, der Bildschirmschoner zauberte bunte Muster.

Ich trat hinter Conrad nach draußen und hörte, wie er einen tiefen Atemzug machte, so, als wäre er kurz vor dem Ertrinken gewesen. Es wehte ein leichter Wind, der den Salzduft des Meeres mit sich brachte. Die kühle Nachtluft tat uns beiden gut. Conrad stützte sich mit den Händen auf das Geländer. Seine Finger klammerten sich um den Holzlauf, als bräuchte er etwas, um sich daran festzuhalten. Er sagte nichts, anscheinend wusste er nicht, wie er beginnen sollte.

»Was haben Alec und seine Freunde mit deinem Bruder zu tun, Conrad?«, fragte ich.

»Damit du es verstehst, muss ich noch einmal mit dem letzten Sommer beginnen«, brachte er mühsam heraus, »denn ich habe dir nicht alles erzählt.« Seine Stimme klang, als wäre er ein alter Mann und würde aus einem anderen Leben erzählen. »Schon seit Wochen lagen mein Bruder und ich uns dauernd in den Haaren. Wir hatten die Highschool beendet und er wollte fortgehen aus La Push. Er wollte seinen Traum verwirklichen und in Kalifornien an den großen Surfwettkämpfen teilnehmen. Er wollte Preise gewinnen, reich werden, auf der ganzen Welt umherreisen auf der Suche nach der perfekten Welle.

Mir machte das Surfen nach wie vor Spaß, aber ich hatte andere Pläne für meine Zukunft. Ich wollte aufs College gehen und später vielleicht an einer Uni Journalismus studieren. Ich hatte mich an einem College in Seattle beworben und bereits eine Zusage. Doch er nervte mich. Das wäre doch alles Schwachsinn, mit dem Schreiben könnte ich nie viel Geld verdienen.« Conrad seufzte. »Er setzte mich unter Druck und sagte: ›Ohne dich gehe ich nicht, wir gehören zusammen und schreiben kannst du schließlich überall.‹ Er machte mich bald wahnsinnig mit seinem Gerede. Ich verstand nicht, wie er daran denken konnte, wegzugehen aus La Push. Schließlich war da auch noch Tamra und sie war schwanger von ihm. Aber meinem Bruder fehlte jegliches Verantwortungsgefühl, er hatte keine Lust auf Windeln und Babygeschrei, ihm ging es nur um sich selbst.

Ich hatte mich entschieden, nach Seattle zu gehen, ich musste es ihm nur noch sagen. Ich schob es vor mir her und im August kamen dann die drei aus deiner Truppe mit ihren Surfbrettern an unseren Strand.«

»Alec, Josh und Mark«, sagte ich mit heiserer Stimme.

Conrad drehte den Kopf zur Seite, um mich anzusehen. »Ja. Alec und Josh waren keine wirkliche Herausforderung für meinen Bruder, wie all die anderen Surfer auch nicht, die den Sommer über an den First Beach gekommen waren.«

»Aber Mark war es.«

Er sah wieder zum Fluss. »Ja. Mark mit seinem Jamaica-Longboard. Mein Bruder saß stundenlang am Strand und beobachtete ihn. Er studierte seine Technik. Mark hatte etwas Faszinierendes für meinen Bruder, weil er anders war. Er trank nie viel, redete wenig, war nicht so laut und geschmacklos wie seine beiden Freunde.

Schließlich sprachen sie miteinander. Ich glaube, es ging dabei um Traditionen. Mark hatte meinem Bruder erzählt, dass er von einer hawaiianischen Königsfamilie abstammen würde, für die Surfen schon vor Hunderten Jahren eine Art Religion war. Die großen Bretter waren ausschließlich der Königsfamilie vorbehalten. Sie waren als Einzige so gut genährt, dass sie die schweren Bretter überhaupt tragen konnten. Außerdem waren die besten Surfstrände für die königliche Familie reserviert. Wer das missachtete, hatte die Todesstrafe zu erwarten.«

Conrad wandte sein Gesicht wieder mir zu. »Meinem Bruder gefiel, was Mark erzählte. Das war ganz nach seinem Geschmack. Unsere Vorfahren waren Walfänger, auch sie hatten Privilegien. Wie dem auch sei, die beiden respektierten einander. Eines Tages lieferten sie sich da draußen bei hereinkommender Flut ein Duell. Mein Bruder auf seinem normalen Surfbrett und Mark auf dem Longboard. Mark war gut, aber mein Bruder war spitze – wie immer. Doch dann schätzte er den Überschlag einer Welle falsch ein und wurde kopfüber vom Brett geschleudert.«

Sein Bruder ist ertrunken, dachte ich, und Conrad brauchte einen Schuldigen. Aber da redete er auch schon weiter.

»Josh und Alec standen jubelnd am Strand. Mark tauchte nach meinem Bruder und holte ihn raus. Es war nichts passiert, er hatte bloß eine kleine Platzwunde an der Lippe, wo ihn das Surfbrett getroffen hatte. Aber sein Stolz, der war zutiefst verletzt. Er war jemand, der keine Niederlage hinnehmen konnte. Er war wütend und nicht einmal ich konnte ihn besänftigen.« Conrad schwieg eine Weile.

»Zwei Tage später gab es einen Sturm. Und *richtige* Wellen. Unser Großvater Akil hatte uns von solchen Wellen erzählt, aber wir hatten so etwas noch nie gesehen. Jetzt waren sie da, mitten im Sommer – und mein Bruder war wie elektrisiert. Er stand mit seinem Brett, das nicht für solche Wellen gemacht war, am Strand, fest entschlossen, eine dieser Monsterwellen zu reiten. Er wollte es Mark und den anderen beiden zeigen, er wollte ihnen zeigen, wer hier der Herr der Wellen war.

Die drei hatten ihr Camp schon abgebaut und nun standen sie am Strand. Keiner von ihnen wagte, es mit diesen Wahnsinnswellen aufzunehmen, auch Mark mit seinem stabilen Longboard nicht. Ich nahm meinen Bruder ein paar Meter beiseite und appellierte leise an seine Vernunft. Es kam nur selten vor, aber manchmal hörte er auf mich. Ich flehte ihn an, dass es das nicht wert sei, sein Leben zu riskieren, dass es niemanden gab, mit dem er sich messen konnte. Aber er hat nur gelacht.

Für einen Moment«, sagte Conrad leise, »war alles gut. Ich wusste, er würde umkehren und einfach den großen Wellen seinen Respekt zollen, indem er *nicht* versuchte, es mit ihnen aufzunehmen. Doch auf einmal sagte Josh etwas und der Wind trug das Wort »Schlappschwanz« zu uns herüber. Das Wort wirkte wie ein Funke. Ein Ruck ging durch den Körper meines Bruders. Ehe ich ihn zurückhalten konnte, rannte er los. Er hörte nicht mehr auf mein Rufen, passte den richtigen Augenblick ab und schwamm mit seinem Brett durch die tobende Brandung hinaus.

Die Wellen, die hereinkamen, waren über sechs Meter hoch. Kein Problem für einen guten Surfer – aber nicht hier, an diesem Strand. Da draußen fließt der Kuro Schio, der Pazifische Strom, nordwärts und verdrängt das kalte Wasser in Richtung Küste. Mit immensem Druck wird es durch die Rinnen am Meeresboden gepresst und dabei entstehen unberechenbare Wirbel, Strömungen oder Flutwellen – du hast das ja selbst erlebt. Die Wellen, die an diesem stürmischen Tag hereinkamen, brachen sich in unvorhersehbarer Weise. Mein Bruder wusste das, aber sein Stolz war zu groß, er konnte sich von einem Bleichgesicht nicht *Schlappschwanz* schimpfen lassen.«

Bleichgesicht, dachte ich ungläubig. Und ich ahnte, was nun kommen würde. Deshalb all der Hass. Conrad machte Josh für den Tod seines Bruders verantwortlich.

»Ich stand am Ufer mit angehaltenem Atem«, fuhr er fort. »Ich dachte, wenn er das überlebt, werde ich mit ihm nach Kalifornien gehen. Mein Bruder senkte den Kopf und paddelte den Wellentürmen entgegen. Immer wieder sah ich ihn auftauchen und erneut in einem Wellental verschwinden mit seinem Brett.

Er paddelte mit aller Kraft, um es über jede Welle zu schaffen, bevor sie brach. Dann rollte eine weitere Riesenwelle herein und ich hoffte, dass er nicht vorhatte, diese Welle zu surfen. Aber er nahm sie sich vor und er schaffte es tatsächlich. Mein Bruder ritt das tosende Ungetüm bis zum Strand.

Die Jungs jubelten ihm vor Bewunderung zu, doch ich wagte kaum zu atmen. Ich war stolz auf ihn und unendlich erleichtert.« Conrad sah mich traurig an. »Doch er hatte noch immer nicht genug. Keine Ahnung, was in ihn gefahren war, aber so war er nun mal. Er paddelte noch einmal hinaus, wartete und schnappte sich die nächste Riesenwelle.«

»Und diesmal ging es schief«, flüsterte ich.

»Ja. Er startete ein paar Sekunden zu spät und geriet an den vordersten Rand der brechenden Welle. Er stürzte in ein Wellental, wurde von der Wucht des Wassers mitgerissen und kam nicht wieder hoch. Ich bin, so schnell ich konnte, rein zu ihm und Mark kam mir hinterher, aber wir konnten ihn nicht finden, er tauchte einfach nicht wieder auf. Nur sein Brett wurde an den Strand gespült, die Fangleine war gerissen.«

Ich konnte Conrad ansehen, wie ihm die Erinnerung an diesen Tag zu schaffen machte. Er brauchte einen Moment, um Kraft zu schöpfen, bevor er weitererzählen konnte.

»Es gab dann einen ziemlichen Tumult am Strand. Die Küstenwache suchte mit Booten nach ihm. Deine Freunde reisten ab, niemand scherte sich um sie. Es war ein Unfall, mehrere Leute aus La Push, die wegen der Wellen an den Strand gekommen waren, hatten das wahnwitzige Manöver meines Bruders gesehen. Sie bedauerten, was passiert war, aber in ihren Augen war es seine eigene Schuld. Er hatte den Ozean herausgefordert.«

»Aber für dich gab es einen Schuldigen«, sagte ich. »Josh.«

Conrad nickte kaum merklich. »Ich dachte: Es *muss* einen

Schuldigen geben. Wo ist sonst der Sinn? Aber es gibt keinen Sinn, inzwischen weiß ich das.«

»Hast du deine Wut an Joshs und Alecs Wagen ausgelassen?«, fragte ich ihn zum wiederholten Mal. Und dachte: Bitte lüg mich jetzt nicht an.

Ich bekam ein stummes Nicken zur Antwort. »Ich war wütend und verzweifelt. Ich konnte nicht begreifen, dass sie wieder an unseren Strand gekommen waren, so, als ob nichts passiert wäre. Ich musste etwas tun, sonst wäre ich verrückt geworden.« Er sah mich kurz an, dann senkte er den Blick.

»Ich werde nichts sagen, ich kann es verstehen.« Ich machte einen Schritt auf Conrad zu und wollte ihm die Arme um den Hals legen. Doch er hielt mich an den Schultern zurück.

»Das ist noch nicht alles, Smilla.«

»Nicht alles?«, flüsterte ich entgeistert und machte mich von ihm los.

»Nein.«

Mein Blick traf seinen. Ich wollte hören, was Conrad zu sagen hatte, doch etwas in mir hatte Angst davor.

»Ich hätte dich beinahe ertrinken lassen.«

»Was?«, fragte ich verwirrt. »Das verstehe ich nicht. Du hast es doch geschafft. Du hast mich rausgeholt.«

»Ja. Aber zuerst habe ich darüber nachgedacht, dich ertrinken zu lassen.«

Mir schossen die Tränen in die Augen. Ich hatte das Gefühl, die Wellen würden erneut über meinem Kopf zusammenschlagen, und ich bekam keine Luft mehr. »Aber warum, Conrad?«, stieß ich hervor. »Ich hatte dir doch nichts getan.« Die Gedanken jagten in wildem Durcheinander in meinem Kopf herum.

»Ich dachte, du wärst ein Junge, einer von ihnen. Ich wollte Rache, ich . . .« Er verstummte und sah weg.

»Und warum hast du es dir anders überlegt?«, fragte ich im Flüsterton.

»Ich habe nicht überlegt. Ich musste dich einfach rausholen.«

Tränen liefen über mein Gesicht und ich wischte sie mit dem Handrücken weg. Ich musste erst einmal damit klarkommen, was Conrad mir da gerade offenbart hatte.

Er schwieg eine Weile, dann sagte er ganz sachlich: »Ich kann verstehen, wenn du nichts mehr mit mir zu tun haben willst. Wenn du möchtest, bringe ich dich zurück ins Camp.«

»Ich möchte nicht«, sagte ich.

»Verstehe.« Er schluckte. »Aber ich will dich nicht alleine im Dunkeln gehen lassen.«

»Ich will nicht gehen, Conrad. Ich möchte bei dir bleiben. Du hast gesagt, ich kann bei dir wohnen.«

Ruckartig hob er den Kopf und sah mich an.

Ich hielt mich am Geländer fest und lächelte.

Es braucht einen Moment, bis ihre Worte in sein Bewusstsein dringen. *Ich möchte bei dir bleiben.* Conrad blickt Smilla an und er fühlt ihr Lächeln in seinem Blut. Sie ist erschrocken, sie ist verletzt, aber sie hasst ihn nicht. Smilla glaubt an das Gute in jedem Menschen. Von Anfang an war sie so schlicht und normal, dass es ihn jedes Mal aufs Neue verwirrt. Conrad spürt, wie Erleichterung in ihm emporsteigt, sich in kleinen Wogen ausbreitet. Er ist so froh, dass er kein Wort herausbringt.

Nach allem, was geschehen ist, hat er zum ersten Mal wieder das Gefühl, dass alles gut wird. Dass er wieder ein Leben haben wird. *Sein* Leben. Er kommt sich vor wie ein Vogel, der aus seinem Käfig befreit wurde, aus dem Käfig seines Hasses.

Das Pulsieren in seiner Kehle ist wieder da. Conrad holt Smilla in seine Arme. Er nimmt ihren Kopf in beide Hände und küsst ihre Tränen fort. Dann zieht er sie in sein blitzblankes Zimmer, das schon seit Tagen auf sie wartet, und küsst sie wieder. Ihr Mund ist warm und weich und sie erwidert seinen Kuss. Ihre Augen erfüllen ihn immer noch mit Staunen und es fällt Conrad schwer, ihrem Blick standzuhalten, während sie ihm zusieht, wie er aus seinen Kleidern steigt.

Auf einmal ist Conrad so zittrig und nervös, als wäre er fünfzehn und Smilla sein erstes Mädchen. Wie lange ist das her, dass er so empfunden hat? Er weiß, dass sie ihm etwas Großartiges schenken wird, und das macht es nicht leichter für ihn.

Zwei Kleiderhäufchen auf dem Boden. Smillas Brust, rund und weich und schimmernd weiß wie Perlmutt, findet genau Platz in seiner Hand. Er spürt ein tiefes Vibrieren in jeder Faser seines Körpers und zieht sie aufs Bett.

Diese unvorstellbare Zärtlichkeit, der Aufruhr im ganzen Körper. Ich wusste nicht, was mich erwartete, aber ich wollte es, das wusste ich genau.

Conrad hatte keine Eile, er hatte gelernt zu warten. Genauso, wie er sonst auf den Atem des Meeres lauschte, um den richtigen Moment zu erspüren, lauschte er nun auf meinen Atem. Schwerelos trieb ich dahin. Conrads Zärtlichkeit trug mich wie eine Welle. Er war immer nah bei mir, aber ich fühlte mich nie von ihm bedrängt. Er ließ mir Zeit, seinen Körper kennenzulernen, nichts schien ihm peinlich zu sein.

Bis er irgendwann meine Hände festhielt und mit rauer Stimme sagte: »Smilla, ich glaube, lange geht das nicht mehr gut.« Er lächelte. »Ich kann nichts dafür, das bist du.«

Das war also der Moment. Conrad wandte sich kurz von mir ab und ich hörte, wie er die Kondompackung aufriss. Schwer und warm glitt sein Körper auf meinen und ich hielt mich an ihm fest. Verborgen im dunklen Zelt seiner Haare küsste Conrad mich, und als ich ihn spürte, da dachte ich: So werde ich mich nie wieder fühlen.

Sein Körper bebte genauso wie meiner. Und dann waren wir auf unserer Welle, die uns zum Ufer trug.

Das war schöner als alles, was ich bisher erlebt hatte. Ich dachte, die Welt müsse anhalten, aber das tat sie natürlich nicht. Die Erde drehte sich weiter, der Mond wanderte auf seiner Bahn und die Gezeiten wechselten einander ab. Doch ich fühlte mich für einen Augenblick am richtigen Ort.

Aneinandergeschmiegt lagen wir da, alle Anspannung war gewichen. Conrad hatte einen Arm über meinen Bauch gelegt. »Danke«, flüsterte er an meinem Ohr.

»Oh«, sagte ich, »bedanke dich bei den anderen. Wenn sie nicht so grässlich zu mir gewesen wären, hätte ich mich nicht hergetraut.«

»Bin ich wirklich so schlimm?«

»Ja«, sagte ich. »Aber zum Glück habe ich das vorher nicht gewusst.«

Als ich aufstehen wollte, hielt er mich brummend fest. »Geh jetzt nicht weg, okay?«

»Ich muss mal auf die Toilette«, sagte ich.

»Gleich nebenan.«

Bevor ich sein Zimmer verließ, drehte ich mich noch einmal zu ihm um. »Was sage ich, wenn ich deinem Vater begegne?«

»Keine Angst, er ist nicht da.«

Als ich Conrads kleines Bad betrat, fiel mir zuerst der mit einem Handtuch verhängte Spiegel auf. Das fand ich merkwürdig, sogar ein bisschen beängstigend. Aber als ich ein paar Minuten später zu Conrad ins Bett zurückschlüpfte, nahm er mich in die Arme und verwirrte mich erneut mit seinen Küssen, sodass ich den Spiegel vergaß.

Später, als ich ihn noch einmal nach seinem Vater fragte, erzählte mir Conrad, dass er eine Freundin in Neah Bay hatte, eine Makah-Indianerin. »Sie heißt Kate und hat einen kleinen Sohn, Leon. Wenn Dad freihat, ist er meistens dort. Anfangs kam ich überhaupt nicht damit klar«, sagte er. »Aber inzwischen habe ich begriffen, dass er sich einfach nur dem Leben zugewandt hat.«

»Dein Vater sieht so jung aus«, sagte ich und kuschelte mich an seine Seite.

»Er ist sechsunddreißig. Als mein Bruder und ich geboren wurden, war er zwei Jahre jünger als ich. Aber er hat unsere Mom geheiratet und sich um uns gekümmert. Ich weiß nicht, wann sie aufgehört haben, sich zu lieben. Mein Bruder und ich waren die meiste Zeit mit uns selbst beschäftigt.«

In dieser Nacht entlockte ich Conrad den Namen seines Zwillingsbruders. *Justin.* Er sprach ihn nicht aus, aber er schrieb den Namen für mich auf seinem Laptop und löschte ihn sofort wieder.

»Hast du ein Foto von ihm?«, fragte ich.

Conrad stand auf und holte eine Fotografie aus der Schublade seines Schreibtisches. Darauf waren die Zwillingsbrüder zusammen abgebildet und tatsächlich wusste ich zu Anfang nicht, wer von beiden Conrad und wer Justin war, so sehr glichen sie einander.

Doch als ich das Foto genauer betrachtete, sah ich es. Justin hatte seinem Bruder lässig einen Arm um die Schulter gelegt. Er lachte, strahlte über das ganze Gesicht und in diesem Lachen lag die Gewissheit, dass er alles haben konnte, wenn er es nur wollte. Auch Conrad lächelte, aber ich sah die Vorsicht in seinem Blick. Als ob er jeden Moment damit rechnete, dass eine schwarze Wolke die Sonne verdunkeln würde.

»Und?«, fragte Conrad.

Ich tippte auf den Jungen mit dem vorsichtigen Lächeln. »Das bist du.«

Er war verblüfft. »Woran hast du . . .?« Doch dann schüttelte er den Kopf. »Nein, sag nichts.« Conrad schmiegte sich an mich und ich ließ das Foto auf den Boden fallen.

»Manchmal«, sagte er an meinem Ohr, »da wünschte ich, ich könnte ihn einfach aus meinem Leben löschen – wie vorhin vom Bildschirm. Und gleichzeitig habe ich große Angst, ihn für immer zu verlieren. Ich bin der unvollständige Teil eines Ganzen, Smilla. Und nichts wird je etwas daran ändern.«

»Aber du musst ihn loslassen«, sagte ich, »sonst bestimmt er dein Leben.«

»Er war mein Zwillingsbruder«, sagte Conrad. »Dasselbe Blut, dieselben Gene. Jeder wusste, was der andere dachte. Wir haben sogar gemeinsam geträumt. Ich kann ihn nicht einfach ausradieren.«

»Das sollst du ja auch nicht.«

Er erzählte mir, dass nach dem alten Glauben der Quileute Zwillinge besondere Macht hatten. »Wurde ein Zwillingspärchen geboren, durfte der Vater zwanzig Tage lang nicht fischen und musste einen Monat lang im Wald leben. Die Zwillinge wurden niemals getrennt, sie schliefen auch in einem Bett. Waren beide Mädchen, heirateten sie später denselben Mann. Waren sie Jungen, wurden sie nicht als Zwillinge bezeichnet, sondern als *Tlokwali,* als Wölfe, weil sie besondere Macht hatten.«

Ich schluckte. »Hat man dich und deinen Bruder auch so genannt? *Tlokwali,* Wölfe?«

»Ja. Wir fühlten uns stark und glaubten, dass wir alles erreichen konnten, wenn wir erst groß waren. Nur, dass unsere Vorstellungen von der Zukunft eben irgendwann nicht mehr dieselben waren.«

Jetzt bist du ein trauriger, ein einsamer Wolf, dachte ich und suchte nach seiner Hand, um meine Finger mit seinen zu verschränken. »Du kannst alles erreichen, Conrad«, sagte ich. »Du kannst alles schaffen, auch ohne ihn.«

Conrad drehte sich auf den Rücken und starrte an die Decke. »Seit mein Bruder tot ist, kann ich nicht mehr schlafen, Smilla.« Er erzählte mir von seinem Unterwassertraum und ein Schaudern ging durch meinen Körper. »Im Traum bin ich jede Nacht mit ihm da unten und versuche, ihn zu finden und zu retten. Aber ich kriege ihn nicht zu fassen, er entgleitet mir.« Conrad seufzte. »Ich hätte ihn einfach besser beschützen müssen.«

»Aber es ist doch nicht deine Schuld, dass er gestorben ist«, flüsterte ich.

»Und warum fühle ich mich dann schuldig?«

»Ich weiß nicht. Vielleicht, weil du lebst und er nicht.« Das musste eine schreckliche Bürde sein.

Conrad rollte sich auf die Seite und stützte sich auf den Ellenbogen. »Smilla«, sagte er, »es kommt mir so vor, als hätte ich das vergangene Jahr in einem schwarzen Loch verbracht. Nach dem Tod meines Bruders bin ich zu jemandem geworden, der ich nicht sein wollte. Ich wurde Milos Freund, ich wurde Tamras Geliebter und spielte den Vater für Kayad.« Unglücklich sah er mich an. »Ich bewege mich immer noch in seinem Schatten, verstehst du? Auf alles, was ich tue, was ich sehe, was ich berühre, fällt sein Schatten. Ich kann in keinen Spiegel mehr blicken, denn es ist er, der mich daraus anschaut.«

Nun wurde mir einiges klar. »Ist deshalb der Spiegel in deinem Bad verhängt?«

»Ja. Ich habe es nicht mehr ertragen.«

Ich umarmte und küsste ihn. »Er ist nicht hier«, sagte ich. »Hier sind nur du und ich. Nur du und ich.«

Stockend erzählte mir Conrad von einem Bruder, der unersättlich gewesen war. »Er wollte alles, was ich hatte und was ich begehrte, und wenn es noch so unbedeutend war. Und wenn er es schließlich besaß, interessierte es ihn nicht mehr. Ich wollte unbedingt einen Hund, also wünschte er sich auch einen. Unser Dad schenkte uns zwei Welpen, aber mein Bruder kümmerte sich nicht um Rowdy. Ich glaube, sogar Tamra reizte ihn nur, weil ich in sie verliebt war.«

Ich griff nach Conrads Hand und mein Blick fiel auf die tätowierten Kreuze auf seinem Handrücken. »Hatte er die auch?«

Er schüttelte den Kopf. »Nein. Die habe ich mir selbst gemacht, als ich sieben war. Nur, um mich von ihm zu unterscheiden.«

»Und es war ihm egal?«

»Nein. Er wollte diese Kreuze auch.«

»Und wie hast du das verhindert?«

»Ich habe ihm gesagt, wenn er sich tätowiert, würde ich mir die Hand abhacken.«

»Du hast ihn gehasst«, flüsterte ich erschrocken.

»Nein. Ich habe ihn geliebt. Und ich vermisse ihn.«

20. Kapitel

Conrad stand mit einem um die Hüften gewickelten Handtuch am Waschbecken. Der Spiegel war nicht mehr verhängt und ich sah darin, wie Conrad mit geschlossenen Augen Zähne putzte.

Ich betrachtete ihn. Die Schulterblätter, die sich unter seiner dunklen Haut bewegten, die gebogene Linie seines Rückgrats, die schweren Haare, die ihm lose über den Rücken hingen, und dachte, wie sehr er mir gefiel.

Er beugte sich unter den Wasserstrahl und spülte den Zahnpastaschaum aus seinem Mund. Ich ging zu ihm und schlang meine Arme um seine Hüften. Er drehte sich um und küsste mich, verteilte frischen Zahnpasta-Atem in meinem Mund. Obwohl die Nacht kurz gewesen war, sah er ausgeruht aus.

»Na«, fragte ich, »wie hast du geschlafen?«

»Wie ein Stein.« Conrad lächelte und kraulte in meinen Haaren, als wäre ich ein kleines felliges Tier. »Willst du duschen?«

»Keine schlechte Idee«, sagte ich.

»Im Schrank sind Handtücher. Ich schau mal nach, ob ich was im Kühlschrank finde.«

Ich duschte und putzte meine Zähne mit Conrads Zahnbürste. Das zu tun, kam mir intimer vor als alles, was in der vergangenen Nacht in seinem Bett geschehen war. Ich stellte mich auf die Zehenspitzen, fuhr mit den Fingern ein paarmal durch meine Haare und lächelte.

»Happy Birthday, Smilla!«, sagte ich zu meinem Spiegelbild.

Als ich in die Küche kam, gestand mir Conrad, dass der Kühlschrank leer war. »Dad hat gesagt, ich soll einkaufen, aber ich hab's vergessen. Lass uns ins »River's Edge« gehen. Die haben guten Kaffee und ganz passable Pancakes.«

»Ich habe kein Geld bei mir«, sagte ich, einigermaßen überrascht über seinen Vorschlag.

Conrad beugte sich über mein Gesicht und küsste mich. »Du bist eingeladen.«

Vor ein paar Stunden war ich überzeugt gewesen, den großartigsten Augenblick meines Lebens zu erleben. Doch als ich mit Conrad aus dem Haus auf die Straße trat und er meine Hand nahm, hatte ich das Gefühl, dass das noch großartiger war. Conrad Howe zeigte sich ganz offen mit mir. Die Sonne brannte vom Himmel und Boone begleitete uns durch den Ort. Mir kam es vor, als würde ich über den Asphalt schweben, und ich musste mich gut bei Conrad festhalten, damit ich nicht davonflog, so glücklich war ich.

La Push hatte alle Trostlosigkeit verloren, jedenfalls schien mir das so. Wie immer waren kaum Leute auf der Straße, aber einigen begegneten wir und sie sahen uns hinterher. Conrad schien sie gar nicht zu bemerken. Er hielt meine Hand fest und ich ahnte, dass er versuchte, die Wirklichkeit auszusperren. Was das anging, passten wir gut zusammen.

Im Restaurant saßen zwei ältere Quileute an einem Tisch und eine weiße Frau mit zwei kleineren Kindern an einem anderen. Wir setzten uns an die Fensterfront mit Blick zum Fluss. Auf dem Weg hatte ich kurz darüber nachgedacht, was passieren würde, wenn Tamra uns bedienen musste. Aber mir war klar, dass sie sich nicht blicken lassen würde, selbst wenn sie Dienst hatte.

Es war Valerie, die kam, um unsere Bestellung aufzunehmen.

»Hi Val«, sagte Conrad.

»Hi«, sagte sie und lächelte tatsächlich. Sie hatte ein schönes

Lächeln und lustige braune Augen. Und sie himmelte Conrad an.

»Das ist Smilla.«

»Hi, Smilla. Was kann ich euch bringen?«

Sie war so unerwartet freundlich, dass es mir für einen Moment die Sprache verschlug.

»Kaffee«, sagte Conrad. »Und Pancakes mit Erdbeeren für mich.«

»Für mich auch«, sagte ich und gab ihr die Karte zurück. »Und einen Milchkaffee bitte.«

»Was ist mit ihren Haaren passiert?«, fragte ich leise, als Valerie in der Küche verschwand.

Conrad grinste amüsiert: »Sie wollte aussehen wie Cher und es ist schiefgegangen. Aber Valerie ist in Ordnung.«

Er erzählte mir, dass sie alle zusammen auf die Highschool in La Push gegangen waren. Justin, Milo, Tamra, Sassy, Valerie und er. Jetzt arbeiteten Tamra und Valerie als Bedienung im »River's Edge«, Sassy war Zimmermädchen im »Ocean Park Resort«, Milo half seinem Vater auf dem Fischerboot und verdiente sich nebenbei etwas, indem er Gras verkaufte.

»Wo hat er das Marihuana her?«, fragte ich.

»Er baut es an, irgendwo im Küstenwald. Aber mein Vater hat neulich erst sein Feld entdeckt und es vernichten lassen.«

Deshalb hat Brandee keinen Nachschub mehr, dachte ich. »Er hat das Zeug auch an Brandee verkauft. Damals, in Forks.«

»Ja. Die Schaufensterpuppe war Milos beste Kundin. Aber nun sitzt er auf dem Trockenen.«

»Ich dachte, wir sind der letzte Dreck für ihn«, sagte ich. »Wieso tut er Brandee einen Gefallen?«

»Milo tut diesem Mädchen keinen Gefallen. Euch weißen Kids Drogen zu verkaufen, ist seine Art, Krieg zu führen. ›Sie machen sich selbst kaputt‹, sagt er und er verdient dabei.«

»Das ist abscheulich«, sagte ich.

Conrad zuckte mit den Achseln. »So ist Milo eben.«

»Und du?«, fragte ich. »Was ist mit dir?«

»Was soll mit mir sein?«

Valerie kam mit dem Kaffee und wir schwiegen, bis sie wieder gegangen war.

»Na, was machst du, wenn du nicht gerade weiße Mädchen zum Frühstück ausführst?«

Wieder hob Conrad die Schultern. »Kayad hüten, fischen gehen mit meinem Vater, lesen.« Er blickte aus dem Fenster, aber nach einer Weile sah er mich wieder an. »Ich habe dir ja schon erzählt, dass ich eine Zulassung fürs College in Seattle hatte. Hauptfach Journalistik. Ich wollte das Gedächtnis unseres Volkes sein. Aber ich konnte einfach nicht gehen, nachdem er tot war. Mein Bruder wollte immer fort und nun hält er mich hier fest.«

Conrad erzählte mir, dass er begonnen hatte zu schreiben, weil er die Geschichten, die sein Großvater ihm und Justin erzählt hatte, bewahren wollte. »Als mein Vater die vollgeschriebenen Schulhefte entdeckte, kaufte er mir den Laptop. Nachdem Großvater Akil gestorben war, fing ich an, meine eigenen Geschichten aufzuschreiben. Ich fand sie überall: auf den Wellen und im Meer. Im Wald, am Strand und hier, in La Push. Aber ich habe nicht mehr geschrieben seit letztem Sommer. Es funktioniert nicht mehr.« Conrad sah mich an. »Ich wollte Geschichten schreiben, Smilla. Doch jetzt habe ich nur noch das eine zu erzählen.«

Valerie brachte unser Essen und ich hatte das Gefühl, dass Conrad froh war, nicht weiterreden zu müssen. Die Pancakes waren goldbraun und dufteten. Die Erdbeeren sahen rot und frisch aus.

»Na denn«, sagte er und legte los.

Wir aßen, und als Conrad kauend mit der Gabel nach draußen zeigte, sah ich, dass vor unserem Fenster drei große braune Vögel saßen. Einer verspeiste gerade einen Fisch. Er saß darauf, hielt ihn mit seinen Klauen gepackt und riss mit seinem Schnabel die Innereien heraus.

Ich hörte auf zu kauen und schluckte schnell alles herunter.

»Das sind die jungen Weißkopfseeadler von James Island«, sagte Conrad.

Ich konnte meinen Blick kaum von ihnen wenden. Einer saß so dicht vor dem Fenster, dass ich jede einzelne seiner Krallen, die braunen Federn und den gebogenen Schnabel sehen konnte. Als die Vögel von etwas gestört wurden, breiteten sie ihre großen Schwingen aus und flogen davon. Wie gewaltig würde ihre Flügelspanne erst sein, wenn sie ausgewachsen waren.

Und dann sah ich auch, was sie aufgescheucht hatte: Im Fluss schwamm eine Robbe. *Meine Robbe.* Seelenruhig schwamm und tauchte sie. Auch Conrad hatte das Tier längst bemerkt und hörte auf zu essen.

»Das ist Robbie, der Surfer«, sagte ich. »Die Robbe kommt manchmal und surft mit uns auf den Wellen. Sie hat gar keine Angst und ist ziemlich gut. Ich habe versucht, von ihr zu lernen.«

Ich spürte, dass Conrad auf einmal unruhig wurde und seine Gelassenheit verlor. Seine Finger, die das Besteck hielten, zitterten.

»Was ist denn los?«, fragte ich.

»Diese Robbe, sie war auch da, als du ... als ich dich ...«

Ich nickte. »Ja, ich erinnere mich. Als ich unter Wasser war, schwamm sie um mich herum.«

»Justin«, entfuhr es Conrad. Das Messer fiel ihm aus der Hand und klirrte auf seinen Teller. Gleich darauf fluchte er leise. Seine Mundwinkel zuckten und sein Atem ging stoßweise. Nun war es passiert: Er hatte den Namen seines Bruders ausgesprochen. Aber das war es nicht allein. Ungläubig starrte er die Robbe an, die sich vor unserem Fenster vergnügt im Fluss tummelte.

Inzwischen hatten auch die beiden Kinder den Zoo vor dem Fenster entdeckt und pressten ihre weißen Nasen an die salzblinde Scheibe.

»Was hat die Robbe mit deinem Bruder zu tun?«, fragte ich vorsichtig.

Conrad sah mich an und ich merkte, dass er wieder einmal überlegte, ob er mit mir über solche Dinge reden sollte oder nicht. Nach allem, was zwischen uns passiert war letzte Nacht, machte mich das traurig, aber ich versuchte, es zu akzeptieren.

»Ich glaube, das ist *er«,* stieß er hervor.

»Wie kommst du denn darauf?«

»Mein Schutzgeist . . .«, er stockte, »mein Schutzgeist ist eine Robbe. Und dieser Einzelgänger da . . . er zeigt sich erst, seit ihr euer Camp am First Beach aufgebaut habt.«

»Du meinst, die Robbe passt auf dich auf? Sie hat auf mich aufgepasst?«

»Ja. Ich glaube, wer immer das ist, will etwas in Ordnung bringen.«

Valerie kam und Conrad zahlte unser Frühstück. Ich merkte ihm an, dass er nicht vorhatte, noch weiter über das Thema zu sprechen. Da ich inzwischen wusste, dass er darüber sprechen würde, wenn er so weit war, stellte ich keine Fragen.

»Danke«, sagte ich stattdessen. »Erdbeeren zum Frühstück, drei Weißkopfseeadler und ein. . . eine Robbe vor dem Fenster. So viele Geschenke.«

»Geschenke?«

»Heute ist mein Geburtstag.«

Conrad sah mich entgeistert an. Das musste er erst mal verdauen. Ich lächelte, beugte mich zu ihm über den Tisch und küsste ihn. »Danke für alles.«

Da endlich erschien auch auf seinem Gesicht ein Lächeln. Ein merkwürdig erleichtertes Lächeln. »Dann bist du jetzt siebzehn«, stellte er fest.

»Sechzehn«, sagte ich. Und als er mich vorwurfsvoll ansah, hob ich entschuldigend die Schultern. »Ich wollte damals meine Größe ein wenig wettmachen.« Ich stand auf und sagte: »Ich muss meine Eltern anrufen, das haben wir so ausgemacht. Wenn ich es jetzt nicht tue, ist es zu spät, wegen der Zeitverschiebung. Und dann muss ich ins Camp zurück, sonst kriege ich noch mehr Ärger. Wir können uns ja am Nachmittag wieder treffen.«

Am liebsten hätte ich meine Siebensachen zusammengepackt und wäre für den Rest der Woche in Conrads Zimmer gezogen. Aber so verlockend dieser Gedanke auch war, es war unmöglich. Schließlich wollte ich das kommende Jahr bei den Turners wohnen und deshalb durfte ich es mir nicht gänzlich mit Alec und Janice verderben. Ich musste in den sauren Apfel beißen und ins Camp zurückkehren.

Conrad bot mir an, von seinem Telefon zu Hause zu telefonieren, aber ich hatte eine Telefonkarte und wollte das öffentliche Telefon am Supermarkt benutzen. Er begleitete mich noch bis dorthin und machte keine Anstalten, sich zu verabschieden.

»Wo und wann treffen wir uns?«, fragte ich zaghaft.

Conrad deutete auf das Telefon. »Ich würde gerne zuhören, wenn du deine Eltern anrufst.«

»Was?«

»Ich verstehe ja nichts«, meinte er verlegen. »Ich will nur hören, wie du deutsch sprichst.«

»Na gut«, sagte ich und begann, die Nummer auf der Telefonkarte einzutippen, immer noch etwas verwundert über Conrads Bitte.

In diesem Moment kamen Janice und Laura mit vollen Einkaufstüten um die Ecke und entdeckten uns. Ich hängte den Hörer wieder ein.

»Hi, Smilla«, sagte Janice und warf Conrad ein charmantes Lächeln zu. »Hi, Conrad.«

Laura sagte: »Hi, ihr beiden.«

Conrad nickte den Mädchen mit verschlossener Miene zu.

Janice stellte ihre Tüten ab und überrumpelte mich mit einer Umarmung. »Happy Birthday, Smilla«, sagte sie. »Ich bin so froh, dass du okay bist. Es tut uns allen leid, dass wir gestern so bescheuert waren. Als du weg warst, hat Mark Josh mächtig die Leviten gelesen und siehe da, er hat sich wieder eingekriegt. Es tut ihm leid. Du hast ihm zwar das Herz gebrochen, aber er wird es überleben. Er war betrunken und wusste nicht mehr, was er sagt.«

Ich fühlte mich wie vor den Kopf gestoßen. Janice hatte sich tatsächlich an meinen Geburtstag erinnert. Und jetzt tänzelte sie vor diesen Tüten herum, damit ich nicht hineinsehen konnte.

Janice lachte, als sie mein verdutztes Gesicht sah. »Zugegeben, ich hätte deinen Geburtstag vergessen. Aber ich habe gestern Abend noch mit Mom telefoniert. Deine Eltern haben dir ein Päckchen geschickt. Mom und Dad gratulieren dir auch.«

»Danke«, sagte ich.

Janice war total aufgekratzt. »Wir wollen zur Feier des Tages heute Abend in Forks zum Essen gehen und danach am Strand noch ein bisschen feiern.« Sie warf einen Blick auf Conrad. »Dein Freund ist natürlich auch eingeladen.«

Conrad verzog das Gesicht, als hätte er auf etwas Fauliges gebissen, und beinahe musste ich lachen. Aber noch war ich misstrauisch. Sollten alle plötzlich wieder normal geworden sein, nur weil Mark ihnen die Leviten gelesen hatte? Ich rechnete jeden Moment damit, dass aus einer von Janice' Tüten ein böser Clown sprang und schrie: »April, April.«

»Na, was sagst du?«, fragte Janice und strahlte mich an.

Mein Blick wanderte zu Conrad. Er zuckte mit den Achseln. Mit Sicherheit hatte er sich den Abend anders vorgestellt. Ich auch. Aber es galt nun mal, gewisse Regeln einzuhalten, das hatte ich ja inzwischen gelernt. Die Clique hatte mir ein Friedensangebot gemacht, also versuchte ich, wenigstens ein bisschen freudig auszusehen.

»Okay«, sagte ich. »Ich muss noch meine Eltern anrufen, dann komme ich ins Camp.«

»Fein«, sagte Janice. »Dann bis gleich.«

Janice und Laura verschwanden mit ihren Einkaufstüten.

»Scheint ja wieder alles okay zu sein«, sagte Conrad mit leicht säuerlicher Miene.

»Keine Ahnung. Ich traue dem Frieden nicht. Wo ist der Haken?«

»Vielleicht gibt es keinen. Vielleicht ist es ja tatsächlich so, wie sie es gesagt hat. Sie haben sich wieder eingekriegt. Soll vorkommen. Entspann dich einfach. Sie wollen deinen Geburtstag feiern.«

»Ja, leider. Ich habe mich so drauf gefreut, mit dir zusammen zu sein.«

»Hey«, sagte er und rang sich ein Lächeln ab. »Ich bin auch eingeladen. Schon vergessen?«

Ich dachte daran, wie Josh und Conrad sich aufgeführt hatten, als er das letzte Mal im Camp aufgetaucht war, und war nicht sonderlich erpicht darauf, dass sich das wiederholte.

»Geh zu ihnen«, sagte Conrad, »das ist schon in Ordnung. Ich habe Milo gestern versprochen, ihm und seinem Vater heute Nachmittag auf dem Fischkutter zu helfen.«

Ich wusste, er sagte nicht die Wahrheit, aber nur, weil er es mir einfacher machen wollte. »Na gut«, sagte ich, »dann rufe ich jetzt meine Eltern an.«

»Grüß schön«, meinte er.

»Was?«

Conrad seufzte kopfschüttelnd. »Das war ein Witz, Smilla.«

Verdammt, das war alles so tief gehend schön und so schrecklich hoffnungslos. Warum war Liebe nur so kompliziert? Ich hatte vollkommen vergessen, wo ich herkam. Jetzt stürzte die Wirklichkeit mit ganzer Wucht auf mich ein. Dass ich gerade erst sechzehn geworden war. Dass ich Eltern hatte und mein Zuhause auf der anderen Seite des Ozeans lag. Dass wir in sechs Tagen unsere Zelte hier abbauen und La Push verlassen mussten. Und dass ich Conrad vielleicht nie wiedersehen würde.

Mir schossen Tränen in die Augen.

»He«, sagte er erschrocken, »was ist denn plötzlich los? Ich habe doch bloß Spaß gemacht.«

Er nahm mich in die Arme und ich drückte mein Gesicht an seine Brust. Sein Kinn lag auf meinem Kopf und seine Finger strichen über mein Haar. Das war eine ungeheuer tröstliche Geste.

»Das alles ist kein verdammter Spaß«, brummelte ich in sein T-Shirt, das jetzt ganz nasse Flecken von meinen Tränen hatte. Ich sah ihn an. »Ich würde meine Eltern gerne von dir grüßen. Aber das kann ich nicht, weil sie sonst herkommen und mich nach Deutschland zurückholen.«

Conrad nahm den Saum seines T-Shirts und tupfte mein Gesicht trocken. »Und ich dachte immer, ihr Deutschen habt was übrig für uns Indianer.« Er lächelte. Dann schob er mit dem Zeigefinger mein Kinn ein Stück nach oben und küsste mich mit geschlossenen Augen. »Keine Bange, kleiner Rabe«, sagte er.

»Wir lassen uns etwas einfallen, okay? Aber jetzt geh zurück zu den anderen und rauch die Friedenspfeife mit ihnen.«

Ich nickte. »Dann bis heute Abend?«

»Ja, bis heute Abend.«

Noch ein Kuss von mir. »Und du wirst auch sicher kommen?«

»Versprochen.«

Ich telefonierte mit meinen Eltern. Conrad stand ein Stück entfernt gegen die Wand gelehnt und hörte zu. Als ich die Stimmen meines Vaters und meiner Mutter hörte, bekam ich solche Sehnsucht nach ihnen, dass mir die Tränen in Strömen über die Wangen flossen. Conrad sah es. Er gab mir ein Zeichen und ging. Auch wenn er nicht verstand, was ich sagte, musste er doch gespürt haben, dass ich keinen Zuhörer brauchen konnte.

Ich bedankte mich für die Kamera und erzählte meinen Eltern, wie toll es hier war, dass ich surfen gelernt hatte, dass wir wandern würden und jeden Tag eine Menge Spaß zusammen hatten.

Dabei merkte ich, wie sehr mir meine Mutter fehlte, mit der ich immer über alles geredet hatte. Na ja, über fast alles. Meistens hatte sie Verständnis gehabt. Und sie hatte mich immer ernst genommen. Wenn sie nicht so weit weg gewesen wäre, hätte ich ihr von Conrad erzählt. Aber das konnte ich nicht, denn sie würde sich Sorgen machen und durch das Telefon konnte ich ihr die Sorgen nicht nehmen. Ich musste versuchen, ohne ihren Rat zurechtzukommen.

Auf dem Weg ins Camp trockneten meine Tränen. Als ich bei den anderen ankam, sangen sie »Happy Birthday« und Janice hielt einen Donut auf einem Pappteller, den sie mit sechs kleinen Kerzen gespickt hatten.

Alec umarmte mich als Erster. »Alles Gute zum Geburtstag, Midget.«

Mark musste sich herunterbeugen und erdrückte mich fast, als er mir gratulierte.

Brandee wollte nicht die Einzige sein, die mich nicht umarmte. Es war ein seltsames Gefühl, sie so nah zu spüren. Es war auch keine wirkliche Umarmung. Unsere Körper berührten einander kaum. Brandee duftete nach exotischen Blüten und kam mir zerbrechlich, fast schwerelos vor. Wir waren wie zwei Wesen von verschiedenen Sternen.

Josh schien sichtlich zerknirscht. Erst wusste er nicht, ob er mich umarmen sollte oder besser nicht. Schließlich tat er es und er raunte mir ins Ohr, dass er sich wie ein Idiot benommen hatte und es ihm leidtue.

Ich war überwältigt, verwirrt und immer noch vorsichtig. Doch nach einer Weile zerstreuten sich meine Bedenken. Ich hatte sogar Geschenke bekommen: eine ausgewählte Sammlung Indianerpostkarten, ein indianisches Armband mit Beerenperlen, das mich vor bösen Geistern schützen sollte, und ein T-Shirt (in meiner Größe) mit einem stilisierten Wal darauf. Sämtliche Geschenke stammten aus dem Souvenirshop an der Straße, aber sie waren gut ausgewählt und ich freute mich wirklich darüber, was ich mehrmals versicherte.

Aber so nett sie auch zu mir waren, ich machte mir nichts vor: Natürlich waren die Wogen nur an der Oberfläche geglättet. Darunter blieben die Strömungen, die jederzeit gefährlich werden konnten.

Am Nachmittag, als die Wellen groß genug waren und sauber brachen, waren wir alle wieder mit unseren Surfbrettern auf dem Wasser. Danach begann der Run auf die Duschen und die Clique machte sich schick für den Abend in Forks.

Ich hatte das neue T-Shirt und meine helle Kakihose angezogen und mir zur Feier des Tages die Lippen dunkelrot angemalt. Jetzt saß ich mit meiner Kamera auf dem Stamm hinter meinem

Zelt und schoss Fotos. Alecs und Janice' Haare waren vom Salzwasser fast weiß ausgeblichen und bildeten einen starken Kontrast zu ihrer sonnenbraunen Haut. Alec hatte einen jugendlichen Dreitagebart und sah tatsächlich aus wie ein Wikinger. Der große dunkle Mark und die schlanke hellblonde Janice waren ein schönes Paar und ich sah, wie glücklich die beiden waren. *Klick, klick, klick.* Vielleicht gelang es mir, etwas von diesem Glück einzufangen.

Josh in seinem hellen Leinenhemd und den schwarzen Jeans sah richtig gut aus. Laura war immer um ihn herum. Sie hatte sich besonders fein gemacht, mit einer meergrünen, hauchdünnen Bluse, unter der ihr schwarzer BH verlockend hervorschimmerte. Ihre roten Korkenzieherlocken hatte sie mit einem grünen Tuch aus Rohseide gebändigt und mit ihren Sommersprossen sah sie zum Anbeißen hübsch aus.

Auch Brandee sah schick aus, mit engen Jeans und bauchfreiem weinrotem Top, einer Farbe, die ihr gut stand (wie eigentlich fast alle Farben). Aber ich sah auch die zartvioletten Schatten unter ihren Augen und dass sie noch schmaler wirkte als sonst. Außerdem war sie ungewohnt schweigsam. Vielleicht hatte sie sich ja vorgenommen, heute mal die geheimnisvolle Stille zu spielen.

Natürlich hatte sich die Clique nicht für mich so in Schale geworfen, sondern um des Abends willen. In ihrem Glanz verblasste ich, aber das schien ihnen nicht weiter aufzufallen und mir machte es nichts aus. Irgendwann am Ende dieses verrückten Tages wartete Conrad auf mich. Ich konnte es kaum erwarten, ihn wiederzusehen – ihn wieder zu berühren.

Der Italiener, den Alec vorgeschlagen hatte, war ein halbwegs gemütliches Restaurant an der Hauptstraße in Forks, nur ein paar Schritte vom »Timber Saloon« entfernt. Die Wände des Lokals waren mit den üblichen kitschigen Motiven bemalt: römische Säulen, Marmorbüsten, Amphoren und stechend blaues Meer. Aber die üppigen Pflanzen in den Fenstern und zwischen den Gipssäulen waren echt und die Bedienung schien das auch zu sein. Echt italienisch, vielleicht in der dritten Generation.

Der Kellner war flink und ein richtiger Witzbold, sodass der Abend ausgesprochen lustig wurde. Es floss reichlich italienischer Rotwein und Josh kam bald wieder in Fahrt – er lieferte sich wahre Witzduelle mit dem Kellner, der mindestens doppelt so alt war wie er.

Auch ich musste mehrmals herzlich lachen. Und das tat verdammt gut. Das Lachen spülte all den Unrat weg, der sich zwischen uns angesammelt hatte, und tatsächlich kam es mir für einen Moment so vor, als würde ich unter Freunden sein.

Einmal verschwand Brandee auf die Toilette und kam lange nicht wieder. Ich merkte, dass Alec ab und zu verstohlen zur Tür blickte und immer nervöser wurde. Doch dann kehrte Brandee zurück. Ihren Augen war anzusehen, dass sie geweint hatte, das konnten auch die frisch gezogenen schwarzen Linien nicht verdecken. Aber niemand sagte etwas.

Kurz nach neun verließen wir das Restaurant, und als wir in Joshs Bus stiegen, sah ich Milos' mit weißem Funkenregen besprühten Pickup auf dem Parkplatz stehen. Ich blickte mich nach ihm um, aber Conrads Freund war nirgendwo zu sehen. Zum Glück. Nach dem, was er am vergangenen Abend von sich gegeben hatte, war Milo der Allerletzte, dem ich jetzt begegnen wollte.

21. Kapitel

Während der Fahrt zurück ins Reservat dachte ich an Conrad. Ich hoffte, der Abend würde so unbeschwert weitergehen, wie er angefangen hatte. In meinen Adern kreisten zwei Gläser Rotwein und der Alkohol zerstreute meine Zweifel, aber irgendwo tief in mir meldete sich ein ungutes Gefühl. Es war ein wenig so wie an jenem Tag, an dem ich auf den Ozean hinausgeschwommen war: die herrliche Stimmung, der glatte Meeresspiegel, die trügerische Stille. Nichts hatte auf das Ungeheuer hingedeutet, das unter der Oberfläche lauerte.

Ich hatte das Gefühl, als ob es unter der Oberfläche dieses glatten, amüsanten Abends brodelte, und fürchtete, dass das Ungeheuer irgendwann hervorbrechen und losschlagen würde. Nur wann und wie, davon hatte ich keinen blassen Schimmer. Heute war mein Geburtstag und niemand aus der Clique war darauf aus, mich zu beschimpfen. Zumindest, so lange Conrad nicht auftauchte und sie mit seiner Überlegenheit provozierte.

Ich gab mir einen Ruck und wischte meine dunklen Ahnungen beiseite. Abgesehen von Mark, der den Van fuhr, hatten alle mächtig getrunken und auf dem Weg vom Parkplatz zum Camp hallte weinseliges Gekicher über den Strand. Laura und Josh hatten jeder die Arme über die Schulter des anderen gelegt und sangen lauthals *Sweet little sixteen.* Lachend und strauchelnd landeten wir wieder bei unseren Zelten. Ein paar Minuten später brannte das Feuer, und als ob wir alle noch nicht genug gehabt hätten, machte eine neue Flasche Jim Beam die

Runde. Josh schien einen unerschöpflichen Vorrat davon in seinem Zelt zu haben.

Ich saß neben ihm. Eigentlich hatte ich das vermeiden wollen, aber es hatte sich so ergeben und ich wollte ihn nicht wieder gegen mich aufbringen, indem ich mich demonstrativ wegsetzte. Er prostete mir mit der Whiskeyflasche zu. »Auf dich, Smilla!«, nuschelte er. »Du bist echt was Besonderes.«

Keine Ahnung, wie er das meinte, zynisch oder ehrlich. Er war betrunken, also versuchte ich, ihn zu ignorieren. Ich war nervös. Inzwischen war es nach zehn und ich fragte mich, wann Conrad auftauchen würde. Immer wieder hob ich den Kopf und lauschte, obwohl ich wusste, dass ich ihn sowieso nicht kommen hören würde. Die anderen waren zu laut und außerdem hatte Mark begonnen, mir auf seiner Mundharmonika ein Ständchen nach dem anderen zu spielen.

Plötzlich begann Josh zu lachen, als hätte er einen guten Witz gehört. Er legte den Kopf in den Nacken und lachte, als hätte er einen Anfall. Tränen kamen und liefen ihm über die Wangen. Ich sah ihn erschrocken an, jederzeit darauf gefasst, dass er wieder anfangen würde, auf mir herumzuhacken und mich zu beleidigen. Doch dann stellte ich erleichtert fest, dass der Alkohol Josh diesmal nicht angriffslustig und ausfällig werden ließ, sondern anhänglich und zahm.

Er legte den Arm um meine Hüfte. Ich versteifte mich unwillkürlich, traute mich aber nicht, seine Hand abzustreifen. Hin und wieder neigte er den Kopf, so als wollte er ihn auf meiner Schulter betten, aber ich konnte jedes Mal ausweichen, ohne dass es ihm oder den anderen auffiel.

Conrad, dachte ich verzweifelt. Wo bist du?

Alec erzählte gerade die Story, wie er als Vierzehnjähriger in einem See in den Everglades mit einem Krokodil geschwommen war, ohne es zu merken, und Janice am Ufer bald gestorben war vor Angst. Ich kannte die Geschichte schon, aber die anderen amüsierten sich köstlich.

Brandee wirkte nervös. Schon beim Italiener war mir aufgefallen, dass sie schlecht aussah, aber nun wurde sie immer unruhiger. Sie rieb sich die Hände, als würde etwas Ekliges an ihren Handflächen kleben, und wenn der Jim Beam zu ihr kam, trank sie jedes Mal einen ordentlichen Schluck. Auf einmal wurde sie albern und kicherte grundlos herum. Ab und zu sah sie auf ihre Uhr. Das kam mir merkwürdig vor, aber da ich selber immer wieder auf die Uhr sah, dachte ich nicht weiter darüber nach.

Irgendwann flüsterte Brandee Alec etwas ins Ohr. Danach stand sie auf und schlug den Weg zur Toilette ein.

Ein paar Minuten später sagte ich leise zu Janice: »Ich muss auch mal für kleine Mädchen.«

Josh hatte seinen Kopf inzwischen auf Lauras Schulter gelegt und ich löste vorsichtig seinen Arm von meiner Hüfte. Ich musste wirklich mal, das war nicht gelogen, aber ich hegte auch die große Hoffnung, dass Conrad irgendwo in der Nähe sein würde und auf eine Gelegenheit wartete, mich allein zu sehen. Vielleicht war ihm klar geworden, dass es keine gute Idee war, zu uns ans Feuer zu kommen, so betrunken, wie alle waren.

Auf dem Weg zu den Toiletten erschrak ich fast zu Tode, als plötzlich ein Wolf vor mir stand.

Rowdy oder Boone, fragte ich mich und spürte, wie ich am ganzen Leib zu zittern begann. Aber ich begriff schnell, dass es Boone sein musste, denn sein wütender Bruder hätte mir längst die Zähne gezeigt.

»Hey Boone«, sagte ich, und leuchtete den Hund mit der Taschenlampe an. »Wo ist Conrad?«

Ich hoffte, er würde jeden Moment aus dem Dunkel hervortreten und mich in seine Arme nehmen. Aber auch als ich ihn leise rief, tauchte er nicht auf. Boone winselte und stromerte in Richtung Parkplatz davon. Ich folgte ihm, in der Hoffnung, dass er mich vielleicht zu Conrad führen würde. Doch als ich auf dem Parkplatz stand, konnte ich den Wolfshund nirgendwo mehr entdecken.

Aus der Richtung, in der die Wohnmobile standen, kam fröhliches Gelächter. Auf der anderen Seite war es still. Unter der Woche waren nur wenige Ferienhütten bewohnt.

Ich lief auf der linken Seite um den Supermarkt herum, um zu den Toiletten zu gelangen, als ich Brandees Stimme hörte. »Mir . . . schlecht . . . Scheiße . . . bezahle dich gut.«

Das kam von der Seite des Supermarktes, wo sich das öffentliche Telefon befand, und ich ging ein Stück näher an die Ecke heran, um besser hören zu können, was Brandee sagte. Mit wem zum Teufel telefonierte sie um diese Zeit?

In einer Dusche brannte Licht und jemand stellte das Wasser an. Jetzt konnte ich Brandee nicht mehr verstehen und musste noch näher herangehen. Als ich nur einen Meter entfernt von der Ecke stand, bemerkte ich, dass sie gar nicht telefonierte. Eine männliche Stimme sagte: »Die Bullen haben meine kleine Plantage entdeckt und alles vernichtet. Aber reg dich ab, ja, ich hab was anderes für dich.«

Milo, schoss es mir durch den Kopf. Ich lehnte mich mit dem Rücken gegen die Hauswand und hielt den Atem an. Brandee traf sich mit Milo, um Gras zu kaufen.

»Die Psilos hauen mächtig rein«, hörte ich Milo sagen. »Du wirst deinen Spaß haben.«

»Und es kann wirklich nichts passieren?« Brandees Stimme klang jetzt beinahe weinerlich. »Was ist mit Nebenwirkungen?«

»Keine Nebenwirkungen«, sagte Milo. »Die Dinger sind völlig

harmlos, glaub mir. Die schicken dich auf einen Megatrip und nach ein paar Stunden merkst du nichts mehr. Gut kauen und mit Wasser runterspülen . . . schmecken ein bisschen bitter.«

Ich versteckte mich hinter einem Getränkeautomaten. Die Tür zu einer der Duschen war gleich nebenan und stand weit genug offen, sodass ich hineinschlüpfen konnte, falls Brandee und Milo um die Ecke kommen würden.

Danach war es still. Ich wollte Milo auf keinen Fall begegnen und Brandee auch nicht, darum zog ich mich sicherheitshalber in mein Versteck zurück und zog die Tür ein Stück zu. Kurz darauf sah ich durch den Türspalt, wie Brandee in Richtung Strand davonschlich.

Was zum Teufel hatte Milo ihr da verkauft? Ich musste daran denken, was Conrad heute Morgen im »River's Edge« zu mir gesagt hatte. Dass Milos Art, die Weißen zu bekämpfen, war, ihnen Drogen zu verkaufen, mit denen sie sich dann selbst zugrunde richteten.

Ich mochte Brandee nicht, kein bisschen. Sie war eine arrogante Schnepfe, aber ich machte mir ernsthaft Sorgen um sie, nach dem, was Milo da gerade gesagt hatte. Mit Drogen kannte ich mich nicht aus. *Was* musste man gut kauen und mit Wasser runterspülen? *Psilos* – war das irgendeine neue synthetische Droge? Ich hatte jedenfalls noch nie davon gehört, aber das sollte nichts heißen.

Ich zog die Tür richtig zu und ging auf die Toilette. Als ich wieder herauskam, lief ich Josh in die Arme.

»He, he, he«, lallte er, »wen haben wir denn da? Das Geburtstagskind.« Als Josh versuchte, mich zu küssen, stieß ich ihn von mir weg. Ein liebestrunkener, sturzbesoffener Josh hatte mir jetzt gerade noch gefehlt.

»Ich mag dich wirklich, Smilla«, nuschelte er, »das musst du doch längst gemerkt haben.« Josh fiel mit dem Rücken gegen die Wand und grinste mich dämlich an. Ein paar zottelige Locken fielen über seine Augen.

Aus der Dusche kam eine Frau mit nassen Haaren und einem Handtuch über der Schulter. »Hi«, grüßte sie uns und ging über den Platz zu den Wohnmobilen.

»Verschwinde, Josh«, sagte ich. »Ich dachte, das hätten wir längst geklärt.«

»Warum stellst du dich so an?« Er schwankte mir entgegen. »Bei deinem Häuptling bist du doch auch nicht zimperlich.«

Ehe er auf mich fallen konnte, schlüpfte ich zurück in die Toilette und schob den Riegel vor. Diese Tür würde ich nicht eher wieder öffnen, bis Josh da draußen verschwunden war, und wenn ich die ganze Nacht auf dem Klodeckel sitzend verbringen musste!

Josh hämmerte mit der Faust gegen die Tür. »Komm raus da, Miss Rühr-mich-nicht-an. Ich habe dir nichts getan.«

Doch, dachte ich wütend. *Du gehst mir auf die Nerven.* Ich war wirklich bedient von Joshs angeblicher Zuneigung und seiner Art, sie mir zu zeigen.

Er hämmerte noch ein paarmal mit der Faust gegen die Tür, dann hörte ich, wie er sich dagegenlehnte. Ich stand nur ein paar Zentimeter von der Tür entfernt und mir war, als würde ich ihn schluchzen hören. Josh weinte. Das war der Hammer! Ich hoffte, dass es am Alkohol lag und nicht wirklich an mir. Du hast ihm das Herz gebrochen, hatte Janice gesagt.

Ich wagte kaum zu atmen. Josh tat mir leid. Es ist schrecklich, in jemanden verliebt zu sein, der deine Gefühle nicht erwidert. Andererseits: Josh war betrunken und ich hatte mehr als einmal erlebt, wie aggressiv und unberechenbar er in diesem Zustand sein konnte. Ich traute ihm nicht mehr über den Weg.

Deshalb schwieg ich einfach und wartete, bis ich hörte, wie sich seine Schritte auf dem Kies entfernten. Als ich zehn Minuten später die Tür einen Spalt öffnete und vorsichtig hinausspähte, war Josh verschwunden. Erleichtert atmete ich auf.

Ich schlug den überwucherten Pfad zum Strand ein, den ich von Conrad kannte, denn ich hatte keine Lust, dass Josh mir auf dem Weg ins Camp auflauerte. Der Pfad war dunkel und der Strahl meiner kleinen Taschenlampe glitt unstet über den Boden und die Sträucher. Als ich die Treibholzbarriere endlich erreicht hatte, war ich sehr erleichtert. Ich steckte die Taschenlampe ein und kletterte auf einen großen Stamm. Der Dreiviertelmond schien hell und das Donnern der steigenden Flut war ohrenbetäubend laut.

Plötzlich packte mich jemand von hinten an der Schulter. Ich schrie erschrocken auf.

»Hab dich.« Josh. Er musste sich bei den Duschräumen versteckt haben und mir gefolgt sein. Ich versuchte, mich aus seinem Griff zu winden, aber er hielt mich fest.

»Das ist nicht witzig, Josh.«

»Smilla«, sagte er, ohne mich loszulassen, »es lief doch prima zwischen uns, bis dieser . . .«

»Es lief gar nichts, Josh«, unterbrach ich ihn, bevor er etwas Gemeines über Conrad sagen konnte.

»Du hast mich angemacht.« Wir schwankten. »Warum gibst du das nicht zu?«

Meine Signale, dachte ich. Josh hatte von Anfang an meine Signale falsch gedeutet. »Ich war nett zu dir, weil ich dich nett fand. Nicht mehr, nicht weniger. Und nun lass mich los, okay?«

»Smilla . . .«

Ich spürte seinen Atem in meinem Nacken und stieß ihm meine Ellenbogen in die Rippen. »Ich bin mit Conrad zusammen, Josh. Warum will das nicht in deinen Kopf?«

Er lachte nur abfällig. »Was willst du mit dem, Smilla? Er ist ein Loser, die sind alle Loser hier. In der richtigen Welt kann er nicht überleben. Mensch, denk doch mal nach. In ein paar Tagen sind wir hier weg, dann siehst du den Typen nie wieder.«

Das werden wir ja noch sehen, dachte ich und versuchte, mich von Josh loszureißen. Dabei rutschte ich auf dem feuchten Stamm aus, und weil Josh sich an mir festklammerte, riss ich ihn mit. Wir fielen in den Sand. Josh lag auf mir, sein ganzes Muskelgewicht auf meinem Körper, sein Gesicht an meinem. Sein Alkoholatem ekelte mich an. Plötzlich drückte er mir seine Lippen auf den Mund und schob seine Zunge zwischen meine Zähne. Ich zog den Kopf zur Seite und stieß Josh von mir. »Lass das, du bist ja völlig betrunken.«

Er fluchte etwas Unverständliches und plötzlich waren seine kalten Hände unter meinem T-Shirt. Ich stieß einen empörten Schrei aus und versuchte, mich unter Josh hervorzuwinden, als sein Kopf plötzlich mit einem Ruck nach hinten gerissen wurde und er mit einem erschrockenen Aufschrei rücklings in den Sand flog.

»Was soll das werden?«, hörte ich eine zornige Stimme aus der Dunkelheit. *Conrad.* Die Erleichterung, die ich spürte, hielt nur kurz an. Ein kaltes Gefühl durchzuckte mich, ein merkwürdiges Frösteln. Wie lange stand er schon da und was hatte er gehört?

»Wonach sieht's denn aus, Häuptling?« Josh versuchte ächzend, sich aufzurappeln, was ihm sichtlich Mühe bereitete.

»Sie will dich nicht, du perverses Arschloch«, sagte Conrad. Seine Stimme klang schneidend. »Warum geht das nicht in deinen Schädel?«

Josh kam auf die Beine. Er breitete die Arme aus und grinste boshaft. »Na gut, fick sie noch drei Tage, aber dann ist sie weg. Aus, finito, kapierst du das. Dann ist sie wieder in der richtigen Welt und du kannst sie nicht mehr beeindrucken mit deinem Hokuspokus.«

»Hau bloß ab, Mann«, sagte Conrad kalt. »Verschwinde und komm nie wieder, hörst du, sonst . . .«

»Was, sonst?«, brüllte Josh. »Willst du mir etwa drohen, du Schlappschwanz?«

Das Wort wirkte wie ein Funke, der eine Explosion auslöste. Conrad holte mit der Faust aus und schlug Josh hart ins Gesicht. Joshs Kopf flog nach hinten und er landete wieder rücklings im Sand.

»Wenn du sie noch einmal anfasst, mach ich dich kalt«, zischte Conrad.

Das alles ging so schnell, dass ich erst begriff, was passiert war, als Josh ernüchtert stammelte: »Ohne Scheiß, ich blute. Der Bastard hat mir die Nase gebrochen.« Er rappelte sich auf und stürzte sich mit wütendem Gebrüll auf Conrad. Einen Augenblick später sah ich nur noch ein Knäuel aus Armen und Beinen im Sand rollen.

»Aufhören!«, schrie ich.

Sie krachten gegen einen Berg Treibholz. Ich hoffte inständig, dass das Knacken von einem Ast kam und nicht von einem Knochen. Die beiden ächzten und knurrten wie Tiere. »Aufhören, aufhören, aufhören«, rief ich wütend und warf mit einer Handvoll Sand nach ihnen.

Obwohl Josh größer und kräftiger war, war es am Ende Conrad, der seinen Widersacher mit dem Gesicht in den Sand drückte, sodass er keine Luft mehr bekam.

»Lass ihn los!«, schrie ich und riss Conrad an der Schulter. »Willst du ihn umbringen?«

Conrad stand auf und sah mich an. Im Licht des Mondes bemerkte ich, dass er im Gesicht blutete. Ich machte einen Schritt auf ihn zu, aber er wich vor mir zurück, als wüsste er auf einmal nicht mehr, wer ich war.

Josh hustete und krümmte sich im Sand. Ich kniete mich neben ihn und leuchtete ihm mit meiner kleinen Taschenlampe ins Gesicht. Aus seiner Nase lief Blut und sein Gesicht war voller Sand, mehr schien ihm nicht zu fehlen. Ich fischte ein Papiertaschentuch aus meiner Jeans und gab es ihm, damit er die Blutung stoppen konnte. Sein schickes Leinenhemd war voller Blutflecken.

»Bist du okay?«, fragte ich ihn.

Josh knurrte nur.

»Dem fehlt schon nichts, abgesehen von ein bisschen Hirn«, sagte Conrad abfällig.

»War das wirklich notwendig?«

»Der Typ wollte dir an die Wäsche, verdammt. Und das schon den ganzen Abend!«

Conrad hatte also alles gesehen und gehört. Aber er war nicht zu mir gekommen. »Er ist betrunken.«

»Das ist er doch immer. Er ist ein mieses Arschloch, Smilla. Du hast gehört, was er gesagt hat. Warum verteidigst du ihn auch noch?«

Josh versuchte, sich an mir hochzuziehen. Ich richtete mich auf und half ihm. Als er schwankend stand, sagte ich zu Conrad: »Ich bringe ihn jetzt zurück ins Camp. Alleine schafft er das nicht.« Ich legte Joshs Arm um meine Schulter. Er grinste blöde in Conrads Richtung und stützte sich schwer auf mich. So wankten wir davon.

»Smilla«, hörte ich Conrad sagen, »geh jetzt nicht weg, okay?« Noch lange spürte ich seinen Blick in meinem Rücken.

Als wir das Camp erreichten, schien Josh wieder halbwegs nüchtern zu sein und konnte ohne meine Hilfe laufen. Im Flussdelta hatte er sich das Gesicht gewaschen und sah bis auf eine Schramme auf der rechten Wange ganz manierlich aus.

Wir hatten kein einziges Wort miteinander gewechselt. Ich

hatte mir vorgenommen abzuwarten, wie Josh sich verhalten würde, wenn wir im Camp waren. Wenn er den Mund hielt, würde auch ich schweigen. Ich war nicht wild darauf, ihn bloßzustellen. Am liebsten hätte ich das Ganze einfach vergessen.

Schon von Weitem sah ich Brandees vom Feuer beleuchtete Gestalt in der Nacht. Sie tanzte. Sie tanzte einen wilden, aufregenden Tanz und das war der Grund dafür, dass die anderen Josh und mir nur wenig Beachtung schenkten, als wir die Runde am Feuer betraten.

»Du blutest«, sagte Laura, als Josh sich neben sie setzte. »Dein Hemd hat auch was abgekriegt.« Er hatte wieder Nasenbluten und sie organisierte ihm ein Papiertaschentuch.

»Er ist auf einem Treibholzstamm ausgerutscht und hat sich die Nase blutig geschlagen«, sagte ich.

Joshs Blick streifte mich kurz, aber er sagte nichts. Seine Aufmerksamkeit galt Brandee, die sich in den Hüften wiegte wie eine indische Göttin. Nur viel schneller. Fast sah es so aus, als ob sie mehrere Arme hätte. Die Flammen warfen Schatten auf ihr Gesicht mit den schwarz umrandeten Augen, ihre seidigen Haare flogen, wenn sie sich drehte. Manchmal hielt sie die Hände hoch über den Kopf wie eine Ballerina, dann konnte man ihren schimmernden Bauch sehen. Ich hatte sie noch nie so erlebt, so frei. Was immer sie *gut kauen* sollte, sie hatte es getan. Brandee flog. Fasziniert sah ich ihr zu und fragte mich, wo sie gerade war auf ihrer Reise.

Die anderen schienen nicht so recht zu wissen, was sie von Brandees Vorführung halten sollten, doch eine Zeit lang klatschten sie zu ihrem ekstatischen Tanz. Offenbar hatten alle ziemlich viel getrunken, denn die Whiskeyflasche war fast leer.

Brandees Tanz nahm mich gefangen, doch gleichzeitig versuchte mein Blick immer wieder, das Dunkel hinter dem Feuer zu durchdringen. Schon seit ein paar Minuten hatte ich das merkwürdige Gefühl von Anwesenheit. Als ob jemand uns beobachtete. War das Conrad? Stand er irgendwo verborgen und besah sich das Spektakel? Suchte er meine Nähe oder hatte ich ihn dadurch, dass ich mich um Josh gekümmert hatte, zu sehr verletzt?

Brandee tanzte jetzt wild und ungestüm wie ein Derwisch, die Arme wie Flügel auf dem Rücken verdreht, und ich fürchtete jeden Moment, sie könnte ins Feuer stolpern. Sie war nicht *frei*, das wurde mir nun klar, sie war *getrieben*. Brandee wirkte überdreht und verängstigt zugleich. Es schien, als ob sie nicht mehr aufhören könne zu tanzen. Ihre schwarze Schminke begann zu verlaufen, das gab ihr noch zusätzlich ein gespenstisches Aussehen.

Mir wurde angst und bange, weil ich nicht wusste, wie der Tanz enden sollte – wie der ganze Abend enden sollte. Doch auf einmal taumelte Brandee wie ein verletzter Vogel und fiel in Alecs Arme. Sie leckte ihm mit der Zunge über das Gesicht und lachte wie eine Irre. Das Ganze war Alec sichtlich unangenehm, aber er wusste nicht, wie er sich Brandee vom Leib halten sollte. Als es ihm schließlich zu bunt wurde, machte er sich unsanft von ihr los und stand auf. »So, Leute«, sagte er gereizt, »mir reicht's. Ich gehe schlafen.«

Brandees Stimme überschlug sich, als sie ihm hinterherrief: »Hau doch ab, ich brauch dich nicht.« Sie lachte. Es war ein einsames, ein tieftrauriges Lachen.

»Ich gehe auch schlafen«, sagte ich und erhob mich. »Danke für alles.«

Ich putzte Zähne und sah, dass auch Mark und Janice sich in ihr Zelt zurückzogen. Noch einmal lauschte ich in die Nacht, aber da war nichts, ich musste mich wohl getäuscht haben.

Keine Ahnung, wie lange ich noch wach lag. Das Donnern der Brandung schluckte die Stimmen am Feuer. Einmal hörte ich, wie Brandees Lachen in Schluchzen umschlug. Was war bloß los mit ihr? Schon seit zwei oder drei Tagen war sie in dieser eigenartigen Stimmung und die Drogen hatten dafür gesorgt, dass sie völlig abdrehte. Brandee tat mir leid. Dass Alec einfach schlafen ging und sie in diesem Zustand allein ließ, fand ich grausam von ihm. Conrad hatte recht: Die Clique war ein erbärmlicher Haufen.

Nach wie vor war ich wütend auf Josh. Nicht nur wegen seiner verbalen Attacken und der plumpen Versuche, doch noch bei mir zu landen, sondern auch, weil er Conrad und mir den Abend verdorben hatte.

Morgen, dachte ich. Morgen werde ich zu ihm gehen und ihm sagen, dass ich ihn auch in meiner Welt lieben werde.

Hinter den lodernden Flammen des Feuers sieht die junge Frau aus wie ein Geist. So etwas hat Conrad noch nie gesehen. Ihr wilder Tanz fasziniert ihn und stößt ihn gleichzeitig ab. Er ahnt, was mit ihr los ist.

Conrad sieht Smilla, sieht die Besorgnis in ihren Meeresaugen. Sie sorgt sich um alle, auch um die, die ihr wehgetan haben. Das kann er nicht begreifen, doch gleichzeitig liebt er Smilla dafür.

Ja, er liebt sie. Deshalb ist er hier. Er muss es ihr unbedingt sagen, noch in dieser Nacht. Conrad sieht, dass Smilla unglücklich ist, und das kann er kaum aushalten. Er will sie beschützen, für sie da sein. Er will, dass sie sich sicher fühlt.

Conrad beobachtet, wie der Wikinger schlafen geht. Endlich! Offensichtlich hat er genug von seiner abgedrehten Freundin. Auch Smilla geht. Conrad weiß nicht, wie er mit ihr sprechen kann, ohne aufzufallen. Er will nicht, dass sie Ärger bekommt, denn den hat sie seinetwegen schon genug. Also wartet er.

Schließlich gehen der Supersurfer und seine Blondine schlafen, die Rothaarige folgt wenig später. Nun sitzt die Schwarzhaarige allein mit Josh am Feuer. Sie redet und lacht, gebärdet sich wie eine Irre. Conrad wartet und hofft, dass auch die beiden endlich in ihre Zelte verschwinden, denn er muss mit Smilla sprechen, unbedingt. Die Zeit verstreicht und bestimmt ist sie längst eingeschlafen.

Kurz überlegt Conrad, ob er aufgeben und am nächsten Morgen mit ihr sprechen soll. Aber die Sehnsucht nach Smillas Nähe ist stärker als die Vernunft.

Er versucht, unbemerkt zu ihrem Zelt zu kommen. Doch plötzlich taucht Boone überraschend aus der Dunkelheit auf, der einen Rest Fleisch im Sand schnuppert. Das Mädchen sieht den Wolfshund, ihre Augen weiten sich vor Entsetzen. Ohne ein Wort springt sie auf und stürzt davon, läuft ziellos ins Dunkel.

Josh flucht leise, aber dann setzte er dem Mädchen nach. Conrad wirft noch einen sehnsüchtigen Blick auf Smillas Zelt und läuft den beiden hinterher.

22. Kapitel

In der Nacht hatte ich unruhig geschlafen und meine Blase drückte ganz furchtbar am nächsten Morgen. Ich ging nach draußen, um in das Wäldchen hinter unserem Camp zu pinkeln. Wie fast jeden Morgen war der Strand in Nebel gehüllt, aber in zwei oder drei Stunden würde die Sonne scheinen.

Als ich zum Zelt zurückkam, war ich hellwach und meine Gedanken an Conrad ließen mir keine Ruhe. Es war zu früh, um zu ihm zu gehen und mit ihm über das alles zu reden. Aber ein Strandspaziergang würde mir helfen, meine Gedanken zu ordnen. Der Ozean würde mir die nötige Ruhe geben.

Nach dem Zähneputzen und einer Katzenwäsche lief ich los. Zuerst runter zum Strand und dann nach links zu den Felsen. Eine dicke Nebelbank lag über dem Strand und nahm mir die Sicht auf die Klippen.

Joshs Ausbruch gestern Nacht, vor allem seine verletzenden Worte, hatten mir den Rest gegeben. Vermutlich würde er die Prügelei mit Conrad verschweigen, weil ihm klar sein musste, dass ich dann auch auspacken würde. Trotzdem war der Friede an meinem Geburtstag trügerisch gewesen – genau, wie ich es befürchtet hatte. Unbeschwert konnte es nicht mehr werden im Camp, die restlichen Tage würde ich mich wie ein Fremdkörper fühlen. War es da nicht vernünftiger, die Sachen zu packen und für die letzten Tage zu Conrad zu ziehen? Dann wären die Fronten endgültig geklärt und jegliche Missverständnisse ausgeräumt. Zurück in Seattle, würde ich schon wieder mit Alec und Janice klarkommen.

Ja, ich würde zu Conrad ziehen.

Nachdem ich diesen Entschluss einmal gefasst hatte, fühlte ich mich gleich viel besser. Alles würde wieder in Ordnung kommen. Ich hoffte, Conrad würde nicht nachtragend sein wegen gestern Abend. Die Freude auf ihn beflügelte meine Schritte.

Plötzlich tauchte in einiger Entfernung eine Gestalt aus dem grauen Dunst auf, der über dem Strand lag. Es war Mark und er kniete neben etwas, das wie ein großer Haufen Seetang aussah. Immer wieder beugte er sich über den Haufen, wie ein Moslem beim Gebet. Als er aufsah und mich entdeckte, rief er meinen Namen und ruderte wild mit den Armen.

Für einen Augenblick stand ich wie erstarrt. Lähmende Eiseskälte kroch in mir hoch. Eine böse Vorahnung darüber, was Mark da machte, befiel mich. Mir wurde klar, dass dort nicht nur Seetang lag. Ein Adrenalinstoß brachte mein Herz zum Rasen und nun packte mich würgende Angst. Ich begann zu laufen. So schnell ich konnte, rannte ich zu Mark.

Der grünbraune Seetang war um den Körper eines Menschen geschlungen und einen wilden Augenblick lang dachte ich, es wäre Conrad. Nasse Jeans, nasse Turnschuhe, ein hochgeschobenes T-Shirt über der haarlosen Brust. Dunkle Haare klebten an seinem Gesicht, das furchtbar blass war. Auf der Stirn und am Kinn Schürfwunden. Mark drückte immer wieder auf Joshs Brust. Ich hatte keine Ahnung, wie lange er das schon machte, doch etwas in mir spürte, dass es vergebens sein würde.

»Komm schon Josh«, stammelte Mark, »tu mir das nicht an, okay?«

Ich sank neben Josh auf die Knie.

»Lauf und hol einen Krankenwagen«, schrie Mark mich an. Jetzt beugte er sich über das Gesicht seines Freundes, hielt ihm die Nase zu und blies ihm seinen Atem in die Lungen. Immer und immer wieder. Ich weiß nicht, wie lange er versuchte, Josh ins Leben zurückzuholen. Waren es nur Minuten oder waren es Stunden? Mir kam es wie eine Ewigkeit vor.

Und während der ganzen Zeit wusste ich, dass Josh nicht zu uns zurückkommen würde.

»Mark«, sagte ich sanft und legte ihm eine Hand auf die Schulter. »Mark, wie lange machst du das schon?«

»Keine Ahnung«, stieß er hervor. »Eine halbe Stunde vielleicht.« Er hörte nicht auf, Josh Luft in die Lungen zu blasen.

Ich packte ihn an der Schulter und sagte leise: »Mark, hör auf! *Josh ist tot.*«

Mark hob den Kopf und sah mich an, als hätte ich ihm ein Messer in die Brust gestoßen. Als ob es dadurch, dass ich es ausgesprochen hatte, wahr geworden war. Er krallte seine Hände in den Sand. Eine schaumige Welle umspülte uns.

»Mein Gott, Smilla, das kann nicht sein. Er ist mein Freund.« Mark liefen Tränen über die Wangen.

Ich zog meine Hand zurück. Für einen Moment saßen wir schweigend da und rührten uns nicht. Ich konnte nicht weinen, ich war wie gelähmt. Mir kam es so vor, als wäre das alles nur ein böser Traum, aus dem ich gleich erwachen würde. Ich hatte vorher noch nie einen Toten gesehen. Josh sah ganz friedlich aus, so, als würde er schlafen. Aber das tat er natürlich nicht. Ich hob die Hand und legte meine Fingerkuppen auf seine bleiche Wange. Sie war kalt, auch tief unter der Haut war Joshs Körper kalt.

»Wir müssen es den anderen sagen und die Polizei holen«, sagte ich mit rauer Stimme.

Wie in Trance nickte Mark. »Hol du die anderen, ich bleibe hier, bei ihm.«

Ich wünschte, ich hätte Mark sagen können, wie dankbar ich

ihm dafür war. Aber auf einmal versagte meine Stimme mir den Dienst.

Die Tränen kamen auf dem Weg zurück ins Camp und ich ließ ihnen freien Lauf. Meine Beine bewegten sich mechanisch, ich zitterte am ganzen Leib und versuchte krampfhaft zu denken. Josh war tot. Er lag völlig bekleidet am Strand. Wie war er dorthin gekommen? Was war passiert? In meinem Kopf wirbelte alles wild durcheinander und ich konnte keinen klaren Gedanken fassen. Da stand ich auch schon vor Alecs Zelt.

Wie sollte ich es ihm sagen? Josh war Alecs bester Freund.

»Alec?«, rief ich mit zittriger Stimme. Als niemand reagierte, öffnete ich den Zelteingang und spähte hinein. Alec lag allein im Zelt und sah mich aus kleinen verschlafenen Augen an. »Midget? Was ist denn los?«

»Es ist etwas Furchtbares passiert, Alec. Du musst mitkommen. Schnell.«

Er setzte sich auf, seine Dreads hingen ihm wüst in die Stirn. »Was ist passiert? Wovon redest du?«

»Josh ist tot.«

Alec sagte nichts, er starrte mich nur an. Ich merkte, dass er mir nicht glaubte, mir nicht glauben konnte. Aber dann sah er die Tränen auf meinem Gesicht und gleichzeitig wurde ihm klar, dass ich nicht der Typ für solch einen makabren Scherz war.

Mit fahrigen Fingern suchte Alec nach dem Zipper am Reißverschluss seines Schlafsackes. Er fluchte, weil sich der Stoff beim Aufziehen verklemmte.

»Wo?«, fragte er schließlich.

»Am Strand. Mark hat ihn gefunden. Er hat Wiederbelebungsversuche gemacht, aber es war vergeblich. Wahrscheinlich ist Josh ertrunken.«

»Ertrunken? Das glaube ich nicht. Josh ist ein hervorragender Schwimmer.«

Ich sagte nichts. Josh war komplett bekleidet und definitiv nicht schwimmen gewesen. Ich beobachtete Alec und ahnte, dass es noch nicht in sein Bewusstsein vorgedrungen war. Wie auch? Ich hatte Josh am Strand liegen sehen und wollte es immer noch nicht wahrhaben. Alec würde es glauben müssen, wenn er seinen Freund erst sah. Das konnte ihm niemand ersparen und der Gedanke daran war so furchtbar, dass mir die Tränen erneut über das Gesicht liefen.

Endlich hatte sich Alec aus seinem Schlafsack befreit und suchte nach seinen Jeans. Erst jetzt schien er zu merken, dass die Matte neben seiner leer war.

»Wo ist Brandee?«, fragte er.

Ich wischte mir über die Augen. »Ich weiß nicht, ich habe sie nicht gesehen. Die anderen schlafen noch. Ich habe dich zuerst geweckt.«

Draußen fragte Alec noch einmal: »Wo ist er?«

Der Nebel verbarg noch immer das Ufer. »Geh runter zum Wasser und lauf in Richtung Klippen.«

Alec verschwand im Nebel, und als ich Laura weckte, kam Janice aus Marks Zelt gekrochen. »Was ist denn los?«, fragte sie und rieb sich die Augen.

»Josh ist tot«, sagte ich nun schon zum dritten Mal, doch dadurch wurde es auch nicht wirklicher. Ich erzählte ihnen, dass Mark Josh leblos am Strand gefunden hatte. Laura sah mich mit dumpfem Schrecken an. Sie war kreidebleich, die Sommersprossen waren harte Punkte in ihrem Gesicht. Ihre Hände begannen zu zittern. Sie machte den Versuch, etwas zu sagen, doch die Verzweiflung erstickte ihre Worte. Sie begann zu schluchzen.

»Wisst ihr, wo Brandee ist?«, fragte ich schließlich.

»Vielleicht ist sie duschen gegangen«, sagte Janice. Ihre Stimme klang eigenartig kühl, wie die einer Fremden. Ich ahnte, dass das, was ich über Josh gesagt hatte, noch gar nicht bei Janice angekommen war.

»Brandee«, rief ich.

Und bekam keine Antwort.

»Ich will ihn sehen«, brach es schließlich aus Laura hervor. Sie sprang auf und lief einfach los.

Sie glaubt dir nicht, dachte ich.

Janice und ich folgten Laura zum Strand. Inzwischen war die Nebelbank verschwunden und Alec und Mark waren schon von Weitem zu sehen. Sie hatten Joshs Körper vom Seetang befreit und ihn ein Stück weiter aufs Trockene gezogen.

Laura rannte. Sie stolperte, fiel hin und rappelte sich wieder auf.

Alec kniete neben Josh im Sand. In seinem Gesicht stand das pure Entsetzen. Laura ging in die Hocke. Sie senkte den Kopf, bedeckte das Gesicht mit den Händen und begann, unkontrolliert zu schluchzen.

Janice sah aus, als wäre sie am liebsten woanders, ganz egal, wo.

»Was war los letzte Nacht?«, fragte sie. »Wie konnte das passieren?«

Alec hob den Kopf und sah uns nacheinander an. Dann brach der Schmerz aus ihm heraus: »Ich weiß es nicht, verdammt noch mal«, schrie er. »Wir hätten einfach nicht zurückkommen dürfen, da war die ganze Scheiße doch vorprogrammiert.«

»Und warum habt ihr es dann getan?«, fragte ich.

Alec warf mir einen bitteren Blick zu. Sein Körper bebte, aber er schwieg.

»Es war meine Idee«, sagte Mark leise. »La Push war einfach

der beste Ort, wo wir mit unseren Brettern in Ruhe unser Ding abziehen konnten.«

»Und Justin?«, fragte ich. »Habt ihr Conrads toten Bruder einfach vergessen? Habt ihr einen Pakt des Schweigens geschlossen? Oder warum hat nicht einer von euch erzählt, was letzten Sommer passiert ist?«

Janice und Laura sahen erst mich und dann Alec und Mark fragend an.

Alec hob die Schultern. »Wir haben euch nichts davon erzählt, weil wir dachten, es ist besser so. Es war ein Unfall und es hätte euch die Freude am Surfen verdorben, wenn ihr gewusst hättet, dass an diesem Strand jemand gestorben ist.«

Es hätte uns die Freude am Surfen verdorben? Das war alles? »Hattet ihr überhaupt keine Skrupel, kein schlechtes Gewissen, wieder hierherzukommen?«

Nun sahen mich alle verständnislos an.

»Warum hätten wir ein schlechtes Gewissen haben sollen?«, fragte Mark.

»Na, weil ihr irgendwie auch schuldig wart am Tod von Conrads Bruder.« Im selben Augenblick, als die Worte meinen Mund verlassen hatten, bereute ich sie. Doch der Schaden war schon angerichtet.

Alec runzelte verwirrt die Stirn. »Hat *er* dir das erzählt?«

Mark musterte mich nur fragend.

»Conrad sagt, Josh hätte seinen Bruder einen Schlappschwanz genannt. Nur deshalb wäre er ins Meer gegangen, um diese Monsterwelle zu reiten.«

Mark schien in Gedanken wegzudriften, und als er wieder in der Gegenwart angekommen war, klang seine Stimme entsetzlich müde: »Das ist nicht wahr, Smilla. Josh hat von sich selbst gesprochen.«

»Was?« Entgeistert sah ich ihn an.

»Josh hat gesagt, angesichts des Sturmes und der unberechenbaren Wellen würde er sich entscheiden, lieber ein Schlappschwanz zu sein, als da rauszuschwimmen.« Mark blickte auf den Ozean, der jetzt blau und friedlich war. »Justin war ein begnadeter Surfer. Er hätte es weit bringen können. Diesen Sommer wollte er in Maverick dabei sein. Der verdammte Idiot hat sein Schicksal herausgefordert. Er hatte das Ungetüm geritten, aber das war ihm nicht genug. Er wollte uns zeigen, dass er der Größte ist, dass es kein Zufall war – und er nahm die nächste Welle in Angriff.« Mark sah mich an. »Unsere einzige Schuld bestand darin, dass wir da waren und zusahen, Smilla.«

Ich schluckte. Conrad hatte sich geirrt. Er hatte etwas gehört, das ihm das Verhalten seines Bruders logisch erklärte. Und als Justin tot war, hatte er einen Schuldigen gebraucht.

Alec schien langsam zu begreifen und seine blauen Augen funkelten mich böse an. »Wenn das Schwein meinen Freund auf dem Gewissen hat, bringe ich ihn um«, sagte er hasserfüllt.

»Was?« Erschrocken stolperte ich einen Schritt zurück.

»Niemand hat hier irgendwen auf dem Gewissen«, sagte Mark, der als Einziger einen klaren Kopf zu behalten schien. »Josh ist ertrunken.«

»Das wird sich noch herausstellen.« Alecs Hände gruben sich wie Klauen in den feuchten Sand. »Ihr habt doch gehört, was Smilla gesagt hat. Die Rothaut glaubt, dass Josh schuldig ist am Tod seines Bruders. Er hat unsere Autos demoliert. Er wollte Rache . . . verdammt.« Alecs Stimme brach und er fing an zu schluchzen.

Mir wurde eiskalt. Was hatte ich angerichtet?

Laura blickte mich mit verheulten Augen an und ich sah die eine ungeheuerliche Frage darin: Ist das alles wahr? Hat der Indianer Josh getötet?

Ich hatte das Gefühl, keine Luft mehr zu bekommen. Voller Entsetzen schüttelte ich den Kopf und stolperte rückwärts. Ich fiel auf den Hintern, rappelte mich auf und lief in Richtung Treibholzbarriere. Ich wollte nur weg von hier. Wie konnten sie so etwas denken?

Mit zitternden Knien suchte ich mir einen Weg zwischen den Stämmen entlang, als ich auf einmal ein klägliches Wimmern und Schluchzen hörte, das mehr nach einem Tier als nach einem Menschen klang. Brandee, schoss es mir durch den Kopf.

Ich lief auf die Stimme zu, stieg über zwei große Stämme, stieß mir das Knie an einer Wurzel, doch ich achtete nicht darauf. Wenig später hatte ich sie gefunden. Zusammengerollt wie ein Embryo im Mutterleib, hatte Brandee sich in einer Sandkuhle unter der Wurzel eines Treibholzstammes versteckt. Sie war bleich wie der Tod und hatte blutunterlaufene Augen. Die schwarze Schminke war überall auf ihrem Gesicht verteilt. Spucke lief ihr aus den Mundwinkeln und sie weinte wie ein kleines Kind.

»Brandee«, sagte ich sanft. »Komm raus da, okay?«

Ich wollte ihr helfen, doch als ich meine Hände nach ihr ausstreckte, kam plötzlich ein Knurren aus ihrer Brust und ihre dünnen Finger wurden zu Klauen, mit denen sie nach mir ausholte. Mit weit aufgerissenen Augen, die nur aus Pupillen zu bestehen schienen, starrte sie mich an. Irgendetwas stimmte nicht mit ihr. Sie hatte Angst vor mir. Ich hatte das Gefühl, sie sah nicht mich, sondern etwas ganz anderes. Was sie auch genommen hatte in der Nacht: Brandee war von ihrer Umlaufbahn in einer fremden Galaxie noch nicht zurückgekehrt und alleine würde ich nicht fertig werden mit ihr.

Ich lief zum Strand zurück und rief den anderen zu, dass ich Brandee gefunden hatte. Alec und Janice kamen angelaufen und gemeinsam schafften sie es, Brandee aus ihrer Höhle herauszuholen. Sie schien weder Janice noch Alec zu erkennen, denn sie schlug um sich, strampelte und kratzte. Offensichtlich war sie völlig verängstigt. Was hatte Brandee gesehen letzte Nacht?

Mit einem Mal schienen ihre Kräfte verbraucht zu sein und sie wurde völlig apathisch. Alec hob sie auf seine Arme und trug sie ins Camp zurück, wo er sie ins Zelt legte und Janice bat, sich um sie zu kümmern.

Mark wachte immer noch neben Josh. Neben Joshs *Leiche*.

Laura war inzwischen zum Supermarkt gelaufen, um die Polizei zu informieren. Die Polizei, das war Chief Howe, Conrads Vater. Mir wurde hundeelend, wenn ich nur daran dachte, dass er kommen und Fragen stellen würde. Conrad und Josh hatten sich meinetwegen geprügelt. Conrad hatte eine Drohung ausgesprochen. Noch wusste niemand von der Prügelei, das hoffte ich zumindest. Ich musste Conrad unbedingt sprechen – nur wie?

Was dann passierte, spielte sich in rasender Eile ab. Es war, als hätte jemand den Schnellvorlauf eines Films gedrückt: Chief Howe erschien mit seinem Deputy Mel Clamhouse im Camp, dicht gefolgt von einem Arzt und zwei Sanitätern, die eine Trage bei sich hatten. Alec führte die Männer zu Josh, Laura und ich folgten ihnen. Janice blieb bei Brandee.

Der Arzt stellte Joshs Tod fest. Der Deputy, ein älterer untersetzter Mann mit grauem Zopf, machte Fotos von der Leiche. Mark zeigte Chief Howe, wo Josh gelegen hatte, und beschrieb dem Polizisten, wie er dagelegen hatte.

»Ich habe Wiederbelebungsversuche gemacht«, sagte er, »und ihn danach aus der Brandungslinie gezogen. Dort haben wir es noch einmal versucht. Aber es war zu spät.« Mark schien um Fassung zu ringen.

Howe legte ihm eine Hand auf die Schulter. »Schon gut, mein Junge, du hast das Richtige getan.«

Josh wurde von den Sanitätern in einen blauen Plastiksack gehoben und der Reißverschluss schloss sich über seinem Gesicht. Bei diesem so alltäglichen Geräusch lief mir ein kalter Schauer über den Rücken. Es klang, als öffnete jemand seinen Zelteingang, um einen neuen Tag zu beginnen. Aber für Josh würde es nie wieder einen neuen Tag geben. Ich konnte nicht hinsehen, als die Sanitäter die Trage fortbrachten.

»Wohin bringen sie ihn?«, fragte Alec.

»Ins Krankenhaus nach Port Angeles. Seine Leiche muss obduziert werden. Bis wir wissen, woran er gestorben ist, müssen wir von ungeklärter Todesursache ausgehen.«

Laura schlang die Arme um ihren Körper, krümmte sich und begann zu weinen.

»Wie viele seid ihr?«, fragte Howe.

»Sieben«, sagte Alec. »Sieben mit Josh.«

»Er war dein Freund?«

Alec nickte. Er sah furchtbar mitgenommen aus und ich hatte Mitleid mit ihm. Aber ich konnte auch nicht vergessen, was er über Conrad gesagt hatte.

»Seine Adresse und die Telefonnummer habe ich im Protokoll seiner Schadensanzeige«, sagte Howe. »Hat er noch bei seinen Eltern gewohnt? Wir müssen sie benachrichtigen.«

»Josh wohnt . . . wohnte bei seinem Vater, seine Mutter lebt nicht mehr«, sagte Alec. »Sie ist gestorben, als er zehn war. Aber sein Dad macht gerade mit seiner neuen Freundin Urlaub in Europa.«

Erstaunt sah ich Alec an. Das hatte ich nicht gewusst. Im Grunde genommen hatte ich überhaupt nichts über Josh gewusst. Der Kloß in meinem Hals drohte, mir die Luft abzudrücken.

»Hat er noch andere Verwandte?«, fragte der Polizist. »Geschwister, Onkel, Tanten? Irgendjemanden, den wir benachrichtigen können.«

»Er hat eine Großmutter, aber die ist schon fünfundachtzig. Sie lebt in Tacoma in einem Altenheim.«

»Also gut.« Chief Howe ließ Notizblock und Stift sinken. »Das bringt im Augenblick nichts. Ich muss mir die Sachen eures Freundes ansehen.«

Alec stapfte durch den Sand voran, der Chief, Deputy Clamhouse und wir anderen hinterher. Im Camp zeigte Alec dem Polizisten Joshs Zelt und seine Sachen. Howe sah alles durch und nahm Joshs Brieftasche mit den Papieren an sich.

Er wandte sich an Alec. »Wie hat dein Freund Kontakt zu seinem Vater gehalten? Ich meine, bevor ihr hierhergekommen seid.«

»Sein Dad hat jeden Mittwochabend angerufen.«

»Wann genau?«

»Zwischen sieben und acht, glaube ich. Da musste er immer zu Hause sein.«

Das Gespräch zwischen dem Polizisten und Alec wurde unterbrochen von einem lauten Schluchzen, das aus Alecs Zelt kam. Howe warf einen Blick ins Zelt und winkte Janice heraus. Die beiden Polizisten holten Brandee aus dem Zelt. Sie stierte mit leerem Blick. Ich glaube, sie nahm gar nicht wahr, was um sie herum vorging. Janice hatte ihr die verschmierte Schminke vom Gesicht gewaschen, sodass sie jetzt nicht mehr wie ein böser Geist, sondern einfach nur noch bemitleidenswert aussah.

»Ruf einen Krankenwagen und bring sie ins Krankenhaus«, sagte Howe zu seinem Deputy.

Das Wort *Krankenhaus* schien zu Brandee durchgedrungen zu sein, denn plötzlich begann sie wieder, zu kratzen und zu schreien, und ich sah ein kaltes Licht in ihren Augen. Doch der Deputy hatte sie mit festem Griff gepackt, und als Brandee klar zu werden schien, dass sie keine Chance hatte, ließ sie sich widerstandslos mitnehmen.

»Sie hat einen schlechten Trip gehabt, oder?« Howe sah uns fragend an.

Alle schwiegen betreten.

»Was hat sie genommen?«

Niemand sagte etwas, auch ich nicht.

»Na los, raus damit.« Der Chief wurde ungeduldig. »Ihr wollt ihr doch helfen, oder? Das Mädchen ist völlig psychotisch und es wäre einfacher für die Ärzte, wenn sie wüssten, was da in ihren Adern kreist.«

Psilos, dachte ich, brachte jedoch kein Wort heraus.

»Sie hat gekifft«, sagte Alec.

»Wie oft?«

»Ziemlich oft.«

»Was ist *ziemlich oft?* Jeden Tag, alle zwei Tage oder zweimal am Tag?«

»Ich weiß nicht genau. Jeden Abend – wenn sie etwas hatte.«

»War sie schon mal so drauf?«

»Brandee ist ziemlich crazy, aber so drauf war sie noch nie«, sagte Alec.

»Ist sie deine Freundin?«

Alec zuckte mit den Achseln. »Keine Ahnung. Irgendwie schon.«

»Irgendwie schon?«, fragte Howe und runzelte die Stirn.

»Ja, verdammt, wir sind zusammen.«

Howe begann, Alec über den genauen Ablauf des gestrigen Tages auszufragen. Alec erzählte ihm von meinem Geburtstag und von Brandees verrücktem Tanz.

»Und du hast dich nicht gesorgt um sie?«

Alec ging in Abwehrhaltung. »Na ja, sie war schräg drauf, aber meistens war es am nächsten Tag wieder vorbei.«

»Du bist also schlafen gegangen?«

»Ja, verdammt. Ist das etwa ein Verbrechen? Ich war betrunken, ich war müde und Brandee ging mir auf die Nerven. Ich bin ins Zelt und sofort eingeschlafen. Smilla hat mich heute Morgen geweckt, als sie und Mark Josh gefunden hatten. Und da habe ich auch erst gemerkt, dass Brandee nicht da ist.«

Howe sah uns einen nach dem anderen an. »Sie war nicht da?«

»Sie hockte im Treibholz«, sagte ich.

Der Chief machte sich Notizen. Er schrieb unsere Personalien auf und befragte jeden von uns. Wann wir Josh zum letzten Mal gesehen hatten, wann wer schlafen gegangen war, wer mit wem zusammen war und in welchem Zelt geschlafen hatte.

»War euer Freund sehr betrunken?« Howe stieß mit dem Fuß gegen die leere Whiskeyflasche, die neben dem Feuer im Sand steckte.

Niemand antwortete.

Ich dachte daran, was er auf dem Polizeirevier zu uns gesagt hatte. *Haltet euch an die Regeln.*

»Hat jemand von euch eine Vermutung, was passiert sein könnte?«

Wir schüttelten die Köpfe. Nein, das hatten wir nicht. Wie sich herausstellte, waren Brandee und Josh die Letzten am Feuer gewesen. Aber was sich abgespielt hatte, nachdem wir schlafen gegangen waren, das war uns allen ein Rätsel.

»Gab es Streit?«, fragte Howe.

Wieder schüttelten alle den Kopf, aber Laura warf mir einen misstrauischen Blick zu. Vermutlich erinnerte sie sich an Joshs Nasenbluten und fragte sich nun, ob er tatsächlich über einen Stamm gestolpert war.

Auch ich stellte mir Fragen, jetzt, wo meine Gedanken wieder klar waren. Wohin war Conrad gegangen, nach der Prügelei mit Josh? War er nach Hause gegangen oder uns bis zum Camp gefolgt? Ich erinnerte mich an das komische Gefühl von Anwesenheit, das ich gehabt hatte, bevor ich das Feuer verlassen hatte und zu Bett gegangen war. Als ob jemand im Dunkel gestanden und uns beobachtet hätte.

Die Schrammen auf Joshs Stirn und seinem Kinn, die stammten nicht von der Prügelei zwischen ihm und Conrad. Oder doch? Waren die beiden in der letzten Nacht noch einmal aneinandergeraten? Und was hatte Brandee gesehen, das sie so verängstigte?

»Kommt morgen Vormittag um zehn zu mir aufs Polizeirevier«, sagte Chief Howe schließlich, »dann weiß ich vielleicht schon etwas mehr.«

»Wohin bringen Sie Brandee?«

»In unser Krankenhaus in La Push. Ihr könnt sie besuchen, aber ich weiß nicht, wann sie wieder ansprechbar sein wird. Versucht es einfach. Es ist wichtig, dass sie vertraute Gesichter sieht.«

Vertraute Gesichter? Mir war es so vorgekommen, als hätte Brandee böse Geister gesehen und keine vertrauten Gesichter. Ich schämte mich, weil ich Chief Howe nicht erzählt hatte, was ich am Supermarkt mit angehört hatte. Doch so lange ich nicht wusste, welche Rolle Conrad in diesem Drama spielte, sagte ich am besten gar nichts.

Wir hockten auf den Stämmen um die Feuerstelle. Laura weinte leise, sie konnte nicht damit aufhören. Ihre Augen waren gerötet und verquollen. Alec, *the man with the plan,* schien nicht zu wissen, ob er wütend oder verzweifelt sein sollte. In seiner Unentschiedenheit wirkte er schrecklich verloren. Mark ließ seine Fingerknöchel knacken, doch niemand regte sich darüber auf. Janice saß gedankenversunken neben ihm und stocherte mit einem Stock in der kalten Asche.

Und ich? Meine Gliedmaßen schienen immer noch wie gelähmt. Ich fühlte mich leer und unendlich allein in Gegenwart der anderen. In meinem Kopf, da schrien die Fragen und verursachten mir Kopfweh. Ich konnte an nichts anderes denken als daran, wie ich unbemerkt zu Conrad gelangen konnte. Ich musste wissen, was passiert war. Das machte Josh zwar auch nicht wieder lebendig, aber da war die große Hoffnung, dass ich vielleicht einen Weg finden konnte, mit dieser Katastrophe umzugehen, wenn sich herausstellen sollte, dass Conrad nichts damit zu tun hatte.

Im Augenblick war ich mir sicher, dass ich nie wieder froh werden würde, und den anderen ging es bestimmt genauso. Die Clique überlegte, ob sie ihre Eltern anrufen sollten oder nicht. Schließlich entschieden sie sich dagegen. Zuerst wollten sie ins Krankenhaus fahren und mit Brandee reden, falls die ansprechbar war. Wir alle hofften inständig, dass sie uns erzählen konnte, was in der vergangenen Nacht passiert war.

»Ob sie weiß, dass er tot ist?«, fragte Laura und wischte sich mit einem Taschentuch die Augen.

Janice sagte: »Im Zelt hat sie nur wirres Zeug geredet. Von einem Werwolf, der sie verfolgt hat, und von blauen Felsen und rosa Bäumen.«

»Mann, oh Mann.« Mark schüttelte den Kopf. »Werwölfe und rosa Bäume.«

Wir sahen einander an und dachten wohl alle dasselbe: Würde Josh unter uns sitzen, hätte er jetzt einen seiner blöden Späße gemacht. Seine Abwesenheit war beinahe greifbar und in diesem Augenblick schien es uns allen erst so richtig klar zu werden: *Josh war tot.* Er würde nie wieder Witze reißen, nie wieder auf einem Surfbrett stehen und nie wieder mit uns am Feuer sitzen.

23. Kapitel

Brandee lag in einem Einzelzimmer. In ihrem weißen Krankenhausbett sah sie wie ein verschrecktes Kind aus. Ihre braune Haut wirkte grau, die Schatten unter den Augen schimmerten bläulich und ihr ohnehin schon schmales Gesicht sah eingefallen aus. Tränen rannen aus ihren geröteten Augen, jegliches Licht war daraus verschwunden. Die schwarzen Haare, jetzt stumpf und strähnig, klebten an ihren Schläfen. Sie sah richtig hässlich aus. Trotzdem hatte ich das Gefühl, Brandee zum ersten Mal so zu sehen, wie sie wirklich war. Ohne Fassade, ohne Lügengeschichten.

»Hi Schatz«, sagte Alec, beugte sich über sie und gab ihr einen Kuss auf die Stirn. »Wir sind gekommen, um zu sehen, wie es dir geht.«

Brandee drehte sich zur Wand und rollte sich zusammen. Sie schluchzte, ihre Schultern zuckten. Alec setzte sich zu ihr aufs Bett und tätschelte ihren Rücken. »Baby, das wird schon wieder.«

Hohle Worte, dachte ich. Nichts wird wieder. *Josh ist tot.*

Alec zog Brandee sanft an der Schulter. »Na komm, Schatz, sieh uns an. Wir sind alle gekommen, um dich zu besuchen.«

Wider Erwarten wandte Brandee sich zu uns um. Ihr unsteter Blick wanderte von einem zum anderen, aber ich hatte das Gefühl, dass sie uns erkannte. Sie schniefte und dann sagte sie etwas. Ihre Worte waren so leise, dass selbst Alec sie nicht verstand.

»Was sagst du da?«, fragte er.

»Ein Wolf«, flüsterte sie. »Da war ein riesiger Wolf mit glühenden Augen. Ich hatte Angst, ich bin weggelaufen.«

Mark trat ans Bett. »Wohin?«, fragte er. »Wohin bist du gelaufen, Brandee?«

»Weg. Zu den Klippen.« Brandee richtete sich auf und wischte sich den Rotz aus dem Gesicht. »Alles war bunt, Alec.« Sie redete nur zu ihm, schien ganz und gar vergessen zu haben, dass wir auch da waren. »Die Bäume waren rosa, die Felsen blau und der Sand grün. Überall hat es geblitzt und Sterne sind vom Himmel gefallen. Der Werwolf war hinter mir her.« Brandee kratzte sich so heftig am Arm, dass blutige Striemen zurückblieben.

»Der Werwolf? Brandee, es gibt keine Werwölfe«, sagte Alec. »Nur in Büchern und Filmen.«

»Nein«, rief sie trotzig. »Der Werwolf war hinter mir her, er ist mir auf die Klippen gefolgt. Es war ein riesiges Tier mit schrecklichen Zähnen. Josh wollte . . .« Sie fiel in sich zusammen und ihre Stimme verlor sich.

»*Was* wollte Josh?«, fragte Alec.

»Er wollte . . . er wurde . . .«

»Was ist passiert, Brandee?« Alec sah sie flehend an. »Sprich mit mir, Baby.«

»Josh . . . der Werwolf . . . getötet . . .« Brandee wurde von lauten, krampfartigen Schluchzern geschüttelt und vergrub ihr Gesicht an Alecs Brust.

»Ein Werwolf hat Josh getötet?«, fragte Alec ungeduldig und schob Brandee an den Schultern von sich weg, um ihr ins Gesicht sehen zu können.

Brandee starrte ins Leere.

»Sie ist völlig durchgeknallt«, flüsterte Janice.

»Sie hat Pilze gegessen«, sagte plötzlich jemand hinter uns und wir drehten unsere Köpfe zur Tür. Chief Howe stand dort, keine Ahnung, wie lange schon.

»Was?« Alec starrte ihn entgeistert an. Er ließ Brandees Schultern los und sie kippte einfach auf ihr Kopfkissen.

»Deine Freundin hat mit psychedelischen Pilzen experimentiert. Vermutlich hat sie einen echten Horrortrip hinter sich, von dem sie noch nicht wieder runter ist.«

»Pilze?«, fragte Alec. »Was für Pilze?«

»Indigo Psilocybe«, erklärte Chief Howe. »Wirkt wie LSD und wächst in unseren Wäldern. Die Frage ist: Von wem hat sie das Zeug?«

Unwillkürlich musste ich schlucken. Psilos waren also psychedelische Pilze. Magic Mushrooms.

»Wie lange dauert es . . . ich meine, wann wird sie wieder normal?«, wollte Alec wissen.

Der Chief zuckte mit den Achseln. »Kommt darauf an, wann sie die Pilze gegessen hat und wie viele. Ob sie nüchtern war oder vorher etwas im Magen hatte. Meistens dauert der Trip fünf bis sechs Stunden.«

»Sie muss die Pilze vor Mitternacht genommen haben«, sagte Laura. »Deshalb hat sie so getanzt.«

Sämtliche Augenpaare wandten sich nun ihr zu, auch die von Chief Howe. Doch Laura sagte nichts mehr.

»Aber dann müsste sie doch längst wieder klar sein im Kopf.« Alec betrachtete das Häuflein Elend im Krankenhausbett, als könne er nicht glauben, dass er wirklich Brandee vor sich hatte.

»Oder auch nicht«, sagte Chief Howe. »Vielleicht hat das Psilocybin etwas in ihr ausgelöst, eine organische Psychose.«

»Und was bedeutet das im Klartext?«, fragte Alec.

»Was das bedeutet?« Howe hob die Hände. »Ich weiß es nicht. Ich bin Polizist und kein Psychiater. Ich weiß nur, dass sie vielleicht nie mehr die sein wird, die sie mal war.« Der Chief sah uns vorwurfsvoll an. »Wie könnt ihr nur so furchtbar dämlich sein?

Sind euch Alkohol und Marihuana nicht genug? Müssen es auch noch diese idiotischen Pilze sein?«

Betreten starrten wir zu Boden.

»Davon haben wir nichts gewusst«, sagte Mark.

Brandee rührte sich in ihrem Bett und flüsterte: »Josh.« Sie begann zu weinen, und als Alec sie in den Arm nehmen wollte, schlug sie wieder um sich, mit weit aufgerissenen Augen, in denen ich die kalte Angst sah. Alec versuchte, sie zu bändigen, sie mit seinen Armen zu umfangen. Chief Howe rief nach einem Arzt. Er kam mit einer Schwester, die Brandee festhielt, während er ihr ein Beruhigungsmittel spritzte. Sie fiel auf das Kissen zurück, ihre Augenlider flatterten.

»Die nächsten beiden Stunden wird sie schlafen«, sagte der Arzt. »Vielleicht geht es ihr dann besser.«

Alec, Mark, Janice und Laura verließen das Krankenzimmer, ich ging als Letzte. Als ich mich noch einmal zu Brandee umwandte, winkte Chief Howe mich ins Zimmer zurück.

»Smilla?«

Ich sah ihn an, sah, wie jung er aussah. Seine dunklen Augen blickten besorgt.

»Ja?«

»Du bist mit meinem Sohn Conrad befreundet, nicht wahr?«

Ich überlegte, was ich sagen sollte. Auf jeden Fall nicht *Keine Ahnung. Irgendwie schon.*

»Ja«, sagte ich und versuchte, Howes Blick standzuhalten.

»Wie gut seid ihr befreundet?«

In mir zog sich alles zusammen. »Ich ... wir ...«

»Hast du ihn gern?«

»Ja.«

»Weißt du, wo er ist?«

Ich hob erschrocken den Kopf. »Ist Conrad denn nicht zu Hause?«

Chief Howe schüttelte den Kopf. »Er ist heute Nacht nicht nach Hause gekommen.«

»Nein, ich weiß nicht, wo er ist.« Ich merkte, wie sich mir die Kehle zusammenschnürte. Conrad war neunzehn und es war bestimmt nicht das erste Mal, dass er in der Nacht nicht nach Hause gekommen war. Es musste etwas anderes sein, das Chief Howe beunruhigte. Waren es dieselben Gedanken, die mir keine Ruhe ließen?

»Hast du ihn gestern gesehen?«

»Ja, am Vormittag, im »River's Edge«. Wir waren da . . . wir haben dort zusammen gefrühstückt.«

»Und danach?«

»Wollte er seinem Freund und dessen Vater auf dem Fischkutter helfen.«

»Du hast ihn also nicht noch einmal gesehen?«

Ich sah zu Boden und schüttelte den Kopf.

»Na gut. Du kannst gehen. Wenn du Conrad triffst, sag ihm bitte, dass er sich bei mir melden soll. Es ist wichtig.«

Warum?, wollte ich fragen. Aber ich nickte nur und lief den anderen hinterher.

»Was wollte der Chief denn noch von dir?«, fragte Janice.

»Nichts weiter«, sagte ich. »Er wollte nur ein paar Sachen wissen, weil ich keine amerikanische Staatsbürgerin bin und noch nicht volljährig.«

»Gibt es Ärger deswegen?«

»Nein, ich denke nicht.«

Conrad läuft in Tamras Trailer auf und ab wie ein gefangener Wolf. Den ganzen Vormittag hat Kayad ihn auf Trab gehalten. Conrad hat mit seinem kleinen Neffen gespielt und es hat ihn fast unmenschliche Überwindung gekostet, geduldig zu bleiben. Sonst sind sie bei schönem Wetter immer nach draußen gegangen, aber heute geht das nicht. Niemand darf Conrad sehen mit seinem zerschlagenen Gesicht.

Mittags hat er Kayad gefüttert und nun schläft der Kleine endlich. Conrad ist im Trailer gefangen. Noch neun Stunden, bis es dunkel wird. Er weiß nicht, was da draußen geschieht, und er hat Angst. Er steht hinter den staubigen Vorhängen des Trailerfensters, schließt die Augen und sieht noch einmal das Mädchen vor sich, wie es tanzt. Diesen verzweifelten, einsamen Tanz wird er nie vergessen. Diese Nacht wird er nie vergessen.

Nachdem Boone das Mädchen in die Flucht geschlagen hat und Josh ihr gefolgt ist, läuft Conrad den beiden hinterher. Eine Wolke hat sich vor den Mond geschoben und Josh findet das Mädchen erst zweihundert Meter weiter, in der Nähe der Klippen. Sie ist gestolpert und in den Sand gestürzt. Sie ist völlig stoned – schlägt um sich, schreit und tritt wie eine Furie. Wieder kann sie Josh davonlaufen. Der Junge ist noch nicht ausgenüchtert, das sieht Conrad. Josh flucht und ruft nach dem Mädchen.

»Brandee?«

Aber es ist die Zeit der höchsten Flut und das Donnern der Brandung ist so laut, dass man sein eigenes Wort nicht versteht.

Conrad läuft auf ihn zu. Josh starrt ihn ungläubig an. »Was willst du denn hier?«, brüllt er.

»Du darfst sie nicht alleine lassen«, sagt Conrad.

»Was geht dich das an?«, ruft sein Gegenüber. »Dein blöder Köter hat sie erschreckt.«

»Sie ist auf einem Pilztrip, hörst du? Magic Mushrooms. Lass sie nicht alleine. In ein paar Stunden ist es vorbei. Aber lass sie jetzt nicht alleine.«

Josh macht eine ärgerliche Handbewegung und verschwindet in der Dunkelheit. Conrad folgt ihm zögernd. Als die Wolke den

Mond freigibt, sieht er eine schwarze Gestalt auf dem Felsen über ihm. Und dann die zweite, die ihr folgt. Josh will Brandee von den Klippen holen. Sie kämpfen – das Mädchen packt ihn – Josh schwankt.

Conrad erstarrt. Das geht nicht gut! Josh ist stark, aber die Blauen Engel verleihen Brandee ungeahnte Kräfte. Er will schreien, doch das würde nur Josh irritieren, nicht das Mädchen. Plötzlich sieht Conrad, wie eine Gestalt vom Felsen stürzt, die Arme ausgebreitet wie Flügel.

Die Klippen sind nicht hoch, nur etwa vier Meter. Aber unten ist die Flut und schwarze Felsbrocken ragen aus dem schäumenden Wasser.

Conrad rennt zum Ufer, versucht, etwas zu erkennen. Vergeblich. Nur weiße Gischt, die die Felsen umspült. Er blickt nach oben und sieht das Mädchen, eine dünne, schwankende Gestalt auf der Klippe.

Dicht an den Felsen gedrückt, damit sie ihn nicht sieht und in Panik gerät, bewegt Conrad sich bis zu der Stelle, an der er hinaufklettern kann. Er weiß, dass das Mädchen bei ihm genauso durchdrehen wird wie bei Josh, aber er hat keine Wahl, er muss sie vom Felsen schaffen, sonst wird auch sie ins Meer stürzen.

Von hinten schleicht er sich an Brandee heran, packt sie um die Hüfte und drückt sie gegen den Felsen. Sie wehrt sich, sie kämpft, sie trifft ihn mit ihrer Faust im Gesicht. Aber er ist stärker und nach einer Weile lassen ihre Kräfte nach. Das Mädchen wird willenlos und er bringt es vom Felsen, trägt es von der Klippe weg. Er lässt Brandee in den trockenen Sand gleiten und sie rollt sich dort zusammen wie ein Embryo.

Conrad rennt zurück zum Ufer bei den Klippen. Auch wenn kaum Hoffnung besteht, er muss versuchen, Josh zu finden. Doch plötzlich steht Milo vor ihm in der Nacht und Rowdy bellt ihn an.

»Er ist da drin«, sagt Conrad.

»Ich weiß«, antwortet Milo ungerührt. »Ich habe alles gesehen.«

»Und wieso stehst du dann hier rum?« Conrad schreit Milo an. »Hilf mir lieber, ihn rauszuholen.«

»Warum? Er hat, was er verdient.«

Im weißen Brandungsschaum sieht Conrad dunkle Arme und Beine auftauchen, die vom Wasser herumgewirbelt werden. Es ist gefährlich, aber er weiß, dass er von nun an alles richtig machen will. Er wird Josh da herausholen, ihn retten. Doch Milo stellt sich ihm in den Weg. Rowdy knurrt und fletscht seine Zähne.

Boone taucht auf einmal auf und Rowdy ist abgelenkt. Conrad stößt Milo zur Seite und läuft in die Brandung.

Ganz allein holt er Josh aus dem Wasser und schleift ihn über den Sand. Er presst ihm die Knie auf die Brust und seinen Atem in die Lungen. Aber nach einer Weile merkt er, dass etwas nicht stimmt. Er fühlt den Puls an Joshs Hals, aber da ist nichts mehr, nicht mal ein schwaches Pochen.

Conrad blickt sich suchend nach Milo um, doch der ist längst verschwunden.

Bis zum Morgengrauen sitzt Conrad mit dem Rücken gegen einen Treibholzstamm gelehnt und wacht über ein verstörtes Mädchen und einen toten Jungen. Denselben Jungen, den er so gehasst hat. Ist das die Ironie des Schicksals?

Er denkt an Smilla und daran, wie sinnlos alles ist, wenn ihre beiden Welten nur in einer Spirale aus Gewalt aufeinandertreffen. Conrad fühlt die Verletzungen in seinem Gesicht und er weiß, dass niemand ihm glauben wird. Vielleicht nicht einmal sein Vater. Denn die Wahrheit ist nur eine dünne Linie zwischen Licht und Dunkelheit.

Vom Krankenhaus fuhren wir zurück ins Camp. Alec hoffte, dass es Brandee schnell besser gehen würde, damit wir nach Seattle zurückkehren konnten. Keinen von ihnen hielt es länger in La Push.

Als mit der Nachmittagsflut die Wellen kamen, stand Mark als Einziger auf seinem Brett. Niemand nahm ihm das übel. Jeder von uns wusste, dass es seine Art war, das Geschehene zu verarbeiten.

»Ich mache einen Strandspaziergang«, sagte ich zu Alec. Er nickte nur zerstreut, was ich machte, war ihm egal.

Ich lief auf schnellstem Wege zum »River's Edge« und fragte nach Tamra. Sie erschien aus der Küche und bedachte mich mit einem hochmütigen Blick.

»Weißt du, wo Conrad ist?«, fragte ich das Indianermädchen.

»Was willst du von ihm?«

»Sein Vater sucht ihn. Es hat einen Toten gegeben.«

Tamras Brombeeraugen weiteten sich erschrocken, aber sie fasste sich schnell wieder. »Einen Toten, wer?«

»Josh«, sagte ich.

Tamra machte einen tiefen Atemzug, der Name sagte ihr etwas. Es war offensichtlich, dass Conrad ihr von Josh erzählt hatte.

»Ich muss mit Conrad reden, es ist wichtig«, flehte ich. »Wenn du weißt, wo er ist, dann sag es mir. Bitte, Tamra.«

Sie musterte mich, in ihr schien es zu kämpfen. Aber dann wurde ihr Blick wieder hart und sie sagte: »Ich hab keine Ahnung, tut mir leid.«

Sie wusste etwas und ich wusste nichts.

Conrad konnte überall sein, das hier war sein Revier. Doch ich ahnte, dass die Lösung ganz einfach war, dass sie sozusagen vor meiner Nase lag.

Grübelnd verließ ich das »River's Edge« und lief dem Jungen

in die Arme, der mir fünf Dollar für ein Foto von sich abgeknöpft hatte. Inzwischen wusste ich, dass er Conrads Cousin war und Timmy hieß.

»He«, brummte er. »Hast du keine Augen im Kopf?«

Ich murmelte eine Entschuldigung und wollte schon weiterlaufen, als mir plötzlich eine Idee kam. Ich fragte ihn, wo Tamra wohnte.

»Warum willst du das wissen?« Misstrauisch musterte er mich.

»Weil dein Cousin Conrad vielleicht dort ist und ich ihn dringend sprechen muss«, antwortete ich ungehalten.

Timmy betrachtete mich und schien sich zu fragen, was jemand wie ich seinem Cousin wohl Wichtiges sagen könnte. Dann grinste er und meinte: »Was springt dabei für mich heraus?«

Am liebsten hätte ich ihn einen gierigen kleinen Scheißer genannt und zum Teufel gejagt, aber dann hätte er nur mit den Achseln gezuckt und mich stehen lassen. Doch aus irgendeinem Grund war ich mir auf einmal sicher, wo Conrad war. Ich musste wissen, wo Tamra wohnte! Also kramte ich in meiner Tasche und förderte einen Zehn-Dollar-Schein zutage.

Timmy sah sich kurz um, ob uns auch niemand beobachtete, dann schnappte er sich den Zehner. Er zeigte auf die Hauptstraße. »Den zweiten Block links und dann die Alder Street immer geradeaus. Es ist der letzte Trailer am Ende der Straße.«

Ich nickte. Ein Danke verkniff ich mir.

Am liebsten wäre ich losgerannt, aber ich wollte kein Aufsehen erregen. Also zwang ich mich, normal zu gehen. Die Hauptstraße zurück in Richtung Ortsausgang und dort bog ich in die Alder Street. Es war eine schmale Straße und hinter den Holzhäusern auf der rechten Seite begann der Wald. Die Hütten waren noch winziger und schäbiger als die, die ich bisher gesehen hatte. Beinahe konnte man sie nicht von all dem Müll, der sie umlagerte, unterscheiden. Obwohl helllichter Tag war, fühlte ich mich ausgesprochen unwohl und beschleunigte nun doch meinen Schritt.

Als ich fast am Ende der Straße angekommen war, sah ich den Trailer, in dem Tamra und ihr Sohn wohnen mussten. Plötzlich bellte mich ein Hund an und ich schrie erschrocken auf. Instinktiv machte ich einen Satz auf die Mitte der Straße.

Ich befand mich auf gleicher Höhe mit dem vorletzten Haus, einer ziemlichen Bruchbude, und jetzt sah ich auch den Hund. Er sah aus wie Boone, dasselbe graue Fell und der dunkle Streifen auf dem Rücken. Der Wolfshund zerrte an seiner Kette und bellte, dass der Geifer flog. Die Kette war an einem Stahlseil befestigt, sodass er von seinem Zwinger bis zur Grundstücksgrenze rennen konnte. Es gab keinen Zaun.

Eine Hand auf dem Herzen, stand ich wie versteinert. Am aggressiven Bellen des Wolfshundes erkannte ich ihn wieder. Es war derselbe Hund, der mich am Strand angefallen hatte. Rowdy, Boones Bruder.

Ein Mann mit kurz geschorenem Haar und Stiernacken – ich nahm an, dass es Milos und Tamras Vater war – kam aus dem Haus und sah eine Weile mit ausdrucksloser Miene zu mir herüber. Schließlich brüllte er den Hund an und der lief mit eingezogenem Schwanz zurück zum Haus.

Endlich konnte ich meine Beine wieder bewegen. Ich wusste, dass der Mann mir nachblickte, aber das war mir egal. Mittlerweile war mir vieles egal, was mir noch vor ein paar Tagen Kopfzerbrechen bereitet hätte.

Vor Tamras Trailer angekommen, blieb ich einen Augenblick vor der Tür stehen. Ich hörte ein Baby weinen. Mit etwas Glück war Conrad da drin.

Ich klopfte.

Im Inneren des Trailers rührte sich nichts.

»Conrad bitte«, flüsterte ich. »Bitte, mach auf.«

Er konnte mich nicht gehört haben, nicht hinter der Trailertür, obwohl sie alles andere als massiv aussah. Aber er öffnete mir. Ganz langsam glitt die Haustür auf und dann die Fliegengittertür.

Erschrocken holte ich Luft. Conrad hatte ein blaues Auge, eine Platzwunde auf dem Jochbein darunter und eine geschwollene Lippe und ich fragte mich: Stammten diese Verletzungen in Conrads Gesicht von der Prügelei mit Josh, deren Zeuge ich gewesen war? Oder waren sich die beiden später noch einmal begegnet?

Conrads Blick wanderte von mir hinüber zum Nachbarhaus, wo Milos Vater immer noch in der Tür stand. »Na komm«, sagte er endlich und zog mich nach drinnen.

Ich folgte ihm in die Küche des alten Trailers, in der es nach abgestandenem Zigarettenqualm stank. Kayad saß in einem Kinderstuhl am Tisch. Sein Mund war breiverschmiert. »Ich füttere ihn gerade«, sagte Conrad. Er setzte sich und fuhr fort, dem Baby möhrenfarbenen Brei in den Mund zu schieben.

»Josh ist tot«, sagte ich.

Conrad hob den Kopf, und als ich einen Blick in seine Augen erwischte, wurde mir klar, dass er es wusste. Ich suchte etwas in seinem Gesicht, fand es aber nicht. Mir wurde abwechselnd heiß und kalt. Warum fühlte ich mich auf einmal so schrecklich fern?

Kayad brabbelte zufrieden und Conrad stand auf, um ihm mit einem nassen Lappen den Mund abzuwischen. Ich sah, wie zärtlich er mit dem kleinen Kerlchen umging, und dachte daran, wie zärtlich er mit mir umgegangen war. Das alles passte einfach nicht zusammen.

Oder doch?

»Ich komme gleich zurück«, sagte er. »Ich bringe ihn nur ins Bett.«

Während Conrad seinen Neffen schlafen legte, schossen die Gedanken kreuz und quer durch meinen Kopf. Hatte Conrad etwas mit Joshs Tod zu tun? Brandee hatte etwas von einem Werwolf gefaselt. Hatte sie Boone gesehen, der mit Conrad am Strand war? Sollte auch ich schuldig sein, weil ich es nicht verstanden hatte, eindeutige Signale auszusenden? War Josh meinetwegen gestorben? Weil ich Conrad liebte und nicht ihn?

Conrad kam zurück, holte zwei Coke aus dem Kühlschrank und stellte eine vor mich auf den Tisch. Er setzte sich, öffnete seine Coladose und trank. Ich sah seinen Adamsapfel hüpfen und mir wurde klar, dass ich ihn überhaupt nicht kannte. Traute ich ihm wirklich zu, dass er sich am Ende doch noch an Josh gerächt hatte? Für seinen toten Bruder, für die Beleidigungen, für alles, was Joshua Kline für Conrad verkörperte.

Nein. Ich traute es ihm nicht zu. Aber ich dachte, dass Vertrauen und Wissen zwei sehr unterschiedliche Dinge sind.

»Was ist passiert letzte Nacht?«, fragte ich und das Herz drohte mir fast aus der Brust zu springen.

Conrad wischte sich mit dem Handrücken über den Mund, drückte die Coladose mit einem einzigen Griff zusammen und warf sie in den großen Mülleimer an der Wand. Dann schaute er mich an, mit seinem zerschlagenen Gesicht. Ich merkte, dass es ihm ungeheuer schwerfiel, mich anzusehen, und diesmal wusste ich nicht, ob es an meinen Augen lag oder daran, dass er etwas Schreckliches getan hatte.

»Warum fragst du nicht, was du eigentlich fragen willst?«, sagte er kühl.

Ich schluckte trocken. »Hast du was mit Joshs . . .«, ich stockte. Diese furchtbare Frage zu stellen, fiel mir unendlich schwer.

»Du willst wissen, ob ich Josh umgebracht habe?« Conrad ließ mich nicht aus den Augen.

Ich hasste mich dafür, doch meine Lippen formten die Frage »Hast du?«.

Er ließ sich lange Zeit mit seiner Antwort. Ich weiß nicht, ob es nur Sekunden oder schon Minuten waren – mir kam es auf jeden Fall wie eine Ewigkeit vor.

»Nein, Smilla. Ich habe Josh nicht umgebracht.«

Ich fühlte die Erleichterung, spürte sie beinahe körperlich und doch war da etwas Unerbittliches in mir, das mich weiterfragen ließ: »Was ist mit deinem Gesicht passiert?«

»Du warst dabei.«

»Aber das blaue Auge . . .«

»Veilchen brauchen ihre Zeit.«

»Und warum versteckst du dich hier?«

»Ich verstecke mich nicht. Ich habe auf Kayad aufgepasst.« Conrad lehnte sich zurück. »Was wird das, Smilla? Ein Verhör?«

»Dein Vater sucht dich. Er macht sich Sorgen, weil du in der Nacht nicht nach Hause gekommen bist.«

Conrad schwieg.

»Wo bist du hingegangen, nach der Prügelei mit Josh?«

»Ich bin rumgelaufen.«

Etwas schien in ihm zu zerbrechen, seine Schultern sackten immer mehr nach unten. Ich spürte es und konnte doch nicht aufhören. Ich redete immer weiter, redete mich ins Verderben.

»Warst du beim Camp?«

Ich wollte ihm all diese Fragen nicht stellen, weil ich ihn liebte. Mit jedem Wort, das ich sagte, wurde die Kluft, die sich zwischen uns aufgetan hatte, immer größer. Das sah ich an seinen Augen. Ich merkte, wie Conrad mir entglitt, wie ich es nicht aufhalten konnte, dass er sich immer weiter von mir entfernte.

»Ja, ich war beim Camp.«

Ich atmete scharf ein.

»Ich bin dir und Josh zum Feuer gefolgt und ich habe die Schaufensterpuppe tanzen sehen.«

»Brandee«, sagte ich leise. »Ihr Name ist Brandee.«

»Ich wusste gleich, was los war.« Conrad stand auf und begann umherzulaufen. »Milo war ein paar Tage zuvor auf Pilzpirsch gewesen und mit Sicherheit hat er ihr die Psilos verkauft. Ich habe das Zeug auch mal genommen, ein einziges Mal, das war kurz nach dem Tod meines Bruders. *Indigo Psilocybe,* auch Blue Angels genannt. Die Dinger wirken wie ein Quirl im Gehirn. Du hast Wahnvorstellungen und Halluzis. Ich habe Gegenstände wahrgenommen, die es nicht gab. Die Welt um mich herum bestand auf einmal aus ständig wandelnden Strukturen und Farben. Das Meer war rot, die Felsen blau, der Himmel gelb.

Meine Arme und Beine sahen aus wie totes Fleisch. Ich dachte, ich wäre ein alter Mann und müsste bald sterben. Ich dachte, ich werde verrückt. Das Ganze war schrecklich real.«

Conrad blieb vor dem Fenster stehen und starrte hinaus. »Milo war damals bei mir. Als ich es nicht mehr aushielt und ihn anflehte, den Notarzt zu rufen, da hat er es nicht getan. Er hat mich festgehalten und versucht, mich zu beruhigen. Ich hatte Angst vor ihm, denn sein Gesicht zerfloss auf einmal zu einer wabernden Masse, wurde zu einem grauenvollen Monster, das mich verschlingen wollte. Aber Milo hielt mich fest, bis es vorbei war. Und plötzlich war es einfach vorbei.«

Langsam begann ich zu verstehen. »Bei Brandee nicht«, sagte ich mit rauer Stimme. »Sie liegt im Krankenhaus. Dein Vater sagt, die Pilze könnten eine Psychose bei ihr ausgelöst haben.«

»Was?« Conrad drehte sich zu mir um und sah mich bestürzt an.

»Sie spricht die ganze Zeit von einem Werwolf mit roten Augen, der sie verfolgt und angefallen hat. Conrad, wen oder was hat sie gesehen? Hast du . . .?«

»Warum tust du das, Smilla?«, unterbrach er mich.

»Ich bin verwirrt und ich habe Angst.«

»Angst vor mir?«

»Angst, dich zu verlieren.«

»Was einem nicht gehört, kann man auch nicht verlieren«, sagte er.

»Ich liebe dich, Conrad.«

»Ach, und deshalb glaubst du, ich hätte Josh umgebracht?«

Seine Worte trafen mich wie ein Messerhieb. Ich zuckte zusammen und biss mir auf die Lippen. Was hatte ich nur getan? Warum hatte ich mir nicht einfach angehört, was Conrad zu sagen hatte, bevor ich ihn mit meinen Fragen bestürmte, von denen jede einzelne wie eine Verdächtigung klang.

»Es tut mir leid«, flüsterte ich.

»Was tut dir leid? Dass du die Wahrheit gesagt hast?« Conrad sah mich an. »Josh hatte recht, Smilla.« Er begann wieder umherzulaufen. »Ich bin ein Loser, und wenn du erst wieder in deiner Welt bist, wird es dir nicht schwerfallen, mich zu vergessen.«

»Nein«, sagte ich, Tränen in den Augen.

»Es ist ganz leicht«, sagte er. »Du wirst aus dieser Tür hinausgehen und mich einfach aus deinem Gedächtnis streichen.«

»Nein.« Ich schüttelte den Kopf.

»Ich will, dass du gehst, Smilla, und das meine ich wirklich ernst.«

Conrads Stimme klang so abweisend und kalt, dass ich aufsprang und Tamras Trailer fluchtartig verließ. Blind vor Tränen stolperte ich durch den Ort bis zum Strand. Ich hockte mich in die Wurzel des großen Stammes und weinte, bis ich keine Tränen mehr hatte.

24. Kapitel

Auch an diesem Abend gab es ein Feuer. Mark hatte es entfacht, er bemühte sich um die Aufrechterhaltung einer gewissen Ordnung, während Alec und die Mädchen völlig gelähmt schienen. Es gab Dosensuppe. Keiner von uns hatte Appetit, doch wir aßen. Manchmal konnten Rituale ganz nützlich sein.

Trotzdem brachte ich kaum einen Bissen herunter und den anderen ging es genauso. Mark stocherte in der Glut, er schien keine Lust zu haben, Holz nachzulegen, und jemand anderes tat es auch nicht.

Ich spürte Alecs und Lauras vorwurfsvolle Blicke. Sie sagten zwar nichts, aber tief in ihrem Inneren hielten sie mich für mitschuldig an dem, was passiert war, das wusste ich.

So unglücklich, wie ich war, hatte ich nicht die Kraft, mich dagegen aufzulehnen und irgendwelche Rechtfertigungen hervorzubringen. Ich kam mir so einsam und wund vor wie noch nie in meinem Leben. Auch wenn sie es vielleicht nicht wahrhaben wollten, aber Joshs Tod war für mich genauso furchtbar wie für sie. Ein Mensch war gestorben, mit dem ich Zeit verbracht und gelacht hatte – den ich einmal gerngehabt hatte.

Es war grausam zu wissen, dass die anderen den Jungen, den ich liebte, für Joshs Tod verantwortlich machten. Doch was das Schlimmste war: Selbst ich hatte an Conrad gezweifelt.

Jetzt, nachdem die Panik nachgelassen hatte und mein Herz wieder zu mir sprach, wusste ich, dass Conrad Josh nichts getan hatte. Meine Fragen mussten ihn furchtbar verletzt haben. So sehr, dass er nicht mehr mit mir zusammen sein wollte. Ich hatte alles kaputt gemacht.

Tränen schossen mir in die Augen und ich flüchtete zum Strand. Die Hände in den Taschen lief ich an der Wasserlinie entlang. Conrad fehlte mir. Ich wollte nicht wahrhaben, dass es aus war zwischen uns, wo wir uns doch gerade erst gefunden hatten.

Conrad nie mehr wiedersehen, ihn nie mehr berühren – das konnte einfach nicht sein. Ich ballte die Hände zu Fäusten und schrie. Mit aller Kraft brüllte ich meine Verzweiflung aus mir heraus. Ich brüllte das Meer an, das mir auf seine Weise antwortete: Mit unerschütterlicher Stetigkeit schlug die Brandung gegen das Ufer. Meine Verzweiflung würde die Welt nicht anhalten und den Gezeiten keinen Einhalt gebieten.

Als ich ins Camp zurückkehrte, waren die anderen bereits schlafen gegangen.

Am Vormittag erschienen wir auf dem Polizeirevier. Chief Howe führte uns in einen Raum mit einem langen Holztisch und mehreren Stühlen. An den weißen Wänden hingen farbig bemalte Schnitzereien von Wolf, Lachs und Donnervogel. Ich nahm an, dass es eine Art Konferenzraum war, denn es gab eine Leinwand und in der Ecke stand ein Flipchart.

»Setzt euch«, sagte der Chief.

Wir setzten uns an das eine Ende des Tisches und Howe nahm ebenfalls Platz. Es herrschte betretenes Schweigen. Ich blickte den Polizisten an und seine Ähnlichkeit mit Conrad machte mir das Atmen schwer.

Ich hatte keine Ahnung, was jetzt kommen würde. Hatte Conrad sich bei seinem Vater gemeldet? Hatte er ihm erzählt, dass er am Strand gewesen war? Würden wir jetzt die ganze Wahrheit erfahren?

»Eigentlich habe ich euch herbestellt, um euch einzeln zu befragen«, sagte Chief Howe schließlich. »Aber das ist nach dem neusten Stand der Ermittlungen nicht mehr nötig.«

»Haben Sie Joshs Mörder?«, fragte Alec.

Howe sah ihn an. »Der Tod eures Freundes war ein Unfall. Wieso glaubst du, dass es einen Mörder gibt?«

»Weil Ihr Sohn Josh gehasst hat«, sagte Alec mit bitterer Stimme. »Er war der Meinung, Josh wäre schuld am Tod seines Bruders. Außerdem war Josh in Smilla verliebt und die ist mit Conrad abgezogen.«

Ich zuckte zusammen und mir schoss das Blut ins Gesicht. Chief Howe verzog keine Miene. Er sah auch nicht zu mir herüber. Seine dunklen Augen waren fest auf Alec gerichtet.

»Du glaubst also, dass mein Sohn Conrad deinen Freund umgebracht hat?«

Mir blieb fast das Herz stehen. Ich erkannte den sonst so besonnenen Alec nicht wieder. Er sah aus wie ein Zombie: graue Gesichtshaut, rot umränderte, geschwollene Augen, verfilztes Haar. Und eine Menge Wut im Bauch.

»Ja, verdammt«, sagte er. »Genau das glaube ich. Aber er wird davonkommen, nicht wahr? Weil sein Vater Polizist ist.«

Verblüfft registrierte ich, wie ruhig Chief Howe blieb. »Das sind schwere Anschuldigungen«, sagte er.

»Na und? Mein bester Freund ist tot und ich glaube einfach nicht, dass es ein verdammter Unfall war. So betrunken war Josh nicht.«

Howe lehnte sich in seinem Stuhl zurück. »Zwei Promille, das ist nicht wenig. Ich habe gerade mit dem Krankenhaus in Port Angeles telefoniert. Josh ist von den Klippen gestürzt.«

Ungläubig blickte Alec den Polizisten an. »Und was wollte er da oben mitten in der Nacht?«

»Deiner Freundin helfen.«

»Was?«

»Sie war auf die Klippen geklettert und er wollte sie dort herunterholen. Dabei ist er abgestürzt.«

Vor ungeheurer Erleichterung stiegen mir Tränen in die Augen.

»Das glaube ich nicht«, sagte Alec. »Und woher wollen Sie das überhaupt wissen? Von Brandee?«

»Es gibt Zeugen.«

»Zeugen?«

»Ja.«

Chief Howe erzählte uns von einem jungen Mann aus dem Ort, dem gegen Mitternacht aufgefallen war, dass sein Wolfshund sich losgerissen hatte.

Milo, dachte ich. Was hatte das zu bedeuten?

»Mr Penn hat sich auf die Suche gemacht«, fuhr Chief Howe fort. »Am Strand beobachtete er, wie jemand vor seinem Hund auf die Klippen flüchtete. Er pfiff das Tier zurück, aber dann sah er, wie noch jemand die Felsen hinaufkletterte, offensichtlich, um das Mädchen dort wieder herunterzuholen. Sie schien vor ihrem Retter Angst zu haben und hat sich gegen ihn gewehrt. Euer Freund verlor den Halt und stürzte über den Rand der Klippen.

»Wieso hat dieser *Mr Penn* keine Hilfe geholt?«, fragte Alec entsetzt.

»Mr Penn ist vorbestraft. Sein Hund ist schon einmal abgehauen und hat einen Urlauber angefallen. Er wollte mit der ganzen Sache nichts zu tun haben.«

»So ein Arschloch.« Alec begann zu schluchzen. »Vielleicht wäre Josh nicht ertrunken, wenn dieser Penn uns geweckt hätte.«

»Mr Penn wird sich wegen unterlassener Hilfeleistung verantworten müssen«, sagte Howe, »aber selbst, wenn er euch geweckt hätte, ihr hättet nichts mehr für euren Freund tun können. Joshua Kline ist nicht ertrunken. Sein Genick war gebrochen. Er muss bei seinem Sturz ins Wasser auf einen Felsen geprallt sein.«

Laura schluchzte auf und auch ich konnte die Tränen nicht mehr zurückhalten. Mark knackte nervös mit den Fingerknöcheln, ein unerträgliches Geräusch.

Der Polizist sagte: »Auch wenn Mr Penn sich unverantwortlich verhalten hat – möglicherweise hat er dadurch sogar Schlimmeres verhindert. Als euer Freund stürzte, war die Flut auf ihrem höchsten Stand. Ihr wisst selbst, was dann an den Klippen los ist. Es war dunkel. Jemand von euch wäre da reingegangen, um den Jungen zu retten, und vielleicht hätte es dann nicht nur einen Toten gegeben.«

Wieder herrschte betretene Stille. Nur Lauras Schluchzen war zu hören. Was Chief Howe gesagt hatte, stimmte. Alec oder Mark hätten sich in die Fluten gestürzt, um Josh herauszuholen. Manchmal konnte das Schicksal verschlungene Wege gehen. Vielleicht hatte Milo mit seinem Handeln, so kaltherzig es mir auch erschien, tatsächlich Schlimmeres verhindert.

»Was wird denn jetzt mit Brandee?«, fragte ich.

Fünf Augenpaare richteten sich auf den Polizisten. »Wir haben ihre Eltern benachrichtigt und sie sind gekommen, um ihre Tochter abzuholen. Es wird ein psychologisches Gutachten erstellt werden, inwieweit das Mädchen wusste, was sie da tat. Ich war noch einmal bei ihr und sie sprach wieder von einem Wolf, einem Werwolf, der sie verfolgt hat.«

»Aber wie konnte sie glauben, dass Josh . . .« Alecs Stimme brach in einem Kopfschütteln ab.

»Indigo Psilocybe, auch Blue Angels genannt, bewirken Halluzinationen der schlimmsten Art«, sagte Howe. »Brandee war vor einem Wolfshund geflüchtet, und als Josh ihr helfen wollte . . .« Er seufzte. »Wahrscheinlich hat sie ihn für einen Werwolf gehalten und geglaubt, sie müsse um ihr Leben kämpfen.«

»Weiß Brandee, das Josh tot ist?«, fragte Mark.

»Ich denke nicht, aber sie ahnt etwas. Offensichtlich dringt nach und nach in ihr Bewusstsein, was passiert ist. Die Ärzte hielten es für besser, ihr noch nicht zu erzählen, dass der Junge tot ist.«

»Es zu erfahren, muss schrecklich für sie sein«, sagte ich.

»Die junge Frau wird den Rest ihres Lebens damit klarkommen müssen, dass sie auf ihrem Drogentrip einem Freund, der ihr helfen wollte, das Leben genommen hat.«

»Hat Brandee Ihnen gesagt, von wem sie die Pilze hatte?«, meldete sich Mark zu Wort.

»Von jemandem aus Forks«, sagte Howe.

Ich glaubte, mich verhört zu haben, und versuchte, meine Überraschung zu verbergen. Vermutlich gelang es mir, denn der Polizist sagte: »Das war's dann auch schon. Ihr könnt gehen.«

»Und Josh?«, fragte Alec mit belegter Stimme.

»Sein Leichnam wird von Port Angeles nach Seattle überführt. Wir versuchen immer noch, seinen Vater ausfindig zu machen.«

»Und was ist mit uns?«, fragte Janice.

»In Anbetracht der Umstände nehme ich an, dass ihr so schnell wie möglich abreisen wollt. Dem steht nichts im Wege. Es tut mir leid, dass euer Aufenthalt in La Push so enden musste.«

Wir standen auf und Chief Howe brachte uns noch nach draußen. »Ach ja«, sagte er. »Was eure beschädigten Autos angeht, konnte ich leider nichts in Erfahrung bringen. Aber die Versicherung wird den Schaden sicher bezahlen.«

Als wir draußen vor der Polizeiwache standen, sagte Alec: »Wenn wir uns mit dem Packen beeilen, können wir noch heute Abend zu Hause sein.«

Nein, dachte ich. Nicht so schnell.

Ich konnte jetzt nicht einfach zusammenpacken, La Push verlassen und nach Seattle zurückfahren. Ich musste mit Conrad sprechen. Ich musste ihn unbedingt sehen.

Mir war gleichgültig, was die anderen über mich dachten, als ich sagte: »Geht schon mal vor. Ich habe noch etwas zu erledigen.«

Alec sah mich an, sein Blick war vernichtend, aber er sparte sich einen Kommentar. »Okay, dann los«, sagte er zu Mark, Janice und Laura. Und an mich gewandt, meinte er: »Wenn du nicht rechtzeitig da bist, kannst du zusehen, wie du nach Hause kommst.«

In Alecs Stimme lagen Enttäuschung und tiefer Groll. Er war noch immer überzeugt, dass ich für Joshs Tod mitverantwortlich war. Tat er das, um sich seiner eigenen Schuld nicht stellen zu müssen? Er hatte Brandee in diesem Zustand allein gelassen. Er hatte geschlafen, als Josh und Brandee ihn brauchten. Wie musste sich das anfühlen?

Ich drehte mich um und lief los. Zuletzt rannte ich und kam völlig außer Atem am blauen Haus an. Boone sprang um die Ecke, als ich klingelte. Er winselte und wedelte mit dem Schwanz. Ich strich ihm über das weiche graue Fell und sagte: »Schon gut, Boone, ich will zu Conrad. Ist er da?«

Boone bellte die Haustür an. Doch auf mein Klingeln öffnete niemand. Ich schlug mit der Faust gegen die Tür und rief: »Conrad, ich weiß, dass du da bist. Ich muss dringend mit dir sprechen und ich habe nicht mehr viel Zeit.«

Boone bellte, aber die Tür blieb verschlossen.

»Ich weiß jetzt, was passiert ist«, rief ich.

Keine Reaktion.

»Es tut mir leid. Conrad? Bitte!«

Es war sinnlos. Vielleicht war er tatsächlich nicht da, und selbst wenn, er würde mir nicht öffnen. Ich hatte ihn zutiefst verletzt.

Ich warf einen Blick auf meine Armbanduhr. Die Minuten verstrichen schnell. Keine Ahnung, wie lange die vier am Strand brauchen würden, um das Camp abzubauen. Sie hatten es eilig, von hier wegzukommen, und ich wäre gerne für immer geblieben.

Am liebsten hätte ich mir vor Conrads Tür gesetzt und die Zeit einfach verstreichen lassen. Irgendwann mussten er oder sein Vater ja nach Hause kommen und mir öffnen. Aber das war nicht möglich, ich musste gehen, um rechtzeitig bei den anderen zu sein.

»Ich liebe dich«, sagte ich leise und wandte mich schweren Herzens ab.

Dass ich fortging, ohne mit Conrad gesprochen zu haben, war keine Entscheidung gegen ihn. Ich liebte ihn und ich wollte mit ihm zusammen sein – aber mir blieb keine andere Wahl. Ich war gerade erst sechzehn geworden und konnte nicht einfach so tun, als gäbe es keine Regeln für mich.

Mit gesenktem Kopf trottete ich ein letztes Mal die Hafenstraße von La Push entlang. Tränen hatte ich keine mehr.

Conrad steht nur knapp einen Meter von Smilla entfernt, die Stirn gegen die Tür gelehnt. Er braucht sie bloß öffnen, diese Tür, und Smilla in den Arm nehmen. Nur ein kleiner Schritt über die Schwelle seiner verletzten Gefühle. Smilla hereinholen und ihr erzählen, was sie noch nicht weiß.

Conrad zuckt zusammen, als er ihre Stimme hört. Smilla spricht mit Boone. Und dann spricht sie mit ihm. Als ob sie weiß, dass er hinter der Tür steht. Er schweigt, denn er muss an Joshs Worte denken. Dass Smilla bald in ihre Welt zurückkehrt und ihn vergessen wird. Lässt er die Tür verschlossen, wird es so sein. Smilla wird ihn vergessen.

Wenn er die Tür öffnet, gibt es so viele Möglichkeiten. Er kann Smilla in sein Leben lassen, auch noch in den letzten dunklen Winkel. Dann vergisst sie ihn vielleicht nicht. Er kann fortgehen aus La Push. Das heißt, Justin zurücklassen und seinen eigenen Traum verwirklichen. Diese Gedanken machen ihm Angst. Die Hoffnung macht ihm Angst. Vielleicht hat Milo recht. *Hope kills.*

Als Smilla mit der Faust gegen die Tür schlägt, hält er den Atem an. Die Schläge übertragen sich von der Tür auf jede Faser seines Körpers. Er weiß, dass Smilla weint. In ihm krampft sich alles zusammen, aber er schweigt, er rührt sich nicht, bis sie gegangen ist.

Am Abend geht Conrad zum Strand. Das Camp ist verlassen. Alles ist sauber, nirgendwo liegt eine Bierdose oder Abfallpapier. Es ist, als wären sie niemals da gewesen. An einen Ast des Unterstandes, den die Surfer genutzt haben, ist ein blaues Tuch gebunden. Es gehört Smilla, Conrad erkennt es wieder. Er knotet es vom Ast, und als er es an seine Nase hebt, weil er auf eine Spur ihres Duftes darin hofft, flattert ein Zettel daraus hervor. Er versucht, ihn zu fassen zu kriegen, aber ein Windstoß erwischt ihn, hebt ihn auf und trägt ihn zum Meer. Conrad sieht dem weißen Papier nach, das wie ein kleiner Vogel vor ihm davonfliegt.

Welche Nachricht auch immer sie ihm hinterlassen hat, das Meer wird davon wissen.

Conrad läuft zur Klippe, klettert hinauf und setzt sich, mit dem Rücken gegen den warmen Felsen gelehnt. Der Wind weht ihm das Haar über das Gesicht und er schließt die Augen.

Sein Vater hat Rowdy erschießen müssen, nachdem Milos Vater sich geweigert hat, es zu tun. Milo ist zu Chief Howe gegangen und hat ihm erzählt, was er gesehen hat in der Nacht. Dass auch Conrad und Boone am Strand waren, hat er verschwiegen.

Milo hat das nicht freiwillig getan. Conrad hat ihn dazu gezwungen. »Entweder du gehst zu meinem Vater und erzählst ihm, was du gesehen hast, oder ich erzähle ihm von deinem Hanffeld und dass du es warst, der dem Mädchen die Pilze verkauft hat.«

Milo tat, was Conrad verlangte. Deshalb ist Rowdy jetzt tot und Conrad hat einen Feind.

Boone ist nicht schuld. Er ist ein guter Hund. Die Pilze haben in Brandees Augen ein Monster aus ihm gemacht. Vage kann Conrad sich vorstellen, was das Mädchen gesehen hat. Einen Werwolf, hat sein Vater ihm erzählt. Wie Conrad diese ganze Werwolfgeschichte verflucht.

Er streicht sich das Haar aus dem Gesicht und öffnet die Augen. Die rote Sonne versinkt im Spalt zwischen James Island und Little James Island. Die Wellen glitzern kupferfarben, das Meer ist ruhig.

Auf einmal hört Conrad Robbenschreie. Er rutscht nach vorn an den Rand der Klippe und schaut nach unten. Da ist sie wieder, die Robbe, der Einzelgänger.

»Justin?«, flüstert Conrad und starrt auf die Wasseroberfläche, als erwarte er, seinen Zwillingsbruder aus dem Ozean steigen zu sehen. Nass, tropfend, aber lebendig. Heraufbeschworen aus der Tiefe.

»Das Lied der Wellen ist meine Stimme. Hörst du mich?«

Wird er jetzt verrückt? Ist das wirklich Justin in Gestalt einer Robbe, der zu ihm spricht? Oder ist die Stimme in seinem Kopf? Vielleicht ist es auch nur das Branden der Wellen an den Klippen, das ihm einen Streich spielt.

Conrad schiebt seine Beine über den Abgrund. »Es tut mir leid, dass ich dich nicht aufhalten konnte«, sagt er.

»Hey, ich habe diese Welle geritten, weil ich es wollte. Ich wollte es mir beweisen, niemandem sonst.« Das ist Justins Stimme und auch seine eigene. Der Bruder wird immer ein Teil von ihm sein.

»Ich weiß. Das habe ich immer gewusst.« Conrad wird klar, dass er Selbstgespräche führt. »Verlass mich nicht«, flüstert er.

»Ich bin dein Bruder, das Meer, ich kann dich gar nicht verlassen. Ich werde immer hier sein. Aber du, du musst jetzt gehen.«

»Wohin?«, fragt Conrad das Meer.

»Deinen eigenen Weg.«

Die Robbe verschwindet in den Wellen und taucht wieder auf, sie tummelt sich vergnügt und stößt kleine Robbenschreie aus. Ihr nasses Fell glänzt in der untergehenden Sonne. Conrad sieht ihr noch eine ganze Weile lächelnd zu. Die Stimme seines Bruders ist verstummt, von nun an hört er nur noch seine eigene.

25. Kapitel

An einem Samstag Anfang September saß ich an der Waterfront in einem Café und wartete auf Janice. Wir waren verabredet, weil sie zu einer Hochzeit eingeladen war und ich ihr beim Aussuchen eines passenden Kleides helfen sollte. Es war ein für Seattle ungewöhnlich warmer und klarer Septembertag und ich hielt das Gesicht in die Sonne, um die vielleicht letzten Sonnenstrahlen einzufangen.

Wie immer hier unten am Wasser war die Luft erfüllt vom Geschrei der Möwen, die auf den Dächern und Brüstungen der Freiluftrestaurants saßen und auf Leckerbissen hofften. Ende August war es merklich ruhiger geworden im sonst so belebten Hafenviertel. Die Touristen blieben aus, die Einheimischen hatten die Waterfront zurückerobert.

Inzwischen hatte ich meine erste Schulwoche auf der Ballard High hinter mich gebracht und bekam langsam das Gefühl, dass Normalität einkehrte. Die ersten Tage nach unserer Rückkehr aus La Push waren furchtbar gewesen. Die langen Telefongespräche mit meinen Eltern, die sich sorgten, ob mit mir auch wirklich alles in Ordnung war. Anfangs fürchtete ich, sie würden mich zurück nach Deutschland holen. Immer wieder musste ich ihnen versichern, dass es mir gut ging und ich mich auf die Schule freuen würde.

Dann war da Joshs Beerdigung an einem schrecklich verregneten Sonntag. Sein beinahe regloser Vater an der Seite seiner neuen Freundin und Joshs kleine verhutzelte Oma, die furchtbar weinte. Ihr Anblick brach mir das Herz. Es standen viele junge Leute an Joshs Grab, Collegestudenten, die ihn gekannt hatten. Ich merkte, dass einige ab und zu verstohlen zu mir herüberblickten und die Köpfe zusammensteckten. Wer weiß, was Alec ihnen über Josh und mich erzählt hatte.

Alec ging mir aus dem Weg und seine kühle Reserviertheit machte mir zu schaffen. Zumindest seinen Eltern gegenüber hatte er nichts von mir und Conrad verlauten lassen, was ich ihm hoch anrechnete. Doch einen Monat nach Joshs Beerdigung hatte ich immer noch das Gefühl, dass er mich mied.

Alec wusste, dass Conrad nicht für Joshs Tod verantwortlich war. Aber sein Zorn erstreckte sich auf ganz La Push und seine Ureinwohner, einfach, weil er einen Schuldigen für den Tod seines Freundes brauchte – so wie Conrad damals einen Schuldigen für den Tod seines Bruders gebraucht hatte.

Ich verbrachte Zeit mit Janice und ihr hatte ich letztendlich auch alles über mich und Conrad erzählt. Vielleicht war sie nicht die Freundin, die ich mir jetzt gewünscht hätte, aber sie war mit in La Push gewesen und ich brauchte jemanden, mit dem ich über all das, was passiert war, reden konnte.

Brandee war immer noch in einer psychiatrischen Klinik untergebracht. Ihr Pilztrip hatte eine schizophrene Psychose zum Ausbruch gebracht, die laut ihres behandelnden Arztes schon vorher latent vorhanden gewesen war. Jetzt war man dabei, sie auf Medikamente einzustellen, die ihr ein halbwegs normales Leben ermöglichen sollten.

Alec hatte mehrmals versucht, Brandee im Krankenhaus zu besuchen, aber bis jetzt war er noch nicht zu ihr vorgelassen worden, weil sie immer noch psychotische Schübe hatte und man ihre Genesung nicht durch emotional aufwühlende Besuche gefährden wollte.

Für mich waren die Tage seit unserer Rückkehr ein Sehnen, ein schreckliches Vermissen, ein pausenloses Hoffen. Ich liebte

Conrad, auch wenn alles dafür sprach, dass Josh am Ende recht behalten sollte: Es war aus zwischen uns. *Finito.*

Weil ich gehofft hatte, dass Conrad nach unserer Abreise noch einmal ins Camp kommen würde, hatte ich ihm in meinem Tuch eine Nachricht mit meiner Adresse und Telefonnummer hinterlassen. Aber er hatte sich nie gemeldet. Inzwischen hatte ich einige der Fotos entwickeln lassen und beschlossen, noch einen letzten Versuch zu starten. Ich wollte ihm ein paar Fotos schicken und einen langen Brief schreiben.

In den Nächten war ich mit ihm zusammen. Immer wieder träumte ich davon, wie wir gemeinsam auf der Welle gewesen waren. Erst auf seinem Longboard und dann in seinem Zimmer. Er hatte sich getäuscht, ich konnte ihn nicht einfach vergessen.

In der vergangenen Schulwoche hatte ich nur am Abend vor dem Einschlafen an Conrad gedacht, denn die Tage waren angefüllt mit so viel Neuem und Aufregendem. Aber jetzt, als mir der Salzduft des Meeres in die Nase stieg und ich das Möwengeschrei hörte, da war er wieder ganz nah und alles in meinem Inneren zog sich zusammen vor Sehnsucht. Ich vermisste ihn so sehr.

Als mein Handy klingelte, blickte ich kurz auf die Uhr. Janice war schon zwanzig Minuten überfällig, dabei war sie eigentlich ein sehr pünktlicher Mensch. »Hey, Janice«, sagte ich, »wo steckst du denn? Ich warte hier schon seit einer Ewigkeit.«

»Smilla?«

Mir stockte der Atem und ich setzte mich kerzengerade auf. Das konnte nicht sein, das war einfach nicht möglich. Kurz warf ich einen Blick auf das Display meines Handys. Das war nicht Janices Nummer.

»Conrad?«, flüsterte ich ungläubig ins Handy.

»Hey, kleiner Rabe.«

»Wie hast du . . . wo bist du . . .?«

»Schau mal nach oben.«

Ich hob den Kopf und mein Blick wanderte hinauf zur Aussichtsplattform des Restaurants. Die niedrig stehende Sonne blendete mich und ich musste die Hand über die Augen halten. Dann sah ich ihn am Geländer stehen, in Jeans und seinem grünen T-Shirt mit der Wolfsmaske. Er schob sein Handy in die Tasche und winkte lächelnd.

Mit fahrigen Fingern fischte ich einen Fünf-Dollar-Schein aus meiner Geldbörse, beschwerte ihn mit der Kaffeetasse und lief Conrad entgegen.

Als ich schließlich vor ihm stand, war ich immer noch so überrascht von seinem plötzlichen Auftauchen, dass ich kein Wort herausbrachte. Ihm schien es nicht anders zu gehen. Doch er überlegte nicht lange, er nahm mich einfach in die Arme. Mein Ohr lag an seiner Brust und ich konnte sein Herz stolpern hören. Ich hatte nicht geträumt, er war da.

»Was machst du hier?«, flüsterte ich heiser und löste mich aus seiner Umarmung.

»Ich musste dich sehen.«

»Aber woher hast du meine Handynummer?«

»Von Janice.«

»Du hast meinen Zettel gefunden, ja?«

»Ja, habe ich«, sagte er. »Aber ehe ich ihn lesen konnte, flog er davon und landete im Ozean.«

»Und wie hast du mich dann gefunden?«

»Alecs Anzeige wegen Sachbeschädigung«, sagte Conrad. »In der Anzeige musste er seine Adresse angeben. Vor ein paar Tagen habe ich Janice vor dem Haus abgefangen.«

»Vor ein paar Tagen? Du bist schon ein paar Tage hier?«

»Ich habe ein Praktikum beim *Olympic Independent* bekommen. Er zeigte auf ein rotes Backsteingebäude hinter der Hochstraße. Am Montag fange ich an.«

Ich hatte mich immer noch nicht von der Stelle bewegt, so überwältigt war ich, so voller Staunen. Conrad hatte einen Job bei einer Zeitung in der Stadt, also musste er auch hier irgendwo wohnen. Ich konnte es kaum fassen, konnte nicht aufhören, ihn anzusehen.

»Wie geht es dir?«, fragte er.

»Na, du weißt schon«, sagte ich, »schrecklich. Ich konnte dich nicht vergessen.«

Meine Antwort ließ ihn wieder lächeln. »Dann habe ich ja ausnahmsweise mal Glück. Ich dachte schon, ich hätte es vermasselt.«

Wir waren beide verblüfft über das, was gerade passierte. Unsere beiden Welten, die trafen aufeinander und vermischten sich. Es passierte ohne Pauken und Trompeten, es geschah einfach. Niemand nahm Notiz davon, für die Menschen um uns herum waren wir nur ein Junge und ein Mädchen wie viele andere auch.

Für einen Moment sah es so aus, als wollte Conrad mich küssen, aber dann nahm er meine Hand und sagte: »Gehen wir woandershin, okay? Die vielen Menschen hier machen mich ganz nervös.«

»Oh«, ich hielt ihn zurück, »ich habe Janice völlig vergessen.« Ich versuchte, zu den Tischen des Cafés hinüberzuspähen, in dem ich mit ihr verabredet war.

»Sie kommt nicht«, sagte Conrad.

»Aber . . .?«

Er hob die Schultern. »Ich wusste nicht, ob du mich überhaupt noch sehen wolltest, deshalb habe ich sie gebeten, dich unter einem Vorwand hierherzulocken.«

»Was hattest du denn vor?«, fragte ich. »Wolltest du mich kidnappen?«

»Nein, aber die Idee ist nicht schlecht.« Er lächelte verlegen.

»Ich komme freiwillig mit«, sagte ich, »unter einer Bedingung.«

»Und die wäre?«

»Du musst mich erst küssen.«

Da hob Conrad mich hoch und erfüllte meine Bedingung.

Antje Babendererde

Libellensommer

An einer Tankstelle am Highway begegnet Jodie dem jungen Indianer Jay zum ersten Mal. Ein paar Tage später ist sie mit ihm auf einer Reise, die ihr Leben verändern wird. Die beiden erleben einen Sommer voller Liebe und Magie fernab von jeder Zivilisation inmitten der kanadischen Wildnis – und bald steht Jodie vor der schwersten Entscheidung ihres Lebens.

Der Gesang der Orcas

Als Sofie mit ihrem Vater den Stamm der Makahs in der nordamerikanischen Wildnis besucht, ist sie tief beeindruckt von der wilden Küstenlandschaft und den majestätischen Orcas. Auch von Javid, dem Makah-Jungen, ist sie fasziniert. Doch ihre Freundschaft wird auf eine harte Probe gestellt.

Antje Babendererde

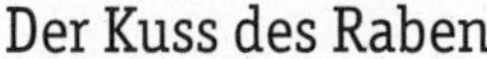

Der Kuss des Raben

Mila will ihre Vergangenheit um jeden Preis geheim halten. In Moorstein sucht die Sechzehnjährige einen Neuanfang und findet ihre große Liebe: Tristan! Mila kann ihr Glück kaum fassen. Doch auch Tristan hat ein Geheimnis. Als in der Kleinstadt ein junger Mann namens Lucas auftaucht und das Haus der Rabenfrau in Besitz nimmt, erwachen die Schatten der Vergangenheit zum Leben. Denn Lucas und Tristan scheinen sich zu kennen – und zu hassen. Im undurchsichtigen Spiel der beiden gerät Mila zwischen die Fronten.

Talitha Running Horse

Die 14-jährige Talitha Running Horse ist nicht wie die anderen Lakota-Indianer, die im Reservat leben – denn Talithas Mutter ist eine Weiße. Sie hat ihre Familie und das Reservat verlassen, als Talitha noch klein war. Der Vater ist arbeitslos. Als dann auch noch der Trailer abbrennt, in dem Talitha mit ihrem Vater lebt, und der Vater unschuldig ins Gefängnis muss, gerät Talithas Welt vollends aus den Fugen.

Arena

496 Seiten • Klappenbroschur
ISBN 978-3-401-51008-8

304 Seiten • Klappenbroschur
ISBN 978-3-401-50960-0
www.arena-verlag.de

Antje Babendererde

Schneetänzer

Hals über Kopf bricht Jacob in den Norden Kanadas auf. Er will seinen Vater finden. Um ihn zu treffen, zieht Jacob – in die Wildnis, wo Himmel und Horizont zu unendlichem Weiß verschmelzen. Als er von einem Bären angegriffen und verletzt wird, kommt beinahe jede Hilfe zu spät. Doch Jacob hat Glück: Mitten im Nirgendwo findet er zwar nicht seinen Vater, aber ein Mädchen, das ihn vielleicht retten kann.

392 Seiten • Gebunden
ISBN 978-3-401-60441-1

Wie die Sonne in der Nacht

Am Ende ihres Austauschjahres in New Mexico sucht Mara das Abenteuer. Und es fällt ihr buchstäblich vor die Füße: in Gestalt eines verletzten Jungen mit rabenschwarzem Haar, der ohne Gedächtnis ist und ohne Sprache. Einzig an seinen Namen kann er sich erinnern – Kayemo. Gemeinsam brechen die beiden in die Wildnis auf. Sie entdecken geheime Orte der Pueblo-Indianer und Spuren, die in Kayemos Vergangenheit führen. Mit jedem Schritt dringen mehr dunkle Geheimnisse an die Oberfläche.

480 Seiten • Gebunden
ISBN 978-3-401-60331-5

Antje Babendererde

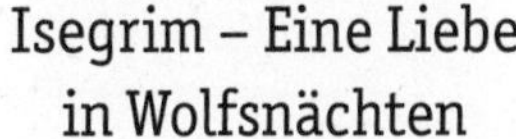

Isegrim – Eine Liebe in Wolfsnächten

Der Wald ist Jolas Refugium. Hier ist sie weit weg von ihrer überängstlichen Mutter, der erdrückenden Enge in ihrem Heimatdorf und ihrem besitzergreifenden Freund. Doch seit einiger Zeit fühlt sie sich beobachtet. Irgendjemand treibt im Wald sein Unwesen, folgt ihr und macht ihr Angst. Als Jola auf den mysteriösen Olek trifft, der sie auf seltsame Weise fasziniert, scheint das Rätsel gelöst. Erst nach und nach offenbart der Wald seine dunklen Geheimnisse.

416 Seiten • Klappenbroschur
ISBN 978-3-401-50699-9

Julischatten

Simona will Sim genannt werden, weil das besser zu ihrer roten Igelfrisur passt. Als sie im Reservat Pine Ridge im Nordwesten der USA die unzertrennlichen Freunde Jimi und Lukas kennenlernt, ändert sich alles für sie. Während sie sich Hals über Kopf in den coolen Jimi verliebt, zeigt der blinde Lukas ihr eine Welt, die ihr wieder lebenswert erscheint. Doch dann ziehen Schatten über der Prärie auf.

480 Seiten • Klappenbroschur
ISBN 978-3-401-50907-5

Antje Babendererde

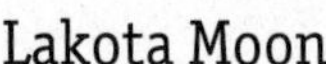

Lakota Moon

Oliver ist 15 und schwer verliebt in Nina. Und – o Wunder – Nina liebt ihn auch. Doch dann passiert das Unfassbare: Olivers Mutter beschließt wieder zu heiraten und zwar einen waschechten Indianer. Aller Protest nützt nichts – Oliver muss mit seiner Mutter nach Amerika auswandern. Doch im Pine Ridge Indianerreservat ist nichts so, wie er es sich vorgestellt hat, und Oliver möchte nur eins: so schnell wie möglich zurück zu Nina. Bis etwas passiert, das Oliver seiner neuen Familie näher bringt, als er es jemals geahnt hätte.

Findet mich die Liebe?

Leonie verbringt die Ferien zusammen mit ihrem Vater in einem ärmlichen Holzhaus am Fuße der Rocky Mountains, wo es nichts gibt als Berge und unendliche Grasmeere. Und Indianer natürlich. Darauf hat sie absolut keine Lust! Bis sie auf den geheimnisvollen Chas trifft - Chas, der so ganz anders ist als die Jungs, die Leonie kennt. Doch es scheint, als wolle der stolze Indianer absolut nichts von ihr wissen.

Arena

280 Seiten • Arena Taschenbuch
ISBN 978-3-401-02936-8

112 Seiten • E-Book
ISBN 978-3-401-84068-0
www.arena-verlag.de